裟椤双树 著

THE STORY OF FLEETING LIFE

浮生物语

伍

上

西溟幽海

长江出版传媒 ｜ 长江文艺出版社

知音动漫图书 · 新阅坊

ZHI YIN COMIC BOOK 以梦想之名点燃阅读

Written by 裟椤双树
Illustrated by 鹿溟

浮生物语 伍 上
西溟幽海

我们会做这些事的唯一原因，不是为了什么『善报』，仅仅因为我们觉得这样做是对的。——敖炽

目录

知音动漫图书·新阅坊出品

《漫客小说绘》书系

我觉得世上最好的味道莫过于此，柴米油盐，人间烟火，有人做饭，有人等候，住了多年的房子还在老地方，没有荒芜没有缺失。

◉ 楔子 ◉

　　这世上的祸福，避不开躲不了，该来的就会来，不管走哪条路，只要一起走下去就好了。吃好喝好照顾好身体，我们可以洗菜做饭嘻哈玩笑，也能挥刀杀敌护我家人，就这样。

◇ 壹 ◇

　　东海，龙王寝宫。

　　金色的鲸静静地停在半空中，无聊地摆着尾巴。

　　下头，睡袍加身的龙王席地而坐，手里捏着一张还没刻完的麻将牌，认认真真地在上头凿着剩下的笔画，嘴里喃喃着："八万……就差你了。"

　　铺在地上的垫子上，乱七八糟扔满了白玉雕成的麻将牌。

　　敖炽与他对面而坐，一直看着他的一举一动，然后长时间地盯着他的眼睛。

　　"老头子，别玩了。"

　　他突然一把将龙王手里的麻将牌抢过来，强压着心头的焦躁低声道："你看看我，是我呀！我回来看你了！"

　　龙王伸出手："还我！"

　　"你到底是怎么了？"敖炽急得想跳脚，但又不敢闹出大动静。

　　"你是从哪里冒出来的野孩子？"龙王皱眉，"再不还我，我就喊人进来揍你了！"

　　"你……"

"我喊啦！"

敖炽只得把麻将牌塞回他手里："拿去拿去，那么喜欢这个你干脆吃到肚子里好了！"

"智障，麻将是拿来打的，不是吃的。"龙王翻了个白眼，埋头继续他的雕刻工作，万字还差两笔。

"你才是智障好吗？"敖炽提高了声音，"你是堂堂东海龙王，居然缩在这里刻麻将！"

"你才是东海龙王，你们全家都是东海龙王。"龙王又翻了个更大的白眼，"别吵我了，要是刻不完，我明天就没法带上它们去赢钱了。"

敖炽重重一巴掌拍在自己脑门上。煞费苦心回到东海探望这个老家伙，却没料到是这样一个情景。

一直站在他身后的白发老嬷嬷见状，赶忙走上来将他拽到一旁，压低声音道："少主，可急不得！王醒来之后就一直这样，说傻了吧又不傻，说清醒吧干的又不是正常的事儿，就这么稀里糊涂地过日子，除了雕麻将就是打麻将，而且麻将打得可好了，只赢不输。但要问他别的事，他一概不知道，莫说你了，就连一直在他身边替他打理起居的我，他都不认识了。方才我已经提醒过你，要你有个心理准备。你看你，还是急了。"

敖炽深吸了口气，问她："他什么时候醒的？"

"就个把月前，突然就睁眼了，然后就要吃的，吃饱以后就把来瞧病的人都给打出去了。"老嬷嬷忍不住哀声叹气，"之后就在寝宫里到处翻，不知从哪里寻到这些工具，直接就把墙壁凿了，弄下来的玉石都雕成了麻将牌，雕好以后就喊人来打麻将，玩得高兴得很。到时间呢就吃饭睡觉，这倒是一点都不让人操心，只是……他是东海龙族的王啊，这……这算什么呀！唉。"

"就没有找人再来瞧过他的病？"敖炽又问。

"趁他睡着时，大夫们来了好多次。"老嬷嬷如是道，"但是都说一切正常。"

"哪个庸医说的？名字报给我！"敖炽又怒了，"人都这样了还一切正常？"

"哎呦，少主息怒息怒啊。"老嬷嬷赶紧捂住他的嘴，紧张地朝卧房大门那边瞅了瞅，见没有动静才放了心，又说，"确实是查不出病根，好几个大夫都说是妖毒未清，蚀骨伤魂所致。只开了些宁神清毒的药，让王每天按时服用，可也没见什么效果。"

"所以就由着他这样稀里糊涂的？"

敖炽看着专注于麻将牌的龙王，突然走过去，蹲下来一把抓住他的胳膊："爷爷！你清醒点行不行？"

爷爷……

他好多年都没有这样喊过了。

而龙王只是不耐烦地甩开他的手，退到离他更远的地方，愤愤道："你这小子烦不烦，莫要打扰我行不行？你要玩，等我刻好以后我们来打个八圈！"

"少主，别这样了。"老嬷嬷走上前，眼睛有些发红，拉住敖炽说道，"你听贝嬷嬷一句劝，看看就好了，莫再做徒劳的事。不管怎么说，他还是东海龙族的王，地位仍在，衣食无忧，留在寝宫养病是目前唯一的法子。兴许过段时间，王突然就清醒过来了呢。倒是少主你，还是先顾着自己一些吧。"

敖炽用力揉着发疼的脑袋："我好着呢。"

"你若真好着，就不必利用阿灯偷偷摸摸潜回东海来看你爷爷了。"贝嬷嬷心疼地看着他，"少主，贝嬷嬷看着你长大，虽知高攀不起，但心里确实是拿你当自家孩子那么疼着的。你娶了妻，虽然她跟我们不是一路的，但贝嬷嬷心里高兴，你们俩在一起也般配，我看得出她心里有你，不管别人怎么说她，贝嬷嬷都站在你这边。她出了事，我也着急，可惜我就是个只懂料理吃喝起居的老东西，人微言轻，帮不了你们。但你们得帮你们自己啊，少主，龙域你暂时待不得了，还是快回你们自己的家吧。"

敖炽看着她："贝嬷嬷，你是不是听到了些什么？"

贝嬷嬷面露忧色，又下意识地四周看了看，这才把声音压到最低，几乎是用耳语同敖炽道："已经有风声传出来，说少主你进了鱼门国，坏了那里的结界，扰乱龙域秩序。"

敖炽皱眉。

说出了这句话，贝嬷嬷已是愁云满面："别的不说，单就少主你进鱼门国这一件事，你今后大概是安生不了了。唉，王虽然保住了性命，但如今这个样子，想帮你都帮不了。可如何是好？"

"谁传出来的？"敖炽冷笑，"无藏青霜对吧？"

贝嬷嬷摇摇头："谁最先传出来的倒没个说法，只是这消息传得太快，龙域之中大概已经没有谁不知道了，如今走到哪里都能听到对少主的窃窃议论。只是至今没有一位龙王站出来对这个消息加以确定，所以龙域最近还算安宁，也不曾听说哪里有什么具体的动作。北海龙王除了来东海探望过一次王，还陪他打了几圈麻将之外，便再也不曾听到他的消息。南海龙王倒是时不时来看看，还带一些珍贵的药材来，只是探病，从不多言，几位龙王之中属他最温和体贴。西海龙王就不说了，至今杳无音讯，不知云游到哪里去了。"

敖炽想了想，说："既然这样，你怕什么？"

"你到底还是年轻了。"贝嬷嬷皱眉，"如今龙域之中正是山雨欲来风满楼，虽然现在无人敢出来公然说少主你怎样，但早晚会有人跳出来。少主啊，你是东海龙王唯一的孙儿，是未来龙王的继承者，地位何其重要尊贵，如今这鱼门国一事爆出，你可知在看重血统的龙域之中会招来多严重的后果？"

敖炽听罢，微笑："杀了我么？"

贝嬷嬷咬了咬牙，握住他的手认真道："总之，为防万一，少主你在局势不明之前，一定不要再回来！你是王在世上唯一的亲人，纵然是他那般坚强傲气的家伙，在漫长的一生里先后失去了妻子、儿子，还有你哥哥，你觉得他还能承受失去你么？若他跟无藏青霜一样冷血，我倒还放心些。可他偏不是。所以少主，你真的不要大意。"

敖炽笑笑，拍了拍贝嬷嬷的手："我是东海的孽龙，我谁都不怕。贝嬷嬷你照顾好老头子就是了，我会守住我想守住的一切。"

贝嬷嬷抹了抹眼睛，点点头："你这孩子，从小就乱来得很，不过连冰牢都关不住你，想来以后也没人奈何得了你。贝嬷嬷帮不了你，但你爷爷就放心交给我吧。"

"谢了，以后我给你带外头的新衣裳回来，大红大绿的特别适合你。"敖炽咧嘴一笑，像小时候一样搂住贝嬷嬷的脖子。

"你还笑得出来！"贝嬷嬷嗔怪着打开他的手，"不知死活的捣蛋鬼！"

敖炽松开手，看着龙王道："我想再留几天。"

"啊？"贝嬷嬷急了，"万一被谁发现了……"

"不会被发现的。"

敖炽走过去，捡起地上的一张麻将牌："你也说我从小就乱来得很，虽然在东海长大，却没有花多少时间留在东海，跟老头子在一起的时间就更少了。我甚至都不知道他会打麻将。让我留几天吧，他现在脑子糊涂了，我陪他说说话。"

说着，他顿了顿，又道："我这一走，再回来就不知是什么时候了。"

贝嬷嬷沉默，旋即叹了口气："好，这几天你就留在这里吧，三餐什么的我会亲自送来，侍卫都在门外守着，我会命令他们任何时间都不许进来打扰王。万一有哪位位高权重者来探病，少主你立刻用阿灯隐身吧。"

说着，她走到阿灯下头，伸手挠了挠它的肚子，说："也只能这样了。这条笨鲸鱼还是有点用处的。"

"好。"

"那少主你在这里陪王，我先出去了。"

"贝嬷嬷。"

他突然叫住她。

"少主还有什么吩咐？"

他回头："若我真如传言所说进了鱼门国，你就一点儿都不介意么？"

"我只介意你以前老不回来看我们。"贝嬷嬷头也不回道，"我只管你们爷孙俩吃得好不好住得好不好，才不管你们去过哪里。"

说罢，她默默走出房间，关上了门。

以前，他并没有太把这个老嬷嬷放在心上，印象中她只是个躲在人群后默默料理吃喝的不起眼的人。他年幼时还会缠着她讲故事，他淘气被龙王揍时她不会阻拦，但等他挨完揍以后她一定会偷偷拿好吃的给他。然而待他长大后，她便渐渐跟东海里的其他人一样，在他眼中隐形了。

在过去很长一段时间里，他不在乎谁爱他谁恨他，只在乎自己高兴不高兴，生于东海，远离东海，生为龙族，不屑为龙，宁可流连人界做一只他人眼中的妖孽，高床暖枕的日子不如酣畅淋漓的放肆。

他以为，东海的家伙们应该早就讨厌他了，包括贝嬷嬷。

他对着空气说了声："谢谢"。

偌大的寝宫里，只剩下他跟龙王。

龙王依然专注于他的麻将牌，敖炽坐在他对面，帮他把地上那堆麻将一个一个码整齐，边码边说："以前吧，你老爱打仗。现在倒好，每天除了赢钱就是赢钱。以后，万一我不在了，你这病就别好了吧，打一辈子麻将比打一辈子仗好，省心。"

龙王像看白痴一样瞟了他一眼，埋头继续雕琢自己的麻将牌。

"明天想吃什么呀？我好像都不知道你爱吃什么。"

"打麻将啊，就知道吃，一点前途都没有。"

"打麻将也要吃饭啊！你这老头咋一点儿都不懂事呢！"

"你怎么还在这儿？你不滚我滚了。"

"你滚啊，滚给我看啊！"

"你看着啊！"

"喂喂，你这么大个人了怎么在地上滚来滚去，给我起来！"

寝宫之外的龙域，如往常一般安静而有秩序。

东海的海水微微摇动，有星光月色浮其中，深沉而温柔。

同一时间，无藏青霜坐在他的露台上，举着一壶烈酒，慢慢地喝，脚下的海水汹涌翻滚，像饥饿的人在不断咆哮，看久了只会觉得背脊发凉。

北海的疆界里永远是一个样子，找不到半分跟生命有关的迹象。

但，他似乎就欣赏这样的景色，或者说，他已经习惯了这样的一切。

"王！"身后有人走来。

他半眯起眼睛："我离开北海的这些日子，你们要小心看管一切。"

"是，属下知道了。王要我们做的准备，也都做好了。"

"那就等我的命令吧。"

"是！"

他举起酒壶，烈酒缓缓落进口中……

◇ 贰 ◇

一切都在消失。

行走中的人、飞翔的鸟、在屋檐上跳跃的猫、在同一个地方生长了无数年的树与花草……都在消失。一个接一个地化作了水蒸气，却并不往天上飘，而是缩回了地下，看起来就跟正在倒带中的奇幻电影一样。水蒸气越来越多，世界上的空白也一片一片扩张，没有任何声音，听不到惊恐的尖叫与哭喊，沉默的力量用最快的速度毁灭着每个角落。

我拼命追逐，希望赶在什么人的前头抵挡住这股力量。

我脚下的土地不断变换着颜色，从深深浅浅的充满生命力的绿色枯萎成一块块灰黑。

我越跑越快，但世界的空白越来越多，我不知道自己跑到了哪里，只知道不能停下来，我感受不到速度，察觉不出时间……

突然，脚下一空，整个人坠进了一片无声无息的空茫……

不能这样！

我呼一下睁开眼，猛地从床上坐了起来，冷汗从额头上滑下来。

初冬的阳光从窗口斜落在我的被子上，半开的窗户外隐隐能听到高音喇叭里传出来的打折酬宾之类的叫卖声，散着暖意的空气里飘散着熟悉的油烟味，还混着一缕淡淡的洗衣粉的味道。

"赵公子叔叔，我的糖醋排骨好了没有呀？"

"好了好了，未知你去楼上看你妈醒了没有，醒了的话喊她下来吃饭。"

"青童站住！还给我，那是我的水彩笔！"

"谁是青童？"

"就是你呀！你又忘记了！不是让你写好贴在自己脑门上吗？"

"哦。那你又是谁啊？"

"我是浆糊啊，这里是不停，你是这里的帮工呀！信龙你们又死到哪里去啦！不是说好了每天提醒她的工作由你们负责的吗？"

"你们哪个混蛋又把整个鸡蛋放到微波炉里叮？不是说了微波炉不能这样用吗？"

"纸片儿姨，我看见未知放的。"

"是吗？小未知你别跑，我跟你谈谈！"

楼下传来的大大小小的声音，每一个都熟悉。

我深呼吸了三次，擦掉额头上的汗，莫名其妙的梦境渐渐远去，我看着眼前的一切，在梦里跌到谷底的心瞬间踏实下来。

这是我的不停，开在忘川的不停，我在自己的卧室里，真正的，属于我跟楼下那群聒噪的家伙们的——家。

我揉了揉微微发胀的脑袋，打了个呵欠，每根神经总算都恢复了正常。

没记错的话，今天是回到不停的第七天了。

鱼门国除了偶尔在我梦里闪现片刻，已经彻底成了一段回忆，准确地说，这世上已经再没什么鱼门国了，只有一群活在离我很远很远的地方的、即将走入一段新生活的人们，以及一条被我收藏起来的围裙——胖三斤的东西，要好好地留下来。

那天，我们在傍晚时分回到不停，还没进门，我已经闻到了熟悉的晚饭的味道。

那一刻，我觉得世上最好的味道莫过于此，柴米油盐，人间烟火，有人做饭，有人等候，住了多年的房子还在老地方，没有荒芜没有缺失。

所谓安全感，无非就是有一个地方你始终想回去，也能回去。

关于赵公子跟纸片儿看见我们时的激动，此处可以省略一万字了，反正纸片儿又把自己哭湿了，用了好几回吹风机才吹干。

而赵公子永远那么不善言辞，在激动得手发抖的情况下，愣是把不停里所有能吃的食材都搬出来，做了满满一桌菜，也不管我们吃不吃得下，然后站在我们一家子旁边，憋了半天只憋出一句话："老板娘，在外头没怎么吃好吧，回家了就多吃点吧。"

"好呀。"

我咧嘴一笑，尽管并不是那么饿，我还是把一个卤鸡腿塞到嘴里。

这个时候，食物已经不是食物，是团聚的欢喜。

"多吃点，多吃点！我锅里还煮着面呢，一会儿就好！"赵公子看了我们好一会儿，突然就转身跑回厨房，没多久就听见里头传来号啕大哭的声音。

唉，男儿有泪不轻弹，何况还是一副铁打的盔甲。平日里整个不停就属赵公子最沉稳，不哭不笑不乱说话，默默修炼成家务界的翘楚……我们回来之后，他没有说一句"老板娘我好想你们"或者问一句"老板娘你们去哪儿啦"，他只做一件事，就是坚定地等候，就算我们去了天涯海角，只要回来，他就在这儿，没有夸张的语言跟多余的问候，只有随时能端出来的热茶热饭。

这次，想必是憋得太厉害了。

毕竟我们身陷鱼门国时，跟外界彻底断了联系，留在这里的家伙们，不论谁都不可能得到我们半点消息。且当初在离开不停去东海之前，我跟赵公子说过此去短则一周，长则一月，我们必然返回不停。赵公子是个实心眼，又知道我历来言出必行，见我们迟迟不归，想来也是找了所有他能找到的法子打听我们的下落，在无论如何都不能得知我们近况的情况下，免不了胡思乱想，长期忧虑又不善于抒发，今天能哭一场，算是好事。

不过我没有跟进厨房去慈爱地拍拍赵公子的肩膀安慰他不要哭了，只是叮嘱在场的每个人就当没有听到，不要劝，不要问，更不许笑，我们要做的，就是把赵公子做的菜吃光，然后就像什么都没有发生过一样，继续在我们的不停里生活下去。

这就是我们对彼此最好的爱了，不吵闹不浮夸，永远只用最默契安静的方式承载下来。

也是在那顿团圆饭上，我正式把信龙、阿灯，还有青童介绍给了他们，宣布这些由我们从"远方"带回来的家伙们以后就是不停的新帮工。

信龙跟阿灯还好，一对听力一流的瞎子兄弟跟一头会飞会隐身会变化的鲸，没什么大毛病，随便找个地方让它们安顿下来就是，也不用指望它们能帮多大的忙。

只是青童这个姑娘身份有些特殊，她是一只不怕光不怕符咒不需要吸血吃肉没有伤害值并且有正常思维的……僵尸，她不怕苦不怕累不怕疼又听话，就是记性有点问题，如果她在你们脸上或者衣裳上写下"这是赵公子"或者"这是纸片儿"之类的话，请你们不要跳起来打死她，毕竟她已经不算活人，你们打不死她的，看在她在这世上已经吃过太多苦头的份上，对她多一点包容之心吧。

我说完之后，青童在我的示意下，很乖巧地站起来跟所有人行了个礼，说："我叫青童，以后不停就是我的家，你们就是我的家人，有什么脏活累活不要客气，都交给我吧，我力气很大的，而且我不用吃饭喝水。"

赵公子跟纸片儿沉默了片刻，纸片儿落到青童面前，细细端详这个身材瘦削眉目清秀的姑娘，半晌才问："你真的不咬人？"

"我不是狗为什么要咬人？"青童奇怪地反问，"就算是狗，也不会随便咬人的。"

八卦能量跟胆量成反比的纸片儿松了口气："那就好。"

"不过，你也不是人啊。"青童歪着脑袋看着它。

纸片儿"哼"了一声："虽然我只是一张纸，但我理论上也是有血有肉有灵魂的，而且论起资历来，我比你早来不停，以后你就喊我老大吧，我会给你分派家务活儿的。"

赵公子一巴掌把纸片儿拍到桌上："你这么小一片，哪里大了？青童你不要听这个家伙乱讲，大家都是不停的帮工，不分先后尊卑，以后你就安心留在不停，我们一起把不停的家务做好就是了。我是赵公子，一副活了许多年的盔甲。"

青童惊奇地打量他："你就是老板娘白天跟我提起过的赵公子？她说你做的一手好饭菜，为人又好相处，要我好好跟着你。"

赵公子点头道："嗯，我没有纸片儿那么爱讲废话，以后我会告诉你每天需要做些什么。"话音未落，他突然又想到了什么，问正要坐下来的青童，"那个，青童啊，你需要冷藏么？"

"冷藏？"青童不解道，"我不热，为何要冷藏？"

赵公子支吾了半天，说："你不是那个……僵尸么？我看电视里演的那些，僵尸的肉会变质……所以我想你是不是需要住到冰箱里？"

我扑哧一笑，说："赵公子你想多了，青童是自带保鲜的那种，电视里那些僵尸跟她完全不同，放心好了。"

"哦，这我就放心了。"赵公子拍拍心口，"我还寻思着是不是要再买一个冰箱……"

"蠢死了你！"纸片儿从桌子上跳起来，落到赵公子头上使劲踩，"亏你做了那么多年的饭，肉有没有坏一闻就闻出来了好吗？！让你平时少追剧多看书的！"

"那个……纸片儿和赵公子，"青童无辜地看着它们，"我是青童，不仅仅是一块肉。"

"知道啦，现在不关你的事，是我在教训这个大块头。"

纸片儿说完扭过头去继续跟赵公子嚷嚷，而赵公子由着它在头上跳，只是偶尔哼两声，并不跟它打嘴仗。

饭桌上的气氛顿时就更热闹了。

我低头吃东西，莫名地开心。

这才是我的不停，这才是不停里的家伙们应该有的相处方式，总是互相看不顺眼，但就是打不散也分不开。

而全程最安静的，就是敖炽了。

我从没见过他在这么安静的模式下吃东西，既不跟未知浆糊抢东西，也不去吐槽赵公子这个菜咸了那个菜淡了。

我知道他心里装着另一个人。

深夜的卧室里，我站在窗前，他环着我的腰，下巴放在我的肩膀上，定定地看着窗外的夜色："还是这里的晚上看着顺眼。"

"终于可以肆无忌惮地玩你的扫地机了。"我笑。

"还有我的花衬衫。"他满意地用下巴磕了磕我的肩膀，"我估摸着又有新款式出来了，回头你给我弄几件。"

"大爷，现在是冬天了。"

"我可以在外头套羽绒服呀，到了暖和的地方只要一脱外套，依然闪瞎你们的眼，哈哈哈。"

我无奈地叹了口气："好吧，等你从东海回来，我给你买一打不同花纹、颜色的花衬衫，你可以每天穿出去浪，天天不重样，高兴了没？"

他一怔，环住我的双手瞬间松了一下。

"别装啦，我知道你心不在焉的原因。"我拉下他的手，转过身看着他的脸，"回去吧，那毕竟是你爷爷，嘴里虽然老头子老头子地喊着，心里却怎么也放不下呢。"

他沉默片刻，说："我速去速回，你们好好留在不停，这里比龙域好得多，起码万一要有点事，你至少能喊来不少帮忙的。"

"把阿灯带上。"我提醒他，"我寻思你硬闯鱼门国的事，有人已经替你广而告之了，最坏的情况是整个龙域都知道你进了真正的龙进不去的地方，如今正磨刀霍霍要清理门户。阿灯有隐身模式，你带它回东海最合适。"

"好。"他点头，"我本来也打算低调些，毕竟不知道老头子跟龙域现在是个什么状况。你放心，我还是很顾着我的命的。"

我抱住他，把额头抵在他的心口："早去早回，不要跟任何人起冲突。不论发生什么事，先回家。"

"知道了，睡吧。好久没睡我们自己的床了。哦对了，怎么没看见九厥？临走时你不是把不停交给他照看么？你有没有清点不停里的存货，该不会被这厮吃光喝尽然后跑路了吧？"

我直起身子，没好气道："赵公子说，自我们离开后，九厥在不停里待了几天人就不见了，然后再也没出现过。不过大半个月前，却见他从咱们二楼冲下来，赵公子还奇怪地问他啥时候来的咋没见他进门呢，这厮只说了一句'你们老板娘差点坑死我，不跟你们玩儿了，我要回我的酒庄去，哼！'，然后就至今没有音讯了。"

"蓝头发的神经病……"敖炽撇撇嘴，"关灯睡觉。"

回到不停的第一个夜晚，我睡得不好不坏，一会儿迷迷糊糊地做梦，一会儿听到敖炽的呼噜声，辗转了许久才真正睡去。

第二天一早，敖炽陪我们吃完早饭就走了，带着阿灯一块儿。

五天了，他还没回来。

我从被窝里钻出来，敲打着酸胀的脖子跟肩膀，刚把衣裳换好，房门就被小心翼翼地推开了一道缝，未知的脸出现在门后，见我已经起床，她呼一下推开门跑进来："妈，开饭啦！"

"听到啦，你们几个声音那么大。"我嗔怪道，过去摸了摸她的脑袋，"走吧，下楼。"

"好呀，赵公子叔叔又做了好多菜。"未知说着说着，跑到我卧室的穿衣镜前，扯着自己粉色的连帽外套跟小裙子照来照去，问我，"妈，我好看不？"

"好看呀。你爸难得能买到一件正常的衣裳。"我走过去与她并肩站在镜子前，感慨道，"小未知长得好快呀。咱们去鱼门国时，你才一丁点儿大，现在已经是个大孩子了。"

我说过这两个小鬼长得很快，出生不足两年，如今已俨然是五六岁孩童的模样，幸好当初激动的敖炽一口气给他们买好了从出生到十八岁的衣裳，小未知有足够的资源臭美。

"妈，"未知摸着自己的脑袋，在镜子前左看右看，"头上没有角有点不习惯诶。"

我看着镜子里的她，说："未知啊，我们现在是在人类的世界，过的也是人类的生活，人类是没有角的，所以为了我们的方便，也为了照顾人类的情绪，妈妈要把你的角暂时藏起来，毕竟你已经长大了，慢慢地要走出家门去跟这个世界打交道了。"

未知摸着自己眉心中间那颗像朱砂痣般的红点点，问："妈，你放了东西在这里，别人就看不见我的角了吗？"

"是啊，我们在龙域时你的身体还不够强，妈妈怕符咒会伤了你，所以只让你戴帽子。再说了，不管是在龙域还是在鱼门国，那里的家伙跟我们生活的这个世界还是不同的，就算发现你有角，也未必会太惊骇。但现在不同了，我们回到了真正的人类的地方，要是他们发现自己身边有一个头上长着龙角的小姑娘，我们可能会有麻烦。"我刮了一下她的鼻子，"所以现在多好，小未知跟外头的任何一个姑娘都没有不同，你可以跟他们一样在这个世界东奔西跑，结交各种各样的朋友。"

未知想了想，又问："妈，我们根本不是人类，对吧？"

"对啊，跟你讲过的呀，妈妈是一只树妖，你爸是东海的龙，而你跟浆糊继承了妖跟龙的血统，是世界上最好最可爱的存在。"我如是道，"但这件事，除了将来你遇到的最值得信赖的朋友，你不可以跟任何人说。记住，走出不停的大门，你跟浆糊就是普通的人类孩子，有一对开店做生意的父母。"

"好，我记下了。"

未知用力点点头，脸上又露出期待的神情："那么，我以后可以跟电视里那些小孩子一样，背着书包去上学，然后认识很多很多小伙伴么？"

老实说这个有点麻烦。毕竟他们两个的长势跟人类孩子不一样，如果放到人类的学校里跟普通孩子长期在一起，早晚会穿帮的，搞不好小学都没毕业就长成大学生了……

"这个嘛，妈妈会安排的，等你跟浆糊再长大些吧。"我只能这样搪塞过去。

要是有一座专门给妖怪的孩子念书的学校就好了，我在心里叹气。

"吃饭去吧。"我牵着她出了房门。

身为非人类的孩子，也许可以比普通人类得到更多，但失去的，可能一样多。

◇ 叁 ◇

对未知跟浆糊来说，这个世界的一切都是新鲜有趣的。

临近年底的商场里，塞满了抢打折货的顾客，吆喝叫卖的声音此起彼伏。

说来这是我第一次带着两个小鬼来到真正的闹市之中，他们出生后的主要活动范围都在不停，顶多扩散到附近两百米，之后没多久便被带去了东海，又在鱼门国折腾了好一段日子，所以，缺失的课，我要尽快给他们补回来，毕竟这个世界才是他们要留下来的地方。

两个家伙很兴奋，连调料区的货架都不放过，一排一排看过去，指着上头的瓶瓶罐罐说个不停。

"啊，这个是酱油这个是醋……那个写的是啥，胡叔粉？"

"那念胡椒粉好吗？浆糊你咋还这么文盲？不认识字好歹也常听到赵公子叔叔说起呀！"

"呵呵，一百减二十等于八十一也不知道你是怎么算出来的。"

我笑眯眯地站在他们身后，不劝架，随便吧。

暖冬周末的商场，人潮熙攘，空气里弥漫着水果与调料的味道，我推着购物车带着吵吵闹闹的孩子在里头挑挑拣拣，不用跟谁斗智斗勇，不需打打杀杀，只为一顿晚餐全神贯注地做准备，真是美好的负担。

买好了东西，我推着车往收银台那边去。

未知抱着我给她买的一罐糖果，眼睛却在东瞅西瞅。我问她在找啥，她问我："妈，没看见卖西瓜的呀，冬天没有西瓜么？"

013 第一章
寒霜

"以前冬天是没西瓜的，但现在科技进步，冬天也能种出西瓜了。不过西瓜还是吃夏天的最好。咋啦，想吃西瓜？"

"我爸爱吃啊。"未知仰头看着我，"等他回来，看见有西瓜吃肯定很开心。妈，我爸啥时候回来呀？"

我摸摸她的脑袋："应该快回来了。爸爸去东海看望你们的曾祖父，你们也知道曾祖父生病了嘛，而且我们走的时候都没来得及跟他打个招呼，老人家会不高兴的。"

"哦，那曾祖父病好以后会来看我们吗？"未知又问。

"你们想他的话，他就会来的。"我笑笑。

"我们想一个人，那个人就会来……"一旁的浆糊琢磨着，"那我们不想一个人，那个人就永远不会来吗？"

"你不想谁？"我一边把东西拿出来放到收银台上，一边随口问他。

"龙宫里害得我耳朵疼，还让未知摔倒的那个黑衣裳的叔叔。"浆糊认真道，"我不喜欢他。"

"是呀是呀，我也不喜欢他，他好吓人，比我们见过的所有怪物都吓人！"未知噘着嘴道。

我拿东西的手慢了一下，无藏青霜……我也不想见到他，但，是不是我不想，他就不再找上门呢？

"放心啦，这里不是龙宫了，而且有爸爸妈妈在，就算那个叔叔再来，你们也不会受伤的。"我若无其事地冲两个小鬼眨眨眼，"来，过来帮忙装东西。"

付好钱拿上大包小包，刚走出收银台，浆糊跟未知的目光就被旁边一排花花绿绿的夹娃娃机吸引了，好奇地问我："妈，那是什么呀？为什么放那么多娃娃在里头？"

当我耐心地跟他们讲明了夹娃娃机的原理跟玩法之后，我就知道我短时间内是不能离开商场了。

一个接一个的硬币被扔进这些可恶的圈钱机器里，半个小时过去了，我们三个一无所获，挤在里头的每个玩偶好像都露出了嘲笑脸，一副"你来啊你来啊反正你抓不住我"的表情。

越抓不住越想抓，我都不记得自己去换了多少次硬币，但那个该死的金属爪子就是抓不住，好几次眼看着抓起来了，稍微往洞口一挪，又掉下去了，气得我们直跺脚，大骂奸商不要脸。

就在我气坏了差点动用灵力作弊的时候，一只手伸过来，拿走了我捏在手里的硬币，麻利地投进了旁边的另一台机器。

啥？

大白天的还有人抢钱？

我猛一扭头，身旁多了个穿灰色羽绒服黑裤子黑鞋子，全身上下素得像冬天的年轻男人，高挺的鼻梁上架着一副眼熟无比的墨镜……

"就你这技术，倾家荡产也夹不出一个来。"甲乙操纵着摇杆，没费什么力气就夹了一只兔子出来，然后拎着它的耳朵，扔给了未知。

我们三个都呆了，直到未知抱着兔子拍手大叫"甲乙叔叔好棒呀"，我才回过神来，真的是甲乙。

这次回来，除了九厥不见，身为帮工的他也不在。

赵公子说甲乙的行踪永远是个谜，有时候会回来吃个晚饭，有时候十几二十天不见人影，问他去哪里是没用的，反正他不会回答。这不，我们回来前一个月他又走了，鬼知道他又去哪里浪荡了。末了赵公子还跟我叹气说这届帮工不行啊，啥事都不做，除了吃饭就是失踪。

不等我说话，甲乙又用剩下的硬币接连抓了两个娃娃出来，无一失手。

一个萌萌的小狼崽塞给了浆糊，一个蠢蠢的大脸猫塞给了我。

他脸上永远是那副被定格了的表情，不笑不怒冷静如冰，但嘴角又始终挂着一丝嘲讽："我要是你，直接上楼买现成的，何苦跟自己过不去。"

得了娃娃的小家伙高兴坏了，对他们来说，甲乙现在就是自带 BGM 的超级大英雄，完全不顾站在一旁秋风黑脸抱着一只蠢猫的亲妈。

"我现在不跟你生气。"

我硬是挤出一个大度的笑脸："不过你能不能回答我，为什么你不在不停里老实待着，还跟个鬼一样突然从我身后冒出来！"

甲乙耸耸肩："不停里没我什么事，做饭打扫有赵公子跟纸片儿，我想出来自然就出来了。随便走走也能遇到你们，我也很无奈的。"

"问题是我出门前嘱咐过你，如果有客人来访，特别是人类，希望你出面接待，毕竟赵公子跟纸片儿不宜见人。"我硬是没让自己发火，微笑微笑，不能在大庭广众下揍人。

"那是你给九厥说的。"

"我跟你们俩同时说的好吧？而且九厥他不是失踪了吗？他不见你就要顶上啊！万一有人来找我做生意，你岂不是耽误我的财路？"

甲乙茫然道："九厥在不在，那都是他的工作，跟我无关。"

"当帮工就要有帮工的样子好吧，不做饭打扫你也好歹替我看个门！说走就走太不负责了！"我憋不住了，跺脚开骂，"你简直不适合在这个世界生存！看到你我就来气怎么办！你说怎么办！"

他横抱双臂看着我，特别认真地说：“你以为我想看见你们么？”

“你……”

他一把拎起我放在地上的几个购物袋：“既然碰上了，就一起回去吧。”

说完也不理我是什么反应，自顾自地朝商场出口走去。

“哇，甲乙叔叔一点都没变诶。”未知看着他的背影，"还是那么酷炫。"

是啊，甲乙真的一点儿都没变，以前能一句话呛死我，现在还是。

所以我生什么气呢，从我认识他开始，他就是这副嘴脸啊，从来不给我面子，对这个世界也永远是一副我不爱你你别烦我的死样子，这才是一个正常的甲乙，他没出任何意外，好好地站在我面前，我应该高兴才对嘛。

其实，我真的是有点高兴的……即便他这么讨人嫌。

这种一边生气一边高兴的心情也是挺难形容的。

“你甲乙叔叔不是酷炫，只是情商低。”我扔下这句话，牵起两个小鬼朝前追去。

回去的路上，我问了三遍“你这些日子去哪里了”，他才淡淡回我一句：“四处看看。”

“看到什么了？”

“房子在涨价，跳广场舞的老阿姨们越来越多，路上越来越堵，空气越来越差。”

“……你的时间就花在看这些事情上？”

“我喜欢看真实的东西。”

“就没看上哪个姑娘？”

“没。”

“不如让葵颜帮你物色一个女朋友？反正他是开婚介所的……”

“我看你精神这么好，不如自己把东西拎回去？”

“年轻人别这样嘛……等你从单身狗变成恩爱狗以后，对这个世界就会友善起来了……喂喂，别走那么快啊，我认真哒！”

傍晚的街头，我牵着娃，聒噪地跟在甲乙屁股后头，跟所有正在回家的人一样，我们与周围的一切没有半分的不协调，虽然是妖怪，但我们同样不能割舍这个活色生香、充满喜怒哀乐的世界。如果，每天都是这样，我并没有意见。

◇ 肆 ◇

"你有完没完？"

"哎呦，你考虑一下嘛，要不我回去就联系葵颜？"我继续死皮赖脸地游说甲乙。

真正让我感兴趣的不是给他介绍女朋友，而是我真喜欢看他脸上难得一见的窘迫，他一定没谈过恋爱吧，不然为啥一直脸红，哈哈哈。

我们刚拐进巷子，迎面就看到有人站在不停门口，跟站在门后的青童说着什么。

以前的规矩是，如果不停里只剩下赵公子跟纸片儿，有人类敲门的话一律不应。现在好了，有青童在，多少可以应付一下他们了，起码她看起来是个正常的姑娘，除了没记性，做事还是很勤快的，不像九厥跟甲乙，不用猜都知道，就算这两个人模狗样的家伙在不停，有人来敲门也必然是你推我推你，没一个能主动积极去开门的。

来不停的是个男人，三十来岁，高高瘦瘦，长相路人，穿着厚厚的深蓝色棉外套，戴了个圆框眼镜，手上拎了个黑色公事包，朴素到有点土气。

"小姑娘，你不是这家业主的话，麻烦回头把我的电话号码转交给他好吗？"男人把一张便笺交到青童手里。

青童接过来，挠着头问："什么是业主？"

男人急得擦汗："刚刚不是跟你说了么，就是这房子的主人。小姑娘，你是业主的亲戚还是朋友？"

"我……"青童想了想，从衣兜里摸出个小本子翻开，背书一样说，"我叫青童，这里是不停，卖过甜品开过旅店，现在主要做茶叶生意，我们有一个老板娘，还有一个老板娘的夫君，我是这里的帮工……"

啊！实在听不下去了。

我赶紧走上去，笑嘻嘻地问那陌生男人："请问阁下哪位？我是这里的业主。"

男人扶了扶眼镜，上下打量我一番，然后从公事包里摸出一张表格看了几眼，问："您就是……沙小树女士？"

我点头。男人松了口气："太好了，幸好您回来了。我姓马，是光明社区的社区办副主任，刚上任，所以对咱们片区的居民情况还不是很熟悉。哦，咱们这块地方以前属于长锦社区管辖，现在已经改划入光明社区了。"

"哦……"

听到光明社区以及社区办副主任之类的词汇，我这个刚从鱼门国里出来的家伙居然一下子转不过弯来，太接地气了，我得缓缓，原来我住的这块地方现在是光明社区了……

之前我除了用沙小树这个假身份买了房子入了户籍之外，这些年还真没仔细了解过不停的周边环境，压根儿也不关心它属于哪个社区哪个街道办管辖。以前偶尔也有相关的工作人员来我这儿，多是上门宣传防火防盗或者给什么病重患者募捐之类的事，今天这位大概也差不多吧。

"马主任是吧，来找我是有什么事么？"说罢，我回头对甲乙道："你跟青童先带孩子进去吧。"

甲乙没吭声，拎着东西带着俩娃进了大门，青童见了他，立刻追上去问："你是什么人呀？麻烦跟我说一下，我要记下来。"

"说了你也记不住。"

"我会写下来呀，说嘛说嘛。你个子好高呀，腿好长呀，样子好好看呀。"

"……你是不是流口水了？"

"哎呀，对啊，怎么会这样？"

"……"

听到这样的对话，马主任略尴尬地笑笑："您这里挺热闹呀，人口也挺多。"

"没法子呀，做点小生意，少不了要请些帮工的。"我哈哈一笑，"马主任你还没说来找我啥事呢。"

"哦哦，是这样的。"

他笨手笨脚地从公事包里翻出一张纸交给我："咱们社区为了响应和谐社会，倡导邻里友爱和睦，决定下周六在白枫镇的鸣鹿山庄举办一场社区联谊会，每条街道都随机抽取了一些业主代表，希望你们能带上家人大驾光临。平日里大家都忙，邻里之间没什么机会联络感情，希望能借这样的机会让大家的关系更紧密融洽，以后对我们社区的工作也能多多支持。"

我看着手里的纸，五颜六色的排版上印着"和谐社会，邻里友爱——光明社区迎新年联谊活动"一排大字，下头还印上了举办地点的详细地址以及路线图，落款上还盖了光明社区的红章。

见我没吱声，马主任赶紧又说："完全是社区给居民们提供的福利，不收任何费用，您要是自己不方便驱车前往，可以提前把人数报给我，我们社区到时候会有大巴来接。没法子啊，年底了，这也是我们社区的工作呀，不然今年的年终报告不好写，您多支持吧。白枫镇景色好空气好，到时候还有烧烤大餐，能吃能喝还能认识一下附近的邻居，不吃亏的。"

但我并不想认识附近的邻居呀，这些年我可是刻意跟附近的人类保持着距离呢，不停的大门不是什么人都能进的——当然这句话我没说出口。

我把这张单子折起来，说："谢啦，我看看吧，如果到时候我先生回来了，时间上也安排得过来的话，我们就去吧。"

"好的好的，你们一定要支持我的工作呀！"马主任像个老干部一样跟我握了握手，然后又从公事包里拿出一张表格给我，"这个您也收好，回头您要是参加了这个活动，回来后麻烦填一下这个满意度调查表，我到时候会让人来统一收取。"

"好呀。"我接过来，笑道，"你们工作也是挺繁忙的呀。"

马主任苦笑："工作嘛，都这样。行，不耽搁您了，我还有几户人家要去。"

"慢走啊。"我挥手送客。

"留步留步。"他说着，抬头看了看挂在屋檐下的灯笼，"您这灯笼真好看，上头的字也好，留步饮君茶，一夕浮生梦……我听那姑娘说您是做茶叶生意的？"

"是呀。"我笑，"小本生意，赚不了几个钱。"

"有机会一定要来试试您的茶。"马主任边说边走，没留神脚下的石子，绊了个趔趄，眼镜都歪了，他尴尬地扶正眼镜，"下次见，下次见！"

"您小心看路。"我朝这个看起来笨兮兮的男人摆摆手，然后也抬头看着这个在门口挂了好几年的灯笼，纸片儿把它打扫得很干净，纤尘不染，跟刚来时一模一样。我出神地盯着它，那个许久不曾出现在我生活里的人，如影如鬼的"将军"……

这么久了，他像是从世上消失了一样。

要到什么时候，我才能抓住这个送我灯笼的家伙，看清楚他的样子？

突然，一只大手拍到我的肩膀上。

我吓了一跳，回头，敖炽瞪着我："还没落地就看见你傻乎乎地站在门口，看啥看得这么痴呆？"

"你回来啦！"我完全顾不上跟他斗嘴，心里的高兴毫不隐藏地写到了脸上，然后紧紧抓住他的手，"没怎样吧？"

"除了一个看我长大的老嬷嬷，别人都不知道我回过东海。"他眼神里微有倦意，用力抱了抱我，"老头子醒了，命是保住了。"

我大喜："真的？"

"进去再说吧，我饿了。"

"好。咦，阿灯呢？"

"刚刚已经穿墙进去了啊，谁让你跟个傻子一样站在这儿看灯笼。"

"再说我傻我可翻脸了！"

"我给你带礼物了。"

"那我不翻脸了。带了啥？"

"先吃饭！"

◇ 伍 ◇

赵公子今天是最开心的，因为不停的饭桌上好久没有这么热闹过了。

我们一家四口吃得肚皮滚圆，青童虽然不用吃饭，但也在饭桌上坐着，手里捏着笔跟本子，听到什么都记下来。

我好奇地问她："青童啊，你都记了些什么呀？"

"你们说的话我能记的都记下来啊。"青童头也不抬地回答，"这样我明天看看本子就知道了。"

敖炽翻了个白眼："可你明天醒过来之后应该连这个本子都不记得了吧？"

"我临睡前会把它放在心口上，明早起来我一定会好奇翻开的。"青童认真道，"信龙教我的法子，我觉得很好。"

坐在她身边的白衣少年一边喝鸡汤一边说："我早说这个法子最适合你了。"

"是我提议的！不是你！"少年身体里冒出另一个不屑的声音。

其实对于信龙两兄弟合伙化人形这件事，我并不是很支持。

原形的它们只要一格衣柜就能容纳，而且不用吃饭，所以既不占地又省粮食，但它们非要这样，说自从到了人界之后，觉得身体强健灵力大增，合二人之力化成人形竟一点儿都不吃力了，于是决定以后都以这白衣少年的模样出入不停，一来化成人形后可以尝尝人间美食，二来去各种地方玩耍也方便。可是，再怎么少年，你们也还是个瞎子呀，出门还得带盲杖真的方便吗？

但它们心意已决，坚持要做一个快乐的盲人，用一颗纯洁的心去感受这个跟龙域完全不一样的世界。

我还能怎样呢？只能在不停里多收拾出一个房间给这两个家伙，然后把提醒青童的任务交给它们，反正它们肩不能扛手不能提，也只能做一个行走中的备忘录了。

"你们出的都是馊主意。"

敖炽打了个饱嗝，从衣兜里摸出个拇指般大的东西来，在灯光下闪闪发亮。

我细细一看，是个白色的海螺，光润如玉，小巧可爱，被一条精致的银链子拴着。

他起身走到青童面前，把海螺挂到她脖子上。

"老板娘夫君，这是啥？"青童好奇地拿起这个小东西。

"这叫藏音，东海里有趣的小玩意儿。把它跟你匹配之后，你每天说过的话做过的事，它都能记下，只要它还活着，被它储存下来的东西就会跟它的主人共享。也就是说，虽然你本身记不住东西，但你现在有外接设备了，不会再忘记昨天的事情了。"敖炽得意得很，"快称赞我吧，藏音现在数量不多了，我可是费了工夫才找来的。以前龙宫的大夫们都是拿它来做药，专用来补脑提神根治健忘症。"

"这么厉害？"青童惊喜道，"真的可以让我不再只有一天的记忆？"

敖炽伸手拔了她一根头发，细细缠在藏音上，然后默念了几句咒语，只见那发丝化成了一道红光，闪烁一番后便如水一般渗进了藏音之中。

"行了，现在它只认你这一个主人了。"敖炽拍拍手，"要是它的数量像以前一样多，我还能想法子让人找来足够多的藏音做成药根治你的病。但现在你只能小心伺候它，不管做什么都不要拿下来，一旦它离开你的身体或者被外力震碎，你的记忆就又没有了。而且我可能没法再找第二个给你了。"

"好厉害！"青童开心地跳起来，"老板娘夫君你真是个神人！"

"叫我敖大爷。"

"好的，敖大爷，如果明天起来我还记得你，我一定会报答你的，以后你的脏衣服都交给我来洗！"

"……你力气那么大，小心别把我的衣服搓破了！"

我忍住笑看着他们，问敖炽："你还真是贼不走空啊，回去了还不忘顺点东西回来。"

"好些东西放那儿也是白放。"他走回来坐下，眼神突然有些沧桑。

甲乙一直默默地吃饭喝汤，好像全程只有他一个人在吃饭似的。

然而纸片儿已经蹲在他头上絮絮叨叨吐槽了半小时了，从他不干家务任性失踪一路吐槽到他态度冷漠不理旁人感受等等，末了却只换来一句"哦，我吃饱了，回去睡觉了"。

这小子真是……

我敲了敲桌子："坐下，我有话说。"

他看我一眼，坐了回去。

"今天，咱们不停算是人最齐的一次了，刚才社区的副主任来通知，说下周六有一场促进邻里关系的聚会，有吃有喝不花钱，地点在白枫镇的一个农家乐。想去的人举手，一半人同意的话，我们就去玩玩吧。"我把那张单子拿出来放到饭桌中间，"这些年来，好像我们不停的成员从来没有一起出去玩耍过。"

纸片儿第一个激动地跳了起来："老板娘，我也可以去吗？"

我白了它一眼："你偷偷溜出去玩的时候还少么？"

"可我从来没有光明正大地去过一场聚会呀，我常在电视里看到那些人在风景秀丽的地方烤肉呀开篝火晚会，我好喜欢哪，好想也这样酣畅淋漓地玩一回！"纸片儿可怜巴巴地跳到我肩膀上，"老板娘，可以带我去么？"

甲乙冷哼一声："带一个纸人去，这邻里关系就没法促进了吧？"

"这时候你咋就那么多话呢？"纸片儿愤然地朝他扔了块鱼骨头过去，他偏头躲开，打了个呵欠。

"我去我去！"青童举起手，"只要我能记得，我一定去！"

信龙想了想："那……我们也去吧，那里好玩么？"

"我们也要去！"浆糊跟未知早就兴奋得不行了，抓住我跟敖炽的手使劲摇，"爸妈我们一起去啦！"

只有赵公子默默地收拾着碗筷，好像我们在谈论一个与他无关的话题。

我突然说："赵公子也一起去吧。"

赵公子一愣："我？我怎么去？"

纸片儿还能夹在书里，他这么大一副盔甲，真要走出门去还不吓死一片。从赵公子来到不停到现在，他所有的世界都只在这个小院子里，除了做饭，就是等待我们的归来，偶尔遇到有人类朋友来访，他还得藏起来，或者干脆一动不动地立在墙角装家具……这样一个忠厚的家伙，外头的精彩，他也应该有份啊。

"你们是宅太久脑子不好用了么？"我哼了一声，"身为一只老妖怪，连一天人形都不能给你，我的脸要往哪儿放？！"

赵公子有些不敢相信，讷讷道："我……我可以出去？"

我起身："纸片儿跟阿灯留下看家，其他人下周末一起出去玩。就这么愉快地决定了。"

纸片儿立刻在我耳边大叫："为啥抛弃我？我体积小携带方便为啥不要我去？我不要在家里看那条住在浴缸里的笨鲸鱼吐泡泡！你刚刚还说要大家一起出去玩的！"

我把它从肩膀上抓下来："这个大家里并不包括你，不停总要有人留下来看家。何况荒郊野外风大，你这小身板一不小心就被吹走了，我是为你好。"

纸片儿躺在桌上又哭又闹："老板娘没良心，人家养个汪星人都要带出去遛一遛的，我连汪星人都不如，天哪……"

"你再嚎，我就拿图钉把你钉到厕所的墙上。"

"我跟你们绝交！"纸片儿愤愤爬起来，飞到吊灯顶上再不下来了。

赵公子到底是于心不忍了，说："要不还是我留下吧，让纸片儿去玩。"

纸片儿一听，唰一声飞下来，抱着赵公子的脑袋亲了一口："只有你是我的好兄弟。"

我想了想："猜硬币吧，猜错的留下来，纸片儿你没意见了吧？"

纸片儿咕哝着："那也行……"

"那现在就猜吧。"

纸片儿抢着说："我猜反面。"

赵公子耸耸肩："那我只有正面了。"

我把硬币交给纸片儿："你自己来，省得你说我作弊，回头又在那儿乱嚎。"

"好呀！"

亮晃晃的硬币被纸片儿抛出去，自由落地，晃动停止后，正面朝上。

纸片儿一屁股坐到地上，沮丧地嚎："不去就不去，不稀罕！你们去大吃大喝吧，不要钱的东西小心吃到拉肚子。"

"天意。"我笑眯眯地摸摸它。

饭桌上一片嗤嗤的笑声。

◇ 陆 ◇

我洗漱完毕走回房间，时钟的指针已经走到深夜十一点，往常这时敖炽应该已经睡得四脚朝天了，但今天，台灯还亮着，敖炽坐在梳妆台前，聚精会神地穿针引线，面前摆了个精致的盒子，盒子里躺满了五颜六色的小圆珠子。

"你在干吗？"我走上前，顺手从盒子里拈起一颗珠子，虽然小小一颗，但晶莹剔透，灵光流转，"哪儿来的珠子？"

敖炽小心翼翼地把珠子一颗一颗地穿到一根透明的细线上，说："老头子虽然醒了，但脑子完全糊涂了。"

我一惊，赶紧搬了个凳子过来坐到他旁边："什么叫糊涂了？"

"老年痴呆吧。"他苦笑，"现在他每天除了刻麻将打麻将，什么都不知道，他不知道自己是东海龙族的王，不知道我是谁，思维根本是混乱的。"

"后遗症？"我皱眉，"没法子治？"

"起码龙域里的家伙至今没找到法子。"他手上的动作很慢，穿一颗珠子要好半天，"不过也没什么可担心的，起码他的身体还挺健康，能吃能睡，打麻将只赢不输。在龙宫，他会得到最好的照顾。"

我想了想，说："龙域没有治他的法子，人界一定会有，回头我想想谁擅长医术。"说着，我突然想到另一件事，问他，"龙域那边情形如何？"

"至少在我留在那儿的那些天，一切风平浪静。"他继续穿珠子，"不过我进了鱼门国的事，已经有好心人替我散布出去了，虽然还没有哪个龙王出来坐实这件事，但我的光环应该已经没有了。你知道的，我在龙域原本就没什么人缘，比起我性子里的凶悍，他们更怕的是我东海龙王继承人的身份。"

我沉默地看着他的侧脸，他很少有这么专注而沉稳的神态，而淡淡的寂寞沿着台灯的光线，落到他身上每一处。

我不会说什么都怪我，要是你不来鱼门国找我，你现在依然是高高在上的东海龙族的王裔，我只知道如果你不来，我跟两个孩子，甚至整个鱼门国里的生灵，可能都会葬身火海。如果我跟浆糊未知不在了，你的世界又岂止寂寞。

"发什么愣哪。"敖炽弹了一下我的脑门，"你可别胡思乱想。你知道我对龙王的位置一点儿兴趣都没有。就算今后再不回龙域，我也没什么难受的。既然以人的样子在这里生活着，那就应该过些更简单的日子，以后只做英俊有钱品味高的敖大爷，更好。"

我一翻白眼："说得轻巧，说好了要让我当龙王夫人的，现在当不成了，你拿什么赔？"

"我不正在给你准备精神赔偿嘛。"他牵起穿了一半的珠子在我眼前晃，"这次我在龙宫不但找到了藏音，还在老头子的卧房里发现了个首饰盒，里头全是这种好看的小珠子，哦，我还发现了这个！"说着，他把首饰盒的上层拿开，从里头拿出两个黄澄澄的小玩意儿。

金子呀！

我接过来一看，确实是黄金打造的小东西，一块如意结，一个小铃铛，虽然小，但细节相当精致，而且应该是上了年月的老货，里里外外透着一股子古朴。

"好可爱啊。"我看见金子就不能自持，一点法子都没有。

"这不是你的生日快到了么，"他咧嘴一笑，"我寻思着亲手给你穿一条项链。上次给你编的金刚结绳链还是太粗糙了。我在龙宫待的那些天，专门跟贝嬷嬷学了手工。你把怒面龙王给我，我给你换上新装备。"

对啊，漫天飞雪的十二月，我的生日又快到了，我差点忘了，他还记得。

我把脖子上的怒面龙王摘下来交给他，自从戴上之后，我连洗澡都没拿下来过，此物救我一命之后，就一直是一块安静的装饰品了，我一度怀疑当初从坠子里钻出来的那个半人半龙的男人是我的幻觉。

凌晨一点，敖炽的手工作业终于完成了。

108颗珠子串成项链，末端拴着怒面龙王，敖炽的手艺好像是进步了，不但把坠子跟链子连接得天衣无缝，还在坠子上用细绳编了一条小尾巴，把金如意跟铃铛挂上去，如此一来，我每走一步，小尾巴上的如意跟铃铛就会随着我的动作甩来甩去，很是可爱。只不过这个金铃铛好像是坏的，不管怎么动都不响。

敖炽亲手把链子挂到我身上，说："老头子给的东西，好好留着。"

"不会丢，也不会拿去卖钱的。"我举手发誓。

"咱们好好休息一段时间，顺便看看谁擅长医治老年痴呆。我会想法子打探龙域那边的动静，等风头过去，局势安稳下来后，咱们再找机会去东海看老头子。"他握住我的手，"做不成东海龙王的夫人，就安安心心做老板娘吧。"

"算啦，看在你给我准备的生日礼物合我心意的份上，不当龙王夫人就不当吧。"我摸着心口上这串光滑细腻的链子，笑眯眯地往他脸上亲了一口。

亲爱的，其实我们心里都明白，要等"局势安稳"谈何容易，牵扯其中的不是虾兵蟹将的小角色，是龙域里的王，以及你这条东海的孽龙啊。

此刻龙域的平静，是真平静，还是暴风雨前的死寂，我已经不想去思考了，懒得费神。

这世上的祸福，避不开躲不了，该来的总会来，不管走哪条路，只要一起走下去就好了，吃好喝好照顾好身体，我们可以洗菜做饭嘻哈玩笑，也能挥刀杀敌护我家人，就这样。

◇ 柒 ◇

还是这个人间适合我的口味，就算每天在大大小小的吵闹声里醒来，我也高兴。

敖炽回来之后，我很少再做噩梦，不知是不用担心他的安危所以我可以睡得好了，还是那条链子有安神静心的效用，反正我现在天天一觉到天光。

九厥我是联系上了，一年不见，这家伙居然开始在朋友圈里卖起酒来了，还说是什么养颜神仙酒之类的……

我发消息给他："我们回来了，你死到哪儿去了？"

他回了我一个"哼"的表情。

"周六我们要去参加社区组织的联谊会，免费吃喝，你来不来？"

"哼！"

"不来算了。你喝掉酒柜里的三瓶干红五瓶威士忌，记得把钱转账给我。你敢拉黑我，我就放敖炽跟你谈人生。"

对方给了我一个绝尘远去的 GIF 图……

我把手机朝沙发上一扔，搓着脸叹气，看看我都认识了些什么家伙啊！完全不知道九厥这家伙受到了什么伤害，我们回来这么久他居然都不来看我们。

藏音确实是青童的救星，有了它，这个姑娘再也不用每天都被动格式化了……她高兴，我们也省心。而且她确实是个好帮手，赵公子让她干啥她就干啥，又麻利又勤快。现在两个人正忙着在厨房里准备早餐以及后天要带走的食物跟酒水，赵公子说不知道聚会上的食物够不够，所以还是自带一些以防万一。

甲乙照例在房间里睡懒觉。

信龙不知怎么的迷恋上了太极拳，天天在院子里比划，说就算眼睛看不见了也要努力做一个文武双全的人。

纸片儿一直在生气，哼哼唧唧心不在焉地拿着抹布东擦西擦，好几次把敖炽的脑袋当成桌子一起擦了，然后又是一场鸡飞狗跳。

最安静不惹事的还是阿灯，我往浴缸里给它放了好几个青蛙玩具，然后它就能开开心心在里头待一整天。

看吧，这就是我的不停的常态啊，能重新回到这样的日子，是我最大的福气了吧。

浆糊跟未知趴在客厅的窗前，用手指在上头画来画去。

"妈，看我画的兔子可爱不？"未知指着她画在玻璃上的一只歪瓜裂枣的生物问我。

"嗯，可爱。"我的目光透过结霜的玻璃，窗外的世界一片模糊。

"妈，我看见玻璃跟院子里的花草上都盖了一层白白凉凉的东西，是下雪了么？"浆糊好奇地问我。

我伸出手，在玻璃上画了一个圆圈，笑道："这不是雪，是霜。天气太冷的时候，就会有这样一层白白凉凉的东西从地面的空气里凝结出来。等太阳出来温度升高，霜就会化掉。"

我看了看时间，已经快十点了，外头虽不是大晴天，也隐隐见了阳光，窗户上的霜却没有融化的意思。今年的冬天已经冷成这样了么，我扭头对敖炽说："电卡千万记得充值啊！万一断电了咱们就冷死了！"

"知道啦！"敖炽窝在沙发里专注玩手游，头也不抬地应了我一声。

我坐到他身旁，随手拿起遥控器，把电视里播的无聊肥皂剧转了个台，晨间新闻里正在播放什么冬季全民马拉松大赛，我看得无聊，继续换台，都是新闻，不是婆媳吵架就是占道经营被清理之类的，看得我呵欠连天，把遥控器扔到一旁，抓起一本八卦杂志翻看起来。

电视里的新闻还在继续，秀气的女主播字正腔圆地说："近日，白枫镇的柳刀遗址被人恶意破坏，据相关工作人员称，已有千年历史的柳刀葬坑一夜之间被毁，损失尚在估算中，警方已介入调查。"

白枫镇？我抬头，看向电视。

新闻里的镜头切到了现场，一片用围栏围起来的大坑，被刨得乱七八糟，但看起来并没有什么值钱东西的样子，不就是个坑嘛。一个秃顶圆脸的中年男人站在坑边，正对着镜头说："希望早日将不法之徒抓获归案。我们柳刀遗址已经有一千两百年历史，这柳刀葬坑里埋葬了近百具古人遗骸，还有极具考古价值的石碑，我们一直都在小心维护，把此地作为一个历史遗址供后人参观，如今惨遭毒手，令人痛心，这是对国家财产的亵渎！"

"上百具古人遗骸……"我嘀咕着，一个破坑怎么会埋了上百具遗骸，还当了历史遗址，我扭头问敖炽："喂，你听没听说过什么柳刀遗址啊？"

敖炽忙着刷他的副本，心不在焉地答道："什么刀？你等会儿啊，我这儿正组队呢！"

我白了他一眼，拿起手机往搜索引擎里输入了"柳刀遗址"四个字。

出来好几条结果，最详细的一条写的是——

"距忘川市区约一百公里的白枫镇，有柳刀遗址，古时白枫镇有强盗盘踞，自称柳刀门，烧杀抢掠无恶不作，后被官府剿灭，群盗尸身葬于野地，并立石碑于葬坑旁，上刻'天道除恶，回头是岸'八字，意在警醒后人遵守法纪，勿入歧途。历经千年，石碑仍在。如今的白枫镇风景优美，山水灵秀，并有 5A 级国家森林公园正在建设中，实是旅游度假的最佳选择。"

我扯了扯敖炽，把手机递给他："你看这个。"

"什么嘛！"敖炽不耐烦地放下游戏，拿过我的手机扫了几眼，"一个埋强盗的坑嘛，这也说是遗址，有病。"

我瞪他一眼："你没听见刚刚新闻里说的，这个坑被挖了吗？"

"挖就挖了呗，挖它的人更有病，又不是什么王族古墓，一群被剿杀的强盗能留下啥。"他不屑道，"除非当年这群强盗留下了什么宝藏，可要真有宝藏，这都过去一千多年了，等现在才挖也太晚了吧。我看哪，搞不好是什么黑心开发商想占地修房子，又没跟人家谈妥当，所以搞这么一出闹剧。"

我耸耸肩："我瞧那地方也没什么特别的，不过要是真有千年前的尸骨埋在那里，给人家睡觉的地方挖成这样也是缺德。"

"嗯嗯，缺德。我继续刷啊，你自己玩儿。"敖炽敷衍着我，像个网瘾少年一样继续沉迷游戏。

电视里的新闻也播完了，很短一条新闻罢了，还没有那些婆媳吵架打破头的新闻长，看来这件事也确实没什么分量，在大多数人眼里，无非就是一个土坑被挖了，只因为那是个有上千年历史的坑，所以才勉强上了一下电视。

我撇撇嘴，抱起八卦杂志继续翻。

一整个上午就这样闲闲懒懒地过去了，我把下午的时间用在整理不停的存货上，顺便慎重思考了下以后不停要做什么生意来赚钱。

要不重开甜品店或者旅馆吧，或者干脆就开成茶坊算了，这样的话，茶叶生意就能继续做起来了。不过如果开茶坊的话，店面可能需要重新布置一下，还得购买新桌椅新茶具，也挺花钱的……

反正我思考了一下午，还是没想出个结果。

我扭头看着在不停里忙忙碌碌的家伙们，心想也不用着急，时间还很多呢，不停重新开业是一件大事，回头还是征集一下所有人的意见吧。

坐在院子里的躺椅上，三点钟的太阳慷慨地照着我，我一边翻着手里的账簿一边喝茶，日子好像就这样安稳下来了。

不过今年冬天真的很冷啊，我发现角落里枯黄的草叶上居然到现在还挂着一层没有融化的霜。

我皱皱眉头，起身冲着屋子里大喊："赵公子，晚上我们吃火锅吧！"

◉ 尾 ◉

"柳刀遗址保护工作委员会"的牌子挂在老旧的三层小楼前。散发着潮味的办公室里，秃顶圆脸的男人端着保温杯，来来回回焦躁地踱着步子。

"胡主任，你这样我很不好办哪。"坐在沙发里的男子扶了扶眼镜，视线随着他来来回回，"通知我都发出去了，时间地点都定好了，人家居民代表们把家里要来多少人都提前发给我了，社区把接送的大巴也安排好了，钱都给了。你现在跟我说场地不能用。之前咱们不是说得好好的么，你们提供免费场地与食宿，我们负责请媒体来报道这次联谊会，顺便就替你们遗址宣传宣传，争取给你们带些游客来。眼看着过两天人就来了，你不能这样坑我呀。你也知道我刚到光明社区工作，这次这么大的活动要是办砸了，我也就不用继续干下去了。"

"小马主任，你这样说就不对了。"秃顶停下来，不高兴地说，"我这也是为了人民群众的安危着想啊，鸣鹿山庄离咱们遗址最近，那些人敢毁一座千年遗址，难保不会再干出别的坏事来，新闻里常看见人肉炸弹什么的，专往人多的地方去，咱们这儿出了这么大的事，你还敢在这儿开联谊会，心也是太大了吧。"

男子叹了口气："胡主任你是不是太杞人忧天了，人肉炸弹那是在国外，咱们忘川一贯治安良好。再说了，不就是个土坑被挖了吗，并没有多大的社会危害性嘛。石碑碎了你们再刻一个就好嘛，资金上有困难的话，大不了我号召社区替你们捐款。"说着，他从公事包里取出一张纸来，继续道，"我知道鸣鹿山庄的老板娘是你小姨子，你不点头她不会开门做生意，这是租用场地的条子，她说没有你签字盖章，她不会做我们的生意。你看，我人都来了，你就把章给我盖了吧。"

秃顶看了那纸条一眼，坐回了自己的座位上，喝了一口水，说："小马主任，我也不怕告诉你，新闻里播的遗址被毁的事，只是个皮毛。"

男子一愣："皮毛？难道这事不止那么简单？"

"我就实话跟你说吧，但是你得答应我不告诉别人。"

男子用力点头。

秃顶压低声音，说："葬坑里确实是埋了近百具骸骨。"

"就这？"男子眨眨眼，"这个不是大家都知道的么？"

秃顶左右看看，又道："你以为葬坑只是被随便挖了一下？"

他顿了顿，用更低的声音说："那些骸骨一夜之间消失了。出事的第二天，我们就检查了一遍，发现土下一根白骨都没有了，我们还当是没挖对地方。警方来了之后用仪器扫描过，说确实只是个土坑了，并没有发现任何遗骸。"

"会不会本来就没有遗骸啊？"男子并不太相信，"谁会有那么大的本事一夜之间把百具白骨带走，再说也不会有人干这种事啊，又不是金银珠宝。"

"怎么没有？那些千年前的强盗一直埋在这里，以前我们整理场地的时候还挖到过！"秃顶笃定道，"就是这样才奇怪。没有抓到凶手前，你说我怎么放心让你们在这儿附近吃喝玩乐！真的，小马主任，你们还是换个地方吧，我们这儿现在真不适合。"

男子想了想，问："确实不能通融？"

秃顶坚决摇头："怎么通融！我一想到这事儿就浑身鸡皮疙瘩，现在就盼着快些破案，您就别给我添乱了。"

男子无奈，起身道："既然这样，我只好想想别的法子，打扰了。"

秃顶松了口气："对不起了，害你白跑一趟，我送送你。"

两人朝办公室门口走去，快到门前时，男子突然停住，回头看着秃顶："胡主任，你真的不再考虑一下了？就两天时间，足够了。"

秃顶顿时面露愠色："都说了不行，你这年轻人咋这么啰唆！"

"好吧。"男子笑笑，伸手拍了拍他的肩膀，"那就不劳烦您了。"

秃顶突然被定在了原地，一层白霜从他的肩膀迅速蔓延到全身，眨眼间便将他化成了一个雪白的"霜人"，整个人像被抽走了灵魂一样，连呼吸都停止了。

男子走回办公桌前，不慌不忙地翻找了一会儿，最后在抽屉里翻出一枚公章，然后拿出那张纸，往上头戳了一个章，又找了几份有签字的文件出来，照着上头的笔迹在纸上签下了胡主任的大名。做好这一切后，他收拾好一切，理了理衣裳，从胡主任身边经过时，他看了看这个倒霉的家伙。

"你们人类啊，好好活着不好么，非给我找麻烦。"抛下这句话后，他信步走出办公室，关上了大门。

身后，一身雪白的人瞬间融化，像触到阳光的霜一样，消失得无影无踪，地上，只留下一摊不起眼的水渍。

这个冬天，确实不够暖和呢。

第二章 【龙伤】

即便已经是一副盔甲，
可有灵魂就会有感情啊。

◉ 楔子 ◉

我的命运，从不是用来顺服的。

◇ 壹 ◇

"暖水壶……火腿肠……毛巾……充电宝……泡菜……"我蹲在客厅里，一件一件地清点着明天要带去白枫镇的东西，还是有点高兴的，大风大浪后难得的休闲娱乐时光总是让人倍加期待。

赵公子抱着一叠毛巾走出来，看看墙上的时钟，说："老板娘，都快十点了，你怎么还不睡？"

"我再检查检查，看看还有啥东西没带。"我回过头，盯着他手上那一叠五颜六色的旧毛巾问，"你拿这么多毛巾干啥？"

赵公子边把毛巾放到旅行袋里边说："咱们不是要住一晚才回来么，我琢磨着那地方应该不会提供特别好的条件，两个小娃娃皮肤嫩，洗澡啥的还是用自己家的毛巾好点。天气又冷，多带几条备用。"

我笑："你总是想得比我们谁都周到。"

他拉上旅行袋，叹气："确实如此，不停里的家伙就没几个靠谱的。"

"连我也划进去了？"我瞪他。

"不不，老板娘你算是好一点儿的。"他认真道。

"才好一点儿？"我不高兴了，"当年要不是我靠谱，你现在还不知道在哪里游荡呢。"

赵公子起身，想了想："也是，如果没有你跟不停，我还真不知道我现在会是个什么状况，也许还是像行尸走肉一样在某个深山老林里吧。毕竟我这个样子，人类世界里能供我栖身的地方太少了。"

我笑笑："还记得你是怎么来不停的么？"

"我偶尔从山里出来游走的某天，在一条小街的电线杆子上看到了一张招工启事，当时脑子里就像有人下了指令似的，说你一定要去，一定要去。然后我就去了不停，见到了你。"他慢慢回忆着，"一开始吧，我一点儿都不喜欢你。"

"我也不喜欢你啊。"我耸耸肩，"觉得你脑子不正常。哦，不对，你就是一堆破铜烂铁哪里来的脑子。记得我问过你叫什么，你说你叫赵子龙，哈哈哈当时把我假牙都笑掉了。"

"原来你都装假牙了。"他伸手捏住我的下巴，认真道，"我看看哪颗是假的。"

我打开他的手："去去去！这都要怪你自己，哪有人长成这个样子还敢说自己是常山赵子龙的。"

赵公子又想了想，道："住在山里的那些时日，总是懵懵懂懂的，很多事情记不得，包括我是谁。但唯独记得赵子龙，也记得跟他在一起征战疆场的种种，记得我用我的身躯为他挡下无数刀剑，还记得我在他问我是谁时，我说，你就是我，我就是你。在葵颜找来之前，我生命中唯一要紧的人，就只有一个赵子龙。"

其实我也还清楚地记得第一次见到赵公子时的情景，他的声音就像他的身体一样，坚固如铁，字字铿锵，从无废话。

在我给他的试用期里，我要求他替我看家护院，尤其是夜里，他也恪尽职守，替我抓了好几只溜进厨房偷吃的老鼠，连蟑螂也没放过。我以为他是个文盲，结果他识字，而且酷爱一切与三国历史有关的书籍，时不时还要抓住我谈谈历史、展望未来什么的，在我们的谈话没有达到一个良好气氛时，他还会直言我是个非常讨厌的女人，真是个直肠子的大个子呢。

我与他关系的转折点，应该是他来到不停后不久的某个清晨。

我看见他从不停里风驰电掣地冲了出去，虽然急，但幸好没忘记隐去身形，不然一大早就要吓死人的。

那是离不停最近的一条马路，天刚微明，路上行人稀少，偶尔有飞驰而过的车辆。

在那辆超速的面包车即将撞上那个五六岁的小男孩时，他冲出马路用自己的身体裹住了孩子，结果是他四分五裂，孩子安然无恙。

我用最快的速度把他捡回来，花了一整天时间重新组装完毕。幸好只是撞散了身体，意识什么的还是完好的，组装完毕后，他醒了。

我问他是不是有病。

他说他没病，只是好多事记不起来。

我问他记得那个孩子么，为什么知道他会有危险，那么奋不顾身。

他说救那个孩子是一种本能，近乎使命的本能。

再问，他也说不清楚了，只说自己做了该做的事，即便许多事他已经想不起来，心里还是很舒坦。

作为一个很忙碌的老板娘，我也无意去探究他跟那男孩究竟有什么渊源，我只记得那孩子长得虎头虎脑，眉目之间有英气。他说过，因为他，赵子龙戎马一生却"一世无伤"，也许直到今天，他还在履行自己的职责。说不定那孩子真姓赵呢，我这样想着，然后做了个决定，这个盔甲我勉强收下吧，以后就让他留在不停里替我打老鼠好了。

也是在这件事后，他再也没说过我一句坏话，每天都在不停里勤恳地工作，渐渐成了被你们熟知的赵公子的模样。

"我有能力维持你三天的人形。"我坐到沙发上，拍了拍旁边的位置，"你也坐下，跟我说说，你想当彦祖还是当德华？只要是你看上的，我都有法子让你变成他们的模样。"

赵公子在我身旁坐下，有些激动地说："真好啊，记忆里我从来没有以人的样子大大方方走出去过。以前偶尔从山里出来，也不能出来太久，因为隐身比较费劲。"

我笑笑："你曾经当过很久的人呀。"

他微微一怔，说："可是，那段记忆我永远找不回来了，从我变成一副盔甲之后。"他沉默片刻，又道，"我不介意自己变成什么模样，随便一个路人甲的样子都可以。我唯一想知道的，是那个朱七夕的样子。"

滴答，滴答，墙上的时钟忠实于它的步伐，声音在深夜的客厅里显得特别清晰。

"我想知道她卖猪肉时是什么样子，去偷看赵子龙时是什么样子，笑起来什么样子，哭起来什么样子……在我怀里离开这个世界时，又是什么样子。"他完全陷入了一种从未在我面前展现过的寂寞心情。

我是有些惊讶的，这样的话题从不曾在我与赵公子之间提起过。

我们每个人都习惯了他在厨房里进进出出，用最忠诚踏实的态度守护着不停里每个人的日常，我们所经历过的任何一场惊涛骇浪里都没有他的出现，然而他已经成为了我们的习惯，只要看到他铜墙铁壁一般的身体，就看到了家。我们总是跟他说今晚要吃火锅，明天把院子里的野草除一下，后天记得做大扫除，总是说这些，却忽略了他也是有灵魂的存在，即便已经是一副盔甲，可有灵魂就会有情感啊。

我突然觉得有些内疚了。这两年总是四海飘荡，从没有坐下来仔细听他说说心里话，甚至错觉这副盔甲的内心应该跟他的外表一样坚硬如铁。

"朱七夕呀……"我把腿盘到沙发上，托着腮道，"应该不会特别漂亮，反正肯定没有我好看，但切菜肯定比我厉害，毕竟是卖猪肉的。"

他认真地想了想："脾气肯定比你好，唱歌肯定也比你好。"

"嗯嗯，啥都比我好行了吧。"我翻了个白眼，但一点儿都不生气，"我想她应该长得像一朵路边的小野花，不艳丽但是很坚韧，不起眼但很善良，穿得也不花哨，干活很麻利，总的来说，是个讨人喜欢的孩子。"

他用力点头。

"记不得她的样子，就记住她的名字吧。"我认真地说。

"老板娘……"他坐得笔直，"每当想起这个名字，我就想哭一场，就算没有那段记忆了，心里还是疼。可我又没有眼泪。有时候会很羡慕纸片儿可以把自己哭到要用吹风机吹干。"

我不知要如何安慰他，默默地摸了摸他的脑袋，这样的深夜不适合讲大道理，只需要一场真诚且安静的倾听。

"可我大多数时间都不难过。"他继续道，"在不停的这些年，是我能记住的日子里最安稳幸福的。我没有大本事，不能在你们身陷险境时施以援手，比不了你身边那些有本事的家伙们，我只能坚定地守在这里，只要我在这儿，不停就会好好的，谁来破坏它我都不允许。"

我鼻子微微有些酸，但仍然笑道："谁说你没有大本事，你煮面条的手艺至今无人能及，光是这一项本事就足够我们把你视为不停一宝了。"

我听到他笑出声来，他可是很少笑的。

"如果你化成人形，我想应该是一个跟朱七夕差不多的家伙，瘦瘦的，穿得朴素简单，扔到人堆里就找不到了，但是留在身边的话，会有踏实的安全感。"我斜过身子，把头搁在他的肩膀上，抓过他的右手握住，"谢谢你到了不停，也谢谢你像我们喜欢你一样喜欢着我们。"

微暖的力量从我手中流向他的手中，我脑中不由得浮现出某一个人的模样，眉眼、口鼻、头发……

月色似的光芒从他的身躯里飘荡而出，在客厅一角点亮了一个温柔明亮的小世界。

没有体温、没有表情的盔甲在飞散的光圈里失了踪影，我倚靠的那个肩膀有了确实的柔软与温度，黑色的发丝触到我的头顶。

白衬衫灰裤子的年轻男子，纤瘦高挑，剑眉星目，他沉着踏实地在我身边，背脊挺得笔直。

在我的认知里，那个由远方的雪山上落入人间的男人，以解除他人疾厄为天职的参人，如果没有为了一个重要的人而将自己化作一副"佑你一世无伤"的盔甲，那么他的模样，应该就是此刻的样子了。

他全程都保持着不动如山的姿态，好像是不敢动，大概是害怕稍微一动自己就会变回原来的模样吧。

"老板娘……我……"他小心翼翼道，"我变了？"

我笑，故意把脑袋往他肩膀上压了压："对啊，你现在可以随意走出走停，不用隐身，大大方方去任何你想去的地方。"

他沉默片刻，说："我真高兴，可我不敢动。"

"那就再缓缓呗。"我挽住他的胳膊，"明天我们好好出去玩吧。"

"好……"

他的"好"字才说了一半，一只暗器便从我们的右前方气势汹汹地飞了过来。

他一拳将暗器挥开，只听"啪嗒"一声，一只毛茸茸的拖鞋落了地。

"撒手！给我撒手！"裹着睡衣只穿了一只拖鞋的敖炽，一边把另一只拖鞋脱下来捏在手里当武器，一边怒发冲冠地指着我跟赵公子，"你大半夜放个陌生男人进来还这么亲热！当我死啦？我就是想起来上个厕所，为啥要这么伤我的心？"

赵公子噌一下站起来，一把捏住敖炽的手腕："你误会了！"

"误会个屁！"敖炽怒瞪着他，"哟嗬，手劲儿还不小哪，敢挡我？！"

"你有病啊！"我头疼地捂住脑门，"好好上你的厕所去，别打扰我们说话行吗？"

敖炽的眼睛又瞪大了一圈："你居然替奸夫说话？"

"敖大爷！"赵公子死死掰住他的手，要不那只拖鞋早就糊到他脸上去了，"你冷静点好吧？我是赵公子啊！"

"滚！"敖炽不信，"你当我瞎啊？同居那么多年我会不知道赵公子长啥样？"

"真的是我呀！"赵公子无奈道，"你听听我的声音！"

敖炽一愣，转了转眼珠："声音是有点熟……"

赵公子松了口气，但依然不敢松开他的手，又道："你忘了么，明天我们要一同出游，老板娘说过要助我成人形的！"

敖炽像打量怪物一样把他从上到下扫视了一遍，怀疑又嫌弃地问："真是你啊？"

"看在我替你洗过那么多件花衬衫的份上，你就别怀疑了好么，都这么晚了，吵醒别人不好。"赵公子松开手，吁了一大口气。

敖炽又把脑袋转向我，甩出一个恶狠狠的眼神："你把他整这么英俊干啥？随便长长不行吗？"

我回敬他一个"大半夜不想跟你废话"的巨大的白眼。

然后敖炽捡回自己的拖鞋，带着一脸"鬼知道刚才我经历了什么"的表情，若无其事地打着呵欠回去睡觉了。

赵公子深深地叹了口气，回头对我道："认识他这么些年，他还真是一丁点儿改变都没有。"

"可你还不是贤惠无比地替他洗花衬衫。"我哈哈一笑。

大概还不是很习惯可以运用自如的脸部肌肉，他笑得真诚但僵硬："有他守在你身边，我是放心的，所以替他洗花衬衫不算什么。你们高兴，我就高兴。"

我起身，用力抱了抱他："不停里的每个人都应该高高兴兴地过日子，休息吧，明天还要早起呢。"

"我……我去照照镜子！"

说罢，我看着他兴冲冲地跑了，阔别"人类"生活多年的他，今晚应该是高兴的。

冬天的深夜，忽然有了莫名的暖意。

◇ 贰 ◇

租来的七座越野车亮晃晃地停在巷口，敖炽匆匆走出大门，一手拎一个旅行包，回头不耐烦地催促着："你们倒是快点！巷口不能停车，要罚款的！一个个磨磨唧唧的像老太婆！"

我嘴里叼着半个烧饼，一边把帽子给未知戴上，一边嘱咐浆糊自己把围巾围好。

清晨的温度很低，空气又湿又冷，薄薄的雾气像烟一样缓慢飘移。

纸片儿在赵公子身边晃来晃去，总是看不够他似的，边看边发出啧啧啧的声音。

赵公子把背包甩到背后，一把揪住纸片儿："你都啧啧啧一早上了，从看见我到现在，你烦不烦？"

纸片儿居然吹了个悠长的调戏式的口哨，道："没想到你变成人的样子之后还很有几分姿色呢，不如以后你努力修行，让自己永远保持人类的样子吧。"

赵公子低头看了看自己的穿着，黑毛衣跟白羽绒服都是敖炽的，黑白两色简简单单，而且非常合身，衬得他干净清俊，斯文里又暗藏英武之气，他刚刚穿上时我非常真诚地称赞了他，只有敖炽不屑地说是他的衣服有品位。品位……看着衣柜里那一排大同小异的花衬衫，我跟赵公子什么都不想说了，这套衣服算是能挑出来的最正常的一身了。

"不要。"赵公子笑着摇摇头，现在他的面部表情已经非常自然了，"我跟别的家伙想法不一样，有没有人类的样子我不在乎，这次是特殊情况，回头我还是愿意当一副盔甲，习惯了。"

说罢，他又瞪着纸片儿认真嘱咐："我出去这两天，你跟阿灯好好在家里待着，我昨天已经炸好了一大盒土豆条，足够阿灯吃了。至于你我就不管了，反正你也不用吃饭，你只要别把家里搞得乱七八糟就好。还有，天气又冷又湿，我刚刚把热水袋加热了，一会儿记得把插头拔下来。你千万不要用红外线取暖器啊，毕竟你是易燃物。"

纸片儿从他手里挣出来，像往常那样落到他肩膀上，大声说："啰唆！"

"不啰唆不行啊。"他用手指敲了敲它的脑袋，"毕竟这些年你从来没有离开过我。"

纸片儿推开他的手指："好啦好啦，快滚滚滚，反正我是不会想念你们的，一群抛弃队友的人，哼！"

他憨憨一笑："别生气啦，我很快就回来。"

这时，青童打着呵欠从我们身后冒出来，不习惯地拉扯着看起来略长略大的蓝色防寒服，说："老板娘，我可不可以不穿这么厚的衣裳啊？我不怕冷的。这么厚的衣裳，我感觉我都动不了了。"

"让你穿这个，是为了让别人看起来舒坦。你不怕冷，可你也不能穿个夏天的衣裳在别人面前到处走啊，生怕别人不知道你不是人类么。"我嗔怪道，"别扯了！挺合身的，花了不少钱给你买的呢！冬天冬装不打折的！你知道……"

"麻烦让让。"我话没说完，甲乙拨开我往大门走去，什么都没带，还是那一身灰不啦叽的打扮，走到哪里都像一片驱之不散的阴霾，一点儿都衬不出他这个年纪该有的活力！

大概只有青童会成为他的迷妹，这些天总是甲乙哥哥前甲乙哥哥后地喊他，还总跟我打听他的种种，说自己从来没有见过这么好看又这么神气的小哥哥。可能僵尸的眼光确实跟我们不一样吧……

至此，所有要去参加郊游的成员都到齐了。

信龙？他们俩是去不了了，我从没有见过只穿一条裤衩在冬季一天中最冷的早晨和夜晚在露天院子里打太极拳的生物，还美其名曰"天人合一事半功倍"……这样都不感冒发烧的话，上天就太不厚道了。我觉得他们大概把所有才华都用在听觉上了，不然其他功能不会这么惹人深思。最麻烦的是我还不能背着他们嘀咕，虽然他们说过他们很难听到修为高过他们的家伙的声音，但我还是不放心，万一他们啥时候偷听了去，然后偷偷往我的饭菜里吐口水咋办！反正我临走前给他们找了些人类吃的感冒药，让他们吃了之后窝在被子里发汗，应该还是管用的吧。唉，看看我都带了些什么东西回不停啊，早知这么蠢，还不如把他们扔在鱼门国。

每次一想到鱼门国，心里还是会不由自主地抽抽一下，不知此刻那边又是怎样的光景，没有了束缚，脱离了监狱的本质，那里的人们是否也发现了另一种生活方式呢？离开龙域那刻起，我就再没有听到丝毫与鱼门国有关的消息，连回了一趟东海的敖炽也没有听到任何与之有关的谈论。也许，鱼门国并没有发生任何骚动，人们还是跟从前一样安居乐业，毕竟还有唐夫人、白小姐以及寇争这样的人在那里守护着，也许还不止他们，说不定有更多我还来不及认识的人，像曾经保护过鱼门国的那个人一样，爱着那个地方。而我身在太远的远方，只能遥祝他们一切安好。

一切准备就绪，门口，赵公子对门后的纸片儿说："回去吧，下次不管去哪儿玩，咱们都不扔硬币了，都让你去，我还是在家里等你们。"

纸片儿哼了一声。

他笑笑，关上了大门。

遗憾的是天气不太好，阴沉沉的不见一丝阳光，雾气虽薄，却始终散不掉，幽幽怨怨地飘来荡去。

我已经不指望出太阳了，这种天气不下雨就是万幸了。

敖炽发动了车子，汽车的发动机强劲地轰鸣起来。

"都把安全带系上。"我提醒后头的所有乘客，"因为司机的画风与众不同，所以我们即将起飞，安全第一。"

敖炽冷笑："我很遵守交规的。"

"你驾照还剩多少分？"

"呃……赶紧的，都把安全带系上！"

"问你呢！别逃避现实！"

"出发喽！"

冬天的清晨，汽车剖开雾气，穿过街巷与车流，稳稳地朝郊外驶去。

◇ 叁 ◇

沿途真没什么风景可言，能见到的每一处都是灰与黑，枯枝败草在道路两侧的矮山上重重叠叠，偶尔有几棵硬是保持着稀疏绿色的树，但也一身的瑟缩疲惫，也许这个冬天对它们而言实在是太严酷了。我觉得早些年的冬天都不及今年，冷得让人意外。

沿途没有多少车辆与我们同行，毕竟这完全不是一个适合外出游玩的天气，望着在车窗外飞快倒退的一切，我突然也生了倒退不前的心，一个狗屁的社区联谊会而已，又不是什么豪门盛宴，犯不着冒着严寒跋山涉水，还不如去超市买菜回家，一堆人围炉涮火锅。

这么一想，我的神思从窗外不断变化的景色里回到车里，回过头正要说出我的想法时，却听见青童兴奋的声音，这丫头正拽住甲乙的袖子，指着刚刚经过的几间农舍说："那也是住人的吗？旁边那座房子那么小，是给小孩子住的？"

甲乙冷着脸回道："那是厕所。"

"哈哈哈。"青童自己把自己逗笑了，马上又指着远处的一座铁塔问道，"那是什么？那么高一座铁架子，爬上去看风景用的吗？"

"那是野外输电用的，不怕被电死就爬上去看风景。"甲乙打了个呵欠。

"我本来就不会死的啊。"青童喜笑颜开道，"甲乙哥哥，你带我去那上头看看吧，脚下的景色一定很美。"

"不要。"甲乙把脑袋往椅背上一靠，扭过头不再搭理她。

然而青童对这个新世界的好奇并没有就此打住，甲乙不理她，她就去问浆糊跟未知，让他们一件一件跟她解释沿途看到的每一个她不理解的物什。

赵公子坐在最后一排，紧挨着浆糊跟未知，他全程几乎没有说话，只是不断看着窗外掠过的每一段风景。

我清楚地看到他脸上有欣喜的表情，想来这是他第一次坐在汽车里，被这个轰鸣着的钢铁家伙带去赴一场此生从未有过的游玩，这个世界对他而言是熟悉的，但仅仅是在电视与网络里，所以我能理解他此刻所有的欣喜与惊奇都是真诚且本能的。

因为有青童的嘻嘻哈哈跟两个小娃的一唱一和，车里的热闹与窗外的冷清对比鲜明，敖炽今天的状态也不错，车子开得一点儿都不鲁莽，而且全程面带微笑。

我问他笑什么，他说没什么，一路没堵车让他心情很好。

我想，他只是喜欢车子里的热闹吧，最重要的亲人与朋友都在一起的轻松，足以抵消坏天气带来的所有不悦。

如果是这样，那还是不要打断他们吧，我收回了取消这次活动的念头。

连续穿过三条隧道，又行驶了十几公里后，我们终于在午饭时间前，看到了立在路边的牌子——白枫镇。

路牌做得很大很精致，像座简化的牌坊一样立在枯草上，朱漆金边，看来确实有人想把这里打造成名胜景点。只可惜并没有多少车辆来往，只看见一两辆破破烂烂的运渣车从岔道里开出来，在漆黑的尾气里绝尘远去。

往白枫镇里的路况就不是太好了，好些地段还在施工，但又没有看到工人在忙碌，地上时不时冒出一个大坑，我们的车子只能颠颠簸簸地前进。

敖炽抱怨道："你之前说啥来着，这里在打造 5A 景区？就这种路况，简直是笑话。"

"网上是这样说的呀。"我紧紧拉住车顶的把手，尽量坐稳一些，"不说好一点，就更没有人来了。"

"说再好又怎样，你瞅瞅四周，除了乱七八糟的树林子还有啥？谁愿意大老远来这个毫无亮点的地方。"敖炽不屑道。

"这不是还没进镇子么，说不定里头风景好呢。"我把车窗稍微开了一点缝，冷风嗖嗖灌进来，我倒吸一口冷气，赶紧又给关上，"你看，别的不说，空气质量比城里好多了，洗洗肺也挺好。"

敖炽翻了个白眼，加大油门朝这条弯弯曲曲的林间小路深处驶去。

除了他，其他人依然保持着高度的热情与兴奋，未知甚至兴冲冲地问我是不是真的可以自己烤肉吃，她要当厨师给我们所有人做一顿美味大餐，青童问我农家乐是不是农夫住的地方，还问我门口是不是有田地，田地里有没有水牛……总之在他们身上我只看到一件事，就是去哪里根本不重要，重要的是跟谁一起去。

大约半小时后，面前出现了两条岔路，往左的路线通往白枫镇的中心，往右就是鸣鹿山庄的所在地，毗邻柳刀遗址。

敖炽停下车，看着手机导航再次确定了一下方向，说："我这边的地图上没有鸣鹿山庄也没有柳刀遗址，你确定是往这边走？"

我把手里的纸质地图指给他看："喏，那马主任给我们的单子上是这么标注的。"

敖炽哼了一声："连导航都没标进去的地方，还想当风景区赚门票钱……我算是知道为啥那个主任要把你们都弄这里来了，便宜啊！越冷门的地方，食宿越便宜。我有预感，那个什么山庄的条件肯定差得不得了，你们最好有个心理准备。"

说话间，他一打方向盘，往右边开过去。

时近中午，天空也没有放晴的意思，山间的空气虽然干净，但湿气与低温也越发肆虐了。

当这条破碎曲折的小路终于到尽头时，一片白色的仿古楼宇总算出现在视线里。

三层楼，屋角飞檐，雕花栏杆，门窗也都是木制，没什么亮眼的地方，跟平常见过的许多走古风装修路线的小宾馆差不多，灰白色的砖墙在外头围成一个圆圈，中间开了一道朱漆圆门，门楣上用隶书规规整整地刻了"鸣鹿山庄"四个黑字，门面上还细细绘了如意纹，两个水缸般大的花盆摆在两侧，看不出是什么花，只有一丛光秃秃的花枝与几片没落下的枯叶，粗粗看去，也没有想象中那么差。

一辆灰色的小巴停在门前的空地上，早已熄了火，没乘客也没司机。

停车，下车，我做的第一件事就是把大衣裹紧了些，在这种天气下，连我自带空调模式的旗袍好像也不太管用了。冷得不正常。

两个小鬼跟青童肯定不冷，一下车就跟疯子一样乱蹦乱跳，眼前的一切都让他们觉得新鲜得不得了。

赵公子顾不得跟他们玩闹，赶忙跟敖炽一道从后备箱里把带来的行李拿出来，甲乙两手空空地站在车旁左右打量，被敖炽吼了好几次才不情不愿地走过去帮他分担了一个折叠式烤肉架。

外头的动静惊动了里头的人，洞开的圆门后传来细碎的脚步声，走出来一个三十来岁的女人，红色羽绒服外头扎着溅满油渍的围裙，染得金黄的爆炸式短发像风中凌乱的玉米穗子，身材粗短壮实，两坨天生的红晕像涂坏了的腮红似的挂在她圆胖的脸上，完全一副劳作于田间地头的勤劳妇女的形象。人倒是很热情，还没跨出门就听到她的大嗓门："是光明社区的吧？咋来得这么晚呢？"

我迎上去："是的呀，我们是光明社区的。你这里不好找呀，耽搁了些时间。"

"咋不好找呢？"妇女一瞪眼，"不是给了地图么，还让马主任给你们印在邀请单上了。"

"我们习惯手机导航。"我笑笑，"请问这位大嫂是？"

"我姓钱，大家都喊我钱姐。"她擦了擦手，热情地拉起我的手摇了摇，又指着后头的屋院道，"这鸣鹿山庄呀，是我跟我死鬼老公当年一手一脚建起来的，刚有了些起色，他就没了，这些年就靠我一个人打理，你们瞅瞅，看起来还可以吧？"

敖炽听了，正要说话，被我抢了先："可以可以，没想到还能有这么不错的地方。生意也还不错吧，听说要把你们这里打造成景区呢。"我怕敖炽开口就说可以个屁，人家一个丧夫的女人，靠自己撑起一番事业，无论看起来多不起眼，也该称赞一番。

"生意好的话，我才没工夫招待你们这些抠门的旅行团呢。"钱姐比我想象中还诚实，指着那辆小巴，"瞅瞅，来了二十个人，两天五顿饭加一夜住宿，一个人才一百块……你说我赚个啥？"

我同情地问："是光明社区付给你们的？"

"可不是嘛，当初那小马主任找到我这儿时，我可是跟他说的最少一人两百！他倒好，砍价砍得飞起，还说这是公益活动，赚钱不重要，重要的是把我们山庄的名气打出去，回头他会找报社给这次活动做一个报道，比起那几千块的收入，难道不是上报纸出名更要紧吗？"钱姐也是个话痨，一开口就停不下来，拉着我劈里啪啦地说，"我想想也是这么个理儿，但我始终不乐意啊，几千块也是钱啊。就跟他说，要免费租用我的场地可以，一百块管吃管住也行，但他得去找我姐夫拿个盖章的批文，不然我怎么都不做他生意。"

"你姐夫？"我尴尬地看着这个自来熟、话又多的大嫂，"这事跟你姐夫有关系？"

"咳，我姐夫是柳刀遗址保护工作委员会的主任哪。"她抛出一个不屑的眼神，"当初我们资金短缺，是他拿了些钱添补，鸣鹿山庄才盖起来的，所以每年我们都会从盈利里分红利给他。他这个人啊，胆小又抠门，账算得贼精，去年少给他一千块他都不干。这回我要是私自做主接下你们社区这桩亏本买卖，天知道他以后会怎么来闹我，所以我让小马主任先去找他，他同意的话我才开门做生意，省得以后麻烦。"

"原来如此啊，哈哈。"我赶紧接过话头，"钱姐，不如咱们先进去再说。"

她一拍脑袋："哎呦瞧我这人，净顾着跟你说话了，快请进！"

她真的是话很多。所有人都松了口气，赶紧跟着她进了大门。

进门前，我又回头看了看四周，鸣鹿山庄的地皮应该是从一大片树林里开辟出来的，虽然四周没有丝毫鲜活的颜色，但是密密麻麻的树木挨在一起，彼此之间的缝隙里只有缭乱的光影，加上薄雾充塞其中，根本看不出这里究竟有多大的面积，除了我们来时的那一条路，鸣鹿山庄几乎被完全包裹在树海之中，幽静过了头。

◇ 肆 ◇

鸣鹿山庄不算小，主楼前的空地有一个篮球场那么大，正前方搭了一个临时的台子，竖着一架麦克风，台前摆了几十把椅子，一条红底白字的横幅在高处飘飞，写的是"光明社区首届居民联谊大会"，台子上还摆了一瓶塑料假花跟几盘水果，整个场面十分简陋土气。

"房间都打扫干净了。"钱姐点了点我们的人数，从口袋里摸出三把钥匙，一把一把塞给我们，"夫妻俩跟孩子住301那间套房，两个小伙子住302标间，姑娘住303单间。男人们先把行李拿上去吧，放好以后到饭厅吃饭，饭厅在一楼，就那边。"她熟练地安排着一切，然后带着我跟青童还有两个小鬼往另一边走去。

坐在一楼饭厅里吃喝的人，我一个都不认识。

二十来个人，男女老少都有，饭厅里没有几个人说话，只有杯碗碰撞的声音。没有暖气的地方，大家只好拼命吃喝制造热量。

我低声跟青童说："你虽然不用吃饭，但也可以装装样子吃几口吧？"

青童点点头："好的，其实我也可以吃饭的，我只是没有饥饿的感觉而已，体会不到你们吃饭的乐趣。"

"所以我才愿意收留你啊，省粮食。"我朝她挤挤眼睛。

"来来，午饭刚吃一半，你们也坐下吃，反正你们的餐费都付过了。"钱姐热情地把我们领到一张无人的圆桌前，转过身去先给我们盛了一大盆热汤过来，"我熬的红枣排骨汤，补气暖身。那边有菜有饭，你们要吃啥自己去拿。"

话音未落，两个饿坏了的小家伙已经急不可耐地跑过去。

"我这儿的饭菜好吃着哩。"钱姐搓搓手，"你们吃着，一会儿我再来。"

我喊住她，朝四周望望："小马主任怎么不在啊？他可是主办人呢。"

"他来了呀，刚刚还在饭厅呢。"钱姐左右看看，"可能上厕所去了吧。"

正说着，马主任就从门口走了进来。

"呀，沙女士你们来啦！"他一溜小跑着过来，抓住我的手握了握，"这边修路，不好走，我还担心你们找不到呢。"

握住我的这双手比冰还冷，我本能地抽回手，手心竟有些刺刺的疼，我笑着看他："马主任，衣服是不是穿得太少了些，手真凉啊。"

他一愣，旋即尴尬地搓了搓手："不好意思不好意思，刚刚去洗了个手，卫生间没热水。"说罢他又四下看看，问，"您先生跟两个表弟也来了吧？我可是照您的回复按人头付的食宿费。"

"他们去楼上放行李了。"我笑道，"为了我们，马主任也是操碎了心呀。"

"就怕招待不周啊，回头咱们社区回访的时候，一定要替我美言几句啊，多谢了。"他做了个拜托的姿势，"下午三点，在外头有个简短的仪式，我知道天冷，所以我就随便讲两句话，你们每个人再自我介绍一下，都是光明社区的邻居，以后再见面就是朋友了，最后我给大家拍两张集体照回去交差就行，剩下的时间你们就自由活动，明天下午咱们就结束行程回家去。"

我扭头看了看身后那些从没见过面的邻居，他们依然不慌不忙地吃饭喝汤，除了嘴里吧唧吧唧的声音，没有任何别的动静。

"看起来，邻居们都不是很爱讲话呢。"我撇撇嘴。

"妈，我拿了番茄炒鸡蛋和青椒肉丝！"未知从一旁冒出来，把两盘菜放到桌上。

浆糊跟在她身后，手里端着一盆米饭。

他们拿来的食物已经没有热气了，我跟俩小鬼说："冬天不能吃太凉的，放在外头的饭菜很容易凉，你们不要偷懒拿现成的，要自己拿碗盘去保温的锅子里盛。"

两个小鬼面面相觑，未知摸了摸盘子，又摸了摸饭盆，奇怪地说："不对啊，我刚刚就是从那边的大锅里盛出来的呀，端过来的时候还是热的呢！"

"我也是从保温桶里舀的饭呀，我端过来的时候还很烫呢。"浆糊认真地摸了摸饭盆，一脸不解。

"哦？"我低头看了看钱姐给我舀的汤，不知几时，这盆刚刚还热气腾腾的汤已经变得冰凉，连薄薄的油花都半凝固起来。

钱姐抢在我前头喊出来："见了鬼啦，这滚烫滚烫的，咋突然凉了！"她边嘀咕边端起汤盆，不好意思地跟我说，"我去给你们换盆热的，这鬼天气！"

其实我想跟她说，天气再冷，也不可能在这么短的时间里让一盆热汤变成凉水。

"好奇怪啊……是不是风太大了呀？"马主任看了看没关严实的窗户，赶忙走过去把所有窗户都关死，"你们先吃着，我去找找看有没有取暖器什么的。"

转身出门的他，差点跟敖炽撞个满怀，他赶紧让到一旁："对不起对不起，走得急了没留神，您是沙女士的先生？"

敖炽瞟了他两眼，说："你是那个马主任？"

"是是，上回来没见着您。"他扶了扶快掉下来的眼镜，"这次你们全家都来，我很高兴啊，感谢你们对我工作的支持！"

敖炽脸一沉："不是我说你，要搞什么联谊会也选个好点的地方，这破农家乐又远，条件又不咋地，房间里还有一股子霉味。"

"是是，我第一次举办这种活动，没有什么经验，而且组织上经费有限，您多包涵，下次一定找个好地方，对不起对不起。"马主任一个劲儿地解释道歉。

"哪还有下次，真是的。"敖炽哼了一声，撇下他朝我这边走过来。

"饿死了饿死了，开饭了！"敖炽一屁股坐到我身旁，盯着桌子，"怎么一道热菜都没有？"

跟在他后头的甲乙跟赵公子也坐下来，赵公子摸了摸盘子，皱眉道："都是凉的，这主人是怎么回事，大冬天的怎能让客人吃冷食。"

"是热的呀，可我们一拿过来就凉了。"未知说。

"哪会这么快就凉掉！"敖炽扭了扭她的鼻子，"小朋友不许乱说话。"

"是真的呀！"浆糊赶紧作证。

"好了好了，管它冷的热的，我吃两口再说，饿得不行了。"敖炽随手拿起筷子，夹了一筷子肉丝就要往嘴里放。

我拉住了他的手，把筷子夺下来扔回桌上。

"干啥？"他奇怪地看着我。

我认真地看着在座的每个人，镇定地说："回家吧，不要留在这里。"

所有人都很诧异，青童问："为啥呀？这里很好玩啊。"

敖炽摸了摸我的额头："没事吧你，说要来的是你，说要走又是你，我凳子都还没坐热呢。"

只有赵公子永远不会质疑我的决定，起身道："老板娘说不留，一定有她的理由，我们走吧。"

甲乙皱着眉头，说："二十个人在吃饭，没有一个人说话。"

粗枝大叶的敖炽朝身后看去，其他人仍然在吃饭，好像吃饭就是他们人生中唯一一件重要的事，身边来了什么人，说了什么话，他们都视而不见。

"我去拿行李。"敖炽起身。

我拉住他："车钥匙在身上么？"

"在。"

"别管行李了，走吧。"

我感受到了前所未有的不安，甚至是恐惧。最可怕的，是我居然会"恐惧"，意识里有个正在逃跑的人，眼看可以逃生的道路就在前方，而追捕的人也近在咫尺。

多少风浪与古怪都经历过，我会受伤，会悲痛，会担忧，但从没有这种深刻的畏惧，我迫不及待要离开这个地方，一刻都不能多待！

◇ 伍 ◇

我听到身后传来钱姐的声音："喂喂，你们去哪儿呀？饭还吃不吃呀？"

没工夫跟她解释，连道别都不需要。

一行人飞速上了车，我嘱咐赵公子跟甲乙把两个小鬼抱好。

敖炽调转车头，飞快朝来的路驶去。

并没有什么人追来，也没有奇怪的事情发生，我们的车顺利前行，只要过了这片树林，前头就是那条通往公路的岔道。

"老板娘，现在可以说说发生什么事了么？"赵公子忍不住问道，"鸣鹿山庄那些人是不是有问题？"

"你见过一堆人在一起光吃饭不说话的么？"甲乙冷冷道，"那些人可能根本不是我们的邻居。"

"啊？"青童不解，"不是我们的邻居为什么会到这里来啊？那个马主任也太大意了啊，都不调查清楚就把人往这里领，还把饭钱都付了。"

"马主任……"我看着后视镜里不断倒退的道路，"他太普通，但太不寻常了。"

"一个社区小主任，能有多不寻常？"敖炽专注地看着前方，"刚刚被我训得手脚都不知道怎么放了。"

我皱眉："越普通的人，越不会被怀疑。"

"怀疑？"敖炽不解，"那小子除了工作能力不怎么样之外，没什么可疑啊。"

"我不知道，我就是觉得危险。"我坦白道，"其实一走进鸣鹿山庄我心里就不太舒服，但又说不出哪里不对，我……啊！"

我突然失声喊了出来，旋即紧紧捏住了自己的右手手掌。

"怎么了？"敖炽一脚急刹。

"我的手……"我额头上迅速渗出了冷汗，刺骨的疼痛伴着麻痹的感觉，从我的掌心一波一波涌出来。再看我的手掌，一层白霜包住了我的手指，以不快不慢的速度朝下延伸，转眼已经到了我的手腕。

"老板娘，你的手怎么了？"青童惊呼出来。

赵公子立刻就要跳下车来我这边。

"我没事！你们别动！也别下车！"我大声命令。

敖炽脸色骤然严峻，双手抓住我的右手，很快，一道炽热的气流从他的双手涌入我的身体，我看见金蓝赤三色相缠的光华在他的双手间闪动。

这……这是敖炽的真元！他居然想都不想就用自己的真元为我驱散这层不知因何而起的白霜！

这简直是不要命了。一层诡异的白霜罢了，我用我自己的力量应该也能压制住。

可我不敢说话，怕他分神。

窗外稀疏的雪花，慢条斯理地从玻璃上划过，这应该是今年的第一场冬雪，本来所有人都应该为它欢呼雀跃，但此刻车内只得一片寂静，所有人都看着敖炽，默契地没有发出半点声音，连浆糊未知都抿紧了嘴唇，缩在赵公子跟甲乙怀里，不安地望着父母。

敖炽带来的灼热越来越明显，也越来越强烈，好像有一团火紧紧裹住了我的右手，凶猛地抵抗着什么东西。

豆大的汗珠从敖炽额头上冒出来，我咬牙瞪着他，跟火母的生死一战他是忘干净了吧，他自己的身体并没有恢复到从前也忘记了吧！

一分钟，五分钟，在我度秒如年的时候，掌上的白霜渐渐融化，从手腕到指尖，终于消失成一缕清气。

敖炽松了一口气，放下我的手，擦了擦额头上的汗："没事了。"

"需要这样吗？"我看着他略苍白的脸色，"这种妖术我自己可以解决。"

"你解决不了。"他双眉紧锁，隐有怒意，"这根本不是妖术。"

我一愣。

他的目光一直停留在我的手上，即便我已经安然无恙："这是龙伤。"

"龙伤？"我从来没从他口中听到过这样一个词。

"我的海蓝真火也是龙伤。四海龙族有各自擅长的攻击方法。如果刚才我不出手替你疗伤，按照过往的案例，那层白霜很快就会跑遍你全身，然后把你化作一摊冰水。"他看向窗外，雪花踪迹杳然，只有缕缕似雾似烟的白气游魂似的冒出来，两侧的树林在风里窸窸窣窣，诡秘如梦境。

我脑子里突然嗡一声响。

"我在毫无防范的情况下，被你们龙族攻击了？"我瞬间明白了他的意思，"是他？"

"北海是龙域里最冷的地方，越接近龙宫越冷，北海之外的家伙一旦擅入其疆界，本身又没什么大本事的，不用多久就会被冻死。就连我们东西南海的人过去，也觉得苦寒难忍。那种冷不是来自外界，而是从你的血肉跟灵魂里涌出的天寒地冻，会让人失去所有求生的意念。所以除了公事之外，平日里根本不会有人去他那个鬼地方。我从小就讨厌他，不喜欢他来东海，每次他来东海，我们龙宫花圃里种的植物总是会莫名其妙枯死，甚至连烧菜时用的火也不及平时那么旺，总是差一口气。总之非常讨厌。"他用力扭动车钥匙，发动机发出异常的嘶吼，他再试着点火，还是不行，试了四次都没用。

"都下车。"他果断拉开车门，"有人不想让我们走了。"

一下车，所有人都吃了一惊，刚刚还好好的黑色车子，竟不知何时变成了白色——一层厚厚的霜让它变了颜色。

每个人的呼吸都变成了浓重的白气，四周的温度降到了令人发指的地步。

"甲乙叔叔，我冷。"未知像考拉一样紧紧挂在甲乙怀里，身子微微哆嗦。

甲乙没说话，脱了外套裹住她。

浆糊阻止了要把自己外套脱给他的赵公子，挺直了身子说："我不冷，不用给我加衣裳。"

唯一没有不适感的只有青童，当僵尸的好处就在这里了，不冷不热不痛不饿。但神经粗大如她，似乎也感觉到了不妥，脸上没了笑容，只盯着道路前方说："老板娘，这条路的尽头不妥当。"

浓重的白气拥聚在道路的尽头，以迅速弥漫的姿态朝我们袭来，别说车子发动不了，就算能开，那样的能见度也是不可能再前进的。

我拉住敖炽的胳膊："无藏青霜？"

马主任，手真凉啊……马主任……我攥了攥拳头。

敖炽没答话，突然现了原形，大声道："我们走！"

没时间再问，所有人迅速爬上他的脊背，他呼啸而起，然而起飞还不到十米就发生了意外，在运输模式上从没出过纰漏的敖炽重重跌了下来，幸好高度不足，加上落到路旁的枯草地里，众人都没有受伤。

恢复人形的敖炽苍白着一张脸坐起来，怒骂道："谁长胖了？！"

"你还有心思瞎说？"我扶住他的胳膊，"怎样，还能不能走？"

我不知道刚刚他为我损耗了多少真元，只知道如果他连飞都飞不起来的话，那事情就很麻烦了。

"我没事。"他勉强站起来，望着四周不断增加的几乎连天空都要遮住的白气，"他在附近，我来对付。你们立刻离开。"

听罢，我回头以最严厉的口吻命令："你们三个，立刻带浆糊跟未知离开，回不停带上纸片儿跟信龙，让阿灯带你们去九厥的酒庄里暂住。他酒庄的地址我抄在一张火锅外卖的名片上，扔在大厅的名片盒里，你们自己翻出来。"

"老板娘……"青童觉得事态的发展严重超出了她的想象，不知所措地搓着自己的衣角。

"立刻走！"我横眉竖目，几乎用恶狠狠的语气在呵斥了。

赵公子立刻抱起浆糊，甲乙把未知抱得更紧些，扭头对其他人说："跟我走。"

难得两个小娃不哭不闹，未知的眼泪已经在眼眶里打转，但始终没哭出来，只是默不作声地看着她如临大敌的父母离他们越来越远。

实话是，他们哭闹出来我还好受点儿，倒是这小小年纪的隐忍与懂事把我的心扎了一下。

"你留下来做什么？"敖炽推开我，"跟他们一起走！"

"你现在可没能力赶我走。"我站到他身边，"他既然大老远来了，我也得跟他问个好不是。"

敖炽咬牙，无奈道："他跟我们对付过的任何一个敌人都不一样。"

"不一样？"我冷笑，"他头上长圣诞树么？"

"因为仇恨愤怒杀人的家伙，很可怕。可还有一些人，他杀你却不是因为恨你，这才是最可怕的。"敖炽警惕地打量四周，"无藏青霜是第二种。"

说罢，他的身子突然一晃，腿一软坐到地上，嘴唇跟脸都苍白如纸。

我什么都不怕，我最怕的，是突然缠上敖炽的，不可扭转的虚弱。

"我休息一下就没事了。"敖炽赶在我之前阻止了我可能会说的一切担心他的话，"我绝对不会让谁毁掉我们的生活，谁都不行。"

没什么好说的了，我点头："好。"

此刻，白气已是遮天蔽日，我连四周的树林都看不清了，白茫茫一片，大地真干净这样的句子居然在这个时候形象起来。

突然，前方传来一阵清脆的车铃声，在这样的情景下尤其诡异。

一个人，骑着一辆自行车，不慌不忙地从白气里穿出来，走一截就摁一串车铃。

我干脆盘腿坐在敖炽旁边，两个人镇定地看着这个渐渐清晰起来的人影。

"嘎吱"一声，自行车停在离我们很近的地方，马主任扶了扶他的眼镜，奇怪地看着我们："沙女士，我到处找你们，这大冷的天儿，跑这里来干啥？"

"你那鸣鹿山庄里也冷呀。"我仰起头微笑，"难为马主任这么冷的天儿还要满世界找我们。哦不对，该喊你无藏青霜主任？"

敖炽冷睨着他："知道我为什么讨厌你么，因为你总是活得跟个鬼一样，你什么时候能光明正大一次？好歹是北海龙王，就不能要点儿脸？搞这些小把戏你还不如直接上门来砍我，大家都节约点时间不好么？"

听罢，他笑了出来，从自行车上下来，慢条斯理地把车子架好，站在离我们三步外的地方，像长辈注视淘气的孩子一样，温和又无奈地说："敖炽，你的脾气从小到大都没有改过，虽然很多人都讨厌你，但我跟他们不一样，我对你一点儿厌恶都没有，在我眼里，你就是个长不大的孩子呢。"

马主任的身体突然晃了晃，眼神也定住了，然后直愣愣地倒在了地上，我清楚地听到他脑袋磕在地上发出的清脆的声音，浓浓的白霜幽灵一样爬满了他的全身，须臾之间便将他弄成了一个雪白的人形，呼号的寒风里，人形迅速地融化着，很快就成了一摊胡乱流动的水。

黑袍在风里飞扬，连翻飞的衣角都透着如刀的锋利，几缕银丝埋在长过腰间的黑发里，附着细碎的银光。无藏青霜还是老样子，站在哪里都像一场华丽的噩梦。他半眯着细长的眼睛，对地上那摊水迹看都懒得看一眼，仿佛那只是一堆可以被随便丢弃的废物。

在这个家伙眼中，人命如草芥。

"他是别人家的儿子、丈夫，甚至可能是个父亲。你身为龙王，随便霸占他人躯体，利用完后连个全尸都不留，过分了。"我一点儿都不掩饰语气中的鄙视与厌恶，血脉里的愤怒蠢蠢欲动，也许只要他再多说一句过分的话，我就要与他兵戎相见，誓不罢休。

"我对他的性命没有兴趣，不过是借一下他的身份跟人界的家伙们打交道而已，毕竟我几乎不踏足人界，找个现成的身份才能更有效率地工作。只怪人类是一种太虚弱的生物，我一离开他的身躯，这具肉体就无法再支撑下去，如果他够强大，顶多就是感冒一场，不会丢掉性命。所以，我并没有杀他。"无藏青霜若无其事地笑笑，"比如你，我都用出我的真本事了，你也没有化成一摊水，这不就证明你比普通人都强，所以才有继续活下去的资格么。"他顿了顿，又笑道，"何况人界如此拥挤，我替他们消减几个，也是好事一件。"

我真想像个泼妇一样用世上所有恶毒的词来回敬他，但我得冷静，这种人，最喜欢看到的就是对手气急败坏的样子，我不能说一句废话。

"这么说来，你也挺虚弱的。"我微笑，"你暗算我，是因为你害怕敖炽。"

"哦？"无藏青霜饶有兴致地看着我，"这话很有意思。"

"你不过是利用我来消耗敖炽的真元，这样你就不用担心被敖炽击败了。"此刻我额头上肯定清楚地写上了"我看不起你"几个字。

他哈哈笑出来，说："在妖怪里，你算是反应比较快的。我知道你现在一定在用各种恶毒的词语骂我是无耻小人，但我不生气。在你眼里我是小人，但在我眼里，这叫效率。我的每一场仗，都要经过严格的计算，胜率太低的话，就没有必要浪费时间了。一击即中，才是我无藏青霜的爱好。"

敖炽深吸一口气，站起来，冷冷道："你费尽心思，兜了那么大一个圈子来证明我不是一条'真正的'龙，如今你的目的达到了，但是我也要告诉你，你要对我怎么样，冲我来就是，如果你敢对我的老婆孩子出手……你是知道的，我就算不是真正的龙，但至少也有一半的龙血，而且我不要命的程度，是你计算不出的。"

他笑笑，伸手撩动身侧的一缕白气，说："我替你们选的地方还不错吧，空旷优美，待到春夏之日，这里必是山花灿烂，绿树成荫。"

我跟敖炽对视一眼，内心呵呵一声，瞧这话说的，是替我们选好葬身之地了？

这就太自负了，身为一个自由惯了的妖怪，就算我有寿终之日，要躺哪儿也该是我自己说了算，哪里轮到他来指手画脚。

"你既然这么喜欢计算，难道就没算到我们这次可能根本不会到这里来？"我环顾四周，"你费尽心思演的戏，岂不是浪费了？"

"如果马主任不能把你们请来，也无所谓的。"他狡黠一笑，"因为以后还会有李经理、张女士或者王阿姨来请你们，不一定是邻居联谊会，可能是亲子游园会，或者是某家新餐馆的免费招待券，总有一款让你们心动。"

他还真闲，一次骗不了，还有二三四次，不达目的不罢休的架势。我心里气得要死，这条龙的品格简直侮辱了他的颜值！

"你这个人太婆妈了。"敖炽不屑道，"我要取谁的命，直接上门拿人头，你却只敢借他人皮囊，连哄带骗，简直跟个老娘们儿一样！"

无藏青霜笑而不语。

见他一脸胸有成竹的沉着，我突然想到，以无藏青霜的风格，他断然不会做任何浪费时间的事，看样子他一早就来到人界，却并不急于向我们下手，只借用一个马主任的身份，在丝毫不会引起我们怀疑的情况下让我们主动来到鸣鹿山庄，再利用我削弱敖炽，看起来确实是非常多此一举，他明明可以装扮成任何一个路人在任何地方暗算我，甚至在不停里都可以，然后在敖炽为我疗伤之后下手，但他偏偏要大费周章把我们引到这个荒僻之地才动手，难道他在顾忌着什么？

"一个人，或者二十个人死掉，没什么问题。但如果一下子死去几百几千甚至上万人，我的效率会受到影响。"他似乎看穿了我在想什么，毫不避讳地说，"虽然我不在乎人界丢掉多少性命，但天界那帮家伙的面子，我还是要给一点的。虽然他们现在对人间疾苦并没有什么实质性的干涉，可毕竟他们号称是人界的守护者，事情闹大了，他们少不得要来龙域找麻烦，我实在没那个心思应付。"

我恍然大悟，原来他是怕在人多的地方下手会殃及无辜，毕竟他要对付的，是孽龙与树妖，生死之战，不论哪一方出手都是大招，若是在不停开战，说不定方圆百里会在一夜之间变成废墟。突然间闹出这么大的事，少不得惊动天界诸位大佬，好歹是他们庇佑的地盘，又是被异族如此糟践，不去找他谈人生也很难吧。

"原来你怕天界找你麻烦。"敖炽冷笑，"我以为你天不怕地不怕呢。"

"效率，还是为了效率。"无藏青霜坦然道，"我此生不曾怕过什么，只想恪尽职守，替龙域清除一切不该存在的垃圾。"

敖炽挑眉："你说的垃圾一定包括我了？"

无藏青霜笑容顿失，冷冷道："你是龙族的耻辱，以及危险，连你的父亲，也曾令家族蒙羞。"

这种话，会让敖炽杀人不眨眼的。

我紧紧拽住他，低声说："别生气，那会影响判断力。"

敖炽一言不发。

"敖炽，"无藏青霜像个真正的帝王一样，高高在上地宣布，"我今天，代表四海龙族处决你。"

处决……这个关于死亡的如此义正辞严的称呼，从他嘴里说出来，实在让我心惊肉跳。一个跟我握握手就能把我推向死亡的家伙，现在是我真正的敌人……

"处决？"敖炽仿佛听到了天大的笑话，"那你得给我一个实在的罪名，混乱血统，桀骜不驯，还是从来不给你面子？"

无藏青霜沉默片刻，说："鱼皮书曰，龙族亡于迦楼罗。"

"什么？"敖炽一头雾水。

迦楼罗……龙族亡于迦楼罗……鱼皮书又是什么？这就是他处心积虑要除掉敖炽的真正原因？

"我说过，我对你没有憎恨。但是，我的职责是维护龙域的干净。"

他的眸子像覆上了一层霜，多看两眼都会死无全尸。

周遭影影绰绰的密林里，有东西逼近，数量还不少。

看来已经没时间跟他继续谈人生了……

◇ 陆 ◇

虽然我已经被砍了好几刀，但仍没搞清楚跟我动手的到底是什么物种。

看起来是一具骷髅，可力气却大得惊人，行动速度快如闪电，前一秒还在你左侧，下一秒就闪到你右边，握在手里的也不是普通的刀，长长白白的一片，像被削尖的骨头，每一次挥舞都带出一股森寒之气，即便没有挨着我的身体，也能感觉到一股划破皮肉般的疼痛。

论速度、力气、武器，我都占不到便宜，这些从密林里蹿出来的骷髅军跟杀红了眼一样，刀刀都要取我跟敖炽的性命。

我唯一的武器是头发化的细绳。

我不能跟它们硬拼，只能在无数骨刀砍向我时找缝隙闪身，然后瞅准离我最近的一个脖子，准确地说是白森森的颈骨，将钢丝般粗细的绳子套上去，然后使出浑身力气死命绞下去，然后就是"咔嚓"一声，骷髅头落地时，整个骨架也散了，一缕腐臭的黑烟从斑驳的白骨里钻出去。这是它们唯一的弱点了。可是我只有一个人，一条绳，它们却有上百只。起初我试过用法术化出上百条绳子去绞死它们，但完全不奏效，分散的绳子不够结实，没几下就被它们的刀斩断，想一波带走是不可能了，这种玩意儿看来只能逐一用蛮力收拾。所以基本上我弄散一个，身上就少不了要挨一刀。

我想就算这一仗我能捡回一条命，身上的旗袍也不能穿了吧，好可惜，那么贵重又实用的衣裳。

骷髅军一半杀我，一半杀敖炽，敖炽几乎被埋在骷髅与刀光里了。我急得要死，这边却又被围得水泄不通，寸步难移。我听到敖炽的怒吼，然后是好几具骷髅四分五裂地飞出来，各种形状的白骨落得一地都是。真元不济的他使不出大招，我在拼杀的间隙看见他身上触目惊心的伤口，这就是无藏青霜信奉的"效率"，这个王八孙子！

在这个时候，我后悔当初没有认真学上几招可以直接团灭敌人的大杀招，除了用自己的头发巩固河堤，用头发变成绳子绑这个绑那个之外，我还会干什么？什么都不会！多年前起码还能拎着一把剑跟枯叶之流斩杀敌人，可现在，睡觉比修炼多，拿筷子比拿刀剑多，看小说比看秘籍多，在超市里挑三拣四的本事比杀敌突围强百倍，此刻眼见我最重要的人危在旦夕，我却连靠近他都做不到。

丑陋的骷髅头在我面前晃动不止，骨刀再砍到我身上时，我已经感觉不到疼痛了。透过缭乱的场面，我看到无藏青霜横抱着手臂，风轻云淡地立于战圈之外，一切似乎尽在掌握，他甚至都不需要亲自动手。

这就是我的敌人，北海龙族的王。

如果今天我跟敖炽都交待在这里，死得这么不明不白，还真是不甘心呢。

可我手上的力气真是越来越小了，好几次都弄不断骷髅兵的脖子，还白白挨了两刀，我要是吃了午饭会不会厉害一点儿？

我去，那把刀离我的头好近，劈下来了劈下来了，往哪边闪都躲不过了呀！

千钧一发之际，有个家伙从天而降，硬生生地朝我扑过来，我被撞得头晕眼花倒地不起，只听到耳边传来混乱的铿锵之声，像是刀锋砍在金属上的声音。

"老板娘你还活着吧？"赵公子的声音从我身上传来。

诶？为什么是我的身上？

我睁眼，吓了一大跳，什么时候我把赵公子穿在自己身上了？

骷髅兵不管我变成什么样子，一个个见我跌倒在地，仿佛得了天大的良机，举刀就是一阵乱砍，我双手挡在脸前，只听锵锵锵几声，好几把骨刀一分为二，弹开了去，其中半把还直接削断了一个倒霉骷髅的脖子。

我趁势爬起来，身上多了一副盔甲，却并不觉沉重。

做梦也没想过有一天我会穿上这副"无伤甲"！

但现在没时间说话，好不容易得了援兵，我立刻踹翻一个骷髅，顺势夺走它手中的骨刀，反手就断掉它兄弟的脑袋，然后切瓜砍菜般一路杀下去，有赵公子保护，我杀得痛快且无后顾之忧。

片刻之间，困住我的敌军已经在我脚下堆成了一座白骨山。

好累，我握刀的手因为用力过猛在瑟瑟发抖。

但是不能停啊，我扑到敖炽那边，挥刀让最后十来个骷髅兵身首异处。

敖炽的手上腿上肩膀上全是刀伤，幸好脸上还安稳，没破相。

我喘着粗气把他拉起来："没死吧？我把骷髅都干掉了！"

"你……你怎么穿着赵公子？"敖炽气喘吁吁地盯着我，一脚踢开落在自己腿上的半副骨架。

"老板娘的头差点被砍掉了！"赵公子心有余悸道。

"是啊，幸亏他来了。"我刚一开口，心却突然悬起来，"你怎么回来了？"

"走不出去。"甲乙冷静的声音从我身后传来。

我一回头，正迎上未知哭花了的脸："妈！你跟爸爸怎么受伤了？"

浆糊扑到我们面前，想哭又不敢哭，委屈地看着我们道："为什么他们要伤害你们？我刚才远远看见那些骷髅在打你们，我要帮忙，可青童把我抱得死死的。"

我感激地跟青童说："谢谢你了。"

"肯定不能让他过来，他一个孩子去了也是送死。"青童生气地看着站在对面的无藏青霜，小声问我，"他是首领吗？虽然他在笑，但我觉得他有杀气……"

首领？对啊，我差点忘了我们只是解决了小兵，"首领"还在前方慈祥地看着我们呢。

咫尺之外的无藏青霜叹了口气："还以为这些强盗已经够用了，没想到还是不堪一击，看来活着的时候也不够厉害，活该被砍头呢。"

强盗？

"据说柳刀遗址里埋着古时的强盗，你把他们挖出来当你的杀手？"我不可思议地看着他。

"这也是我挑这里的原因之一呀。我此次来人界，并没有带我北海的军队，事实上我觉得还没有这个必要。毕竟我常年与不喘气的东西打交道，操纵起来也容易。以我的计算，如果不是这副盔甲半路杀出，你们俩现在已经支离破碎了。"他遗憾地耸耸肩，"不过没关系，不影响大局。"

"老板娘，他到底是什么人？"赵公子问，"我从没见过此人，为何他要你跟敖大爷支离破碎？"

"北海龙王，无藏青霜。"我冷眼看着他，"你是怕带你自己的军队出来，那股汇聚在一起的龙族的气息会被敖炽察觉，你就不好下手暗算了对吧？"

"有效率的人，要懂得就地取材。"他笑。

"被你拿小巴运来的二十个人呢？"我质问道，"他们一个个只知道吃饭，你对他们做了什么？"

"此处人烟稀少，不比市区，我跟你们长居人界的家伙不同，毕竟从北海那么干净的地方出来，身上的气息尤为明显，在我出手之前，我希望这些人类可以帮我掩饰片刻。他们都是我随便找的路人，用了点法子让他们听我的话罢了。"他笑道，"其实我是真心想为你们一家办一场有趣的烧烤聚会，据说人类罪犯被处决前，官方都会让他们高高兴兴吃顿好的。可惜还是大意了，几盘冷菜跟人类的沉默让你们看出了破绽。不然你们吃饱再走，我也心安一些。"

我已经不想去痛骂他轻描淡写的谋杀，我只在乎两个字——"全家"，他刚刚说的的确是全家，我没有听错。

"为什么出不去？"我扭头问甲乙。

"这一片地方都被施了法，我们一直往前走，连弯都没转，但最后却走回了起点。"甲乙看着无藏青霜，"此人不除，我们无法离开。"

一直沉默的敖炽突然暴吼出来："无藏青霜！你敢动我的孩子一根汗毛，我要你北海天翻地覆，尸骨成山！"

"北海早就尸骨成山了。"无藏青霜微笑，"难道你们打扫清洁的时候只清除大垃圾，小的就不管了？树妖，你扫地时也不会这样吧！"

我们一家四口的生死，在他口里只是打扫垃圾这样的小事。

我从来没有像现在这样，对一个人动了杀心。

那个"全家"太伤害我了，我跟敖炽吃多少苦挨多少刀都不打紧，但只要一想到未知跟浆糊也成了他的目标，我就按捺不住了，才这么小的孩子，他都可以面不改色地说杀就杀？北海龙王，你到底长了怎样的一颗心！

"我要的，是这一家四口的性命。"他扫视着在场的每个人，"其他人就不要胡闹了，我处理完这件事，自然会放你们走。"

"我都不认识你！凭啥你想杀谁就杀谁？"青童一步跨到我身前，伸出两臂挡住我，"你敢对老板娘出手，我就咬死你！"

无藏青霜轻蔑地笑了一声。

"王八蛋！"敖炽暴呵一声，冲到我们所有人前面，双掌一击，海蓝真火喷涌而出，直扑无藏青霜。

我的心咯噔一下，他在玩命，而且无藏青霜应该比毕方火母厉害得多。

无藏青霜伸开两臂，漂浮而起，顺势朝后一退，一道白光自他指尖挥出，在面前形成了一面无形的盾牌，海蓝真火一触上去便发出嘶嘶的声音，然后火势便越来越小，力量仿佛被这面盾牌抵消了一般。

敖炽脸色一变，突然喷出一口血来，腿一软，单膝跪地，撑在地上的双臂剧烈地颤抖着。

雪上加霜的身体，终于到极限了……

无藏青霜静静地看着他，抬起右掌，一团雪光在他掌心旋转变化，最后成了一把刀的形状。

"不能再留你了，真的。"

并没有实体的刀划破了空气，带着火焰形的光迹执行着此生唯一一次的使命，那就是穿透眼前这东海孽龙的心脏，击溃他的灵魂，让他"干干净净"地消失在这块无人问津的荒郊野地。

我是怎么冲到他们之间，赶在这把夺命刀扎进敖炽心口之前狠狠抱住敖炽，把自己的脊背毫无遮掩地暴露在刀锋之下的，其实我根本记不得了。这一瞬间，我的记忆是空白的，连身体都不像是自己的，所有的举动都是彻底的不顾后果的本能。

我只是觉得，我现在的身体比敖炽强点，就算被这一刀扎中了，应该也能抢救过来，但是敖炽不行，一刀下去，他必定回不来了。

世上没有什么事情，会比敖炽永远的离开更可怕。

我把他抱得太紧了，我感觉到他在用力推开我，也听到了他愤怒的嘶吼，但我怎么可能松手，一点儿都不可能。

在我的身体感受到一股巨大的冲击力时，我的背脊上也同时响起了类似爆炸的巨响。

轰！

不疼，但是身体依然像被穿透了一样，莫名地寒冷。

我觉得自己轻飘飘地飞了起来，敖炽在前面，他在说什么我听不见，他的表情我也看不清，只看到他离我越来越远。

无数晶亮的碎片在我身体周围飞旋，带着绮丽的光影，它们交错铺垫，形成了一条不知尽头的通道，一个人影慢慢走向另一端，一边走，一边对我挥手。

我看不清他的脸，只看到模糊的剪影，是个男人吧，瘦瘦的。

什么东西会碎得这么好看，每块碎片都像星星一样亮？

我重重地摔倒在地上，耳畔传来的不知是浆糊还是未知的尖叫——

"赵公子叔叔！"

我突然惊出了一身冷汗，赵公子！

我猛地爬起来，低头一看，身上哪里还有盔甲的影子，只有一地亮闪闪的白色碎片。

凌乱的声音猛然撞进我的脑子——

我唯一想知道的，是那个朱七夕的样子。

饿了吧，我去给你们煮面。

只要我在这儿，不停就会好好的，谁来破坏它我都不允许。

我……我怎么忘记了赵公子在我身上，我呆呆地看着一地碎片。

有人搂住了我的肩膀，敖炽焦急地吼我："你怎么样？受伤没有？"

我扭过头看他，松了口气："你没死就好。"说罢，我又转回头，趴在地上一块一块地捡着碎片，边捡边喊，"敖炽你快来帮忙，赵公子掉了一地都是，赶紧把他捡回来，回去我把他重新拼好！上次也是这样，他被撞得七零八落，就是我把他拼好的。"

可是，碎片在一片一片地消失。

我疯了一样去捡，指尖被地上的碎石戳破也不觉得疼，可是，不论我动作多快，也无法阻止它们的离开。

敖炽拉住我："不要再捡了！"

敖炽的大吼终于拉回了我的神智，我看着自己空空的双手，突然明白，我无法再拼回一个完整的赵公子了。

北海龙王赤裸裸的杀机，落到谁身上都没有挽回的余地。

已经很多很多很多年，没有这种痛彻心骨的感觉了，尽管见过许多生死，但我身边的人从未真正离开过。

未知在哭，浆糊在哭，青童一脸悲色地喊着赵公子的名字，甲乙像根木桩一样戳在那里，安静得连呼吸都慢了。

我突然间不知道要如何处理这种撕心裂肺，只紧紧抓住敖炽的手，身体止不住地抖动，但是我没有哭，眼泪不知道去了哪里。

不远处，无藏青霜坐在地上，一手捂着自己的心口，面有痛苦之色。

甲乙慢慢走到我身旁，淡淡道："他的刀被赵公子反弹回去了，也是挺倒霉的。"

说着，他拿脚尖挑起地上的一把骨刀，握在手里，一步一步朝无藏青霜走去。

我一把拉住他，咬牙道："你干什么？"

"以后没人给我做饭了，我很生气。"甲乙甩开我的手，"我只想用我的方式表达我的愤怒。"

"你不是他的对手。"敖炽吼道，"就算他受伤，也是无藏青霜。"

那头，无藏青霜站起来，吁了口气："还真是很疼。"他抬头看向甲乙："怎么，年轻人，你打算杀了我替那副盔甲报仇？"

"你不准去！"敖炽一把将他拽回来。

甲乙一言不发，刀柄被他攥得咯咯响。

无藏青霜脸上没有任何畏惧之情，他笑着看我们每一个人，最后把目光锁定在我身上："或许你曾帮过许多人，救过许多人，但你始终没有明白，不论是妖怪还是人类，能力都是有限的，你们只能如蝼蚁一般安安分分地寄生于这片人类的世界，不要妄图去改变什么，也不要总说靠努力去改变命运的傻话，命运于你们而言，是用来顺服的。"

我的牙齿快咬碎了，脑子一片混乱。

无藏青霜的身体慢慢离开了地面，黑色的袍子像乌云一样漂浮在白气之中，闪电般刺眼的光芒突然从他身躯内爆发而出，一条身量巨大、鳞甲如镜的黑龙吐着白气，盘旋在半空，银色的双眼仿佛装进了整个宇宙的冰天雪地，冷冷地看着下头每个人。

血从敖炽的伤口里不断流出，他起身，抬头看着空中气势如虹的黑龙。

"如果你们一家爽快些，就不会连累旁人。"无藏青霜的声音像雷一样响亮，"谁都应该活着，哪怕一只蚂蚁，一只蟑螂，唯独你，敖炽，你的存在就是个错误。"

敖炽的双眼突然涨得通红，一道弯曲的血印从双眉之间凸显而出，他夺过甲乙手中的刀，一跃而起，对准无藏青霜的身体猛砍下去。

无藏青霜一闪，哗啦一下，骨刀仍在他的背脊上砍出一道血肉模糊的大口子，龙血如雨落下，然而敖炽也被拂过的尾巴狠狠打到地上，换作旁人，只怕早已骨骼尽断四分五裂，然而敖炽却像完全感觉不到伤口一样，杀红了眼般再次跳起来，他竟不顾一切化回原形，与无藏青霜缠斗到一起，北海的龙与东海的龙都动了以命相搏的杀心，霎时间只见空中乌云翻动，异光闪耀，一紫一黑两个庞然大物打得山摇地动。

没有任何一个人有能力去平息这样一场战斗。

只在刚刚的一刹那，我觉得敖炽好像不是敖炽了，我不知道是什么力量给了他如此疯狂的反攻，只知道以他本来的状况，可能连跑步都跑不动了。

狂风四起，沙土高扬，在我第二次被迷了眼睛之后，敖炽发出了一声痛苦的嘶吼，我眼睁睁地看着无藏青霜将龙爪抠在他的脖子上，然后狠狠将他摔到地上。

地面像地震一样摇晃了一下。

无藏青霜稳稳地站着，将敖炽死死踩在脚下，他只要再多用一点力气，敖炽的脖子就会断开吧。

对不起，我至今都不知道我们究竟犯了怎样的罪过才抵得上这样的杀戮，我最抱歉的就是赵公子了，他用尽所有救下来的两条命，大概又要交待出去了。

我不怕死，就怕死得太憋屈，纵然我只是一只武力值不足的树妖，但我也想试试拉着敌人一起下地狱的痛快。

最起码，我要我的孩子活下去。

我回头对青童跟甲乙道："一会儿，捂上两个娃的眼睛。"

我的命运，从不是用来顺服的。

第三章 【远行】

世事没有『要是』，也没有『如果』。

◉ 楔子 ◉

为了你我不分别，我必尽全力，希望你也一样。

◇ 壹 ◇

"鬼天气，怎么这么冷。"九厌看着窗外灰冷的世界，重重地往手里呵了一口气，转身把壁炉里的火又烧得旺了些。

一堆打包好的纸箱子堆在客厅的桌子上，他打着呵欠拿过一摞快递单，一张一张懒懒地填写，边填边嘀咕："这么远的地方还让我包邮，这么抠门的人注定没有女朋友……啧啧，这个更好玩，买一瓶酒让我送一堆赠品，脑子被门夹过了，要不是为了凑好评才不卖给你呢……唉唉，做生意比当神仙还辛苦呢。"

他写完，把笔一扔，拿出一直没响过的手机，看了老半天才忧伤地说："这个死女人，说了今年要来陪我过春节的，这都年底了，连个电话都不来，信不信我不要她了！啊啊啊好伤心，在她眼里我大概还没有一具尸体重要。"

说完他扔开手机，躺到沙发上，把印着一张猫脸的靠垫拽到怀里，委屈地拿下巴摩挲着："天寒地冻，孤身一人，连个陪我喝酒的人都找不到。不停我是不会去了，一年之内我都不想再看到跟它有关的一切，喵的，栽在一本书手上，把我关了那么久！奇耻大辱！不不，还是得去一趟，树妖两口子从东海回来了，肯定带了不少值钱玩意儿，找他们赔点精神损失费也不算过分哈！问题是我已经给她留言了，让她赔钱，她到现在也不回我，老板娘太不自觉了。要不明天去一趟？这么久没看到两个小家伙，还是怪想念的……他们的亲妈又不爱发朋友圈晒娃，过分。"

九厥的酒庄里，除了他自己，再找不到第二个人，宠物也是没有的。

他这种东跑西荡自由不羁的浪子连自己都没工夫照顾，猫猫狗狗要是跟了他，如果学不会自己买猫狗粮的话，大概只能饿死。

绝对的安静充斥在酒庄的每个角落里，夏天还好，清幽舒心，冬天就难受了，孤独、萧条、寒冷，所有不良的因素都从极度的安静中扩散出来，除了偶尔飘动的纱帘稍微有一点动静，其他的一切都是沉默如石，山水字画青花瓷，仿佛都随着满心无聊的九厥在唉声叹气。

"好无聊啊！没人陪我玩！"九厥对着靠垫上的猫脸道，"我喜欢的女人不理我，我讨厌的老板娘也不理我，月老嫌我的酒庄远不肯下来喝两杯，新酒的配方又还没想好，没想好我就没心思出门去玩，不能出去玩我就很寂寞，你说怎么办？"

靠垫默默地看着他，如果它是活的，大概只会深深叹一口气吧，谁曾想一贯自诩风流潇洒人缘好的九厥仙官会落到这样爹不疼娘不爱的局面，冬天真是个让人容易悲伤的季节呢。

叮咚，叮咚。

大门的门铃响了。

九厥一骨碌爬起来，心想一定是快递小哥来取件了，来得正好，总算有个活人能跟他聊会儿天了。

他穿着毛茸茸的拖鞋噼噼啪啪地跑出去开了门。

"今天来得蛮早啊，我……"他的笑容迅速凝固在脸上，因为来的人并不是快递小哥。

他前后左右上上下下看了一番，然后盯着来人的脸说："啧啧啧，我这是烧了哪门子的高香，竟然把您给烧来了，獠元大人。"

"无事不登三宝殿，顺便，向仙官你讨杯酒喝。"门口的男人淡淡道。

"瞧把我给吓的，还以为您老改行搞物流了呢。"他拍拍心口，侧身让开，"请进请进。"

稀疏的雪花落下来，酒庄的大门重新关上。

◇ 贰 ◇

我知道身后是甲乙或者青童在吼叫，但我已经听不清他们究竟在喊什么了，无非是喊我不要去。

但不能不去，现在被人踩在脚下有性命之虞的人是我的丈夫，并且他没有犯下任何应该被杀掉的罪过。

刀剑对这条龙是无用的吧，我依然只能依靠属于我自己的唯一的武器，我的头发没有削铁如泥的本事，但是只要它足够坚韧，就能为敖炽换到脱身的机会，哪怕只有一秒。

这辈子都没对付过这么庞大而强硬的对手，他不止是一条龙，还是龙王。

没有时间去铺垫缓冲，我所有的能力只能在一招之内爆发。

如果这一招不能达到目的，那么我再无胜算。

我的速度让自己变成了一道绿色的光，停在无藏青霜背后的刹那，我的头发无限暴长，终于像一棵真正的千年古树一样展开了密集的枝条。

当它们不顾一切紧紧缠住无藏青霜的身体时，我突然想起当年在浮珑山死在我手上的鸟兽们，那时的我也是这样，用枝条紧紧缠住了它们，直到它们停止呼吸。

我以为我此生都不会再干同样的事情。

但作为猎物，无藏青霜的体积实在是太大了，我根本没有致他死地的念头，因为我太清楚我办不到，但是，把他拖到一旁，制服他哪怕几秒钟，还是可以的吧。

无藏青霜大半个身子都缠满了我的枝条，换作别的小妖，此刻早就窒息而亡了，而他只是转过头，冰冷而不屑地看着我。

一鼓作气，我朝后跃去，硬是用蛮力将这条巨大的龙从敖炽身上拖开，大概是用力太猛，我觉得自己的身体有一种即将碎裂的隐痛。

呼啸的气流卷起了沙土，重重打在我的眼睛里，来不及看清眼前的状况。

可是，即便没有被沙土迷了眼睛，此刻我依然不可能看得清楚。

因为，来自身体的巨大的被束缚继而被箍紧的感觉足以令我眼前一黑。

即便穿着衣裳，我还是能感受到从一片片黑色龙鳞上传来的刺骨的寒凉，它们包裹着一个强悍的身体与灵魂，化作无法挣脱的铁链，将我毫无余地地缠绕其中。

虽然无藏青霜没能挣断我的枝条，但力量的悬殊让他很快便拾回还手的机会。

我只能困住他一刹那，把他从敖炽身边拖走已经用尽全力。

就算无藏青霜不挣扎，身上的枝条也会渐渐松动，而我无能为力，只能由他占尽上风，用身躯紧紧绞住了我。

他稍微用一点力气，我的元神就会随着这个身体的碎裂一起烟消云散吧。

世间万千生灵，无非是由有形之躯与无形之魂构造而成，有魂而无体，为虚物，有体而无魂，为死物，少了哪一方都不行。

我跟别的妖物修成人形的方式不同，它们大多是以足够多的修为来改变真身，化为人形，而当初子淼助我成人形，却是将我的"魂"自真身中直接剥离而出，以他的灵力直接将这无形的魂"塑造"为人。

如今你们看到的这个有血有肉近乎人类的老板娘，就是我灵魂的具象化，而我最宝贵的元神就在魂中，我所有的灵力与生命都靠它输出供应。

一旦这个身体死亡，那么我无家可归的元神就会像暴露在烈日下的露水一样消失，而我远在浮珑山的真身也会枯萎成灰。

不过，只要我真身仍在，元神未灭，那么不论我受了多重的伤，只要能及时回到真身之中就还有痊愈的希望，虽然痊愈可能需要很多年。

当初我修为不足时，每年都要回真身中去，目的就是为了利用真身里最实在也最基本的生命力去巩固我在外飘荡的灵魂。如今虽然我已经强壮到不需要再做这样的事，但那不代表我的灵魂无懈可击，在无藏青霜这样的敌人面前，一旦他动了杀心，我连回到真身里的机会都没有。

但此刻我已经分辨不出他到底藏了一颗怎样的心了，我只知道再多几秒，我就会因为窒息而失去所有意识。

这里没有人是无藏青霜的对手，打不过就跑吧。这是我对其他人最后的、说不出口的期望。

就在我眼前一片模糊，呼吸越来越急促时，一股疯狂的力量迎面扑来。

我根本没看清发生了什么，只觉得自己好像撞到了一面坚硬的石壁上，眼冒金星已经远不能形容我此刻的感受，我只觉得身体骤然变得没有重量，然后飘啊飘地落到地上。

我觉得落地时我是没有感觉的，只感到身子一下就松快了，同时有一瓢热水落在脸上，喉咙里痒痒的，有什么东西要跑出来。

与此同时，我听到重物坠地的声音，轰隆一声，地面狠狠地震颤。

我似乎好了一点，起码能勉强看清东西了。

离我几米开外的地方，无藏青霜躺在那里。

他巨大的身躯仿佛一座山脊，一道醒目的伤口在他的身侧豁开着，血汩汩外流，身下的土殷红一片。

而我的脸上身上，也沾满了他的血。

另一头，敖炽仍停于半空。

伤痕累累的他双目赤红，没有给他的猎物半分喘息的时间，纵身而起，龙爪如刀，这次是狠狠朝无藏青霜的咽喉而去。

我呆呆地看着他，只觉得头上的阴影越来越大。

我离无藏青霜不过咫尺，敖炽这一击，以他发起疯来的力量，我纵然不被他利爪所伤，也很难全身而退吧。

难道敖炽只顾杀敌根本就没看见我？

事情发生得太快了。

已经半瘫痪的我连往旁边挪一下都没力气，眼见着那条我再熟悉不过的紫色巨龙以同归于尽的势头朝我们这边冲下来。

"敖炽！"我大喊一声，本能地抱住了脑袋。

眼前有光闪过，红蓝二色，如箭而出，四周突然静音。

我抬头，一个人身龙尾的家伙单手扼住了敖炽的脖子，没费什么力气便将他从半空中摁到了地上，落地的瞬间，敖炽龙身顿失，满脸是血，昏迷不醒。

怒面龙王……

在我几乎把他忘记的时候，他又救了我一次。

"不要伤他！他是敖炽啊！"

我猛地喊出来，当初他让那石头老虎寸寸成灰的场面瞬间涌入脑海，我怕他不分青红皂白。

他收回手，看了我一眼，没有说话。

我稍微松了一口气，他能听到我说话，也能听懂。

因为他，一触即发的血战终于喊了暂停。

无藏青霜已经化回人形，捂着腰间的伤口，面色苍白地站起来，正冷冷地看着这个不速之客。

他转身，突然抬手指了指无藏青霜，仍是一语不发，但简单的一个动作却充满警告，随后，他化光而匿，两道红蓝光柱嗖一声回到我心口。

我倒吸一口凉气，下意识地捏住了这块两次解我危难的石头，可惜我连声谢谢都来不及说。

无藏青霜看着我："怒面龙王，居然交给了你。"他忽然笑出来，我不知道他的笑点在哪里，只觉得他每个动作都不怀好意。

"无藏青霜，你杀我朋友在先，伤我夫君在后，我通常不与人结仇，但这次为你破例。"我勉强坐起来，喉咙仍在发痒，更有股腥甜之气翻涌上来，我吐了一大口血。

甲乙上前扶住我。

"你没上来瞎帮忙，我很欣慰。"我靠在他的怀里，这时才觉得身上到处都在疼。

我是被无藏青霜伤到了，还是落地时骨折了，我根本分不清楚，明明是轻飘飘落地的，难道幻觉了？

"你没死我也很欣慰。"甲乙又恢复成了往日那个理智到没有感情的鬼样子，"刚才的情况我不会来帮你的，就我跟他的武力值而言，我去帮忙只能是亏本生意。如果你们不能活下来，只能说明你们还是太弱了，怪不得别人。"

"好无情的人啊。但谢谢你一直捂着未知的眼睛。"我虚弱地笑笑，"去看看敖炽怎样了，我看见他心口还在起伏，应该也没死。"

甲乙看了看无藏青霜："他也还没死呢。"

"不用管他。"我在甲乙的搀扶下站起来，拍了拍心口，"我有援兵，他多少是有些忌惮的，看他的眼神就知道。"

极度的焦急降低了我的痛觉，我加快了脚步走到敖炽身边。

他仍在昏迷，呼吸很乱，脸上身上到处都是大大小小的伤口，好多还在流血。

一直被青童紧紧抓住的浆糊跟未知到底还是挣脱出来了，想哭又不敢哭，想抱住我又不敢抱，像两只受惊的鹌鹑一样站在我面前。

未知小心翼翼地抓住我的手指，又看了看敖炽，红着眼圈说："妈，我们把爸爸喊起来回家吧。"

青童跟过来，警惕地看着无藏青霜，转头对我道："不能再打下去了，你们的伤都好重。"

"这场仗不是我开始的，所以我也结束不了。"我对青童跟甲乙道，"他现在也伤得不轻，你们赶紧带浆糊未知离开。"

"我不走！"浆糊皱眉，突然从地上拾起一块石头，转身用力朝无藏青霜扔过去，刚好打在他的脑袋上，"坏蛋！大坏蛋！等我长大了，你来跟我打架！不许欺负我爸妈！"

无藏青霜躲都不躲一下，嘴角扯起一丝诡秘的笑意，旋即朝我们缓缓走来。

我心下一紧，一把将浆糊扯到身后塞给甲乙："带他们走！"

话音未落，空气里莫名飘来一阵酒味，又醇又香。

我以为我伤重到连嗅觉都失灵了，这里除了血的味道，不可能有别的。

无藏青霜走了不到十步，突然停下，眉眼之间的警惕只出现了一刹那，整个人便咚一声倒在地上，声息全无。

不过我也没有好到哪里去，奇怪的酒香从鼻子里钻到身体每一处，消减了痛觉也模糊了意识，我眼前的一切出现了重影，在眼皮重得马上要耷拉下来时，我看到一团湖蓝的颜色，急匆匆地从不远处飘过来。

那是谁的头发吗……

我胡乱地想着，身不由己地闭上了眼睛，任由身体朝虚空中陷去……

◇ 叁 ◇

"老板娘！吃饭啦！我煮了牛肉面！"赵公子站在床边，小心翼翼地喊我。

窗口的阳光太刺眼，我半睁开眼睛，懒洋洋地问："几点了就吃饭啊？"

"管他几点呢，你不饿吗？"他手里端着的大碗冒着热气，"你闻闻，香不香？我加了秘制的酱料，牛肉炖得又软又糯。"

好香啊，真的好香。

我咽着口水坐起来，伸手就去端那碗面。可是差了一点，手指扑了个空。

赵公子退了一步。

"你退什么退啊？"我奇怪地看着他，"想把我的面端到哪里去？"

赵公子不说话，又退一步。

我生气了，下床去拽他。区区两步距离，我却怎么也越不过去，眼看着他不断往后退，直到退进金色的阳光里，高大的身躯融化成斑斓的光点。

"无论如何要按时吃饭啊，老板娘！"

他的声音在远处回荡。

"赵公子！"

我大喊着睁开眼睛，心跳如雷。

雪白柔和的帐顶，散发着淡淡幽香的丝被，古朴雅致的雕花木床……不不，这绝对不是我的床。

扭头，敖炽坐在床边，一只手握着我的手，另一只胳膊上缠了绷带，脑袋也没能幸免，厚厚的绷带上隐隐透着血渍，脸上贴了四个创可贴，损伤惨重。

我要起来，被他摁住。

"别乱动，你可能受了内伤。"

可我除了浑身的酸痛感，以及心口有点闷之外，倒不觉得有哪里不妥。

"我没事。"我拿开他的手坐起来，皱眉端详着他，"怎么搞成这样……"

"放心，我死不了。大家都没事。"他摸摸我的脸，却毫无往日"大爷我就是命硬谁也奈何不了我哈哈哈"的标配神情，每个字都说得平稳沉静。

"赵公子……"

我抓住他，突然觉得心口有什么东西在撕扯："我梦见赵公子了，他端了牛肉面给我吃。"

敖炽咬咬牙："我知道你很难过，但赵公子回不来了，不光是你，我们所有人都要尽快接受这个现实。"

我当然知道他回不来了。我亲眼看着他替我挡住了那本该我来承受的一击，然后粉身碎骨，连一片遗骸都没留下，消失得彻彻底底。

"以后，没有人给我们煮面吃了。"我垂下头，一直流不出来的眼泪，一滴滴落在丝被上。

以我粉身碎骨，佑你一世无伤……

但我从没想过这个人会是我。我们总是以为在一起的时间还很多，总以为还有用不尽的明天，但谁会知道，所谓明天，说不到就不到了。

"呜呜呜……"忍不住的哭声从床下传出来。

我一愣，探头去看，敖炽脚边的地上，纸片儿蜷成一团，抱着膝盖哭得不能自已。

它怎么来了……我忍住难受，俯身摸了摸它的脑袋："纸片儿……"

它还是哭，小身子哭得湿透了。

"那枚硬币抛错了……"它抽泣着，"要是去的人是我，赵公子就没事了……"它自顾自地说着，"可……可要去的是我，老板娘就死了吧……呜呜呜，为什么要有这样的选择，你们都活着不行吗？"

世事没有"要是"，也没有"如果"。如果赵公子不替我挡住无藏青霜，也许我跟他都会没事，因为我身边还有个不知道什么时候会出现的怒面龙王。

可就算赵公子知道，他就不会冲上来了吗？他会眼睁睁看我受袭然后去赌那百分之五十我能被别人救下来的几率吗？

他是赵公子。所以他绝对不会。

换成我，生死关头，我也赌不起，也不能赌，因为那是我在乎的人的性命，容不得半点"不尽全力"。

道理我都懂，但我无法去遏制悲伤，毕竟，我们失去了一个亲人。

"哭吧，使劲哭，哭够了你就会慢慢好起来。"我收回手，深吸了口气。

纸片儿哇哇大哭。

敖炽看着脚下的它，叹息："我已经让九厥把吹风机准备好了，它爱怎么哭都可以。"

九厥？我四下环顾："这是九厥的酒庄？"

"不然呢，还有谁家有我家这般清净雅致。"虚掩的房门被推开，多日未见的九厥端着一个瓷杯走进来。

"喝。"他把杯子递给我，"里头化了一颗百花甘露丸，化瘀去伤，理气润肺，最适合你这种没摔死的家伙。一滴都别剩，这可是海棠女仙送我的生日礼物，天界的家伙们受了伤，少不得要吃这个，很珍贵的。"

069 第三章
远行

我接过杯子，淡玫瑰色的液体在杯中缓缓荡漾，清香萦绕。

"神仙的药？"我看着这个老朋友，苦笑，"可我是妖怪啊。"

"让你喝就喝，哪来这么多废话。"九厥皱眉。

我一口喝尽，身体里清凉一片。

九厥拿回杯子，摇头道："你们瞧瞧，我不在你们身边，一个个就搞成这个鬼样子。"

我有好多问题想问他，可是他不给我机会，只是把我摁回床上，替我盖好被子。

"现在什么都不要问，不要说。"他的手掌覆在我的额头上，湖蓝色的头发在灯光里闪着梦一般旖旎的光泽，"睡吧，睡醒了就好了。"

温暖的体温从我冰凉的额头上扩散开去，很舒服。

"你也去休息。你的伤比她还重。"他拍了拍敖炽的肩膀，"守着她她的伤也不会好得快一点。"

"我就在这儿。"敖炽不动，"哪儿也不去。"

九厥无奈，也不再劝他，只在山去前说："两个小的你们不用担心，我守着他们。"

跟九厥的重逢，没有拥抱，没有问候，只有实在的关怀与不需要废话的默契。

记得以前我同敖炽说过，如果我们有什么三长两短，唯九厥可以托付。

室内一片寂静，放在木桌上的青铜兽头炉里细烟如丝，馨香宁神。

纸片儿大概是哭累了，趴在敖炽的脚背上睡着了。

敖炽也是累了，趴在床边睡着了。

我看着他的睡脸，不知他正遭遇怎样的梦境，睡着了都不肯松开眉头。

我轻轻抚着他的头发。那一簇簇永远泛着幽深紫光的头发在我指尖滑动，我曾经无数次嘲笑他的头发像钢丝一样硬，就跟他的脾气一样，不屈服，不认输。

在许多不知情的人眼里，这个睡着了的男人简直就是命运的宠儿，尊贵的地位，强悍的身躯，为所欲为的能力，还有爱他的妻子与儿女，他幸福得发光。

但他在地城流过的泪，为所有他在乎的人承受过的伤，所有不肯说出口的柔软与悲恸，别人永远看不到。

只有我。

龙族亡于迦楼罗——这就是无藏青霜要杀掉他的理由。

短短七个字，好大一个罪状。

既然只有我能看到敖炽不为人知的所有，那么也只有我会坚定地站在他身边，容不得他人有半分杀心，任何理由都不行。

我睡不着，轻轻起身，下床，拖过被子盖到敖炽身上，蹑手蹑脚地出了房间。

◇ 肆 ◇

"来杯酒吧。"

我站在九厥背后，看着他正对窗户的背影，雾蒙蒙的玻璃上，雪花纷飞而过。

"你并不爱喝酒的。"他头也不回道，"外头的雪下大了。"

"忘川今年特别冷，没想到你这儿也是。"我看着雪花出神。

他转身，拿起搭在椅背上的外套，披在我身上。

"保持体温，伤也能好得快一些。"他上下打量我一番，"也是造孽，我从没见过你们俩狼狈成这样。"

"无藏青霜要杀敖炽。"我直言。

他皱了皱眉头，说："你还是喝茶吧，我这儿还有点玫瑰茶，再给你加几个红枣煮一下。"

"好，试试你沏茶的水准。"

我拖开椅子，坐在离窗户最近的地方，心情复杂地看着外头的世界。

片刻之后，一壶热热的玫瑰红枣茶摆在我面前，九厥给我倒上："喝吧。"

我抿了一小口，香甜适中，暖人肺腑，玫瑰与红枣真是能抵抗这个寒冬的最好的东西。

"两个小家伙吃了点东西，睡着了，甲乙跟你的新帮工在房里看着他们。"九厥在我对面坐下，"在我这儿，你们还可以睡个安稳觉。"

"你把我们带回来的？"我放下茶杯，"我昏过去之前好像看见你了。"

"我去不停找你们，纸片儿说你们去什么鸣鹿山庄参加社区举办的联谊会。我给你们打电话打不通，所以直接来找你们。纸片儿说它记得路线图，那张印了地图的单子它偷偷看了好多次，但你们不肯带它去玩，所以它主动要求给我指路。我们还没到鸣鹿山庄，就看到天上两条龙在打架，四周还有结界阻拦。我破不了龙族的结界，所以直到两条龙都受了重伤，结界力量逐渐消减，我才得以靠近你们。"

九厥叹了口气，接着说："你也是心大啊，他再不济也是四位龙王之一，龙王啊，不是街头巷尾的小妖怪，天界诸神都要给龙族几分薄面，他就算受了伤，你也不可能是他的对手。要不是有赵公子跟那个从你心口钻出来的家伙，你死十次都不够。你明知道如今这个身体的重要性，明知道一旦有什么闪失，你的结局会跟赵公子一样……唉。"

他沉默片刻："抱歉，我没能救得了赵公子，也没能保护到你跟敖炽。"

"说这些傻话做什么。"我努力地笑了笑，"你一个酿酒的，打打杀杀根本不是你的画风。"

我用力揉了揉眼睛，尽量不让眼泪再掉下来，深吸了口气，又问："你为什么会突然来不停找我们？你之前不是说不跟我们玩儿了吗？我们在龙域这些时日，你究竟发生什么事了？"

九厥纠结了片刻，又气恼又尴尬地说："都怪你那本该死的《百物图鉴》！"

"《百物图鉴》？"我一愣，"我放在储藏室垫桌脚的那本书？"

九厥垂头丧气地点点头。

"那本书不是寻常物。"我盯着他，"该不会……"

"我被关进去了。"九厥坦白道，"虽然这很丢脸，但我也不能撒谎。"说着，他又朝我摆摆手，"反正我掉进去了，差点被坑死，然后我出来了，那本书依然在原地垫着桌角。关于这段，以后有机会有心情我再给你讲，现在就不要问了。"

"行。"

我本来也没有心情去问这一段，只要他现在好好的，其他不重要。

"树妖，"他突然用一种难得的慎重与严肃的目光看着我，"那天，我的酒庄来了个客人。"

我被他弄得有些紧张："什么客人值得你用这种目光看着我？"

"獠元。"

他的咬字特别清晰，生怕我听不清。

我一愣："天界现任战神，獠元？"

"不是他还能是谁。"他揉了揉额头，"这可是我的酒庄接待过的职位最高的客人。"

"我记得你们并没有多少交情。"我十分不解，"他为什么会突然来你的酒庄？"

九厥看着我的眼睛："你还记得你当年走遍天下寻回来的十二神石吗？"

这怎么能忘，那可是我费尽心血才寻回来的东西。

"石头怎么了？"我反问。

"天界出了点麻烦。"九厥再没有平日里吊儿郎当的模样，每个字都说得慎之又慎，"交还回去的十二神石，只有十一块。"

我一惊，脱口而出："不可能！当初是我跟敖炽亲手把十二块石头交给东海龙王，再由他交还天界的！绝对是十二块！"

"獠元的原话是，"九厥认真道，"'绡狐眼'是假的。"

我愣住。绡狐眼？假的？

"獠元既然这么说了，以他的地位与作风，想来也不会是胡说八道。"九厥握住我发冷的手，"你仔细想想，当时有没有什么纰漏？"

"没有，不可能有。"我坚定地摇头，"十二块石头我完完整整地收在一起交给了东海龙王。"

九厥皱眉："这就麻烦了，天帝为这事雷霆震怒，命令獠元彻查此事。"

他这么一说，我心头的疑问更大了："既然獠元在彻查，为什么他又要单独来见你，此事跟你没有关系。"

"他说，天帝是从东海龙王手中接走神石的，所以他会先从龙族着手，能找回来固然最好，若进展得不顺利，必要之时，先礼后兵。"九厥面色凝重，"但是，若真与龙族无关，他就要……"

"找我算账？"我被气笑了，"獠元已经知道当初寻回神石的人是我？所以有机会以假乱真的，除了龙族，就只有我了，对吧？"

"逻辑是没错的。但獠元表示，在龙族洗脱嫌疑之前，他暂时会装作不知道。"九厥握住我的手，说，"这件事非同小可，发脾气的不是别人，是天界地位最高的人。一旦他知道神石最初是在你手上，后果我根本不敢想。"

"我没有偷龙转凤，自认问心无愧。"我耸耸肩，"天帝真要来找我麻烦，我也没办法。"

"我在天界多年，也不过是远远看过天帝几次，这个男人掌管天界，手握生杀予夺之权，高不可及。于人类妖魅而言，我姑且算是他们眼中的神，而天帝，则是众神眼中的神。如果你招惹到的人是他，你说要怎么办。"

九厥毫不掩饰他的担忧。

我想了想，问："我还是不明白，为什么獠元要专门来告诉你这件事，他是天界大神之一的战神，而你只是小小的酿酒仙官，而且你们还没什么交情。"

九厥看着我空空的茶杯，又给我倒满："他说跟你有一茶之缘。"

我微愕。数年前的一个冬夜，我的屋檐下曾替他收留了一个鞋匠，因为鞋匠，他在不停里喝了一杯浮生，回忆了一段往事。

他不说，我都快忘记了。

"獠元说，既然你有本事寻回十二块石头，就该有本事把真的绡狐眼找回来。在他与龙族'理论'期间，你还有时间去做点什么。天帝对这块石头非常在意，如果真的找不回来，龙族跟你都会有麻烦，天帝对龙族或许还有所忌惮，但你呢？一只在他眼中不堪一击的树妖。"九厥看向窗外混沌的天空，"他是好意，不想你枉陷困境。"

我没说话，把一颗红枣从茶里捞出来放到嘴里，慢慢地嚼。

"总之，你心里要有个谱。"九厥看着我的脸，"你总跟人说好好活下去才是一切之根本，你自己做得到吗？"

我摩挲着茶杯的边缘："得而复失的东西，再找回来太难，一丁点头绪都没有。"

"总有别的法子。不出手就认输不是你的脾气。"九厥认真地补充道，"我知道北海龙王已经是个大麻烦，而这时候再跟你说这件事更坏心情，但越早知道，我们应对的时间才越多。"

"我上辈子肯定干过特别缺德的事哈哈哈。"我用力揉着脑袋，神经病一样笑出来，"不然祖坟上得冒多大的青烟才能把龙王跟天帝这样的人物同时砸我头上。"

"真是见鬼了。"九厥也忍不住挠头，旋即疑惑道，"为什么北海龙王要动杀心？论辈分，敖炽怎么说也算他的大侄子吧？"

我沉默片刻，说："'龙族亡于迦楼罗'，这就是一切的原因。无藏青霜说敖炽是错误的存在。"

"龙族亡于迦楼罗？"九厥惊诧，"他什么意思？"

"我只知道这句话的来源是印度的神话。迦楼罗，就是金翅大鹏鸟，一生以那伽为食，而那伽，就是龙族。而最关键的是，迦楼罗与那伽偏偏又是同父异母的亲兄弟。"我苦笑道，"我看无藏青霜对这句话的理解，应该是虽有血缘，但始终非我族类，其心必异，不可不杀。"

九厥想了想，恍然大悟："与龙族有血缘但又不完全是龙族的，是……敖炽！"

"你知道的，他爷爷隐瞒了他的身世，说他是龙女之子。"

玫瑰茶的余温中，我将鱼门国里的种种讲给他听，告诉他东海龙王已经变成了一个谁都不认识的病人，告诉他在我去鱼门国前，龙王将象征东海王权的"怒面龙王"交给了我，还告诉他无藏青霜是如何心思算尽利用我引敖炽入困局，让敖炽从尊贵的东海继承人变成被整个龙族唾弃的"外族异类"，而他做这一切的目的，仅仅只是要一个可以理所当然"处决"敖炽的理由。

听罢，九厥长长吁了口气，说："短期之内，我想无藏青霜应该不会再顾得上找你们的麻烦，一来他受了重伤；二来你有怒面龙王在身，此物神奇，能救你性命，他若再硬来未必讨到便宜；三来獠元不是吃素的，单是以假乱真欺瞒天帝这一条罪状，就够他们四海龙族忙一阵子了。唉，不知道这算不算因祸得福。"

"可能算吧，毕竟没把我逼到绝路。"我笑笑，"不过，若无藏青霜仍不罢休，找到你酒庄来闹事，砸坏了东西烧了房子，你别找我赔钱才是。"

"我大小是个仙官，我破不了龙族的结界，他也未必破得了我的。你且放一百个心，他若真找上门来，我自有治他的法子，一物降一物，世上不会有谁是绝对的赢家。"九厥笃定道。

一席话说下来，我乱糟糟的心情终于安宁不少，有一个关键时刻从不掉链子的好队友确实算是此生一大幸事。

"九厥，谢谢你回来。"我说，"不久之前，我真的以为自己扛不过这一关了。"

九厥看定我："天不怕地不怕的老板娘，害怕了？"

一语中的，我攥紧了拳头，在九厥面前，我没有任何隐瞒的必要。

"是的，我在害怕，死亡从来没有像这次这样离我这么近。我怕敖炽死掉，怕浆糊未知不能平安成长，怕我一个不小心就在强于我千万倍的敌人手里万劫不复，我是给人沏一杯浮生听一段故事的老板娘，我不想攻城略地与人为敌，只想家人好友平安喜乐。在这个愿望上，我与任何寻常人类都没有不同，我不怕自己血肉模糊伤痕累累，只怕我从噩梦中醒来时，身边空无一人。"我一口气说到这里，"我没有你们想得那么坚不可摧，有时候，我也只能是一个无能为力的妖怪。"

时间在这一刻变得尤为缓慢，只有壁炉里的火苗在欢快地跳动。

"可是，你不光只有你自己啊。"九厥侧目看着窗外纷纷扬扬的雪花，"如果你只有你自己，当年就不会有那么多妖怪一齐出动帮你击溃有屈，也不会有以命相护的赵公子，甚至不会有特意来通风报信的獠元。你活到这把岁数，你做过的事，爱过的人，其实从来没离开过。"他转回头，起身走到我的身后，用力揽住了我的肩膀，"所以，你没有什么可害怕的。我们都在呢。"

我不敢动，怕一动眼泪就会掉出来，当着这个家伙哭鼻子实在太难看了。

但是，我分明感到了让人安心的力量，从另一双手里，源源不断进到我的身体里，驱逐所有可能令我软弱退缩的坏情绪。

兵来将挡，水来土掩。就算找麻烦的是北海龙王甚至天界帝君，又如何呢。

雪越下越大，壁炉的火苗越来越旺。

我深吸了口气，拍拍肩膀上九厥的手："给我也弄点吃的吧。"

"还剩了几个馒头，你就着咸菜吃点吧。别瞪我，蒸鱼跟卤鸡腿都被你家两个孩子还有甲乙吃光了，只剩馒头。"

"那你好歹给我加个蛋花汤补一下……"

"这个可以。"

不能被悲伤缠住，不能萎靡不振，不能虐待自己的身体，不然，就真的是对不起赵公子了。

◇ 伍 ◇

一个月一晃而过，电视里所有的画面都喜气洋洋，因为马上要到春节了。

九厥的酒庄应该从来没有住过这么多人。如他所推测，无藏青霜的确没有再出现过，不知是他知难而退，还是被别的事情缠住了。

而这片刻的喘息，足够让我跟敖炽的身体恢复如初。

九厥还特意去了一次忘川，我的不停一切安好，我们不在的时候，信龙居然摸索着学会了煮土豆，虽然他们两兄弟不需要吃饭，但总不能把阿灯饿死，煮土豆虽然比不上赵公子炸的土豆条，但起码也能饱腹了。

九厥把我们的事情简单跟信龙说了一遍，信龙沉默了一会儿，说他们会负责饲养阿灯以及不停里所有的花花草草，如果有厉害的家伙杀上门来，他们的太极拳再加上阿灯，或许可以守住不停。

其实在九厥回去之前，我是嘱咐他把阿灯跟信龙也带回来的，如今的不停不再是街市一角的世外桃源，而是招惹了强敌的多事之地，已经不够安全，天知道无藏青霜会不会一个不高兴就把我家房子烧掉，既然暂时不能对付我们，烧掉房子也能泄愤不是吗，疯子都爱这么干。

但是信龙不肯，说他们喜欢不停里的小院子，练太极再好不过，反正不管怎样，好歹有个可以留下的家了，不想它被人欺负。就算那个人是北海龙王，就算他真的放火烧房子，有他们跟阿灯在，起码还有个灭火的人，不然都烧光了，老板娘回来得多伤心哪。

九厥这么跟我说时，我有些诧异。

信龙和阿灯跟着我的时间并不长，我们之间甚至没有过多少同生共死的经历。仔细想想，如此情形下连他们都能这般待我，我就更不能放任他人以任何理由来毁掉我们所有人的生活了，不停仍然要鲜活地存在于忘川一角，有生意做，有妖怪来往，有吃喝玩笑。

九厥没有勉强他们，说这两个家伙看起来蠢蠢的，但有一张让人信任的脸呢。

听说忘川百年难得一见的"寒流"也过去了，温度回归正常，甚至比往年还暖一点。

无藏青霜果真走了。

大后天就是除夕夜了，但是位于陌生城市郊区的酒庄几乎没有年味，即便九厥象征性地往门口挂了一对红灯笼，还给浆糊未知买了一箱烟花，热闹的心情还是离我们有点远。

今天天气好，蓝天暖阳。

敖炽坐在酒庄花园前的石阶上，一张纸在他手里翻来翻去，却总是折不出想要的形状，之前他答应未知给她折纸鹤，可等他答应下来才想起自己根本就不会这项技能。

在酒庄这段日子，他总是心不在焉。

我走到他身旁坐下，看着他假装专注的脸，创可贴已经不需要了，脸上的伤口已痊愈了八成，身上的伤也结痂了，敖炽的自愈能力远远超过常人。

我凝视着他线条出色的侧脸，手指从他额头上的伤痕落到眉心，光滑一片，别无他物，但我分明记得，与无藏青霜殊死一战时，这里曾有一道红印赫然而现。

"别乱摸，痒。"他一偏头，躲开了我的手指，继续折纸。

"纸鹤不是这样折的。"我把纸抢过来，边折边说，"敖炽，这些天你很闷呢。"

在酒庄养伤的这一个月，敖炽真的很少说话，除了吃饭睡觉以及跟两个小家伙说早安晚安之外，他大部分时间都用在发呆上，有时候坐在沙发里看着壁炉发呆，有时候看着窗外的雨雪发呆，再不然就是蒙头大睡。

每当我要跟他打开话题时，他就会借故走开，除了关注我的伤势，他跟我几乎零交流。

这很反常。

"心口还疼吗？"他问我。

我摇头："跑马拉松都没问题。"

阳光从头顶的树枝间穿过，面前的石板地上闪烁着不规则的光斑，敖炽的眼神不知落在哪里，我慢吞吞地折着纸鹤，气氛从没有这么寂寞过。

"你说你要是嫁给九厥那样的男人，会不会幸福一点？"他突然开口。

我手一滑，差点把纸撕烂了。

"九厥？"我看着他，微笑，"你怎么不问嫁给子淼我会不会幸福一点？"

"那不行，嫁给他你就是寡妇了。"他挠了挠耳朵，"九厥这样的好点，看起来吊儿郎当不靠谱，关键时候从不扯后腿，虽然喜欢占便宜吃霸王餐，但这点跟你挺像的，样子虽然没有我好看，但也过得去……"

"敖炽！"听不下去了，我一把扯住了他的耳朵，"你给我说清楚，你这些天作什么死？我招你惹你了你不理我？怎么，伤刚好点就琢磨让我改嫁？你脑子在马桶里泡过了？"

他不挣扎，由得我拿他耳朵撒气。

"你的伤让我害怕。"他终于在耳朵掉下来之前开了口。

我一愣，松开手，下意识地摸了摸自己的脸："我毁容了？没有啊！"

他看着我："你真不记得自己是怎么受伤的吗？"

"我……"我一时语塞。

我会内伤到吐血，原因之一是无藏青霜打算绞死我，他没得逞，但用在我身上的蛮力造成了一定伤害。原因之二，是从空中落地时摔得太重，重到我一度错觉自己是轻飘飘落地的。原因之三，就是导致我跟无藏青霜都飞出去的，当时那座迎头撞来的"石壁"。其实哪里是什么石壁，是脱离了无藏青霜压制的敖炽顺势用自己的尾巴狠狠拍过来罢了。这一拍的力量简直是诡异得巨大，如果中招的不是树妖跟龙王，别的生物老早就筋骨尽碎，死不瞑目了。

不光如此，若不是怒面龙王出现，我就算没被敖炽拍死，也躲不过他轰然而来要置人死地的爪子，虽然他的目标并不是我，但那时候的他，那一刹那，眼中没有我的死活。

这件事像一根刺，我不想说但又咽不下，于是只好说服自己一切可能只是幻觉。

"任何伤害你的人，我都不可能放过他，我敖炽怎么能允许别人对我的女人下杀手。我一直都是如此坚定，对吧？"他自嘲地笑出来，"可我没想到，有一天，差点杀了你的人是我。"

"不不不，那只是意外。"我立刻起身，蹲到他面前，"你就为这个害怕？"

"根本不是意外！"敖炽提高了声音，愤怒与自责在他眼中熊熊燃烧。

"我清楚地记得我在做什么，当时我已经很累，力量接近零，但当无藏青霜说我连蟑螂都不如的时候，我觉得身体里有东西突然沸腾了，温度高到要融化我，而我脑子里也只有杀掉无藏青霜那一个念头，眼中根本看不到其他东西，包括你。你知道这意味着什么？如果以后再遇到同样的情况，你觉得你能幸免多少次？"说完他颓然地低下头，"多年来旁人总叫我孽龙，也许我真的是一条不知道什么时候就会六亲不认的孽龙。"

"你母亲是妖怪，而你父亲是东海龙王的儿子，这样的结合几乎没有先例，至少在我所知道的历史中是这样。"九厌的声音从我们身后传来，"所以我们很难判断这样的血统里暗藏了什么'机关'，更不知道什么时候什么情形会触发它。因为这么多年来，你除了脾气暴躁，没有别的纰漏，而这也是让我们大意了的原因。也许这只是仅此一次的'失误'，但也可能远比我们想象的严重。但不管如何，起码这一仗给我们提了个醒，亡羊补牢还不晚。"

敖炽回头，皱眉道："你在偷听？"

"这是我家诶，我只是想给花园里的植物浇水，不想打扰你们夫妇谈心。"九厌把手里的水壶放到地上，走到我们面前，"麻烦你们打起精神，现在可是内忧外患的关键时刻。之前你老婆害怕，现在你害怕，你们俩是要一起气死我么？我年纪也很大了好不好！"

我跟敖炽对视一眼，没说话。

"起来，跟我走！"九厌一手拉我，一手拉敖炽，不由分说地把我们俩拽起来，大步流星地离开花园。

宽大的穿衣镜前，九厥一把把我们俩推出去，指着镜子道："好好照照，看看镜子里的人认不认识！"

我们盯着镜子里的自己，没有胖没有瘦，面容未改发型依旧，这不还是老板娘跟东海孽龙么，没有丝毫变化。

"你们遇到过的风浪还少么，有问题出现了，那就抓紧时间解决，你们害怕对方会出事，难道怕一下就不出事了？这么简单的道理还需要我讲给你们这个年纪的老家伙听？"

九厥横抱手臂，严厉得像我们的亲爹。

"最要紧的是在一起。迦楼罗的预言算什么，天知道无藏青霜是不是被人骗了。绡狐眼丢了就丢了，找回来就是，找不回来旧的就弄个新的。身体出了故障也不用怕，总有人能修好。你们忘记当年有屈是怎样祸害这个世界的吗？兜了一圈，你们怎么好意思犯同样的错？你们是鸡毛掸子吗？光扫别人不扫自己！"

说罢，他哼了一声："午饭别吃了，就在这儿好好照镜子吧，我好气。"

我从镜子里看见九厥拂袖而去，他大概真的生气了吧。

我们俩像傻子一样立在镜子前，一语不发。

是啊，要解决的问题已经实实在在地摆在眼前，我们需要的是行动，不是心理活动。

我慢慢抬起胳膊，小心翼翼地抓住敖炽的手，看着镜子里的他，说："最要紧的是在一起。无论如何不要躲开我，让我再次孤独二十年甚至更久，那比你一尾巴拍死我痛苦多了。这话我只说一次，记不住的话你就去死吧。"

敖炽沉默片刻，说："从没有哪一次让我如此后怕。只差一点，世上就没有你了。"

我扯出链子，将怒面龙王在他面前晃了晃："有它在，两次大难不死。"

"好吧。"他看着这块晶莹剔透的石头，突然很慎重地说，"我要你立重誓。"

我一怔："什么？"

"若怒面龙王为了救你性命再次现身，那么，不管他对要伤你性命的人做什么，不论那个人是谁，你都不得阻止。"他低头看着我的眼睛，"做不到的话，就不要跟我在一起，永远不要。"

我咬了咬嘴唇，点头。

"发誓！"他皱眉，"跟我念！树妖裟椤永不阻止怒面龙王手刃伤我性命之凶手！"

见我迟迟不开口，他用力捏了捏我的手："说！"

"树妖裟椤……永不阻止怒面龙王手刃伤我性命之凶手。"

我说得很费力。

"如违此誓，夫妻情绝，世世陌路。"他每个字都念得清清楚楚，千钧分量。

"如违此誓……"我停顿了好久，才继续道，"夫妻情绝，世世陌路。"

不知道为什么，就算是一场可能永远不会成真的假设，我的心里也刺刺地疼。

他抱住我，在我耳边道："纵然是最坏的结局，我也要护你周全。希望你体谅。"

我咬紧牙关，整个脸埋在他的心口，这样他就看不见我的眼泪了。

为了你我不分别，我必尽全力，希望你也一样。

◇ 陆 ◇

今年的除夕，我们还是放弃待在九厥的酒庄，举家回到不停。

年夜饭前，我们给赵公子举行了一个简单的葬礼。

他生前最爱用的刀，最爱看的《三国演义》，以及他穿过的围裙，被仔仔细细装到了盒子里，盒子是我以前找金匠定制的首饰盒，又大又重又精致，一直没舍得用。但我觉得只有这个盒子才能配得上我们心里的那个人。

盒子埋在了不停的院子里，能照到第一缕阳光的位置，四周没有花草，只种了大葱、番茄与豆角之类的，我想，比起花花草草，赵公子应该更喜欢这些。

纸片儿填了第一把土，如今它已经平复了许多，哽咽着说："傻子，以后你就在这儿，永远守着不停。没事别出来吓唬我。但是如果你出来，我就高兴死了。"

未知还是哭，浆糊搂着妹妹，像个男子汉那样说："别哭了，大不了以后我煮饭给你吃。你老这么哭，赵公子叔叔会睡不好的！"

"我要吃牛肉面……你不会煮，呜呜呜。"

"我会学啊！"

"里头要放辣椒，青的红的各一半。"

"行，只要你别哭了。我们好好活着，赵公子叔叔才会高兴。"

"嗯。"

我们一群大人站在孩子身后，深深朝这个不是坟墓的坟墓鞠了三个躬。

再一次，谢谢你在我每一次归来时，为我点亮了家里的灯火，送上热气腾腾的面条，谢谢你在我漫长的生命里，用沉默的温柔陪我走过的每一天。

其实我也不知道还要多久，心里空缺的那一块才会真正填补完毕，但活着的人就要做活着的人应该做的事，一蹶不振、浑浑度日是对那个为你不顾一切的人最大的侮辱。

敖炽把亲手做的大木牌插进土里，上头是浆糊跟未知画的一副盔甲。"家人赵公子的领地,随意踩踏者一辈子单身狗!"——这句话是敖炽写上去的,他说写谁谁谁之墓很土。

这一个月来,只有这件事让我觉得我的敖炽又回来了。

今天的年夜饭稍微有些麻烦,毕竟我们所有人都是厨房绝缘体,敖炽择菜嫩老不分,炒出来的豌豆尖跟猪草没两样,我蒸的排骨虽然有点咸,但是还能吃,自诩厨艺天才的九厥,硬是把一锅鸡汤熬成了洗锅水。最后,居然是青童一口气做了八个家常菜,味道竟然很好,她说虽然跟赵公子在一起的时间不长,但是天天看他煮饭做菜也学了点本事。赵公子这也算是后继有人了!

好歹是凑满了一桌,九厥给每个人都倒了一杯他带来的酒,甜甜的,他说是新酿的果酒,暖身养颜,销量最高。

喝酒,吃菜,窗外偶尔闪过一片烟火,鞭炮的声音时断时续。

我给每个人都发了红包,这应该是历年来我发出去的最贵重的红包,里头装了一个金币,每个金币上都刻了"平安喜乐"四个字。

如果是往年,一个金币足以让这些家伙高兴得满地打滚吧,但今年,大家都少了些兴致,只有青童把金币放到嘴里咬了咬,惊讶地问我:"老板娘,这是真的金子么?"

"她手里什么都可能是假的,唯有金子一定是真的。"甲乙掂了掂金币,"今年你好大方。"

我把在座所有人环顾一圈,信龙、纸片儿、青童、甲乙、浆糊、未知,还有趴在桌子下吃薯条的阿灯,加上九厥,再与敖炽对视一眼后,我坐直了身子,清了清嗓子,说:"这个年不热闹,那是一定的,但赵公子从来没有离开过不停,以后也不会。从前我跟敖炽不在的时候,总是他在照应着,所以我希望今后你们也能跟他一样,替我看着这个家。"

甲乙放下酒杯,看向我们:"怎么,你们又要走?"

未知一听,赶忙抓住我的胳膊:"妈,你们要去哪儿?"

"我们要暂时离开不停一阵子。"敖炽说道,"去哪里你们不要问,只要知道我们是去办些很重要的事就可以了。"

众人面面相觑,不知说什么好。

我又看了九厥一眼:"我们不在的时候,九厥会留在不停,你们互相督促,不要忘记交电费水费网费,防火防盗,不停里的一砖一瓦都不能少,想来白吃白喝的人直接又出去,自己人都不行。青童你记得把店里剩下的所有酒类、茶叶包括零食都做个详细的记录。平日里若有谁来找我,让九厥去接待,如果他不在,你将访客登记在册,回头告诉他就行,他会处理。"

"哦……"青童点点头,又道,"可是老板娘,能不能让我跟你们一起去啊?我好想知道别的地方是什么样子！"

"不能。"我断然拒绝，"你们谁都不许跟来。"

"为什么呀？"纸片儿急急道，"你又要把我们扔下不管吗？"

"你们不是小孩子了，不需要我来管你们。"我严肃起来，"这件事没有商量的余地，对这个世界，你们的经验还不太够，尤其是新来的帮工们。"我转头看向信龙："你们两兄弟继续安心练太极吧，虽然你们看起来并不是太有用处，但还是感谢你们在鱼门国时给我的帮助，我不在的时候，你们做完家务之后想出去玩也可以，只是要对自己的安全负责，不要太晚回来。"

"明白了。"信龙点点头，"我们做家务也很可以的，太极的原理可以融会贯通到许多事物里，比如拖地擦桌子晒被子。"

"哦，你们真厉害。"我给他们鼓掌，"但是打碎东西的话会从你们工资里扣。"

信龙不吱声了。

"纸片儿，"我把它拈起来放在手心里，"现在，帮工里就数你资历最老了，你比他们都熟悉不停，所以你也得照看着他们，该做什么不该做什么，不要成天总想着到处乱跑乱玩了。"我看着这个在不停里生活了数年的小纸人儿，认真道，"拜托了。"

纸片儿垂下脑袋："你说什么就是什么啰，我还能怎样。那傻子不在了，但不停里还是永远有人等你们回来的。自己小心。"

"懂事。"我点点头，"回头一定给你涨工资。"

"别闹了，这里有工资这种东西吗？"纸片儿耸肩，"反正我没见过。"

我把汤盆的盖子拿过来，把纸片儿扣在下头："反正你也不吃饭，睡一会儿吧，接下来的会议你不用参加了。"

然后随便它在盖子下怎么抗议，我都装听不到。

这时，未知怯怯地扯了扯我的衣角："妈，你也不带我跟浆糊吗？"

浆糊没说话，但急切地看着我跟敖炽，希望得到一个不一样的答案。

我摸了摸未知的脑袋："你们不是说过最喜欢跟九厥干爹一起玩吗？这么久没有看到他，你们不如多陪陪他，毕竟他没有老婆没有孩子，一个老男神也是蛮寂寞的。"

九厥狠狠瞪了我一眼。

"可是你跟爸爸没有我们陪，不是也很寂寞吗……"小丫头噘起嘴。

"傻姑娘，其实我跟你妈要去再度一次蜜月，所以不能带着你跟浆糊。"敖炽把她抱到怀里，笑眯眯地说，"你们跟去的话，就会变成两个巨大的电灯泡，很可怕的。"

"蜜月只能两个人去吗？"未知还是不高兴，"我又不会发亮，怎么变电灯泡？"

"等你长大了，嫁人了，你会跟爸妈一样，跟着你的丈夫一起出去周游列国，那会儿你就明白为啥爸妈不带你们去了。"敖炽捏了捏未知的鼻子，"跟浆糊一起乖乖待在家里，爸妈答应你，给你带很多没见过的礼物回来，好不好？"

"很多礼物吗？"未知抬头。

"当然。"敖炽跟她拉勾，"你爸爸我什么时候骗过你？"

"你骗过……西瓜明明被你吃光了，你说是浆糊吃的。"未知认真地盯着他，"爸爸，崽对你很失望啊。"

"嘿！你这小崽子跟谁学的？九厥，是不是你教的？"

"关我啥事。小朋友只是说了实话而已。"

席间终于爆发出一阵难得的笑声，年夜饭渐渐有了年夜饭的样子。

零点钟声敲响时，我们所有人围坐一堂，闭上眼，在倒数声里许下了各自的愿望。

我的愿望是，生生世世不分离。

◇ 柒 ◇

厨房里，我难得勤快地刷着碗，眼看着又要离开了，走之前想替不停做点什么，哪怕只是洗碗。

浆糊溜进厨房，默默拿起毛巾把我刚洗好还在滴水的碗一个个擦干放好。

我好笑地看着他："怎么，是烟火不好看还是大人们的话太无聊，闷得你要进来陪我洗碗。"

小家伙没回答我，边擦边说："你们肯定会回来的，对吧？"

我一愣："当然。"

"大人不能骗小孩子的。"他小脸上的表情特别认真。

"我不是你爸，不会骗你的。"我笑着摸摸他的脑袋。

他放下抹布，突然走到我身边，伸手抱住了我的腿，什么都没说，就是把我抱得紧紧的。

"怎么啦？"我抱住他，"舍不得我们呀。"

他不摇头也不点头，就是不松手。

"被未知看到，她会笑你呢。"我又何尝想跟你们分开，但是不得不这样。

"外面还会有坏人吗？"他抬头，眼圈有些红，"他们会伤害你们吗？"

"不会的。"我笃定道，"因为有很多好人会保护爸爸妈妈，你看爸爸妈妈现在不是很好吗。"

他想了想，又问了一次："你们要回来的，对吧？"

"我们不回来，谁来监督你的功课！"我戳了戳他的脑袋，"不要以为我跟你爸不在，就可以偷懒了。"

"我从不偷懒，唐诗宋词我都能背下来了，但未知还是不识数，账都算不清楚。"浆糊撇撇嘴。

"别这样啊，她是你妹妹啊，你可以教她啊。"我忍住笑，"出去玩吧，我知道你比谁都宝贝未知，你是天下最好的哥哥。"

浆糊吐了吐舌头，扭头跑了出去。

继续洗碗，洗着洗着，突然觉得有人在背后窥视。

回头，甲乙抱着手臂倚在厨房门边，一言不发地看着我。

"孩子都比你懂事，至少知道进来帮我的忙，不像你，永远只在一旁围观。"我转过身去继续干活。

"你们决定去找绡狐眼？"他突然说道。

"九厥跟你说了？"我头也不回道。

"你们在酒庄聊天的时候，我并没有睡着。"

"偷听不是好习惯，不过跟你挺般配。"我的手在泡沫里出没，"既然獠元都找到九厥了，可见绡狐眼是真的被人掉包了。如果他查到与龙族无关，那接下来就只能找我们的麻烦了，总要给天帝一个交代的，不是龙族就是我，经手人只有我们。"

"天帝就没有问题吗？"甲乙冷笑，"说不定是他自己弄丢了，又或者是找个借口对付他老早就看不顺眼的人。"

"就算是这样，我也不能给他这个机会。"碗碟在我手下哗哗作响，"东海的龙王是敖炽的爷爷，他没有亏待过我们，如今他自身难保，龙族若有什么闪失，敖炽焉能独善其身。既然我们有能力，在事态没有严重化之前去做点什么是最好的。"

"上哪儿找？"甲乙直言，"你们没有任何头绪，连石头是在谁手上出问题的都不知道。万一这块石头已经被毁掉了呢？"

我停住，回头盯着他，"说得这么悲观，好像你知道什么似的。"我擦擦手，转身上下打量他："我记得当年从春炉身上取回绡狐眼后，你一直不肯给我，直到最后收齐了其余十一块石头，你才不情不愿地交出来。说起来，第一个接触绡狐眼的人是你呀。"

甲乙一笑："如果我承认确实是我把真的绡狐眼藏起来，给了你一块假的，你怎么办？"

"你不会这么做。"我笃定地笑了笑。

"为什么这么肯定？"甲乙看着我，"人心难测，你比谁都明白这个道理。"

"如果你会做出这种事，那一定是对我恨之入骨，然后又杀不了我才会借刀杀人。"我仔细看着他的脸，"所以，你有这么恨我吗？"

"谁知道呢。"甲乙耸耸肩，"毕竟你从来没给我发过工资。"

我顺手抓起一把泡沫砸到他身上："滚滚滚，不帮忙就出去！"

"你们到底要去哪儿？"甲乙就是不滚，"像没头苍蝇一样随便乱转？还是花大钱找虫人打探消息？"

"虫人也不是万能的。"我转身继续洗碗，"我得亲自去找个老朋友。"

"老朋友？"甲乙皱眉。

"如果实在找不到春炉身上那块……"

"绡狐跟别的狐妖不一样，原本数量就稀少，如今世上可能一只都没有了。"甲乙不客气地打断我，"你以为你能找到一块新的绡狐眼？"

"绡狐眼是绡狐死后的眼睛所化，身为石头不会腐烂变质，只要它们曾经来到过这个世界，很可能就会有别的绡狐眼存在。"我顿了顿，"如果世上真的连一块绡狐眼都没有，那么我只能往西溟幽海去了。万妖之源，绡狐故乡，总不能连那里都没有吧。"

"西溟幽海……"甲乙冷冷道，"那可不是街头的超市，你以为随便搜搜地图就能找到吗。"

"再难找我们也会找的。"我回头给了他一个大大的笑容，"说不定在西溟幽海，我还能遇到我的祖辈呢，毕竟那里是妖怪们最初的发源地。"

甲乙没再搭话，走出厨房之前，他又回头道："你们这趟旅行，应该会很精彩。"

"谢了，你把不停给我照顾好，我们会更精彩。"我朝他眨眨眼。

他走出了厨房，我看不到他的表情。说来这家伙跟在我身边也有些日子了，可我到现在都很难猜中他的心思，你以为对他的样貌已经很熟了，可转念一想，连他的眼睛都没看见过，又哪里算得上看见了全貌？他这个人总是这样，就在你身边，但又远得不得了。

但能确定的是，他对我从无恶意。真是矛盾呢。

洗完碗，又出去陪他们放了一会儿烟火，最后把两个困得不行的小家伙抱上楼睡觉，我跟敖炽才抽出时间收拾行李。

其实，也并没有什么可收拾的，唯一需要收拾的，只有我们的心情。

没多久，有人敲门。开门，九厌手里捏着一个银色的现代便携酒壶，在我们面前晃了晃："这个送给你们。"

我接过来，晃了晃，正要打开，九厥却阻止了我。

"给你们逃命用的。"他狡黠一笑，"可别随便打开，很贵的。"

"不就是一瓶酒。"敖炽不屑道，"就你一个白吃白喝的汉子，还能给我们什么好东西。"

"呵呵呵呵，我就不计较你对我肤浅的了解了。"九厥颇为自得，"我用十八种珍贵原料酿成的宝贝，你以为是拿来给你吐槽的吗？多亏了它，我才能把无藏青霜放倒，把你们及时带走。"

他这样一说，我才隐约记起自己昏过去前，好像是看见正往我们这边走的无藏青霜突然倒在了地上。

"这酒的香味对受伤的家伙有奇效，入鼻即倒，普通人睡个三四天算短的，无藏青霜这样的人物四五个钟头跑不了。你跟敖炽也是大半天才醒呢。"他拍拍我的肩，"好好收着吧，总有用得上的时候，不过记住啊，只对受伤的对象有效。"

我盯着手里的酒壶："你这个酒……跟麻醉剂没两样吧？"

"我费了老大力气才从天界医官那儿搞来的，他们给倒霉鬼治病疗伤时都用这个，就是为了防止伤者因为疼痛阻碍治疗。我要了一瓶回来加以改良，把药效融到酒香里，用起来更方便了。除了我，再没有谁这么有想法了。"九厥大言不惭，继而又警告，"闻闻就好了，千万别喝，不然可能睡到身上长蘑菇都醒不来。"

敖炽奇怪地盯着他："我不明白一个正经人为啥把这种蒙汗药一样的东西随时揣在身上。"

"因为我是个跑路比打架多的神仙呀！"九厥比了个剪刀手，"不像你，动不动就跟人拼命，也亏得你命大，不然我家老板娘不知道守寡多少次了。"

敖炽作势要揍他，被他一把挡住拳头，严肃道："我认真的，你们现在面临的是什么麻烦大家心里都有数，玩笑是要开的，但命只有一条，希望你好好留着。我不想我最爱的女人跟孩子伤心。"

敖炽放下手，眉毛一扬："只要我还没死，你就永远不可能是最爱他们的人。"

我笑看着九厥："以后你一定要当着你未婚妻的面把刚才的话再说一遍，不然我就不爱你了。"

九厥撇撇嘴，突然，他走到我和敖炽面前，伸手一把揽住了我们，在我们中间沉声道："可能最难的时候到了，此去不管结局如何，都要平安归来。天大的事都不要自己扛，你们背后是有援军的。"

我跟敖炽没说话，三人就这样沉默但坚定地抱作一团。

"我再不济也是天界的神仙，不停和两个小娃我都会替你们看好，有我在，谁也动不得他们。"

九厥深吸了一口气，直起身子看着我们："你们也要遵守我们的约定，不论去到哪里，必须同我保持联络。我不管你用手机还是别的工具，总之，超过一周没有消息的话，我就把浆糊未知送去庙里当小和尚小尼姑。"

我揉了揉眼睛，哭笑不得："你这算什么威胁？"

"让你们失去当爷爷奶奶外公外婆的资格，够不够狠？"他冷哼一声。

"其实送去庙里也可以啊，还管饭，光头还省洗发水。"

"是啊，也不耽误读书，我们还能少操心。"

我跟敖炽小声交换着意见。

然后就是九厥抓起拖鞋揍我们的场面了，以下省略五百字的鸡飞狗跳。

但是，他的话我每个字都记住了。认识他这么多年，我们之间已经不是"朋友"二字可以形容的，没有血缘也可以是亲人。

所有互相依傍、同舟共济的日子，不仅是过去，以后也一样，围炉饮茶，嬉笑怒骂，沧海桑田，天涯相伴，你所希望的所有和我们有关的未来，一定会是你希望的样子，我不失约。

◉尾◉

我们离开的时候，天还没亮。

浆糊未知还在被子里酣睡，我亲了亲他们的额头，但愿此刻陪伴他们的是一场好梦。

其他人的房门也关得紧紧的，大概谁都想不到我们说走就走了，而且是在大年初一的清晨。

行李不多，我跟敖炽一个行李箱就够了。

大门前，九厥看了看我们的行李，问："钱带够了？"

"现金银行卡一样不少。"我拍拍随身的挎包，"买飞机都够了。这个你完全不用担心。"

他打量我一番："你还穿这一身？"

"为什么不能穿？"我低头看了看自己，旗袍外头罩了一件黑色的长羽绒服，只是高跟鞋换成了平底鞋，没毛病呀。

"你那旗袍穿好久了。"他叹气，"好歹是新年第一天，你也稍微讲究一下，换件新衣裳吧。"

"不不，它就是新的呀。"我笑。

"我又不是瞎子！"九厥盯着我的衣裳，"明明就是那件旧的。"

"你不懂，我就是要它陪我天涯海角。"

我没告诉他，乌衣送我的这件礼物真是世上最珍贵的衣裳，本来我以为骷髅一战后它肯定是破到不能穿了，可谁知道当初留在它身上的刀口一夜之间没有了，整件衣裳恢复如新，它这么萌这么努力，我怎么可能抛弃它。因为它，我省了多少买衣裳的钱！

"抠门到死！"他白我一眼，把捏在手上的一条红围巾绕在了我的脖子上，"年初一，还是带点喜庆的颜色在身上。"

"我的呢？"敖炽伸手，"她是你最爱的女人，我算不算你最爱的男人？"

"我对男人无爱。"九厥打开他的手，"走吧走吧，别在这儿恶心我了。"

出门，我抬头看看在晨风里摇动的灯笼。留步饮君茶，一夕浮生梦……曾经它为不少妖怪照亮了来不停的路，希望我回来的时候，它依然明亮如初，迎我归来。

"走吧，我们订的是早班机。"敖炽拍拍我。

我点点头，挽住他的胳膊朝前走去。

九厥嘱咐过我们，这一路上尽量不要动用灵力，尽可能利用所有平常人可以使用的工具。因为我们俩的身体只能算恢复了大半，随意动用灵力并不利于我们的健康。总之，忘记自己是树妖孽龙，尽量以普通人的觉悟行走江湖就够了，越低调，越不会引起不该有的注意。我们也是这样想的。

忘川的冬天总是湿冷的，吹到身上的风让人格外难受，寒气像要一点点沁进你的骨头里似的。

"要不要戴口罩啊，风有点大。"敖炽看看我，又把我的一只手塞到他的衣兜里。

"不用。"我走着走着，总觉得不对。

巷子走了一小半，我停下，回头。

除了九厥，不停门口多了好多人影，高高矮矮的站在那儿，不吵不闹地目送我们。

原来，他们都没睡着啊。如果赵公子还在，他一定是他们之中最高大的一个吧。

强忍住想跑回去的冲动，我露出一个大大的笑容，也不管他们看不看得清，朝他们挥了挥手。

以为可以留下来，想不到这么快又要离开，"不停"这个名字倒是应在我自己身上了。

我多喜欢这座宅子啊。

喜欢里头的一草一木。

喜欢来这里跟我喝过一杯浮生的每个客人。

喜欢每个跟我顶过嘴捣过乱但却用一切守护着这里的帮工们。

我人生中最美好的事件都发生在"不停"，既然如此，那么谁来破坏都是不允许的，包括我自己。

果断回头，继续往前走。

"难过了？"敖炽问。

"不难过。"我摇头，"就是不知道我们什么时候才能再回来。"

敖炽深吸了一口气，笑了笑："无藏青霜说不定明天就食物中毒变成个傻子了，同时老头子的病也突然好了，一切恢复如常，我又成了他们惹不起的东海少主人。"

"很乐观啊。"我也笑，"天帝呢？也食物中毒？"

"不不，那个老家伙可能很快会发现石头是被他老婆拿去做成项链了，然后他把他老婆打一顿，再给我们赔礼道歉，送我们一堆天界的宝物。"敖炽信誓旦旦道。

"天帝会打老婆么？"

"鬼知道，万一他有这个癖好呢。不见了东西就喊打喊杀找人算账的老家伙，你觉得他的品行能好到哪里去！"

"他是天帝诶，整个天界都归他管，你以后骂他最好小声点，谁知道会不会一个炸雷劈死你。"

"那也得劈得准才行。"

"别胡说了，那边有空车来了！"

一辆出租车停在路口，上车前，我又回头往不停的方向看了看。

对不起，就算没有绡狐眼这件事，我跟敖炽也会离开的。

我们不想再有第二个赵公子出现，离你们越远，你们会越安全。

后会有期。

第四章 【金匠】

我们一生中可能遇到那么一两个人，也许相见的时间只有一场雷雨或者一个春天那么短，但他们却伸手把我们从深渊里拉了出来，不为什么，只因为他们看见了我们的绝望与悲伤。

◉ 楔子 ◉

我们一生中可能遇到那么一两个人，也许相见的时间只有一场雷雨或者一个春天那么短，但他们却伸手把我们从深渊里拉了出来，不为什么，只因为他们看见了我们的绝望与悲伤。然后，即便永不相见，也觉得常在身旁。

◇ 壹 ◇

"你确定一定以及肯定要用这个名字么？"坐在候机室的椅子上，我头疼地看着手里那张身份证，撇开上头蠢到死的证件照不说，单是"敖大业"三个字就足够辣瞎我的眼睛了。

敖炽把身份证抢回来，宝贝似的哈口气擦了擦："这名字多牛，不但讨了家大业大的彩头，人人见了我还得管我叫声大爷，我想破了头才想出来这名字，你还嫌弃！总比你的名字强，叫个沙小树，一点气势都没有，还不如叫沙鱼呢！"

"这里人多，我就不打你了。"我叹气，"也是难为了浆糊未知，摊上你这样的爹，能落个什么好名字。"

"未知的名字是你起的，这个锅你有一半。"敖炽翻了个白眼，把身份证小心收起来，"你自己的身份证收好了没？"

"管好你自己！"

在今天之前，我们从没想过这张小卡片会变成我们生活中最重要的一环，坐飞机要它，坐火车要它，住酒店也要它，没有它，我们就没有在这世上顺利行走的资格。

蛮像个笑话的对吧，对树妖与孽龙来说。可事实就是如此。从我们离开忘川，离开不停的那一刻开始，我们就说定了，这一路尽量不使用非人类的力量，我们必须要像真正的人类那样，用人类的方式去到我们的目的地。

九厥说得没错，越"低调"，就越不容易被那些试图寻找我们的家伙发现，不论他们是海中的龙还是天上的神，茫茫人海中要找一个妖怪也许不太难，但要找一个低调的妖怪就不太容易了。

可我还是想不通敖炽为啥非要起"敖大业"这么个接地气的好名字……不过，他开心就好吧，我能怎样，我也很绝望好吗！

广播里不断播着航班信息，身边的旅客们要么玩手机，要么发呆，有一个人干脆霸占了几张椅子躺平了睡觉，我好些年没经历过这样的场景了。

值机柜台一直没有工作人员出来，早过了预计的登机时间，但我们的航班还杳无音讯。敖炽百无聊赖地在椅子上扭来扭去，一会儿玩手机一会又站起来往玻璃窗外看，嘴里嘟囔着怎么飞机还没到，他自己飞过去老早就到了。

我把他拽回座位上，警告他别跟个多动症老儿童一样，从现在开始就不要想着化回原形启动运输模式了，我们如今就是一对普通夫妻，人家等，我们也得等。

"我们上次一起坐飞机是什么时候的事了？"我问他，找点话题聊比干坐着好。

敖炽皱眉："好像是几年前，而且坠机了，而且是靠我见义勇为那一飞机的人才留下小命。关键是好死不死地掉在玳州城，还好死不死地遇到了那个死不干净的子淼。"他一拍脑门，"真是糟糕的回忆呢。难怪我一直不喜欢坐飞机。"

"咱们上次坐飞机不是你说的这次吧？"我拍了他一下，"你怎么就不能说点好听的？"

"我只说印象最深刻的事实。"敖炽一翻白眼，"反正要不是情况特殊，我才不会把自己放到那么小的座位上缩好几个钟头，我这大长腿，经济舱的座位明显塞不下嘛！你还不准我买头等舱的票！"

"低调！"我忍不住掐他的大腿，"咱们的行为越普通，能掩护我们的存在就越多。"讲到这儿，我又自嘲地笑道，"第一年开甜品店，第二年开旅店，第三年当流动摊贩，第四年当囚犯，今年咱们倒是升级改当逃犯了，生活多姿多彩啊。"

"别瞎说，什么逃犯，多难听。"敖炽戳了戳我的脑袋，"我们现在是主动替天界那帮没用的老东西解决后顾之忧的好心人，顺便再来一次蜜月旅行。"

"就是不知道我们要'好心'到什么时候。"我揉了揉眼睛，把脑袋靠在敖炽的肩膀上，"我们能找到想要的东西的，对吧？"

"当然！"敖炽用他的脑袋碰了碰我的，"我们处理过整个世界，找只狐狸不算什么，边玩儿边找吧！"

"不是狐狸是狐狸的眼睛。"我纠正。

"随便吧。"他一点都不担心的样子，"你不是总说，只要往前走就对了么。"

"还是有点不放心，两个小家伙也不知道能不能习惯没有我们在身边的日子。"

"我们本来就不会永远在他们身边。"

"也是……"

我们絮絮叨叨地说着，时间倒也不那么难打发了。

值机柜台有地勤人员出来了，但是关于我们的航班，广播里已经重复了几次通知，起飞时间待定。候机室里开始有轻微的骚动，好些人忍不住抱怨起来，有几个人跑到柜台前问东问西，看着手表焦躁不已。

我正打呵欠，坐在对面的两个乘客闹出了异样的动静。

起因是右边的年轻小伙子请左边的四十岁上下的大姐把鞋子穿上，说候机室里随便脱鞋很不文明，大姐就不乐意了，态度十分生硬地回敬他"我脚不舒服，脱个鞋怎么了，你不习惯你别坐这里呀，装什么文明高尚"。两人就这样你来我往地吵起来，一个说你没素质，一个说就你事多机场是你家的吗？

旁人开始劝，有让小伙子少说两句说什么男人心胸宽广点让让大姐，有人让大姐消消气出门在外和气生财，还有人附和着说脱鞋子就是不文明。最终还是小伙子先收兵，塞上耳机不再理会她，大姐还愤愤说了几句才罢休，一场小风波就此打住。

"她要是坐我旁边脱鞋子，我非得把她的脚给砍了！"敖炽跟我嘀咕，"没素质！"

我瞪他："行了，你生怕她听不到么，论吵架你可不是她的对手。"

"我干吗跟她吵？打一顿就好了。"他哼了一声。

"得了吧，你要把她给揍了，咱们就别登机了，你当机场安保吃素的？"我捶了他一下。

正说着，广播里终于传出了我们的登机通知。

对面，老阿姨赶紧起身，拎着小包急急往卫生间那边走过去。

小伙子瞅了她的背影一眼，小声说了句："这种人摔个大跟头才好呢！"

声音小，但我跟敖炽都听到了，我俩相视一笑，年轻人也只能靠这个出口气了呢，总不能真跟她打一架吧。

正当我们起身往柜台那边走时，另一头却传来"哎哟"一声大叫，只见那位大姐一屁股坐在离卫生间不远的地上，脚上一只高跟鞋不知怎的断了鞋跟，这会儿正哎哟连天地在那儿叫喊，附近的工作人员连忙走了过去，天知道她还能不能赶上这趟飞机。

我跟敖炽站在队伍的末端，眼见着这位倒霉的大姐被机场里的电动小车车接走了，看来伤得还不轻。

"真是个乌鸦嘴呢。"敖炽小声道，又朝排在我们前头的小伙子努了努嘴，"咒人咒得立竿见影。"

"咒什么咒啊，巧合罢了。"我白了他一眼，"你是没见过真正能咒人的家伙。"

"啥？"

"没什么，走啦走啦。"

"你还没告诉我，我们去那个什么什么云城到底是干啥？"

"见个老朋友。"

"哪个老朋友？"

"我交友遍天下，说了你也不知道。"

"男的？帅不？"

"到你了！登机牌呢？"

◇ 贰 ◇

几个钟头之后，飞机顺利降落。

晴天，窗外的天空蓝得像假的。云城不大，海拔略高，这些年以空气好景色好气候四季如春等优势变成一座热门的旅游城市，是文艺青年、江湖浪子、寻找丢失的灵魂的红尘俗人之流的最爱。

此地机场也很小，旅客们下机之后只需步行一小段距离即可进入航站楼。敖炽赶紧戴上墨镜，嘀咕着："听说这里紫外线很强，晒黑了怎么好。"

唉，我真想咆哮，你本来就没白过好吗？！

取了行李，我很快联系上老早就约好的接机司机小何。二十出头的小何是当地人，十分热情，黑里透红的脸孔看起来特别健康，一说话两个眼睛就弯成月牙。

金亮的阳光下，我们的车很快驶离机场，小何娴熟地把着方向盘，往我定好的目的地开去。一路上他都在跟我们介绍云城有哪些好吃好玩的，我忙不迭地点头表示有时间一定要去。

"你们是第一次来云城么？"小何问道。

"是的呀。"我笑道，"真是不错的地方，天高云阔的，没有辜负云城这个名字。"

小何又问："你们去了轻罗山还去别的地方么？"

"看吧，有时间就去，没有就算了。"我如实道。

"啊？"小何很是奇怪，"可是来这里的游客很少有把轻罗山当成重点项目的呀，一般都是直奔古城，有时间才去轻罗山呢。"

"是么？"我哈哈一笑，"我年岁大了，只想去人少清静的地方小住几天。"

"你年岁大？我看你也就跟我差不多大呢。"小何也笑，"不过轻罗山真没什么玩的地方呀，只有一座建在山顶上的老图书馆，也说不准是哪年建的，反正好多年了，倒是有小夫妻带着摄影师往那里去拍婚纱照，说那里拍照特别有味道。但真往那边去旅游的人特别少呢。要不我给你推荐几个别的好玩的地方？大老远来一趟就去看几本旧书是不是不划算呀？"

"哈哈，谢啦，我就是要去那座图书馆看看呢。"我笑。

旁边的敖炽一言不发地看着窗外，偶尔会扭过头给我一个"那小子话真多"的眼神。

轻罗山地处偏僻，山路崎岖，夕阳西下时，我们总算是到了山脚下的镇子。

小何离开前还好心提醒我们，最好明天中午再去图书馆，轻罗山顶一年四季都是云遮雾绕的，早晚雾气尤其重，不利于走山路。

我再次谢了他，不过我不打算等到明天中午了，我现在就要去。

在镇子上随便找个馆子吃了晚饭，我们便拖着行李箱走上了通往轻罗山山顶的蜿蜒道路。

如小何所说，这里相较于云城其他地方，委实清净了太多，也有游客打扮的人，但很少，沿途看到的不超过十人，四下看去，确实不是个足够吸引人的地方，镇子没有任何特色，就是柴米油盐的普通生活，处处平淡慵懒，景色也无过人之处，似乎毫无发展旅游业的觉悟。

脚下的石子路铺得并不够好，高高低低的，稍不注意就会崴了脚。幸好轻罗山只是一座小山，从山下到山顶，靠走的也就不到两个钟头。

开阔的山顶上，暮色与如丝雾气交缠在一起，门前几盏鹅黄色的灯火隐隐照出身后那座砖红色的小楼，小楼背后空空茫茫，只得一片烟云当背景。

一座楼，遗世孤立，孤单到溢出了沾染着岁月沧桑的别样之美，难怪有人要到这里来拍婚纱照。然而四周并不见人，连一只狗一只猫都没有，安静得连自己的呼吸声都明显起来了。

行李箱的轮子在地上发出喀喀的动静，我跟敖炽站在灯火之下，仰头看着大门上挂的"小书馆"三个字，黑木上的金漆已经不太亮了，有些地方甚至剥落了，也不见人把这三个字补一补。

这家伙，一如既往地"只读圣贤书不管身边事"呢。

我对小何说了谎，这并不是我第一次来云城，上次来的时候，大约是一百还是两百年前了吧。

"你确定要进这个鬼屋？"敖炽嫌弃地嗅了嗅鼻子，"一股子发黄发旧的霉味儿，感觉里头住了一只几千年没洗澡的老僵尸。"

我叹气："这味道可是难得一见的古籍孤本散发出来的书香，也只有你才会觉得是僵尸味，所以说啊，人丑就要多读书。"

敖炽"切"了一声："什么书香，我闻着就是没洗澡的僵尸。"

"我们家又不是没僵尸，你闻到过奇怪的味道吗？"我掐了他一把。

"青童倒是不臭……是保鲜做得好吧？"

"还废话！进去啦！"

"不用敲门？"

"你什么时候这么礼貌了？"

"我一直很绅士！"

"说这话你脸不疼么？"

◇ 叁 ◇

图书馆的大门没有上锁，一推就开。

进门便是个地上铺满青砖的小院落，零零散散的青苔从砖缝中冒出来，云城冬天不冷，院子里种的玉兰树此刻正值花期，枝头间白花朵朵，灯火之下尤见清丽。

一座二层小楼静立于我们对面，二楼的窗口不但有灯光透出，还隐隐有歌声轻旋而出。

我驻足细听，是学友哥的一首老歌——

> 夕阳醉了，落霞醉了，任谁都掩饰不了。
> 因我的心，因我的心，早醉了。

我笑笑，孤山、小楼，一院清静，一曲老歌，可见我要找的人，还在这里。

一楼的大门也没有锁，半开着，推门而入，几盏台灯站在古旧但一尘不染的黑木书桌上，几排书报架整整齐齐立在后头，空气里漂浮着淡淡的墨香。

真是一个很小的图书馆呢，阅读室这么小，顶多容纳十个人吧。

一楼没有人。沿着阅读室旁边的木质旋梯走上去，推开楼梯末端那扇红木房门，伴着涌出的上了年岁的书本才有的气味，一排排高大的木头书架在我们眼前排列开去，各色书本在上头码得整整齐齐，一丝不乱到让人心生敬畏。

真正爱书的人，才能把它们照顾得如此之好啊。

"是来还书的远客么？"书架之后有人说话，斯文亲和，完全没有把我们吓一跳。

循声走到第三排书架后，我笑了，指着放在地上的一个现在已经很少有人用的录音机，说："你平时就用这个听歌？"

一身白色中式对襟衣裳的男人，三十出头的年岁，黑发在脑后扎成长长的一束，背靠着书架坐在地上，手里捧着一本泛黄的旧书，抬头对我一笑："挺好用的，没坏，也舍不得丢掉。"

敖炽最担心的事还是发生了。这个男人不是糟老头子，而且长得很好看，眉眼之间的清俊不是他最吸引人的地方，浓浓的书卷气才是他挥之不去的魅力，这样的人浑身都找不到任何锐利的棱角，温润素朴毫不轻浮，哪怕只是对你笑一笑，也是如沐春风，让你忍不住也要以最好看的微笑做回应。

王守一直就是这样的一个人，哦不，这样的一只妖。

可我的目光还是忍不住落在他心口上那块精美之极的……黄金坠子上！

正圆形的一块，用最简单朴实的褐色棉绳系着，坠子边缘雕着一圈符文似的镂空花纹，正中则是个颇似十字金刚杵的图案，中心与四角上还镶嵌了类似珊瑚与绿松石的玩意儿，大气端庄，好看得让我想满地打滚。关键是分量也足啊！毕竟这么大一块啊啊！

实不相瞒，我惦记他这块坠子好多年了，从我第一次见到的时候就惦记上了……

"你的口水又要下来了。"他合上书，从地上站起来，笑，"这么些年了，你偷走的书也该还来了吧？"

我眼珠一转，望天："什么书？我怎么不知道？"

"《妖灵长生方》。"他一点也不生气，仿佛看一个顽皮捣蛋的孩子，"别的妖怪顶多想方设法抄一份走，你倒好，整个给我端走了。"

"抄书很累的呀。"我耸耸肩，"别这么小气嘛，放在你这儿跟放在我那儿没区别的。"

"这么些年了，你还真是一点都没变呢。"他无奈地笑笑，目光落在敖炽身上，"这位……是传说中树妖的夫君？"

"什么叫传说中的！"敖炽不满道，"我就是她夫君！你谁呀？会不会好好说话呀！"

他笑："东海孽龙，果然闻名不如见面。"

敖炽一挑眉，问我："你跟他说起过我？"

"不用她说。"他微笑，"虽然我足不出户，但这么些年往我这里来过的妖怪不少，多少也会带来些外头的趣事，比如树妖开店了，嫁给东海的龙了，生了孩子当娘了，我想不知道都很难哪。"他又看着我，"所以你这次来，又想偷我哪本书？"

"我若是知道要偷哪本书就好了，可惜我自己都不知道我要的东西在哪本书上。"我走到他面前，附耳说了几句。

听罢，他思索片刻，道："绡狐眼……印象中这可不是个常见的玩意儿，从古至今的记载也非常稀少。"

"要是随便就能找到的东西，我至于千里迢迢来找你吗？"我叹气，"你这儿一没好吃的，二没好玩的，除了书，什么都没有，我最不爱来的就是你这里了。"

"书是好东西，总有一天你会爱上它们的。"他根本不介意我对他的图书馆的嫌弃，又道，"我依稀记得书上说过，有一种蛮丑的狐狸，死后它们的眼睛会化作晶石，好像这就是你说的绡狐眼？"

我用力点头："就是它！"

"那就奇怪了。"他不解道，"不过是石头罢了，并不值钱，你何故如此大费周章来找我帮忙？"

"这跟钱没关系好吗？！"我急了，"我对它的渴望跟对你那一坨大金坠子的渴望是完全不同的！"

他一笑，点点头："我明白了。不过你也可以找虫人帮忙的呀，我想那应该更快更有效。"

"虫人？"我忍不住从鼻子里冷哼一声，"那群小畜生，如今越发像强盗了，不，比强盗还强盗，收钱不吐骨头！"

"哈哈哈，说到底还是舍不得银子。"他笑出声，"你呀，无事不登三宝殿就算了，好不容易来我这儿一趟，还是冲着不花钱才来，还真没赖你老板娘的名号。"

我嘿嘿一笑："生意不好做呢，能省一笔是一笔。"

他摇摇头，看了看时间，自言自语道："啊，都九点半了呢。"说罢，他将我们领到窗前的书桌旁，又道，"你也知我这里没有多余的客房，今夜只好委屈你们夫妇在这儿将就一夜了，明天我替你找找，看哪本书上记了你要的东西。"

我看了看身旁简朴的桌椅与一盏台灯，点点头："好的呀，你去休息吧。"

他朝我笑笑，又跟敖炽也道了晚安，便自顾自离开了。

"啥意思？"敖炽盯着我，"他干吗去？"

"当然是睡觉去了。"我拍了拍椅子上的棉垫,"没办法,咱俩就在这儿坐一夜吧,还好有个垫子,屁股没那么遭罪。"

"他去睡觉?"敖炽声音高了八度,"就这么把我们扔这儿了?"

"坐下吧。"我朝他招招手。

"你吃坏肚子了?"敖炽瞪眼,"不就是来找书么?他三两下翻出来给我们就是了,咱们拿了就走,干吗在这儿傻坐一晚上?这什么人哪!"他越说越愤怒,拔腿就要去找那家伙谈人生。

我赶紧起身拖住他,死也不让他往前走一步。

敖炽对我的态度万分不解,站定了问我:"你脸上那种'千万不要得罪他'的表情是怎么回事?"

我松开手,确定那家伙已经离开之后,才吁了口气道:"我谁都敢得罪,就是不敢得罪他。对他来说,睡觉是头等要紧的、近乎一种仪式的大事,到点就必须要睡觉,这是他给自己定的铁一般的规矩,容不得外人打扰。"

敖炽摸了摸我的额头:"你居然能容忍一个家伙如此怠慢我们?"

"从情感上来说不能,我也希望早点拿到绡狐眼的线索。但从理智上来讲,我惹不起他,完全不敢惹他生气,你也一样,千万千万别乱来。"我把他拽回桌前,"就等一夜吧。"

敖炽见我一脸认真,只得不甘心地坐下,问:"这厮究竟什么来头?连咱们都要给他这么大的面子?"

我看着从旧台灯里散出来的柔柔的光,说:"王守是一只'咒'。"

◇ 肆 ◇

王守是他给自己起的名字,随便拿了一本书,随便翻了两页,各挑最后一个字合成了这个名字。身为一只住在人界的妖怪,首先需要的就是个像人类的名字。

旧朝覆灭,新朝初立,世道像从废墟里刚刚发出的芽,人们怀着莫名的希望,又生活得小心翼翼。

剪刀街在京城西边,并不太大也不长,也没人说得出谁给它起了这么随便的名字,只不过整条街的铺子也算是合了剪刀街的名头,不是铁匠铺就是打金铺,还有专做铜器生意的,热闹程度虽比不上那些主卖胭脂水粉美食衣裳的街巷,但每天来往的人也不少。

王守的小书馆是剪刀街的异类,他既不打铁也不卖铜,一个人守着一间装满了书籍的小店,以卖书租书为生。生意清淡,大多数时候都只见他一个人坐在门前的竹椅上,沏上一杯茶，抱着一本旧书看得津津有味。

他的模样也跟整条剪刀街的居民不匹配，斯斯文文，嘴里听不到半句市井粗言，对谁都是客客气气的。

有人猜他可能是个落第的秀才，空有满腹才华却得不到施展，只能屈居于市井，以售书为生，也是蛮可怜的。还曾有三姑六婆上门打听，说要给他寻个媳妇，毕竟他孤家寡人一个，最要紧的是长得还好看，虽然年纪稍微大了点，应该过了三十吧，但剪刀街上铁匠的女儿跟铜匠的女儿都曾暗地里表达过对他的好感。可他呢，总是客客气气地给热心大妈们沏上一杯热茶，也和善大方地跟她们谈天说地，但任由她们使出什么套路打听他的底细，他永远都有办法不让她们得逞，所以结果通常都是大妈们笑呵呵地跟他聊了好久然后开开心心离开他的小书馆，接着却发现自己想打听的事儿一件都没打听出来。

日子久了，便再也没有人来关注他的个人生活了。去年铁匠的女儿嫁人了，今年铜匠的女儿嫁人了，他还是一个人，一杯茶，一本书，风雨不动，日子安静如水。

小书馆正对的铺子在闲置了几年之后终于租出去了，之前那家小店是卖茶叶的，可惜生意太差，没到半年老板就关店走人了。新来的租客是个金匠，挺年轻，二十多不到三十岁，不高不矮不胖不瘦不丑不俊的一个人，扔到人堆里一定找不到的那种，大家都喊他吉师傅。

吉师傅身边还带了一个十四五岁的丫头，一开始王守还以为那是个小子，因为她瘦得像块板子不说，还穿男装，头发潦草地盘在头顶，拎着一堆行李，小跟班一样站在吉师傅身后。

丫头叫鳅鳅，长得也确实跟个小泥鳅一样黑瘦。

剪刀街的规矩是，但凡有新人来这里开了店铺，都要带着薄礼象征性地跟每个邻居打声招呼。所以当吉师傅带着鳅鳅站在小书馆门口时，他笑着对鳅鳅说："原来你是个姑娘啊。"

鳅鳅似乎很不好意思，低着头把自家做的糕点递给他。

"谢谢了，祝你们生意兴隆。"他接过来，正伸手想摸摸这小姑娘的头，鳅鳅却像受了什么惊吓似的赶紧退后了一步，从头到尾她都没敢拿正眼看他。

吉师傅见状，赶忙道："您别见怪啊，我们刚从小地方来京城，这孩子见识少胆子小，上不得台面。"

"没事没事，小姑娘怕生也是寻常事。"他笑着摆摆手，只是当他的目光扫过吉师傅背后时，他微微眯了眯眼，但旋即就恢复了常态，又转头对鳅鳅道："可识字？"

鳅鳅抬头看了他一眼，赶紧又低下脑袋，点了点头。

"那以后闲来无事时,就到我这里来看书吧。"他笑道,"我这里别的没有,就是书多。"

她小心翼翼地抬起头,问:"你这里看书是要给钱的吧?"

他大笑:"你这丫头年纪不大想的倒挺多,行了,你来,我不收你钱,看在咱们是对门邻居的分上。"

"真的?"她似乎用了很大的勇气才让自己的视线停在他的脸上。

"自然是真的。"他笑,心想小丫头挺有意思的。

"那怎么好意思。"吉师傅赶紧拽了鳅鳅一下,"人家王公子也是要赚钱生活的,你怎好白看人家的书。"

"不打紧,我这生意跟别行不同。她这年岁正该是多读书的时候,没事就让她过来吧。"他拍拍吉师傅的肩膀,"若以后我发了财,想打个金器什么的,吉师傅也要给我个好价钱才是啊。"

"那是自然,那是自然!"吉师傅赶紧点头。

离开时,鳅鳅走了几步又回头看他,见他也在看自己,赶紧又转过头去,飞快地跑回了自家店里。

吉师傅跟大家说,鳅鳅是他妹子,他们来京城一是为了谋生,二是为了寻找三年前离家来京城的父亲。

可鳅鳅跟他长得一点都不像呢,虽然瘦,但眉眼是秀气的,吃好穿好,再过几年长成大姑娘,鳅鳅起码能比铁匠跟铜匠的女儿好看,王守心想。

没多久,"吉运金铺"就开张了。

刚开始生意并不是太好,因为街头还有一间老金铺,那里的老杨头干这行好几十年了,好些客人要打金器啥的还是习惯性地去找他,对这间新铺跟它年轻的主人并不太放心。所以开始的半年,吉师傅除了接几单耳坠戒指打一打,基本没有别的生意,生意不多收入就少,于是大家经常看见无事可做的吉师傅愁眉苦脸地拎着一壶酒往家里走。

店里有没有生意对鳅鳅的影响不大,平日里她就在店里洒水扫地洗衣服,并不沾染生意上的事,尤其在吉师傅开炉打金的时候,她都站得远远的,有时候就坐在门口发呆。

王守招呼了她好几次,她才磨磨蹭蹭地往他这边过来。

她第一次走进小书馆的时候,就被这里的书惊呆了。

"你怎么有这么多书呀?"她站在一排排红木书架下,嗅着淡淡的书香,脸上终于泛出了属于她这个年纪的少女正该有的天真烂漫。

"因为我没有别的爱好,除了读书。"他笑着从书架上抽了一本给她,"这是绘本,不但有字,还有有趣的图画,故事也好玩。"

"真的？"她如获至宝地接过来，赶紧跑到门口光线敞亮的地方，蹲在地上读了起来。

"坐下吧，蹲着多累。"他搬了个小凳子给她，把她摁上去坐好，又拿了些零食放在桌上，"吃吧。"

她摇头："拿了食物又去翻书，你的书会脏的。"

"你倒挺讲究。"他笑道。

"不是我讲究。"她认真道，"我爹说过，每个行当的人都有各自的'道'。"

"道？"他笑问，"什么意思呀？"

"我也说不太明白。"她挠挠头，"反正我爹说，当剑客的不能糟践他的剑，教书识字的先生不能糟践他的学生，咱们打金的金匠自然不能糟践金子，王大叔你是卖书的，自然不能糟践你的书，别人也不行。"

他微微一怔，旋即笑道："王大叔喊得好顺口呀，我有那么老吗？"

她认真地把他端详了一番，说："你也就比我爹年轻一点点，叫你王大叔不对？"

"好吧，你高兴就好。"他佯作失望的样子，"我还以为自己很年轻呢，你这孩子说话真是扎心。"

"那……我叫你王大哥？"她眨眨眼。

"还是叫我王大叔吧。"他哈哈一笑，"不过你记住呀，叫我大叔没问题，以后要是哪个女客人上你家打金器，你可千万别随便喊人家大婶大妈，一律叫姐姐。不然人家可能会不高兴呢。"

"是这样么？"她挠头，"原来京城有这样的规矩。"

"好啦，看你的书吧。"他被她逗乐了，没见过这么老实巴交的孩子。

因为书，他们的关系渐渐熟络起来。鳅鳅往小书馆来的次数也越来越多，有时候作为她力所能及的回报，她会主动把小书馆里的书架全部擦一遍，有人来租书还书时，如果恰好王守忙不过来，她也会帮忙做登记。

她虽然识字，但还是会经常遇到不认识的字，每到这时，王守就会跟个最负责甚至最唠叨的教书先生一样，把这个字怎么读、有什么含义、一般用在什么地方，不厌其烦地讲给她听，有时候还会顺带给她讲一些他的见闻，比如会吃蚊虫的花草、会飞的鱼等等，总是听得她眉飞色舞，恨不得飞到他的记忆里去亲眼看一看。

日子一长，鳅鳅越发喜欢待在小书馆里，连吉师傅喊她回去做事她也一副恋恋不舍的模样，好像小书馆才是她家一样。在她心里，王大叔真是个不错的人，虽然有时候啰唆了一点，但他脸上总是挂着笑，从来没见他跟谁吵架生气，就算遇到那些不爱惜书本胡乱损毁的家伙，他也只是和气地提醒他们以后不要这样，然后自己想办法把破损的地方修补起来。

吉师傅就不是这样，生意不好时他不高兴，有生意了但价钱不合适时他也不高兴，经常一边骂着谁那个死抠门的留着钱买棺材吧一边举着小锤敲敲打打，有时候还会跟客人为手钏上的一道花纹的问题吵架，也有客人拿着打好的金饰很不满意地指责他眼光太差款式老土等等，而他当然也会毫不犹豫地怼回去，说想要好款式你们去皇宫找御用金匠呀，就怕你们给不起这个工钱，总之就是吵吵吵。

鳅鳅也觉得奇怪，她哥哥平时还是挺稳重的一个人，可为什么一碰到打金这件事就变得特别毛躁，爹以前一直教导他们打金的时候一定要心如止水，心稳手才稳，万万急不得，哥哥是忘记了吗？

反正，金铺的生意就这么不咸不淡地维持着。

可一年之后，金铺的生意突然好起来了。来找吉师傅打金器的客人一天比一天多，最多的时候把店门都塞住了。连同行老杨头都吃了一惊，他在剪刀街当了这么多年的金匠，生意最好时也没到过这种地步。

原因是，吉师傅新近打造的金饰，式样太别致太漂亮，普通金匠的手艺跟他的简直没法比，他打造的那只名为"莲华秀色"的手镯，一位夫人戴出去，便惹来无数位夫人小姐的青睐，纷纷找来要打一款一模一样的，她们都说从未见过这般式样的镯子，像根花枝似的绕过来，又秀气又灵动，这样一传十十传百的，默默无名差点连饭钱都要赚不来的吉师傅渐渐在京城打响了名号。

王守的小书馆还是老样子，但看见鳅鳅家的生意蒸蒸日上，他也还挺高兴的。吉师傅赚了钱，鳅鳅的日子也会好起来的。不过看样子他们兄妹俩都忙起来了，吉师傅忙着打他的金子，鳅鳅应该也在打下手吧，即便是两对门，他也很少看见鳅鳅了。

今年除夕前，好些时日没来小书馆看书的鳅鳅终于出现在了门口。

"今日终于得闲了？"王守放下手里的书，上下打量着她，笑问，"怎么都没换件新衣裳？"

她愣了愣，低头看了看自己，还是那件男儿家的粗布衣衫，她反问："为啥要换新衣裳？这件不好么？"

"你哥哥应该赚不少钱了呀，眼看要过年了，都没给你买件新衣裳？"他笑，"好歹是个姑娘家，总打扮得像个假小子，以后谁敢来向你提亲呀。"

"我来京城不是为嫁人的，我来找我爹。"她一屁股坐在凳子上，托着腮，眼里有些失望，"可是这么久了，一点儿爹的消息都没有。能找的地方都找过了。"

"你爹为何要离家？"他问道。

她踌躇了片刻，说："你保证不说给别人听？"

"自然不会。"他奇怪地问，"莫非其中还有什么见不得人的原因？"

她沉默片刻，说："我爹是来京城寻医问药的。"

"这不是见不得光的事啊。"他坐直了身子，"你爹病了？"

"不，是我病了。"鳅鳅尴尬地笑笑，"老家的郎中都看遍了，没一个能断得了症开得出药，所以我爹在那年中秋后的第二天就往京城来了。他说京城奇人异士多，高人也多，或许能治得了。"

他将她上下打量一番，这丫头除了瘦弱了些，能跑能跳，倒也看不出什么毛病。

"是个怪病。"她说，"我不能靠近火源，即便是蜡烛也不行，至少得在三尺之外，不然身上就会冒出大大小小的红斑，很疼。小时候我爹娘都不知我有这毛病，听他们说，我出生数日之后，我娘在油灯前缝衣裳，摇篮就摆在身旁，那半日下来，我浑身红斑，呼吸微弱，眼看就要没命了，我爹抱着我就往最近的道观跑。那里有个张道人，据说对药理很有研究，经常赠医施药的，我爹以前的眼疾都是他给治好的。张道人见了，替我把了脉，又问了生辰八字，可也没说个所以然，只说我'八字如纸，忌火，命薄难过双十'，还说娘胎里带来的怪症，多是前世孽今生偿，这样的因缘，他也是没法子解的，只叮嘱我爹万不可让我靠近火源，此生宜多行善事，以后若有缘得遇高人，或可解我怪病。"说罢，她有些不安地看着他，"老家那些知晓我有这毛病的人，背地里都说我是妖怪，是来跟我爹娘讨债的。你……不会也讨厌我吧？"

他笑笑："这些人都没见过妖怪，又哪来的自信说你是妖怪。"他顿了顿，伸手摸了摸她的头，"你就算是妖怪，我也不讨厌你。"

她松了口气："王大叔，幸好你是我的邻居。"

他看着如释重负的她，又问："你爹也是金匠吧？既然你有这样的病症，岂不是无法继承家业了？"

"所以我才有了哥哥啊。"她看了看对面的吉运金铺，"我三岁时，爹娘收养了哥哥，那会儿他已经十五岁了，比我大了整整一轮。爹说哥哥的爹娘都没了，被开铁铺的亲戚收养了，整天被打骂的，但做事情却认真又麻利，很得我爹的喜欢，我爹跟那铁匠有些熟，索性将他认作义子，带回家来当自家孩子养着了。铁匠得了一笔银子，又甩了个包袱，自然高兴得很。从此他就成了我哥哥啦，跟着我爹学手艺，我爹还常夸他悟性好，以后我们家的家业也算后继有人了。原本什么都很好，可几年前我娘病逝了，如今爹又下落不明，老家也没了亲戚，所以哥哥便带着我来了京城，边做事边找人。"

就说你们俩一点都不像嘛，王守把这句话咽了下去，说："那你不该来这里啊，你哥哥生意繁忙，店铺内必然时时刻刻都要开炉打金，你的身子……"

"三尺之外不会有事的。"她认真道，"他一个人忙不过来的，我能做多少是多少啦。"

"可是……"他盯着她略显乌黑的下眼皮，"你也挺累的吧？连觉都没睡好？"

她下意识地摸了摸自己的黑眼圈，脱口而出："真的有黑眼圈了？我昨晚不过多画了两张图而已……"

"你画什么图？"他问。

她捂住嘴，尴尬不已。

"到底什么图？"他追问，"你了解我的性子，不会说给旁人听的。"

她犹豫片刻，说："替哥哥画的金饰的新样子，耳环跟发钗。"

他微微一怔："你家那些受人追捧的金饰，都是你画的图样？"

她点点头："我瞧哥哥整天愁眉不展，他自己弄的那些样式始终没人欣赏，我就胡乱地画了一些，让他照着样子打了些金饰，谁知就成这样了。"

他看着她略憔悴的脸，说："那你也要休息啊。"

"我知道的。只是这次的货要得比较急，我不赶出来会耽搁工期的。"她不以为然道，"我们也得赚够了钱，才能继续找我爹啊。"她顿了顿，望着他的眼睛说，"你光说我，你自己不也是没有好好休息么？"

"我？"他笑，"我怎么没有好好休息了？"

"好几次我都看到小书馆里的灯火亮到很晚很晚，我都睡了，你的窗口还亮着光。"她好奇道，"是你不睡觉，还是你的小书馆里从来不熄灯？"

心里好像被什么刺中了，但他依然镇定自若地掩饰过去，说："我当然要睡觉啊，只是你也知道，老年人嘛，瞌睡并不太多的，所以我看书看到很晚。"

"这个时候又说自己老了。"她撇撇嘴，起身跳进屋子里翻书去了。

很多时候都是这样，他坐在他的竹椅上，她坐在她的小板凳上，各看各的书，遇到看不明白的她就问他，他也乐于解释，时间就这样缓缓地过去了。

今天她挑了一本画满了纹饰图案的古书，里头讲的大概是盘古开天以来，出现在世上的各种图案代表着什么意义，或许她自己也在做画图的事情，所以看得十分专注。

不多时，她捧着书挪到他身边，指着其中一页道："王大叔，这个是什么？"

他顺着她的手指看过去，发黄的书页上画了一个正圆形的图案，外圈镂空刻着符文般的花纹，正中间是两把交叠在一起呈十字形的金刚杵形状的东西，金刚杵的中央与四个点上还镶了宝石，图案旁边有人用隶书写了两个字——封魔。

"大概是古人拿来封印恶魔的图案吧。"他指着那两个字说，"这两个字是'封魔'。"

"好厉害呀!"她眼睛突然发亮,"要是用黄金打一个一模一样的'封魔',肯定能降伏妖魔鬼怪!"

他笑了:"你这丫头倒是挺能胡思乱想呢,不过是一本连作者名字都没有的闲书,上头的图案说不定也是随便画画的。"

"我觉得不是随便的一个图案,也许真的有用。"她执拗道,"不过一定要用黄金来打,每打一次就说一次'封魔',一定会有用的。"

看她煞有介事的样子,他忍俊不禁:"为什么一定要用黄金?"

"我爹说黄金出自天地山水之间,摔不烂烧不死,千锤百炼仍不改本色,如日中天,光明正大,黄金打造的器物本身就有祛除邪祟震慑鬼魅的效用,再加上这个图案,一定能封住那些不好的东西。"她每个字都说得特别认真,好像下一刻就要挽起袖子去干这件事一样。

可是,你永远做不成这件事啊。他有些心疼地看着她。

"王大叔,以后我一定要送你这个。"她的目光简直要粘在那个图案上了。

"好啊,等你病好了,你亲自打造这个送我。"他笑着摸摸她的头,"不过,你为什么执意要送我这个?我本身对金器并没有太大的兴趣呢。"

她没说话,只起身把这本书放回了原处。再出来时,她目光复杂地看着他,犹豫了片刻,说:"我看见有很多不好的东西,它们一直跟在你身旁。"

啪——他手中的书掉在了地上。

"有男人,有女人,有些没有头颅,有些不仅没有头颅,连四肢都没有。我第一次见到你时就看见了,我有点害怕,所以不敢看你。可后来我觉得它们是它们,你是你,你一点都不可怕。"她坦白道,"其实我从小就能看见一些别人看不到的怪东西,他们说八字轻的人会这样。我已经习惯了。"

这时,对面的金铺传来吉师傅喊她的声音。

她赶紧应了一声,跑了过去。

他默默拾起落在地上的书,掸去灰尘,苦笑,原来她能看见呀。还以为这件事这一生都只有他自己知道呢。

◇ 伍 ◇

他是睡不了觉的,因为那些东西不肯。

一旦他闭上眼睛,它们就会像野兽一样来啃噬他的身体,扰乱他的神思,纵然他再困倦，也无法入睡，它们就是他活生生的噩梦。

虽然他不睡觉也不会死，但这种终日不能眠的日子，也是一种杀人不见血的折磨吧。

应该是两百年前吧，他在太白山时，与那个整天笑呵呵的道士当邻居，道士没事就来他的住处翻书看，反正他是个书痴，走到哪里就把书带到哪里，旧的不扔，新的又在源源不断地加入。

道士说，幸好你是妖，把这么多书带在身边也不费力。

他说，你是道士我是妖，你不对付我？

道士大笑，我可对付不了你，你又不是不知你的底细。

他笑笑不说话。

多看书是对的，它们会让你心绪平和，眼界开阔，即便走不了万里路，也能长五千里的见识，道士常常这样跟他说，并且每次下山，道士都会把自己搜罗来的各种有意思的书籍送给他。

他跟道士，不止是邻居，还算是书友。

道士挺好的，他只是不太喜欢道士收在身旁的侍童。那个姓成的年轻人，好几年前随道士上了山，平日里为他斟茶递水打理起居，道士也教授他一些道法剑术，第一次见到这个年轻人时，他就不喜欢他，觉得他眉眼之间有邪气。他也旁敲侧击提醒过道士，平日里要多注意，道士却让他放宽心，说生死有天定，该有的劫数，该有的福分，都跑不掉。

曾有一回，他看见年轻人跪在地上使劲磕头，额头都破了，可道士只管闭目打坐，丝毫不为所动。

事后，他问道士，道士轻描淡写地说，年轻人只求他教授点金之术。

他听说过这种术法，听说只要动动手指，铜块甚至石头都能变成黄金。

"你教他了？"他问道士。

"黄金越纯越贵重，人心亦如是。"道士如是道，"他学不了。"

不久之后，年轻人收到家书，说家中有丧事，他要回去尽自己身为人子的责任，不能再留在道士身边侍奉了。道士也没有挽留，临别前送了他十粒金丹，说此丹可点铜成金，一粒丹点十斤铜，看在他侍奉十年的分上，赠他百斤黄金，也算两不相欠了。

年轻人惊呆了，因为他试了，是真的。他欢天喜地地拜别了道士，回家去了。

此后，他们的生活就更清静了，道士除了来看书，也来跟他下棋喝茶。

直到那年的中秋之前，道士若无其事地同他说，大概要缘尽了。他不太明白道士所指何意，道士笑而不答，只说随缘随缘。

之后，道士再也没来过他这里。

那天清晨，他见道士悠悠闲闲地往山下走，只当他又去山下打酒喝，谁知一连数日，道士也没有回来。他下了山，一直走到集市上，才听到了一个消息。

四天前，有樵夫在山路上发现了一具血肉模糊的尸体，头颅与四肢断落一旁，樵夫吓个半死，慌忙报了官，最后根据尸体腰上的一块玉牌才算是弄明了大概的身份，是个道士，只是也不知是哪间道观的，更不知姓甚名谁。

他趁夜入了官府的殓房，在这具残躯的后脖子上看见了一块云状的胎记。

那个晚上，从不喝酒的他破例在街头的小摊上要了一壶酒，一杯一杯喝起来。

以后又没有邻居了，难得碰见一个喜欢读书又不兴风作浪的，心里真是不好受。

也许这就是道士说过的劫数了？躲不掉，他甚至就没想过去躲？以他的本事，怎么可能让人糟践成这个样子？

他实在找不到答案。也许，应了这一劫，道士就飞升成仙了？

就这么想吧，这个道士应该成仙的。可是，他不想放过"帮"道士成仙的那个人。已经好多年没有生过气了，但这次真是忍不住了。

他以他的法子，寻到了年轻人的家。如他所料，年轻人此刻终于如愿以偿，手里攥着整整一袋金丹，他甚至兴奋到连装金丹的袋子都还来不及换掉，那上头还沾染着斑斑血迹。

那个夜晚，他站在酣睡的年轻人的床边，轻轻地，坚定地说："犯此恶行，来日你必感同身受，死无葬身之地。"

说罢，他什么也没有做，飘然离开。

后来，年轻人的生活一帆风顺，他身怀点金之术的传闻连当朝皇帝都知道了。皇帝不信，命他入宫当场证明是否有此异术，他去了，也证实了。皇帝大喜，赐他五品官位，要他专门负责为帝国冶炼黄金，他也从此平步青云，享尽富贵。

可问题终于还是来了，金丹用完了。他再没有法子替皇帝制造黄金，他战战兢兢地辞官，皇帝说，辞官可以，但要他留下制造金丹的方法。他说实在不知。皇帝大怒，命人斩其双手，再问，他仍说不知，皇帝又砍了他的双脚，他痛苦难当，将当年胁迫并杀害了道士取得一袋金丹的往事和盘托出，半信半疑的皇帝更生气了，干脆砍了他的头，宣称此人品性恶劣，欺君罔上，只可弃尸荒野，家人不得收殓。

他的诅咒，从无失手。

因为他就是一只咒，千万年前，从无数人无法宣泄的愤怒与咒骂中生出的妖怪。

他第一次睁开眼睛，看见这世界时，是在一处辉煌的大殿里，镶嵌着宝石的王座上坐着英武的男人与娇媚的女子，而殿堂之下，立着一根被炭火烧得通红的铜柱，有人被绑在上头，他涨红了眼睛，对着宝座上的人大喊大叫："昏君妖姬，你们必不得好死！不得好死！"

这些人看不见他，因为他是一只刚刚才诞生的妖，虚无得像一缕烟尘。他也不认识这些人，一个都不认识，但他知道，以后自己就要真真切切地活在这个世上了。

随着他的成长与强大，他才明白，世上有太多不能疏解的愤怒，那些试图反抗又无能为力的人，除了抱着快要气绝而亡的憋屈大声诅咒之外，也做不了别的事情了。

他在世间游走，发现自己跟别的妖怪不一样，他好像没有同类，天地之间，只有他一个。

他在漫长的时间里学习着世间的一切，慢慢的，他有了实体，跟人类的男子一样，会变成人类而不是其他东西，大概是他一直就希望当一个人吧，毕竟人类是世上数量最多的生物，这样，就算他仍是一个，心头也不至于太虚空。

他也结交了不少"朋友"，虽然现在看来倒也未必是朋友。

他们之中有平民百姓，有帝王贵胄，也有道士术师，他们又怕他又舍不得他，对他小心翼翼的唯一目的，不过是要借他的"天赋"，不留痕迹地除掉不想看到的人。

那些被帝王们厌弃但又不能公然处决的家伙们，那些被身边人妒忌之极、求之不得或者恨之入骨却又碍着种种原因不能亲自让他们消失的家伙们，那些被记载在史书上，以及没有写进史书的亡魂，最终都变成了跟随他的噩梦。

他的咒，取了他们的性命，然而所有因他而死的人却又以另一种方式聚集在他的身边。

它们是旁人看不见的报复，是上天恩赐给他自己的"咒"。

他数不清有多少家伙跟在他身旁，只知道从很久之前开始，他就无法再入眠了，因为每当闭上眼睛，这些死在他手上的玩意儿就会疯狂地啃噬他的身体，用各种怪异的姿态敲击他的脑袋，令他头痛欲裂，而这些伤害，会真实地留在他的身体上，各种咬痕与伤口，虽然会在他醒来后很快痊愈，但为此承受的痛苦，只能让他放弃睡眠。

并且他还发现，每多一个因他而死的人，他的外貌就会老一点点。为此他很是痛苦了一段时间，脾气也变得越发暴躁，甚至害几个无辜者丢了性命，也让自己的状况变得更加糟糕。

就在他不知所措的时候，他胡乱走进了一座深山，雷雨之中，他故意找死地站在一棵树下，心想上天若真有雷神之流，不如来个痛快，劈死他得了。

可是，雷电始终劈不中他，反而惹来一只路过的妖怪的嘲笑。

那是个女妖怪，穿着绿色的裙衫，黑发里也泛着奇怪的绿光，举着一把油纸伞。

"你找死呀？"她好奇地问。

"关你何事！"他皱眉。

"这又不是天雷，只能劈人类劈不了妖怪。"她哈哈一笑，"要不我介绍你去别的地方死一死？"

他居然被这个女妖怪逗笑了，完了，自己真是疯了。

"我不想死，我只是不能睡觉，觉得很烦。"他抹了抹脸上的雨水。

"哦，失眠啊！"她认真想了想，"要不你找个工地帮人搬砖如何？每天累个半死一定睡得着。"

他没好气道："不是睡不着，是不能睡！"

女妖怪一翻白眼："你逗我玩儿呢！你这妖怪真无聊，我走了。"

"我是一只咒。"他也不知道哪儿来的念头，大概是心里的东西憋闷得太久了，一定要找一个人说出来。

她停下脚步，回头："咒？"

反正她是个萍水相逢的陌生妖怪，而且看起来也不是那么讨厌，于是他发泄般将自己所有的往事一股脑儿都说了出来。

她举着伞，认真听完之后，做的第一件事是哭丧个脸道："大爷，我没惹你生气吧？你可千万别咒我！我还有未来的！"

他哭笑不得："要是我身边再多一个如此聒噪的你，我这辈子真是不能睡觉了。"

她松了口气，又道："其实妖怪不睡觉也不会死的，你就是不习惯而已。"她想了想，又说，"我觉着你的问题的根源还是在于你太闲了，去培养一个爱好吧，种花种草养牛养猪，看书写字盲人按摩，反正什么都行啦！在彻底解决掉你身边那些东西之前，把睡觉的时间花在你能找到的最有意义的事情上，你就不会那么难受了，关键是读书能让你心绪平和，不容易生气，你不生气就不会诅咒别人，别人就不会死，你身边的家伙也就不会增加。我是这么想的啊，说错了您别怪罪啊！"

"爱好？"他愣了愣，想了半天才说，"我觉得看书还可以。"

"那就去看书啊！咱们国家历史悠长，古籍经典多不胜数，而且书中自有黄金屋还有颜如玉，要什么有什么！"她边说边朝前走，最后站在远远的地方朝他挥手，"您赶紧看书去吧，别太惦记我啊！不不，千万别想起我！"

然后她就跑得没影了。

还没问她是个什么妖怪呢，他苦笑着摇摇头。

夏天的雨来得快去得也快，一场雨，把他带到了另一条路上。

他觉得自己终于不是孑然一身了。他有书，一大堆书，他什么都看，从一开始的静不下心，到最后彻底喜欢上了这个爱好。一盏油灯，一本书，看四季交替，听檐下雨声，果然没有那么难受了，尽管偶尔打个盹时还是会受伤，不过他已经不在乎了。

太白山上的道士，是这些年来，除了那个女妖怪，他最感谢的人。他们一个替他引了路，另一个陪他走了好长一段。

他曾发誓，再也不动用自己的"本事"，从此只做一个读书人。

可还是破戒了。

看来，不能生气才是最要紧的。

可是，一旦跟形形色色的人在一起，想完全不生气也好难，毕竟人性实在难以琢磨。所以，还是不与人深交为好吧，只跟书在一起。

抱着这个念头，他又走过了无数春秋，也许书读得多真有调理性情的作用，起码现在他真的很难生气了。

如果不是鳅鳅看见了他身边的东西，他几乎就要忘记自己是一只妖怪了。

◇ 陆 ◇

明天就是元宵节了。

今天晚上，鳅鳅端了一盘她亲手做的元宵过来，生的，还没煮。

她不好意思道："你自己煮来吃吧。"

他接过元宵道了谢，又看了看门外，对面金铺已经熄了灯。

"你哥哥这么早就睡了？"他问。

她摇头："他说有个朋友那里也许能打探到我爹的下落，他去找他谈谈。"

"京城都快被你们找遍了吧？"他看着她眼里压抑的失望，"有没有想过，万一永远找不到你爹，你们要做什么打算？"

她揉了揉鼻子，笑笑："在老家时就报了官，官府找了些日子说没有踪迹，也就没了下文。可我不能不找啊，好好的一个人怎么会凭空消失呢？我爹性子急脾气倔，他喜欢一鼓作气去完成一件事，就像打金器，如果没有完成，他可以整天整天不出房门。一直以来他总觉得对不住我，觉得我有这怪病是他跟娘的责任，所以我猜想他一定还在京城某个角落为我找药，因为没找到，所以他不肯回来。"

他点点头："也好，如今你们既已能在京城立足，继续找下去也没有问题。"说罢，他端起元宵往厨房那边走，"留下来一起吃吧，反正你家也没人。"

门外传来爆竹与烟花的声响，几个顽皮孩子笑闹着跑过去，今天剪刀街的商铺都早早地关了门，大家各回各家，欢天喜地地为元宵节做准备。

他是没地方可回的，这几年，小书馆就是他的家，所有的节日他都不热衷，但也会入乡随俗，春节自己给自家贴个春联，中秋自己跟自己吃个月饼，从无分享的对象。

今晚，十二个元宵，他跟鳅鳅一人一半，红糖枣泥馅儿的，甜得很。

油灯被他拿到很远的地方，投过来的光线刚刚够他们看清碗里的元宵。

"王大叔，"她咽下一个元宵，"你跟普通人不一样吧？"

他微微一怔，把已经送到嘴边的元宵又放回了碗里，笑："如果我根本不是人呢？你还敢坐在这里跟我一道吃元宵么？"

她又吃一个，说："有什么不敢的。我自小就能瞧见旁人瞧不见的东西，自然知道世上除了我们寻常人，还有别的存在。"她顿了顿，抬起头，看着他掩在昏暗光线中的脸，说，"可我不喜欢那些跟着你的东西，我觉得它们有恶意。"

他把元宵送进嘴里，嚼了好久才咽下去："你不用担心，它们不会伤害别人，只会跟我过不去。"

她盯着他，眼中露出巨大的疑惑。

就不瞒了吧，他这样想着。

在外头的烟火与爆竹终于在午夜达到热闹的顶峰时，他平静地讲完了他的故事。

在这个过程中，鳅鳅一句话都没说，只是默默吃完了元宵，默默连碗里的汤水也喝光了。

良久，又一朵烟花在窗外亮起时，她抬起头："王大叔，以后别再杀人了。"

有光在她眸子里闪，不知是倒映的烟花还是别的东西。

他愣了愣，笑："我现在只看书了。"

她咬着筷子，又说："不能睡觉一定特别难受吧？我听说曾有人因为长期失眠丢了性命的……"

"我不是人类，不会死的。"他伸过手去摸了摸她的脑袋。

"要是它们都消失了，你就能舒舒服服地睡个好觉了。"她看着他，"它们到底是什么？是鬼魅么？"

"并不是什么鬼魅。"他笑着摇摇头，"只是我犯下的罪过而已。我也是最近几百年才意识到，即便是我这样的妖怪，也不能随意拿走他人的性命。"

"可有些人确实罪该万死啊。"她急了，"为何你要承担这样的后果？"

"可确实也有不少人是应该活着的。"他看着窗外的夜色，"鳅鳅，如果你的病好了，你最想做什么？"

"当然是做一个金匠啊！"她认真道，"一门心思打出最好的金器，我高兴，客人们也会欢喜。"

"既然如此喜欢这一行，那为何不告诉大家那些被他们喜欢的金器都是因你而生的？"他突然这样问道。

她挠了挠头："虽是我画的图样，可最终还是要靠哥哥把它们打出来呀。而且哥哥也让我不要声张，他说我身有怪病，若是被旁人知道我有染指这些金器，客人们会觉得不吉利，会影响我们铺子的生意。"

他冷冷一笑，没说话。

元宵前的夜晚，就这样过去了。

之后的日子跟从前没什么两样，吉运金铺的生意蒸蒸日上，慕名而来的客人越来越多，听说他家的名声已经传到了皇宫里，连宫里的娘娘都差了人出来定做首饰。

吉师傅还收了个小徒弟在铺子里帮忙，生意越发红火。

但鳅鳅的情况就不那么好了，脸颊上渐渐多出了两块冻疮似的红晕，非但没有增添气色，看起来反而有种隐隐的病态，整个人的精气神也没有往日那么足了。

但她只要得了闲，还是要到小书馆来坐坐，但已经很少时间有精力再翻看完一整本书了。

"不要再替他画了。"这一天，他把一杯热热的红枣茶放到她面前。

她抱着茶杯，小心地喝了一口，说："这批货是宫里要的，不能耽搁。等这批赶出来，我就休息休息。"

他的目光落在她的手指上，几块小小的红斑在她的皮肤下若隐若现。

她觉察到他的视线，忙放下茶杯，扯下袖子遮住手指，起身道："我回去了，还有事没做完。"

"好。"他点点头，在她刚刚转过身时，他突然叫住了她。

鳅鳅回头，不解地看着他。

"你爹的左眼下是不是有一颗黑痣？"他突然这样问了一句。

鳅鳅一惊，忙不迭点头："你如何知道的？"

"哦，我也是昨天突然想起来，大约两年前有个中年金匠路过小书馆，向我讨了一杯水喝。我依稀记得他眼下有个黑痣，听口音也不是本地人。"他一本正经地说了个谎。

鳅鳅一下子跑回来抓住他的手，激动道："王大叔，你怎么现在才说呀！他后来去哪里了？"

"他也没有说去哪里，只说……只说要在京城里找些东西。"他拍拍她的手，"原谅王大叔年纪大了记性也差了，现在才想起这茬。你也不要急，说明你爹很可能还在京城。我会想法子帮你找他。"

"真的？你愿意帮我找？"她眼睛放光，"王大叔你真肯帮我？"也许，她觉得一只妖怪去找人的话，希望会大很多。

他点头："你先回去吧。好好休息，我这几天就去找几个朋友想法子。"他依然摸摸她的头，从容不迫地微笑着。

"好！我会好好留着性命等你消息的！"她高兴地跑了回去。

他看着她雀跃的背影，轻轻叹了口气。

丫头啊，你能看见我身旁的东西，却看不见你哥哥身旁的东西。

◇ 柒 ◇

这几天，他变得很忙。

小书馆里所有与怪病有关的书他都看了，上头的内容他几乎倒背如流，可是也找不到丝毫跟鳅鳅的病症有关的线索。

他也找了京城最出名的大夫，甚至找了那些也住在京城的妖怪，把鳅鳅的病症讲给他们听，可不管是大夫还是妖怪，均表示从没听说过这种病，更不知要如何医治。

有个妖怪说若鳅鳅是妖怪反而还好办了，传闻世上有一个专门给妖怪治病的大夫，能请到她出马，就算是捡回半条命了。可惜鳅鳅是人类。

折腾了半天，他一无所获。

虽然在治病这件事上他心有余力不足，但有件事还是可以办到的。

京城春天的夜晚总是自带着脂粉味与酒香，他站在离剪刀街不远的巷子里，倚靠在灰白的墙壁上，静静地看着自远处走来的家伙。

吉师傅穿着价值不菲的绸衫，手里拎着一壶好酒，哼着小曲儿往这边来。

半醉半醒的吉师傅显然没有留意到身在阴影里的他，擦肩而过时，他直起身子，喊了一声："吉师傅。"

吉师傅回头，醉眼迷蒙地瞅了半天，见是他，顿时笑道："呀，是王公子啊，怎的今天没在你的小书馆守着呀？"

"我专门在这儿等你。"他笑。

吉师傅指着自己的鼻子，打了个酒嗝："等我？怎么，你是要打金器么？看在邻居的分上，我让你插队。说吧，想要啥？"

"只有鳅鳅才能给我想要的金器，你不行。"他笑。

此言一出，吉师傅的酒醒了一半，警惕道："你什么意思？"

"你不敢告诉客人们，那些好看的金器其实并非真正出自你手，而是出自一直在你身边打下手，连一件好衣裳都没得穿的妹妹。"他冷笑，"你在怕什么？"

"你喝多了吧！我不知你在说什么！"吉师傅怒道，拂袖而去。

可他刚一转身，就被吓了一大跳。

这个人什么时候又跑到他面前来了？这速度根本不是人类的速度……

"以前有人跟我说，黄金纯度越高越贵重，人心亦如是。"他冷冷看着吉师傅，"你想窃他人之物成全自己的名声也就罢了，何苦还要害死养你成人的义父。"

吉师傅顿时面如土色，身子像筛糠一样抖动起来："你……你……你胡说！"

"我们犯下的每一桩不值得被原谅的大罪，都会同鬼魅般跟随着我们。"

他看着吉师傅的背后，接着说道："这些年，他就在你身后，穿着深蓝色的破破烂烂的布衫，额头上有个巨大的伤口。而你像什么都没发生过一样，还带着他的女儿假装出寻找他的模样，也难怪他的模样越来越可怕了。"他笑笑，"你应该也没怎么睡过一个好觉吧？"

"你……"吉师傅指着他，像看一个怪物，"你究竟是什么人？"

"我不杀你。"他淡淡道，"自己去官府投案吧，一五一十地说明白。"

他的目光，从没有如此让人不寒而栗。

"你这个疯子！"吉师傅瘫坐在地，语无伦次道，"我没有杀他！是他自己摔倒在石头上的！我只是推了他一把，是他自己没有站稳！他自己把自己弄断气了，我只好把他的尸体推到江水中！我没想过要杀他的！"

"去投案吧。"他平静道，"这是你现在唯一能做的，一件堂堂正正的事。"

"不……我不去。"吉师傅使劲摇头，"他们会砍我的头！"

他的目光落在对方手中的酒壶上，只是看一眼罢了，酒壶"砰"一声炸裂开来，飞溅而出的瓷片狠狠划伤了吉师傅的脸，吓得他大叫饶命。

"在你去官府之前，我会一直跟着你。"他说，"今天不去，碎的是你的酒壶，明天不去，碎的是你的左手，后天，右手，大后天，你的眼睛……我可以保证，那会是比死更绝望的经历。"

"不要！"吉师傅拼命捂住耳朵，"大仙饶命，我去我去！不要伤我！"

好久没有做过如此严厉的事情了。

翌日天亮之后，他站在官府门前，目送着吉师傅屁滚尿流的背影。

这个人，骨子里明明那么软弱，却偏偏又犯下这般恶劣的行径。

人心，人性，真的好难懂。

案子很快就查清楚了。

当年中秋前的那一夜，吉师傅在半路追上了往京城去的义父，原来他一直认为身为当地最优秀的金匠的义父，身怀着神奇的"点金术"，他怕义父远去京城不知归期，这才猴急地追上去，并恳求义父传授异术。可义父怎么也不肯承认自己会什么点金术，只说自己不过个寻常金匠罢了，但他却执拗地认为义父始终当他是外人，想把看家的本领传给那个得了怪病连什么时候死都不知道的女儿。他说了非常难听的话。一老一少在野地里起了争执，最后还动起了手。他眼见着抚养自己长大的义父跌倒在一块尖锐的石头上，眼见着他断了气，最后一咬牙把义父的尸体推进了波涛汹涌的江水之中，然后强作无事地回到了家中。

带着鳅鳅来京城，不止是为了掩人耳目，还为了看看老头子究竟有没有偷偷向鳅鳅透露过关于点金术的事。

吉师傅被判了刑，秋后处斩。

鳅鳅有一次家属探监的机会。

是他陪着她去的。

她给吉师傅带了好酒好菜，但始终没有说一句话，杀父之仇，她甚至都没有骂他一句。

只在临离开前，她起身，对着牢笼之内的吉师傅说："哥哥，爹很早以前就同我们讲过，其身不正，其行不检，难为金匠。黄金讲个'纯'字，身为金匠，更是万万乌糟不得，这就是我们这行的'道'。"她平静地看着他狼狈的脸，"你做不了金匠。"

离开官府，他把披风给她披上，春天的风还是很大的。

她默默地走了许久，终于长长吁了口气，说："王大叔，我这颗心总算是定下了。"

他没吱声。

"你说过要帮我找到我爹，你没有食言。"她笑笑，"虽然我现在也不知道他老人家的遗体被冲到了哪里，但至少也能光明正大为他立个牌位了。"

说着，她从领口处扯出一根红绳，接着拽出了一块金灿灿的长命锁。

"我爹当年亲手给我打的。"她问他，"好看吧？"

"好看。"他端详着，"手工真好。"

她满意地把长命锁塞回原处，还用手拍了拍。

吉运金铺关门歇业。吉师傅的事，成了剪刀街上的大新闻。

鳅鳅还是很忙，忙着把那些完成的没有完成的金器交付清楚。

听房东说，金铺的租约到这个月底为止，鳅鳅不再续约了。他没有去找过她，只是每天都坐在小书馆门口，静静看着对面的铺子，看着她一边咳嗽着一边指挥工人把"吉运金铺"的招牌拆了下来。

他也发现，金铺虽然已经不再营业，但这些天她却像是很晚都不睡觉似的，窗口的灯火几乎会亮一个通宵。

一连三天，都是如此。

这丫头在干什么呢？

这天的凌晨，他披着衣裳站在门口，对面铺子依然有灯火从门缝里钻出来。

吉师傅收的小徒弟还在，说是收了她的工钱，要做到月底为止，也好，要没有旁人帮手，她连个替她点燃灯火的人都没有。

他想了想，干脆穿好衣裳出了门。刚走到对面的门前，便听到一阵轻微的叮叮当当的敲击声。

是谁这么晚还在打东西？莫非是小徒弟在练手艺？

他敲门，过了好一会儿，小徒弟才披着衣裳睡眼惺忪地来开门。

见状，他一愣："你在睡觉？"

小徒弟点头："不睡觉要干吗？"

他突觉背脊有寒风刮过，惊出了一身冷汗。他一把推开小徒弟，朝屋里跑去。

一座屏风将铺子一分为二，平日里前头接待客人展示样品，后面就是师傅工作的区域。

她坐在案台前，手里捏着一把小铁锤，正聚精会神地敲着眼前那块金光闪闪的玩意儿。

灯火下的那双手，布满了显眼的红斑。

他呆住了，不敢上前，甚至不敢大声斥责，只能压抑着情绪，轻声问："鳅鳅，你在做什么？"

她没回头，放下锤子，又拿过一件抛光用的工具，细心打磨起来。

"王大叔，你来得好巧啊。"她的声音很低，好像随时就要消失似的，"你既然来了，我就不用专门给你送去了。你再等一小会儿。"

他真的不敢动了，一只千年的妖怪，就这么傻乎乎地站在满室灯火中。

"扑通"——她将那块金灿灿的坠子放进桌上的水盒之中，来回荡了荡，然后拿起来用一块软布细心地擦，最后又从抽屉里翻了一根深褐色的棉绳出来，把坠子穿起来。

"好了！"她起身，转过来，如释重负地举起手，挂在她指间轻轻摇晃的，是一块跟那个"封魔"图案一模一样的黄金坠子，精美至极。

可是，坠子背后的脸，他看得几乎要掉下眼泪来，虽然他从来没哭过。

鳅鳅的脸，几乎被深深浅浅的红斑霸占了，有些地方甚至有了溃烂的现象。

"我这模样，王大叔你应该不会害怕的吧？"她努力挤出一个笑容，然后走到他面前，踮起脚，把这块坠子挂到了他的心口上，"我说过一定要送你这个的。长命锁我是戴不住了，不如熔了给你。你看，黄金就是有这好处，就算换了模样，它也还是黄金。"

"你……"他愣愣地看着心口上那块"封魔"，"你不能接近火源的！你疯了吗？！"

"我自个儿的身体，我比谁都清楚。就算不靠近火源，我也撑不了多久了。"她若无其事地笑笑，"半年前开始，我身上的红斑就越来越多，精神也一天比一天差了，所以，我怎么也得抓紧时间，把我要给你的东西做完。你让我苟延残喘再活一两年，还不如把这时间压缩成三天，然后让我高高兴兴完成一件我一直都想做的事。"她的手指轻轻抚摸着她的作品，"真好看啊……"

他一把抱住往地上滑去的她，焦急地唤着她的名字。

半晌，她清醒过来，说："王大叔……我一点都没偷工减料，我每敲打一次，就说一声'封魔'，你试试看，看以后能不能睡个好觉……"

"好。"他咬紧了牙，硬把眼泪逼回去，"不论生死，我都不拿下来。"

她咧嘴一笑："我也算是个金匠了吧？"

他用力点头。

她又一笑，把头靠在他的怀里："我睡一会儿。"

"好。"

小徒弟呆呆地看着眼前的一切，喃喃道："我不知道啊……我不知道鳅鳅姐怎么变成这样了……这些天她都不许我进去……"

"去睡觉吧。"他一动不动地抱着鳅鳅，"你鳅鳅姐只是太累了。没事的。"

小徒弟犹豫了片刻，也不敢多问，赶紧跑回了自己的卧房。

他灭了屋子里所有的灯火，抱着她，席地而坐。

世界变得很安静，倦意像小虫子一样爬到了心里。

第一次，梦境里不是残缺不全的鬼哭狼嚎的尸体，而是蓝天白云，山花溪水。他坐在溪水旁的石头上，穿着花裙子的小姑娘在溪水里玩耍，一会儿抓鱼，一会儿把水往他身上泼。

"王大叔，以后把小书馆开在风景如画四季如春的地方吧。"小姑娘在那头笑嘻嘻地看着他。

"好啊。"他笑着答应了。

原来，做梦也可以这么高兴。

黑暗的房间里，只有他心口上那一团金光，在冰凉的夜里闪闪烁烁。

"帝谓其诈，怒胁之以兵。弼犹自列，遂为武士断其手。又不言，则刖其足……"敖炽手捧一本《广异记》，磕磕巴巴地念着古文，啧啧道，"这是真的呀？皇帝当真砍了这卑鄙小人的手脚呢……"

"野史异闻，真假难辨，不用太过追究。"我伸了个懒腰，窗外已有晨光。

敖炽啪一下合上书，拍着胸口对我道："昨天我没惹他生气吧？"

"我怎么知道！"我白了他一眼。

"哎哟，这可怎么是好？"他发起了愁，"这厮最擅长的就是咒人对吧？也就是著名乌鸦嘴？万一他咒我明天变成个老秃子可怎么办？！"

"离婚呗。"我望天，"连颜值都没有了，你说你还有啥优点值得我留恋？"

"无情无义的肤浅女人！"他哼了一声，旋即又露出一脸坏笑，"这么说来，这位应该就是传说中的对面老王吧？"

"说王不说吧，幸福你我他。"王守悄无声息地从一排书架后走出来，手里捏着一本连封面都没有的破书。

敖炽鬼叫一声，赶紧缩到我身后："你这家伙起床了怎么都不说一声的！"

"起床需要说什么？"他走到我们面前，把书放到桌上，"方才上来时，我已经替你寻了一遍，这是我这儿唯一一本记载了多年来有绡狐出现的地方与事件的书，书名与作者皆不可考了，哪朝哪年的也不清楚，也许有用也许无用，拿去吧，小心保护，记住，这本书不是送你们的，是借。"

我如获至宝，赶紧把书抱在怀里，给了他一个大大的笑容："太感谢了！我的机票钱总算是没浪费！"

他笑："吃了早饭再走？"

"好啊。"我猛点头，"顺便请你喝杯茶再走吧。我带着浮生哟。"

"不要啦，你的茶太苦了。还是喝我的花茶吧。"

中午时分，桌上摆的，还是三杯热气袅袅的浮生。

他皱着眉头喝了一口："味道一点都没变呢。"

"如今可都能睡得好了？"我问他。

"是。"他低头看了看心口，将那坠子握在手中，"也是怪了，自它挂在我身上那天起，我夜夜安眠，那些跟随我多年的家伙一个个都烟消云散了。"

他顿了顿，又说道："不过，我似乎也失去了诅咒他人的能力。她管这坠子叫'封魔'，结果把我都封了呢，哈哈。"

"可你看起来一点都不后悔。"我喝了一口茶，看着那一株在阳光里盛放的玉兰树。

他笑而不语。

敖炽突然松了一大口气，眼神也得意起来："原来你已经不能诅咒别人了呀！"

"虽不能咒人性命，但咒人丢个钱包，变成秃头，还是可以的。"他对着敖炽微笑。

"啊，您喝茶喝茶，您真是个好人，不，好妖啊，留我们住宿还不收钱。活该您幸福一万年啊！"敖炽变脸飞快。

他哈哈大笑，看看敖炽又看看我，说："你们果真有夫妻缘，连说话都一样那么逗笑。"

"我可是很稳重的！"我瞪他。

"可你当年不是要介绍个地方让我去死一死么？"他笑道。

我尴尬道："是你摆出非要自杀的样子好吗？！"

过了好一会儿他才止住了笑，喝了一口茶，说："我们一生中可能遇到那么一两个人，也许相见的时间只有一场雷雨，或者一个春天那么短，但他们却伸手把我们从深渊里拉了出来，不为什么，只因为他们看见了我们的绝望与悲伤。然后，即便永不相见，也觉得常在身旁。"说罢，他又道，"你们交游广阔，鳅鳅虽然已经不在，但你们若遇到与她有相同病症之人，请一定要费心。"

我点点头："我明白。"

能取天下无数性命，却对一场怪疾束手无策，这根刺一直都在他心里吧。

他举起茶杯，对我跟敖炽道："虽然我不知你们寻绱狐眼是为了什么，但祝你们一路平安，顺顺利利。"

以茶当酒，一饮而尽。

我跟王守，统共只见过两次面。一次是在雷雨中的深山，一次是百年前的云城。

我听说世间有一个爱读书的妖怪，收藏了天下奇书，我摸进了他位于山顶的图书馆，找到了一本《妖灵长生方》，然后发现这个藏在书架后的男人就是当年那个想被雷劈死的倒霉鬼……

那天，我们坐下来喝了一杯茶。

那时我正好从孤辰那里得了第一批浮生，身上总是随身带一点，看到谁顺眼就跟谁坐下来喝一杯，当然主要是想知道这杯茶能不能得到大家的喜欢，能不能给我赚回银子！

王守喝过之后，只说了一句："你就不要靠它赚钱了吧！太苦了。"

吓死我了好吗？！他可是个乌鸦嘴啊！但幸好他的乌鸦嘴没有完全实现……

毕竟我开甜品店跟旅店的时候，多少还是赚了钱的，就是当流动茶叶贩子那年惨点，真没靠卖茶叶赚到几个钱……

不过，他应该是我唯一不讨厌的乌鸦嘴了。

◉尾◉

我跟敖炽在傍晚时离开了图书馆。王守站在门口，微笑着冲我们挥挥手，手里还拎着一个水壶，送别我们的时候顺便浇花。

我恋恋不舍地看着他挂在脖子上的大金坠子，想来，那应该是唯一一块我十分想抢过来，但又绝对不会占为己有的金子了。

因为，那是一个真正的金匠在其短暂一生里唯一的一件作品，但那不是给我的，是给他的。

走着走着，敖炽回头，夕阳正好落在门后的王守身上。

他弯着腰，聚精会神地把水壶里的水均匀地洒进土中。图书馆里依然只有他一个人，身旁只得花草旧楼，门框一围，像极了一幅旧年的水粉画。老式的录音机里反复地放着同一首歌，依然是学友哥那首《夕阳醉了》——

回来步入我的心好吗，回来别剩我一个人。

寻寻觅觅这一生因你，寻寻觅觅这缘分接近。

敖炽站了好一会儿，突然说："他好孤单啊。"

我也在看身后那幅"画"，说："每个人，每只妖，生来要承担的东西是不一样的。他是咒，能得到一个爱他懂他不惹他生气的人，需要太大的机缘。也许明天就有，也许一生不得。不过幸好，鳅鳅留下了可以陪伴他一生一世的东西。现在他的生活，也不算太差了。"

敖炽叹了口气，又道："鳅鳅只是个普通人类，连术师都不算，她打造的金器真有封住千年妖怪的本事？"

"作为一个金匠，她一生只打了这一件金器，用尽余下的性命，却只是想给对面的大叔换一场安心的睡眠，这念头太'纯'了。"我笑笑，"他们金匠的'道'，不就是个'纯'字么？大概鳅鳅是得道了，所以她打造的东西，有我们想不到的力量。不过，究竟是'封魔'封住了王守的'魔'，还是王守自己封了自己，很难讲啊。"

说到这儿，我赶紧又画了一道重点："反正我们不要得罪他就是了。"

可一想到那个大金子，我又忍不住捶了捶心口："可我真的好喜欢那块坠子啊！敖炽你去弄一个一模一样的给我吧！"

"你已经有很多金子了！"敖炽戳我的脑袋，"我们现在是靠路费走天下的人，麻烦你稍微有一点勤俭持家的觉悟！"

"我要一模一样的！我就要一模一样的！"

"先说清楚接下来去哪儿，那破书你看出什么门道来了没？"

"给我买金子！我要王守同款！"

"我饿了，先去吃饭。"

"给我站住！"

下山的路上，敖炽跑得飞快，我忿忿不平地在后头追，边追边骂他小气鬼。

沿途有几个游客往山上去，看神经病一样看着我们。行了，别看我们，去看书吧。有可能的话，做个温柔礼貌的人，然后跟那个守着图书馆的家伙聊一聊天。

云城今天的天气很好，春天比别处都早。

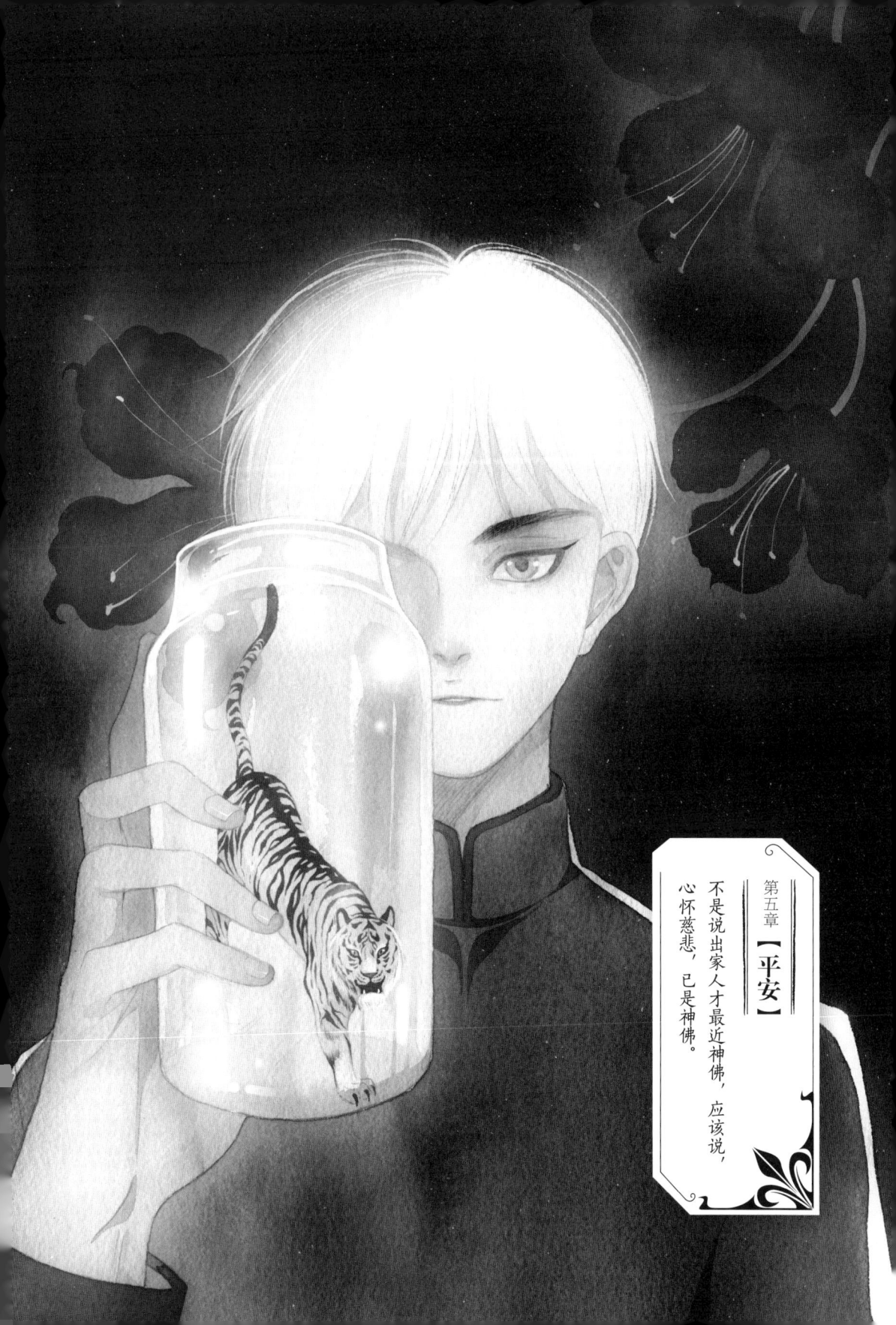

第五章 【平安】

不是说出家人才最近神佛，应该说，心怀慈悲，已是神佛。

◉ 楔子 ◉

你今后的宿命，就拜托给你自己了。

◇ 壹 ◇

"你倒是把手机拿近点啊！"

"不要，显脸大。你咋那么多废话啊！快把我家浆糊未知放出来！"

"他们正跟信龙学打太极，现在是练功时间，不会客。你昨天晚上不是才见过他们吗？"

"信龙已经能收徒弟了？"

"是啊，武林大会啥的就靠他们发扬光大了。"

"去去，别扯这些，不停一切都好？"

"你问了八百次了，都好，青童天天缠着甲乙，他上哪儿她就跟哪儿，那啥，你说僵尸可以谈恋爱么哈哈哈！哎哟，反正不止不停，整个忘川都挺好，春暖花开人丁兴旺，有我守着呢，能差到哪儿去。"

"我不管，反正你得仔细盯着，有任何风吹草动立刻通知我。"

"你就别操心我这儿了，倒是你们，不是才到云城么，怎么转眼又到什么默县了？地图上都找不到这个小地方好么？！"

"王守给我的书上说，多年前这里有过绡狐的踪迹。默县离云城不是特别远，我来碰碰运气。"

"实在不行还是找虫人吧！你这样跟大海捞针没差别，你甚至都不知道那本破书上写的是不是真事。"

"我觉得是真的。绡狐不是寻常狐妖，世间与之有关的记载极少，甚至连知道它的人都没几个，因此编造的可能也大大降低了。另外，虫人太花钱了！"

"唉，随便你们吧，反正别把自己坑了就是。"

"行了，挂了啊，过两天我再打给你。"

"等等……你看我的眼睛有没有什么变化？有没有更美更亮的感觉？"

"你想说什么……"

"我买了一款新的眼膜！"

"再敷多少眼膜你也是千岁以上的老东西了，接受这个现实不好吗？！"

"再！见！"

我挂掉视频通话，九厌愤愤不平的脸终于消失在屏幕上。只要不停安然无恙，忘川四平八稳，我的心情就会跟三月的天气一样明朗温和，而今天刚好是三月的第一天。

"你走开！我不会坐这个去的！你想都别想！"

回头，敖炽还在闹，紧紧抱着一棵树，死活不肯撒手。

他面前停着一辆拖拉机，圆胖憨厚的大婶无奈地在旁边劝："我说大兄弟啊，默县的路刁钻得很，你们要去的地方更难走，一般的车是根本开不进去的。你要是不坐我的拖拉机，恐怕只能找个飞机才能进去哩。"

"好，我飞进去！反正我不会坐拖拉机，死也不坐！"敖炽冲她猛翻白眼。

大婶一点儿法子都没有，苦恼地搓着手，小跑了几步朝我这边来："大妹子啊，你看这……我瞧得出你们是城里大户人家出来的，平日里是好车坐惯了，嫌我的拖拉机破旧我也理解，可真是没别的法子了。你们再商量商量吧，看到底是不是要去你们说的地方。"

现在是上午十点左右，我跟敖炽身在默县县城中唯一的一个长途汽车站外。

跟任何一个不怎么发达的小县城一样，这里除了不良的路况与杂乱的环境之外，就是蓝天白云与毫无污染的空气还算惹人喜爱了。

车站外有卖小吃的，有旅馆揽客的，还有驾着拖拉机或者赶着驴车在这儿候客的。

默县所属的省与云城相邻，坐火车八九个钟头，到了省城再坐五六个钟头的长途汽车才能到，反正还在火车上时敖炽就开启了无限吐槽模式。

作为一个基本上没坐过普通绿皮火车的家伙，他不能理解的是为啥火车上卖的盒饭那么难吃，也不理解为什么背后那几个人一定要边打扑克边号叫，更不能理解坐在对面的大嫂直接让自家孩子在座位上尿尿的行为……要不是我全程盯着他，可能这列火车就永远无法到达终点了……看来要我家敖大爷完全适应普通群众的生活，在无处不在的世俗烟火中游刃有余，还需要些时间。

"要去的。"我笑着对大婶道，"我们来默县，就是为了去那里。"

大婶很热情，我们一出站她就问我们去哪里，还忙着帮我们拎行李，报的车马费也相当便宜。

我想了想，虽然坐拖拉机会显得我们不够玉树临风，但坐驴车也没有美到哪里去呀，而且拖拉机怎么也比驴车快吧？

但敖炽就是这么烦人，从刚才就一直在闹，真想一砖头拍晕他拖走完事。

"可是大妹子啊，你看你老公……"大婶一脸愁容，她应该从没见过这样一把年纪长得还有模有样的男人，跟个智障一样抱着一棵树不撒手，她完全束手无策。

"没事，我来。"

我转身走到敖炽面前，他冷哼一声："别劝我，我绝对不会坐拖拉机！"

"好的呀，那你就在这里抱树吧。我自己去。"我扭头就走。

笑话！我怎么可能劝他，那不是浪费时间么！

大婶不死心地又冲他说："大兄弟啊，别闹啦，我这里坐着挺舒服的，位置也宽敞，还铺了干草，坐上去一点儿都不硌人！"

大婶说的是她拖拉机后头连着的拖斗，铺着厚厚的干草，我爬上去坐下，确实还蛮舒服的。

"大婶，莫理会他了，他喜欢抱树就让他抱个够好了，你尽管出发就是。"我冲大婶喊道。

大婶犹豫片刻，一拍大腿："行！就照大妹子说的办！"

拖拉机突突突地发动起来，排气管吐出了愉快的黑烟，缓缓的颠簸中，身旁的景色渐渐倒退。

我心里默默数着数，一、二、三……

果然，不超过十秒，敖炽撺上来，一屁股坐到我旁边，严肃地说："这件事，跟当年的左展颜事件一个性质，你要保证永远缄默！"

我憋住笑，一本正经道："坐拖拉机也很威风啊，我敢说你们家的亲戚没有一个坐过！你以后可以用这件事去藐视他们！"

敖炽想了想，觉得好像有点道理，也就不再嚷嚷，整个躺下去，嘟囔着："还不错……挺软和的……"

大婶听到说话声，一回头，吓了一跳："大兄弟你啥时候上来的啊？"

敖炽哼了一声："专心驾驶！我先睡一会儿，开稳点啊。"

"好咧！"

拖拉机在狭窄的水泥路上前进，默县的人口不多不少，街道上随处可见汽修铺与化肥店什么的，行进时还要留心避让不遵守交规的黄牛跟山羊，略微湿润的空气随着温度的升高发酵出微妙的、混着泥土与牛粪的气味，一切都让人觉得时间在这里走得特别慢，比起别处，这里仿佛还停留在二三十年前。

一条岔路口前，大婶的拖拉机忽然慢下来。我转头看去，前方本就不宽敞的路面上，前后停了三辆黑色越野车，并且是价值不菲的那种，放在四周的景物里，就像古画里冒出了火箭一样突兀，七八个人站在车外，也不知道是在干什么。

拖拉机停下，我听到大婶不满地嘀咕："咋又是这些人！搞啥呀搞，还让不让人过去了！"

"大婶，怎么啦？"我问道，"那些人看起来不像本地的啊。"

"不知是哪里来的大爷们，好些天前就在这儿了，整天也不干个啥，就开着车在默县到处逛，有时候还要拿个照片出来东问西问。"大婶有点犯愁，举起随身带着的超级大水杯喝了一大口水，又说，"现在又塞在这儿，街又窄，怎么好过去，万一碰坏了他们的车，我只怕卖了房子都赔不起。"

敖炽不知几时坐了起来，瞅着前头的车队道："那些车的标价每辆都在七位数以上，一个轮子就比你拖拉机还贵了。"

我打他一下："别吓唬大婶！"

"我说真的呀。"敖炽盯着他们，"这就是个小县城，连个旅游景点都不算，开这种车过来真是浪费呢。"

话音刚落，车队那边有个穿运动衣戴棒球帽的男人朝我们这儿走来，三十岁左右，个子挺高，眉眼也还周正，但不像游客——虽然穿得像游客，但眼神一点儿都不松懈。

"几位好，打扰了。"他站到拖斗前，人倒是礼貌的，"请问几位见过这个姑娘么？"

说着，他递过来一张照片。

我接过来，照片算不得真正的照片，似是用3D绘图的方式画出来的人像，是个十几二十岁的年轻姑娘，短头发，笑起来时有一对酒窝，算是个小美女。

我看了，敖炽看，敖炽看了，大婶也凑过来看，然后我们仨一致摇头。

"几位确定没有见过？"男人不放心，再确认一次。

"我们也是初来乍到的，上午才从汽车站出来，确实没有见过这个姑娘。"我抱歉地笑笑，又朝他们那边望了望，"这位是你们的朋友？失踪的话赶紧报警才对呀！"

"好的，谢谢了。"男人朝我们点点头，并不回答我的问题，转身离开。

"哎哎，这位大兄弟！"大婶赶紧喊住他，"能把你们的车子朝旁边靠一靠么？我这儿不好过去啊。"

他回头道："好的，我们马上就走，挡住您的路不好意思了。"

我看着他走回最后一辆越野车前，站在半开的车窗前朝后座上的人说了几句，然后便跳上了副驾位置，很快，三辆车都发动起来，驶离了岔路。

大婶谢天谢地跳上拖拉机，边发动车边说："可算走了，也是奇怪，这般有钱的人物，往我们这个穷地方找什么人哪！"

我笑："皇帝还有几门草鞋亲呢，这事不好说的，祝他们好运吧。"

没有了阻挡，我们的拖拉机总算扬眉吐气地奔跑起来，房舍与行人离我们越来越远，水泥路也渐渐被乡间小路代替。我们要去的地方，应该是相当的冷清啊。

◇ 贰 ◇

落日西斜时，我终于在一片开满野花的山坡后见到了那座看起来像一座观音像的山峦。

"大妹子啊，你们是从哪里知道菩萨峰的啊？"大婶好奇地问，"咱们这儿就是个小县城，也不是啥风景区，这菩萨峰就算在当地也不是啥出名的地方，不过是祖辈上的人随便喊的名字，你们今天若不是遇到我这个老家伙，只怕那些揽客的年轻人都未必知道菩萨峰是什么地方。"

"是家里一位长辈多年前来过，说菩萨峰风景秀丽，印象深刻，并且把当初的经历写在了游记里，我们两口子喜欢东南西北地乱跑，哪儿风景好就往哪儿去，所以才循着游记来默县看看。"我随便编了个借口打发她。

拖拉机停住了，大婶下了车，又喝了一大口水，然后看着前头说："只能送你们到这里了，前头的路太窄，拖拉机过不去啦。"说着她又四下环顾了一番，叹气道，"现在也不如从前了，菩萨峰都不怎么像菩萨了。"

顺着她的目光看过去，远处的那座山确实也不是特别像一座观音，就是个勉勉强强的轮廓，如果不是先入为主地知道它叫菩萨峰，大概我是不会往那个形状想的。

"发生什么了么？"敖炽不客气地说，"这山现在看起来像个巨大的玉米棒子。"

大婶一笑，说："往前几十年，倒是活脱脱一座观音像的，只是后来你也来砍树我也来砍树，砍来砍去大半座山都秃了。"说着她又指了指面前的山坡，"原来这里可不止这么一小片山坡，从这儿到那边，一连几里都是花海，春天一到就美得不像话，后面原本还有一条河，那水干净的呀，连鱼鳞都看得清清楚楚。记得我还是小孩子的时候，常跟着大人们来玩。就那边……"她朝右前方努努嘴，"那边以前是有村子的，还有个学校呢，二十来年前吧，有一拨外乡人跑来，说要征用这里的地修什么厂子，喊哩咔喳地一通乱挖，隔几年又没了下文，就剩下一片烂地。也不知道他们干了啥，河水不清了，花也不开了，连附近的庄稼都种不好了，村民们也就陆续搬走了，就剩下那个学校还在。也不晓得现在还有没有学生。唉，想想那时候多好啊。"

我左右看看，除了眼前这一块山坡上还有花有草之外，附近几乎都是坑坑洼洼的烂泥地，零零落落长着几簇野草，黑黢黢的土地毫无生机地躺在一天中最后的光线里，河水老早没了踪迹，只隐隐能看出一条干涸的河道。

"听起来大婶你对这里很熟悉呢！"我问她。

"不瞒你说，我小时候可是在这里念过书的哪。"大婶有点自豪地说，"说起来我可是我们家里最有文化的一个！"

我打量她一番，笑道："几十年前这样的地方就能有学校，很难得啊。"

"关键是老师还不收学费。"大婶打开了话匣子，"学校不大，只有一个老师，我还记得教我的是一个戴着圆眼镜的中年人，脾气特别温和，有时候还会有别的不认识的大哥哥大姐姐来学校里教我们读书认字。我念了几年，家里人就不让我来了，农活都做不完，没时间给我念书。再说，以前咱们这儿还是有陋习的，总觉着儿子比女儿金贵，要念书也要先紧着儿子，女儿家只要嫁人生子伺候丈夫就够了。不过现在好了，大家想法跟过去不一样了，如今咱们县里到处都是学校，儿子女儿一样对待，我大姑娘跟小儿子当年都考进了省里最好的大学，现在在城里当医生当律师，我小孙女去年还去国外留学了。前几年我老伴去世了，他们老让我去城里，我不想去，城里空气不好，吃的也不习惯，留在老家做做农活，不忙的时候就去汽车站拉客当车夫，挺好的。"说罢，她又看看天色，道，"要天黑了呢，你们这时间点没选好，这附近可没有酒店，招待所都没有。"

"没事，晚上随便走走，看看山中夜景也很好。"我笑道，摸出几张人民币塞到她手里，"谢谢您啦，劳烦您把我们送到这么远的地方，回去的时候您注意安全。"

她急了，只抽出一张攥在手里，剩下的非要还给我："哪里要得了这么多！咱们不是说好了一百块么？！拿回去拿回去，搞得我像讹钱似的。"

"您拖拉机开得好啊，我们坐得舒服，还陪我们聊天。给我们介绍这里的过去，就当是我们的心意好了。"我坚决要给。

她推辞不过只好收下，左右瞅瞅仍不放心我们："我瞧着有些来这儿玩耍的年轻人都带了帐篷什么的，你们带了没？"

敖炽嫌她啰唆，直言道："大婶啊，您就别担心我们了，就算把我俩挂树上我俩也能睡得着，您放心吧，我们就喜欢亲近大自然。"

大婶一听就不乐意了，赶紧拍打着敖炽道："什么挂树上！你这孩子说话没遮拦的！赶紧吐三次口水！快快快！"见敖炽一脸问号没反应，她严肃道，"快点呀！"

她的执着让我们觉得有趣，我看着敖炽："听大婶的！"

敖炽不情愿地呸呸呸了三次。大婶这才松了口气，我看她的紧张不是毫无来由，问道："大婶，这话说了有什么不好么？我家这口子爱开玩笑罢了。"

大婶有些犹豫，看了看天边最后一缕金色的光线，压低了声音，说道："你们说挂在树上，这可是犯忌讳的！"

我好奇道："啥忌讳？"

"我也是听老人们说的，几百年还是千把年前吧，菩萨峰这里可不是一个好地方，那会儿生活在这里的是个不知道什么族的人，性子野蛮，生了多余的女孩或者有残疾的孩子，就拿来这里扔掉。"她叹气，"被扔掉的孩子几乎没有活命的机会，每隔一段时间就会有他们的族人来收拾遗骸，而他们又有个风俗，遗骸要收到布包里挂到树上，七天之后才会取下来埋掉，好像说这样死者的灵魂就有足够时间升天了……所以，这里的树上一度挂过不少无辜的孩子，我很小的时候老人们就叮嘱过我，不能在菩萨峰下爬树，也不能说任何跟'挂在树上'有关的话，怕我们冲撞了什么。"

"荒唐！"敖炽皱眉道，"真有人干这种畜生事？我说那些扔孩子的。"

"几百年前怎样我是不知道，只是一直有这样的传闻。"大婶看着不远处那几棵稀稀落落的老树，"我就记得我小时候，亲眼见过有人将一个没有手掌的男婴扔在这里的凹地中，孩子身上连一件衣裳都没有。我跑回去告诉家里的大人，他们却说我小孩子别多管闲事。我也没有法子，记得那晚上我偷了家里几个馒头，跑了老远的路回到这里，可孩子已经不见了，肯定被野兽叼走了，唉。"

天终于黑尽了，夜风不温不凉，眼前的花草树木被风吹得飒飒作响，不时有虫鸣加入，曾经可能接纳过无数亡魂的老树坚定地守在原地，不惊不诧地注视着远道而来的人。

"您心眼儿真好。"我说。

"好啥啊，我啥都做不了。"她摇摇头，"幸好现在社会进步啦，菩萨峰往日的悲剧也慢慢消失在大家的记忆里。"她揉揉眼睛，说，"要不我领你们往学校去看看吧？也不知道现在是谁在看管着，我也好多年没往这边走了，要是可以的话，你们就在学校里住一夜吧。好歹我是本地人，帮你们打个招呼，事情好办些。"

我想了想，点头："也好，那就劳烦您了，真是不好意思。"

"哪里的话，我这把老骨头也算见过不少人了，今天一见到你们俩啊，大婶我就打从心眼儿里喜欢，拿你们当自家孩子看哪，你们别嫌我烦才是。"她见我领情，很是高兴，转身去拖拉机上把她的大水杯拿上，再拿个大手电筒出来，"走吧，路不好，小心扭了脚。"

走在弯弯曲曲的小路上，我继续跟她闲聊。

"要是没有那些传闻，也没有那些人为的破坏，这里真是个世外桃源一样的好地方啊。"

"可不是，山灵水秀的，听说还有修道的人往这里来过呢。"

"哈哈，灵山秀水生妖怪，不知道这里有没有妖怪的传说啊？比如狐仙什么的？"

"妖怪？我曾听人说这里有成了精的黄鼠狼，还有说遇到蛇精的，狐仙倒没听闻过。"

"嗯嗯，我跟您开玩笑呢。哟，您老可真爱喝水啊。"

"就这点习惯，每天不喝几大杯浑身不舒坦。"

◇ 叁 ◇

眼前这排瓦房真是太老了。青苔爬满了墙壁，盖住了砖石本来的颜色，挂在墙上的蔓藤像永远都剪不完的胡子，在风里倚老卖老地摇动。老式的灯泡顶着铁皮灯罩吊在屋檐下，飞蛾在灯光里扑来扑去。年久失修的木栅栏已经不太能担当大门的角色，勉强横在我们面前，一块木牌用铁丝拴在门上，有人在上头刻了"平安"二字，时日久远，木板与字迹都沁着深深的颜色，光滑得连一根毛刺都看不见。

大婶的电筒一直照着木牌，只听她喃喃："还在呢……"

说着她又怕我们不明白，忙解释道："我是说这块牌子，我记得我小时候在这儿念书的时候它就在了，一模一样，如今看了，只觉得亲切。"

话音刚落，身后有窸窸窣窣的动静。回头，一个男人拄着弯头拐杖，左手拎着一个装满了东西的塑料袋子，慢吞吞地朝我们走过来。

这姿态本该属于一个老人，但明黄的灯光下却照出一张斯文少年的脸，可那一头短发又白如霜雪，加上身上那套洗到发白的老式蓝色中山装，整个人就像走错了片场一样怪异，明明还年轻，却透着实实在在的衰老。

"请问你们找谁？"

男人停在我们面前，声音很轻很好听，像门前的风铃被无意拂动起来，温柔亲切。

"啊，您好您好，请问现在这里哪位管事啊？"大婶赶紧上前道，"我就住在县城里，今天带了两个外地游客来菩萨峰，天色晚了，他们也没个住地，所以想来学校这边借宿。"

"可以啊。"男人很爽快地说，又打量了我们一番，"只是我这里比不得大酒店，床硬被薄的，怕你们住得难受。"

"不碍事，我们皮粗肉厚的，哪儿都能睡得踏实。"我笑道，"请问您是……"

他咧嘴一笑，露出两颗顽皮的小虎牙："我是这里的老师，姓胡，胡平安，你们喊我小胡就是了。"

"你姓胡？"大婶惊讶道，"我记得当年我的老师也姓胡。"

"大婶你也曾是这里的学生？"胡平安瞪大了眼睛，表情居然可爱得很，"我来这里还不到五年，听原来的校长说，前校长好像确实姓胡。他是老胡，我是小胡，哈哈。"

一点儿都不古板，他的外表装束太误导人了。

"都进来吧，虽是春天，夜里还是有湿寒之气呢。"他依然慢吞吞地走过去，把根本就没上锁的木栅栏推开，礼貌地给我们让出一条路来，笑嘻嘻地说道，"进门时小心些，这扇木门也是老年人了，碰厉害了肯定骨折，这里又没有医生能给门治病。"说完还吐了吐舌头。

真是一个能让人在短时间内喜欢上的人呢。虽然看起来有些虚弱，但言语笑谈间又像个偷穿了大人衣服的小孩子，顽皮之余让人猜不透他到底在想些什么。

进了门，他跟在后头，还是走不快。

敖炽回头看了他几眼，折回去指着他手里的袋子道："我替你拎。"

他忙道："不用不用，我能行，不重的。"

"拿来吧，别磨叽了，你这小身板简直不能看。"敖炽不由分说地从他手中拿过塑料袋，旋即挑眉，"这还叫不重？难怪你走不快。"

他不好意思地挠挠头："那就谢谢了，你们是客，却要帮我的忙，这着实说不过去。"

"没事，让他做点事才好，他闲着才让人头疼。"我也转回来，拍拍他的肩膀，笑看着那袋玩意儿，"你都弄了些什么回来啊？"

"没什么值钱的，就是些别人扔的瓶瓶罐罐，还有些杂物。"他边走边说着，"虽然我这里偏僻，但隔三差五还是有人来溜达，不少人只顾着玩，留了一堆杂物也不收拾，我瞧见了就顺手收一收。每几个月就有收破烂的来，我这样既清理了环境，又能卖几个零钱。"

我笑："捡别人不要的东西，不会觉得难为情？"

"不难为情啊，有些东西其实扔掉怪可惜的，能用就再用一下呗，你看见咱们这儿的灯罩了没，那些都是我自己用捡回来的铁皮做的。"说起这些，他的眼睛比任何时候都亮堂，"我还捡过桌子椅子，连玩具火车都捡到过。"

"说得你这儿跟垃圾场似的。"敖炽撇撇嘴。

"以前有段时间还真是。"他坦白道，"前几年有些不按规矩处理的家伙，偷偷把垃圾倒在菩萨峰下头，后来被附近的乡民举报了，这两年才好起来，虽然不是非法垃圾场了，但还是架不住有不守规矩的人往这里乱丢东西。"

"所以你到底是这里的清洁工，还是老师？"我调侃道。

敖炽突然笑了一声，话里有话道："都不是吧。"

胡平安也哈哈一笑："那我应该是什么？"

"妖怪咯，哈哈哈。"我也笑得特别开心。

虽然我跟敖炽都处于灵力待机状态，但骨子里对非人类的敏感还是在的，敖炽这个懒东西是不会无缘无故折回去帮一个陌生男人拎重物的，我看到他抢袋子的时候，故意碰了胡平安的手。

肢体接触是目前最有效最简单的验证方法了，就算我们不大张旗鼓地动用自身的灵力，只要对方不是人类，一旦被我们触碰到，除非段位比较高或者借助了什么特殊方法掩盖身份的，他们所特有的气息还是会传递出来，哪怕只是微弱的一点点。

胡平安是只妖怪，我拍他肩膀时就知道了。虽然在不动灵力的情况下我看不出他的本相，但奇怪的是，他散发出来的微弱妖气不是刻意掩藏的结果，而是确实就那么虚弱。

似乎是一只重病中的妖怪？

笑声中，他微微一怔，旋即又哈哈一笑："彼此彼此啊。"

我跟敖炽对视一眼。

"你们碰我时，我不也碰到你们了嘛。"他面不改色地看着我们，"我知道，你们比我强好多。"

彼此的身份揭露太快，我们三个除了笑笑笑，也想不出别的更合适的反应了。

老早把我们撇在后头的大婶，一直走到房门前才发现我们都没跟上去，回头又见我们三个在那儿哈哈地笑，不禁奇怪地喊道："你们在说啥好笑的事呢？快过来呀！"

胡平安将一根手指放在唇上："嘘！咱们互相保守秘密吧，大婶是无辜的。"

对我们而言，在山野之地遇见一只妖怪不算什么意外，只是难得遇到虚弱成这样还能笑得这么活泼开心的。

"来来，我带你们看看我住的地方。"他稍微加快了些速度，"你们是今年第一批来到的客人。"

迎着灯光往前走的他，背影像个快走完一生的老头。

瓶子，到处都是瓶子，玻璃的、塑料的、陶瓷的、透明的、不透明的……每个都擦得干干净净，里头装着清水，有些插了一朵野花，有些插了一根嫩枝，还有一些瓶子用木塞塞住了瓶口，瓶子里放着纸折的动物，有猫、青蛙……各种各样的，灯光一照亮晶晶，满满都是少女心。

胡平安的房间里，不论书架上还是柜子桌子上，都摆满了各种各样的瓶子，我第一次遇到对瓶子这么痴迷的妖怪。

他招呼我们坐下，边倒茶边说："先喝点茶，回头我去找找还有什么可以充饥的，你们肯定还没吃饭吧？"

"小胡老师，您不用管我，我就是把他们带过来，安置好了我就回去了。"大婶使劲摆手，又起身走到旁边的柜子前，弯腰细看上头的瓶子，时不时还小心地摸一摸，眼神里闪烁着跟她年纪不符的童趣，"这些瓶子看起来真亲切。"

她回头看着胡平安，问："这些都是小胡老师你的？"

胡平安点点头："见笑啊，我这人没什么别的爱好，就喜欢收集这些小玩意儿。"

"好看呀，我这样粗手粗脚的人就不行，摆多少个都会被我不小心摔烂的。"大婶笑着，恋恋不舍地把手指从瓶子上挪开，"行了，我这就回去了。"

"天都黑了，路好走么？不然您也留下来，明天再回？"我有些担心，毕竟大婶已经是六十出头的人，看起来虽然挺精神，但开拖拉机走夜路毕竟不是特别安全。

大婶笑道："不啦，我家里还养了狗哪，我不回去它今天连晚饭都没得吃。你们好好休息，玩得高兴点。我留个手机号给你们，回头你们要去车站的话给我打电话，我还来接你们。"

道了谢说了晚安，我把大婶一直送到门口。

大婶站在门外，又四下看了看，感叹了一声："基本没啥变化，还是从前那个样子，一间学校，一个老师。"

"以后有时间多来吧，我这儿永远不锁门的。"胡平安从我身后冒出来，笑眯眯地跟大婶说，"难得您还是这里的学生，时光如梭，这学校老了，您也老了，连我都老啦。"

"哈哈，瞧您这话说的，您就是头发颜色离谱了点，染的吧？我瞅着县城里不少小年轻现在都爱把头发染个奇奇怪怪的颜色。"她指了指他的头发，又道，"这两位就拜托给小胡老师了。"

"放心吧，我会妥善照顾的。您慢走啊，路上小心。"

大婶这才放心离开，走了几步又像忘了什么东西似的，回头用探寻的目光往亮着灯的房间瞅了瞅，但最终还是一无所获地收回视线，不紧不慢地走出了大门。

"这里还有学生？"我走回屋子，头也不回地问跟进来的胡平安。

"今年没有了。"他慢吞吞地走进来，拐杖戳在地上发出笃笃笃的声音，"附近的人越来越少，孩子们都跟着家人往热闹的县城里定居了。我也老了，教不动了。"

"你在这儿很多年了？"敖炽问他。

"可能快八百年了，也可能是七百年，记不清啦。"他把拐杖靠到墙上，打开一旁的矮木柜，从里头拿了几袋饼干出来，坐到我们面前，"能吃的就是这些了，你们凑合一下吧。不过你们就算不吃东西也不会饿死的吧？"

敖炽把饼干抢过来，边拆封边说："吃是一种乐趣，乐趣跟生存有时候没多大联系。"

"说得有道理啊。"胡平安很是赞同地点点头，突然又问，"两位是什么物种啊？能在这样荒僻的地方遇到千里之外的同类，感觉怪奇妙的。"

"别瞎套近乎，我跟你可算不上真正的同类。"敖炽边嚼饼干边纠正，"先说你是个什么玩意儿。"

胡平安嘻嘻一笑，没回答他，扭头看了看放在旁边的台历，喃喃自语道："已经三月了啊，时间好快呀……"

"你还没回答我的问题呢。"敖炽追问，"好歹得让我们知道吃的是谁的饼干，不然以后我们烧纸感谢都不知道要烧给谁。"

我瞪了敖炽一眼，敖炽不以为然："我说的是事实啊，难道你觉得他现在这个衰样看起来还能长命百岁？都是妖怪，你就别跟他客套了。"

胡平安哭笑不得地看着我，身子凑过来小声道："你夫君童年时是不是受到过什么伤害？说话还真是一点儿都不好听呢。"

我叹气："他受过的伤害可多了，只要他心情不好，那就是全世界都欠他钱的样子。你多担待吧。"

"我不会生他气的，今天你们来了，我高兴还来不及。"他笑，"至于我，本就不是什么起眼的妖怪……哦对了，你们明天就走？"

"可能要过几天再走。"我说，"我们明天要去菩萨峰的山顶看看，那里是不是曾有个狐仙洞？"

他瞪大眼睛："狐仙洞？那地方几百年前就没了，你们是如何知道的？"

"你知道那里？"我眼睛一亮。

"你傻啊，他刚刚不是说过他都在这里蹲了七八百年了么，"一袋饼干差不多被敖炽吃光了，他灌了一大口茶水，打个饱嗝，"就别啰唆了，直接问他有没有见过绡狐不就完了！"

闻言，胡平安看向我："你们知道绡狐？那可不是世间常见的狐妖。"

"那你究竟是见过还是没见过？"我按捺住心头的激动，"一本破书上说，曾有绡狐留于菩萨峰，化人身，行医道，为世人颂，以其居处为狐仙洞，常年供奉。书里还画了地图，我研究了一下，菩萨峰的位置就在如今的默县西南方。不曾想刚一落脚就遇到你，也是走运，毕竟还能有谁比你更了解这里呢。"

"绡狐……狐仙……你又姓胡……"敖炽叨叨着，突然恶狠狠地盯着胡平安，说道，"你就是那只狐狸吧？"

胡平安十分苦恼地回瞪他："绡狐很丑的……很丑的狐妖就算化作人形，也只能是路人甲，甚至还不如路人甲的水平……你懂我意思不？"

"跟我比，你就是个路人长相啊。"敖炽一本正经地说。

胡平安扭头看我："你有没有过想把他摔到地上再狠狠踩两脚的念头？"

"经常的。"我耸耸肩，"你习惯了就好。"

"我当然不是绡狐啊！"他无奈道，"我当年决定在此定居时，狐仙洞已经小有名声了，常有人往菩萨峰上去求医讨药，连我都去过……"

正说着，他却顿了顿，思路仿佛被什么打断，但旋即又恢复如常，继续道："我跟绡狐算是楼上楼下的邻居，他住在菩萨峰上，我住在山脚，他是个老头子，我是个少年，偶尔会碰个头，一起坐在河岸边喝个小酒什么的。但十多年后，绡狐就老死了，死的时候他的身体唰一下化作了一道烟火，就剩下一块透明的石头，我琢磨着那也算是老头子的尸体吧，还是我亲手埋的哪。"

我手一抖，差点把茶杯弄翻："你说你亲手埋了绡狐？"

他点头："老狐狸无亲无故，我跟他好歹邻居一场，总不好让他暴尸荒野吧。"

"埋在哪里？"我追问。

"本想埋在狐仙洞里，可那里头的地面特别硬，我嫌麻烦就直接埋河边了。"他不解道，"你问这些做什么？想拜祭老狐狸？"

"明天早上，天一亮就带我们去绡狐的墓地！"我忍不住抓住他的肩膀，"拜托了！"

"没啦！"他说，"有一年暴雨，河岸都冲垮了，老狐狸的墓也没了……这都几百年前的事了，要不是你们问起，我都快忘了。"

"早没了？"我的心咚一下从天上掉进坑里，从希望走到失望的路太短，真是非常不舒服。

敖炽懊恼地一拍脑门，指着胡平安道："你你你……你埋人怎么能埋到河边啊，你以为是种庄稼还得水源好啊！"

"你们这么生气干吗？"他不解道，"不管人还是妖怪，活着的时候才最要紧，死了就算埋得再好也没有任何意义啊。"

我真想哭啊，但我忍住了，又问了一次："真的冲走啦？一根毛都没剩下？"

他点头："是啊，那年的暴雨太吓人了，小小一条河简直成了汪洋，我都跑到菩萨峰的顶上去躲了好几天呢。"

敖炽深深叹了口气，耷拉着眼皮问我："怎样？还留下来吗？"

我想了想："留！明天我怎么也要去河岸那边翻一遍才甘心！万一被卡住了呢？"

"好。我知道你不亲自去折腾一遍是不会死心的。"敖炽以命令的口吻道，"但说好了啊，如果没有发现，我们明天立马就走，这里一点儿好玩好吃的东西都没有！"

我有气无力地点点头。

胡平安十分费解地看着我们："所以你们老远来这里就是为了找老狐狸的尸体？"

"我要拿他化成的那块石头回去救命……"我垂下头，"算了，说了你也不明白。"

"哟，那就真是不巧了，我也不知道那石头对你们来说那么重要啊。"胡平安摊手，"你们早来几百年，我不就给你们留下了。"

我白了他一眼："我要是几百年前就知道今天我会遇到这什么破事，我根本就不会让这些破事发生好吗？！"

"未必吧。"他忽然笑起来，"说不定你早知道那是个坑，但你还是会跳进去呢。"

"我没那么蠢。"我没好气地说道，"明天，明天一早你就带我们去河岸，给我们说说狐狸墓的大概位置。"

"好的呀。"他起身，说，"那你们就早些休息吧，我把我的房间留给你们，被单枕套我前天才换过，不脏。"

但我现在的问题是，就算给我高床暖枕我也睡不着啊。好生气啊，要到手的东西呼啦一下就没了。唯一能让我稍微欣慰的，只能是那本没有封面的破书上记载的东西确实是真的，如果明天没有收获，起码我还能照着里面记载的其他线索找下去。

我拍拍心口让自己别气别气，扭头一看敖炽，这家伙倒是一点儿都不沮丧，这会儿还饶有兴致地观赏着屋里的瓶子，时不时还拿起一个晃悠着看。

"你手欠呀，看就看吧，小心给人家摔了！"我走过去拍了他一下，"快放回去！"

"打不开诶。"他不但不听我的话，还作死地拔瓶塞，但无论如何都拔不开。

"你有病啊！你……"我本来想揪他耳朵了，但突然觉得事情不对，拔瓶塞的是敖炽啊，不可能拔不出一个瓶塞呀。

"给我。"我把瓶子拿过来，试着往外拔瓶塞，确实纹丝不动，一阵细微的气流波动触到我的指尖，对抗着我的力量。

敖炽撇撇嘴："封印。"

我松了手，把瓶子举到面前——完全没有特色的白玻璃瓶子，洗刷得干干净净，瓶子里放了一只蓝色的纸鹤——不论我怎么看，都没有异常，就跟常见的漂流瓶没两样。

可是，为什么被封住了？

而且，这里还不止这一个被塞住的瓶子。

我抬头看向四周，大大小小的瓶子，晶莹剔透地立在明亮的灯光里，美好得让你不能把它们往任何一个不良目的上想象。

今晚更睡不着了，又多了一个问题。

◇ 伍 ◇

山野的空气太清新，四周太幽静，银白的月光染在窗帘上，迷离得像仙子的美梦。偶尔起伏的虫鸣不但不吵人，更像一支朴实有效的催眠曲。但是，对我无效。

躺在还算舒服的床铺上，我翻来覆去，根本无法入眠。敖炽没有打呼噜，也不知道是睡得太死还是跟我一样。

如果这一夜就这么平安无事地过去了，也不算太坏，起码一毛钱住宿费都不用花，但我就知道天下没有白吃的午餐……凌晨三点，我们的房门被一个血肉模糊的家伙撞开了。

幸好在敖炽一拳揍上去之前，来者虚弱地喊了一声"胡老师"，还是个姑娘的声音，敖炽的拳头才险险地停在了分毫之外，再多一点儿距离，对方的鼻梁骨可能就保不住了。

房间不用开灯也不算黑，窗外的灯光与月色清楚地照亮了她。跟我差不多高，短发，眉目秀丽，如果心口上没有那块鲜血模糊的枪伤的话，应该算个小美女。

显然她受到的惊吓比我们还大，连退了两步，毫无血色的嘴唇微颤着："你们……你们是谁？胡老师呢？"

"你中枪了？"我皱眉，枪伤在这样的小县城里应该是罕见的。

"胡老师呢？"她根本不关注我的问题，也不在乎自己的伤口，眼神里有明显的敌意，"你们把他怎么了？"

"我们是来借宿的游客。"我指着她的伤口，"再歪一点点就打到心脏了吧，你确定不先抢救一下你自己？"

"你们不可能是游客，普通游客不可能这么镇定。"她咬咬牙，转身就朝门口走去，人还没出门槛就软软地倒了下去，刚好落到从门侧冒出来的胡平安的怀里。

我突然想起来，这姑娘不就是白天看到过的那张照片上的人吗？那群开豪车的家伙在找的人就是她！

胡平安力气有限，抱住这个瘦弱的姑娘都得非常吃力才不至于一起倒在地上，他用求救的目光投向我们："帮下忙好吗？"

敖炽冷哼一声，过去三两下把姑娘横抱起来，安置到床上。

我简单查看了她的伤势，明显失血过多，不立刻送医的话生机渺茫。

胡平安穿着睡裤披着外衣站在床边，轻轻拍了拍我："让我来吧。"

我让出个位置给他。

他侧身坐下来，手掌覆在姑娘伤口上方一寸的地方，一边小幅度地画着圈，一边冲着伤口呼气。这动作像极了父母在心疼摔伤的孩子，一边呵气一边安慰说不疼不疼一会儿就好了。唯一的区别是，他不仅仅是心理安慰，不消片刻，鲜血止住了，伤口渐愈，只留衣上那一大片血迹在勉强证明这个姑娘曾经受过重伤。

我跟敖炽都没有表示出惊讶。这不是什么专业的医术，只是一只妖怪在拯救他人性命时，所能用的最基本也最不划算的方法——以命为药，逆天而行。能不能救得活要看对方的伤势轻重，救活了对方自己还能不能活那得看自己的身板够不够硬朗。

问题是，胡平安一点儿都不硬朗啊。

果然，他的脸色变得相当难看了，白到近乎透明，各种形容一个人即将死去的词语都可以拿来形容现在的他，比如面容枯槁油尽灯枯等等等等。

别这样好不好，我们才认识了几个钟头，连顿像样的饭都没坐下来一起吃过，就要我们见证他死翘翘的一幕？明天他还要带我们去河岸边找绡狐的墓啊！总不能让我们顺便把他也埋了吧！

"你们怕我死了啊？"他缓缓转过头，笑嘻嘻地看着我们，"还不到时候。"

"这个姑娘，还有你下了封印的瓶子，你究竟在守着什么秘密？"敖炽皱眉，"要不是看你身体虚弱，我老早把你绑起来严刑拷问了。"

"并没有什么特别的。"他依然笑着，"我只是在忠实地走完我的一生。"

"这种心灵鸡汤款的话就不要喂给我了。"我耐着性子道，"我们夫妻俩最近可能确实是时运比较低，做什么都不是很顺利，本想来寻绡狐的踪迹，眼见着有希望了，却又在你手里化为乌有。既然大家都是妖怪，而且说句不好听的，你命不久矣，时间还是用在更实际的东西上吧，比如说出你的故事，也许我们能为你做点什么，好歹你免费收留了我们，还给敖炽吃了两袋饼干。"

"原来他叫敖炽啊，那你叫什么？"

这家伙，根本不按我的节奏来。

"娑椤。"

本来我想说沙小树，但一看着他那张无辜又真诚的求问脸，突然就不想说谎了。

他默默重复着我们的名字，又把被子扯过来给姑娘盖好，然后起身笑道："给你们看看我的日记本。"

一点都不按套路来啊，我跟敖炽面面相觑。

他走到放满瓶子的书架前，在最底下的抽屉里翻找了半天，最后从厚厚的一叠发黄的线装笔记本里抽了一本出来，然后把这个土得掉渣的本子翻开，当他的视线停在其中一页上时，他把本子递给了我们："看看吧。"

我接过来，敖炽也凑过脑袋来看。

"三月春夜，二人踏月色而来，女子慧黠从容，沉着如木，男子桀骜不驯，烈性如龙，皆非人，共拾三日之缘，葬我者也。"

这一页纸上，只写了这一句话。下头还以白描形式画了一男一女，女的长发过腰，男的高大健硕，手里还拖着一只类似旅行箱的东西，走在乡间小路之上，前头是一座挂着"平安"牌的屋舍。

虽只是简单的白描画，看不出人物的五官模样，但我就是觉得画中人是我跟敖炽，连场景都跟我们刚来这里时一模一样。

"好像……画的是我们？"连敖炽这种毫无艺术细胞的家伙都看出了端倪。

当我的目光落到日记的时间上时，我跟敖炽俱是一愣，因为如果日记的主人没有写错的话，这篇带图的日记是二十年前完成的。

"时间是没有错的。"胡平安一眼看穿了我们的怀疑，"我好多年前就见过你们了。"

这句话好提神啊！

敖炽将他上下打量一番："这么说，你是能操纵时间还是有预知能力的妖怪？"

"我没有那么大的本事。"他吐了吐舌头，"我就是一只'彪'啦。"

◇ 陆 ◇

一大早，胡平安尖叫着从被窝里跳出来，跑到镜子前左照右照，然后便尖叫得更厉害，张牙舞爪地冲出房门。

"师父！师父！"他"嘭"的一声撞开了师父的房门，哭喊着，"我变成怪物了！好可怕啊！"

老尼姑正在叠被子，回头，将眼泪鼻涕横飞的他上下打量一番，啧啧道："哦哟，你这娃娃，怎的光着身子跑出来，大冬天的也不怕冻着！"说着，顺手从衣架上扯下一件袍子，过去将赤身裸体的他包起来。

他吓得不行，却不明白师父为啥一点儿都不惊讶。

"师父……我能站着走路了！"

"师父……我的尾巴没有了！"

"师父……我的毛也没有了，光溜溜的好难受！"

老尼姑哈哈一笑，弹了弹他的脑门："你现在有人形了，不再是一只彪了，当然没有毛了。"

"可是……可是……"他委屈地在衣裳里扭动着身子，"我不想当人，站着走路好累呀，光秃秃的也不好看！"

"傻娃娃！"老尼姑嗔怪道，"多少妖怪最大的愿望就是得成人形，你短短八十年就有如此造化，当感谢上苍厚待于你才是！"

"是这样么？"他有点怀疑。

"来来来，先随我去菩萨面前谢恩吧。"老尼姑忙不迭地把他推出了房门。

有尘庵只有他师父一个尼姑，加上他，再加上一只狗一只猫，就是这座小庵的全部阵容。

以前他不明白"山中方一日，世上已千年"的意思，今天师父这么一说，他才想起原来自己已经在有尘庵待了足足八十年了。

跪在唯一的一座观音像前，他叩头，上香，在师父的示意下感谢菩萨给了他人生的新起点。

在今天之前，他是一只彪，通俗地来说，他就是老虎在一胎之中生下的第三个孩子。问题是，他刚一出生就没有了母亲，不是丧母，而是他的虎妈不要他了。他一度对这件事非常费解，不知道自己做错了什么导致了这样的抛弃，有可能是他刚一出生就能站起来并且浑身长满白毛的模样把母亲吓到了，他甚至还记得母亲嗷一声跳到老远的样子，然后用看怪物的目光瞪着他，嘴里发出示警的呜呜声，他的两个哥哥那时连眼睛都还没睁开，小虫子一样在地上蠕动。再后来，他就被母亲一爪子拍走了，直接从山坡上滚了下去。

他还是不知道自己做错了什么，花了一整天时间才费力地爬回去，但是母亲已经带着哥哥们离开了。

他好着急，循着气味找他们。但是，无论他找到他们多少次，母亲都如临大敌，落在他身上的爪子一次比一次重。

可是他饿呀，哥哥们能趴在母亲身边喝奶，而他只能嚼着树叶跟野果羡慕着他们。有时候他也会偷偷跑到山下的村子里，不要脸地混在一群小羊羔里喝几口母羊的奶，但每次都很快被识破，然后被羊爸爸的羊角顶得落荒而逃。

但好歹是活下来了。

不到半年时间，哥哥们已然有了大老虎的样子，金黄的皮毛在阳光下闪闪发光，反观自己，虽然也有斑纹，但毛色永远白得像寒冬的落雪，而且个头跟狗一样大，古古怪怪的。

他还是想回到母亲身边，总是怯怯地在离他们不远的地方徘徊逗留。

为了表达自己的好意，他还把吃过的最好吃的果子堆到母亲与哥哥们的住处，但他们看都不看一眼，一脚踩个稀巴烂，他们吃肉，附近的野鹿与兔子都怕他们。

直到有一天，哥哥们愤怒地把他的头打破了。

因为他试图靠近他们，他没有多余的想法，就想跟山里别的有父母兄弟的动物一样，大家能够"在一起"就好了，哪怕就让他像个小尾巴一样跟在最后面。

当鲜血流下来刺痛了眼睛时，他终于明白自己不可能跟他的家人"在一起"了，他从一开始就被抛弃了，他们的生活里，永远不会有他的存在。

第二天，他带着伤，离开了出生的那座大山。

他运气不怎么好，还没到山脚就中了陷阱，掉进了一张怎么都挣脱不了的大网里。

有人类来收网，他听到他们惊喜的声音，说什么运气太好居然抓了一只小老虎，还是白色的。然后他被塞进笼子运到了一个奇怪的、被高墙围起来的地方。面积很大，里头也有花有树，每天还有专人来喂养他们，给的都是肉，他不爱吃，还是吃草。

跟他一起的，有别的老虎跟豹子，还有野猪跟狼，但基本都是老弱病残。

他问过豹子，豹子说它以前一直跟着一个江湖戏班，他们让它表演各种节目，不老实就要挨打挨饿，后来它脚受伤了，年岁也大了，戏班不想要它了，就低价把它卖到这里来了。

问题是，这里是干什么的呢？

几天后，他知道了，这里就是个人造的狩猎场。所有动物都被关在这里，只要有人肯付钱，就能拿着武器进来猎杀他们。

豹子很快就死了，一支箭射穿了它的心脏，毕竟它老了，脚又有残疾，连最拙劣的箭都躲不开。然后老虎、野猪和狼都没能幸免，有些没有死，但也只是拖着扎在身上的箭苟延残喘。

每天他都在嗖嗖飞过的利箭中幸存，但他不知道是不是每天都能这么幸运。

本能的恐惧在心中不断放大发酵，终于，他在一个深夜里，一鼓作气越过了高高的围墙，天知道哪里来的力量，之前他试过无数次都失败了。

然后就是不要命地奔跑，他根本不知道墙外是什么地方，只管在崎岖的山路与密集的荆棘里奔跑，去哪儿也不知道，反正离狩猎场越远越好。

他跑得灵魂都要出窍了，哪里看得清前方有个人，于是就这样冲了出去，把老尼姑撞得飞了起来，自己也骨碌碌滚到一旁，眼冒金星。

"哎呦，你这小虎崽好生鲁莽！"清亮的月色下，老尼姑坐在地上，摁着自己的腰。

"抱歉……我没看到你……"他脱口而出。

老尼姑一愣："小虎崽你会说话？"

他傻傻地点头。他跟谁都这样说话的呀，跟母亲和哥哥，跟狩猎场的同伴们，不过听得懂也愿意回应他的只有那只豹子。

老尼姑冲他招招手："你过来。"他看了看老尼姑，觉得这个人跟狩猎场的家伙很不一样，眉目祥和毫无杀气，他犹豫片刻，慢慢蹭了过去。

老尼姑摸了摸他的脑袋，笑问："你是你母亲的第三个孩子？"

他点头。

"我就说嘛。"老尼姑恍然大悟，"你是一只彪呀。"

"彪？"他不是很懂。

"母虎生的第三个孩子，就是彪啊，毛色有异，生而能立，通万物之言，天赋异禀，母虎常弃之。"尼姑耐心道，"说穿了，彪天生就是一种妖怪，虽是虎生，然并不算虎。难道你不觉得你跟你的母亲和哥哥们不一样？"

他有些沮丧："我知道。"

说着他又抬头，眼神有些迷茫："我是妖怪？"

"是。"她点头，"你打算去哪儿呢？"

"不知道。"他甩了甩头，"可能随便找一座山待着吧。"

"随我去有尘庵如何？"

"有尘庵是什么地方？"他有些后怕地问，"不要拿箭射我就行。"

"哈哈，刀枪剑戟我那儿都没有，只有佛像庵堂，山泉菜地，你在那儿替我守着菜园子，莫让附近的野猪猴儿来糟蹋就行。"

"管饭？"

"管……"

那就这么愉快地决定了吧！

他用最短的时间信任了这个慈眉善目的老尼姑，并且在之后的八十年时间里，与她师徒相称。

她虽说让他看守菜园，却也教他读书识字修习佛法，还常带他往有尘庵西边的山头上打坐调息，教他在晨昏交替之时往山花草树之间寻灵露饮下。

八十年，一人一妖的生活内容如上所述，没有丝毫改变。

老尼姑给了他名字，姓胡，名平安。

他问为啥要给他姓名，难道不该是赐他一个法号？

老尼姑笑着问他，你想出家？

他说，师父你不是说出家人最近神佛，最易到达极乐彼岸么？

老尼姑敲了他的头，说不是出家人才最近神佛，应该说，心怀慈悲，已是神佛。

他不是很懂，不过也无所谓了，出家看起来也挺麻烦，毕竟他是一只彪，要剃度的话，岂不是要把全身的毛都剃光？看起来会不会好丑？而且冬天一定会冷吧？

但这一天还是来了，不是剃度，而是他突然由一只彪变成了一个人。

少年的模样，五官以人类的标准来看算是英俊，可也足够把他吓个半死了。

磕完头烧完香，他稍微平静了一点儿，问师父为什么会发生这样的事。

师父只说，相由心生。

他挠头，自己的心里究竟"生"过什么？完全不知道啊。这八十年来，他只是一只在有尘庵里老实生活的妖怪罢了，没有做过什么特别的事，也没有奇怪的念头，有吃有喝有师父陪伴，还有山里各种各样的妖怪陪自己聊天说笑，他很满足了，能这样过一生就好了。

哦对，除了这些，他跟师父一样，但凡遇见被遗弃的幼兽或者受伤的动物，他都会把它们捡回来，一般治好了就放生，实在没有生活能力的就养下来。比如现在的瞎猫跟少了一条腿的狗，它们都不是妖，就只是普通的动物，在有尘庵里好多年了。

不光动物，妖怪他也捡过好些。有尘庵在这座深山的深处，师父说山深水灵多精怪，哪怕一花一叶得了机缘，也能成妖。这些年他见过石头妖、鸟妖、刺猬怪，甚至还见过一滴露水化成的精灵，他们每个都会说话，有的还会小妖术。鸟妖算是最见多识广的，她告诉他山外还有很大的一个世界，各种各样的人每天都在经历非常有趣的事情，但他始终不是很羡慕，有尘庵已经很好了啊。

之后的日子，他渐渐习惯了作为一个人的生活，依然看守着有尘庵的菜园，并照顾师父的起居。

他没有什么变化，但师父这些年好像老得越发厉害了。他认识她时，她就是个老尼姑了，近百年的时间过去了，时间好像在她身上走得特别缓慢。

瘸腿老狗最近也特别不好，不爱吃饭不爱动，师父说它的大限快到了。

他心里不舒服，每当看到救不活的动物跟妖怪时，他都会这样。

傍晚，打雷了，天气不好。

他给师父送了粥出来，又跑去看老狗，才发现老狗已经断气了。他难过了好一阵子，起身打算去找一件衣裳把老狗裹起来埋掉，然而还没走几步就停了下来，因为菜地边上传来了微弱的呼救声。他赶紧循声去看，果然在菜地里发现了一只青蛙，前肢不知为何折断了，不知怎么会出现在这里。

"疼啊，救我啊。"青蛙的肚子一鼓一鼓的，很痛苦的样子。

他赶紧把青蛙捧出来，飞快跑去找师父。

老尼姑看了看青蛙，摇摇头："这身子已然不中用了，救不回了。"

也不是第一次了，他们救过不少妖怪，救不活的也很多，最后师父只能一边给他们念经，一边看他变成一具尸体，有些小妖怪连尸体都留不下，只能化作一缕烟尘。

他捧着奄奄一息的青蛙怪，难过地说："师父，老狗死了。"

老尼姑点点头，说了声"阿弥陀佛"，又道："一会儿将他跟老狗埋在一处吧，好歹路上有个伴儿。"

"好。"他沮丧地退出了房间，临出门时，他又回头问，"师父，你也会死吗？"

老尼姑笑了笑，只说："平安，明天清晨，你到我们打坐的石台来找我。"

"哦。"他有点慌。

傍晚，他已经给老狗挖好了坑，青蛙怪躺在纸盒子里，气息越来越微弱。

"一个需要完好的身体，一个需要消失的灵魂……"他喃喃着，又怔怔看着老狗跟青蛙怪，不知怎的，心中似有什么东西突然敞亮了一下，导致他在一种无意识的状态下，本能地把青蛙捧在掌心，然后轻轻放到老狗的尸体上，而他并没有把手移开，依然捂在青蛙身上，一道暖流从他掌心流出，只见一道白光闪过，青蛙怪突然无影无踪，而早已断气的老狗却慢慢睁开了眼睛。

之后的事情就麻烦了，因为老狗不但活过来，还会说话了，声音却是青蛙怪的……

这只不知道是青蛙还是狗的家伙劈头盖脸就对他一顿臭骂，说怎么把他变成一只狗了！

他当然答不出来，并且感到委屈。

最后还是只能找师父，他跟蹦跳着前进的老狗一道站在了老尼姑面前。

老尼姑问明了事情原委，先是诧异，很快又释然了。她笑着对他说："彪最大的异常之处不在于它生来就有智慧会说话，每只彪最大的天赋，是拥有连它自己都意想不到的能力。看来平安你得到的天分很了不得啊，竟可以让重伤必死的妖怪在寻常生物的遗体上续命。"

"我……我不知道啊。"他很茫然，"我脑子当时一片空白，也不知为何就那样做了。"

"这就是你的天赋啊，一只出人意料的彪。"她笑着摸了摸他的头，继而又对那只青蛙狗说道："你应该好好谢谢他，如今你可以以一只狗的模样继续活下去了。"

青蛙狗气得直跳："我凭啥要谢他！我是青蛙怪诶！一只狗能活多久？我本来是妖怪啊！我的寿命比狗长得多！"

"妖怪又如何呢，如果不是他把你放到狗身上，你现在已经没有寿命了。"老尼姑笑，"能做到这件事的人可不多，能多活十来年，已是你命中额外的福分，何必还要抱怨。"

青蛙狗无法反驳，只重重哼了一声，一边蹦跳一边说："我不管！反正你们把我搞成这样的！我要吃好吃的！你们得天天给我捉虫子！我要吃最肥美的那种虫子！"

他被青蛙狗逗笑了。

两个本该长埋土中的家伙，用另一种方式继续着生命，而这种奇特的事情居然是他一手造成的……

第二天清晨，他如约去了有尘庵西边的山头，师父最喜欢带着他坐在那个背后有一条小瀑布的石台上打坐静修。

师父比他来得早，保持着打坐的姿态，眼睛也没有睁开。

"师父。"他喊了一声。

好一会儿，师父才开口道："平安啊，师父跟咱家的老狗一样，大限将到。"

他心里咯噔一下。

"来，坐在师父旁边，咱们跟以前一样，比比看谁先坐不住。"她微笑着看他。

他没说话，慢吞吞地挪了过去，盘腿坐下。

"平安，你我相识多少年了？"她问。

"一百二十一年。"

"好长的时间啊……为师一定要送你一份礼物。"

"师父……"

"别说话，静下心，听你身后的水声。"

他闭上嘴，遵从师父的命令，尽量让自己的世界只剩下身后那条飞流而下的瀑布。

哗啦哗啦的水声，忽远忽近……

他又看见了自己的出生地，看见了母亲与哥哥，甚至还有山下村落里那只被他偷喝了奶水的羊。是做梦吧，肯定是打坐时太无聊又睡着了，这种事也不是第一次发生了。

水声一直在耳边，时而又如人语呢喃，听不清在说什么，但就是有把他的灵魂往前拉扯的魔力。

他觉得自己是闭着眼的，但能看见好多东西，见过与没有见过的画面，不慌不忙地逐一印刻在他的脑中，不管过去多少内容，他都记得住。

"平安啊。"

"师父，我在哪儿？"

"看到了吧？"

"嗯，都看到了。"

"你今后的宿命，就拜托给你自己了。"

"师父，你去哪儿？你走了有尘庵就不是有尘庵了！"

"傻娃娃，佛还在呢。"

"师父！"

他猛然睁眼，倒抽了一口凉气，再往旁边师父坐的地方一看，老尼姑已然安详坐化。

他给师父重重磕了三个头。

如同当年他们猝不及防的相遇，今天的分离在情理之中，却也是意料之外。没有特别难受，就是觉得有尘庵以后都有名无实了，师父都没了，只剩下泥胎佛像，还有他这只一生都波澜不惊的妖怪。

他火化了老尼姑。

跳动的烈焰与漫天飞舞的火星里，他最后一次猜测老尼姑的真正身份。是妖怪吗？不像，不是说妖怪死去之后会化作原形或者一道青烟么？她既是原本的样子，那肯定是人类啊。可是身为人类，又怎么能活得比正常人都久呢？莫非她是天上的神仙？可神仙又怎么会老怎么会死呢？唉，想再多也得不出答案了，他索性不想了，老尼姑就是老尼姑，师父就是师父，她把没人要的自己捡了回去，给了他一百二十一年有家可归的日子，从相遇到分别，他都再没有被遗弃的黯然。

没有师父的第一天，他像往常一样去佛堂上香念经，打扫清洁，再去菜园浇水打理，顺便再听听青蛙狗喋喋不休的唠叨与抱怨。

只有他一个人的日子如细水流过。

十几年后，青蛙狗寿终正寝，他临死前终于没有再骂胡平安把自己变成了一只狗，他说当初自己是被一个农夫抓住，作为玩具送给了孩子，可孩子养了几天便失去了新鲜感，在不小心折断了他的前肢之后，便将他扔进了门前的河水里。他只是一只还没修炼过几天的最低级的青蛙怪，无法拯救自己的性命，更谈不上教训那个不懂事的孩子。在河水里他经历了此生最可怕的一段时间，死亡与疼痛紧紧攫住自己，更倒霉的是，一只飞鸟掠过，一下将他自水中叼走，幸好在飞鸟回到巢穴享用美餐之前，天起惊雷，受了惊吓的飞鸟一下松了口，他才侥幸落进那片菜地，但也就剩下了一口气。他最后对胡平安说的是，原来当一只狗比当青蛙好玩啊，这辈子多吃了十几年美味的虫子，在冬天的太阳里睡过懒觉，夏天的泥坑里撒过欢，也算值了，如老尼姑说的，这额外的时间，多谢你了。

胡平安愣了愣，然后眼睛有点红，不知是受到了真诚的感谢有点激动，还是因为最后一个在有尘庵陪伴他的家伙也要离开了。

青蛙狗死去的半年后，有尘庵被烧掉了。不是他干的，是两队兵戎相见的家伙。

平日里他偶尔会去山外购置些东西，听外头的人讲，皇帝与想取代他的人打起来了，人间最混乱的时候又到了，欲望与权力烧起的战火连远在山中的有尘庵都被牵连到，更遑论那些离战圈最近的地方了，杀戮与瘟疫，让好好的人间满目疮痍。

如果可以，他想跟师父一样。不是当尼姑，而是消减这世间被遗弃的痛苦难过与无依无靠。连行李都不必收拾了，他孑然一身，离开了只剩下焦木的有尘庵。

◉ 尾 ◉

灯光下，我重新打量着胡平安。

"你不该衰弱成现在这个样子。"我的视线落在他雪白的发丝上，"俗话说虎生三子必有一彪，但这话不完全对，彪一定是老虎一胎所生的第三个孩子，但不是所有的第三子都是彪，你们这种妖怪数量很少，天生体质强壮，且拥有各不相同的天赋。简单地说，你们本身就是赢在起跑线上的妖怪，别的家伙说不定修炼五百年都追不上你们。而你已经活了八百年以上，正常情况下，你今天怎么也该算是妖怪里的大咖，腾云驾雾吞海开山都不是难事。你干了什么把自己搞成这样？"

"他有这么厉害？"敖炽对我的话很是怀疑，"听你的口气，这小子如果照正常轨迹修炼下来的话，几乎可以跟我媲美了？"

"当然不能跟你媲美，是连你都不是他的对手。"我毫不客气地揭露真相。

"言重啦。"胡平安赶紧道，"我不知道其他的彪是什么样子，反正我是没有腾云驾雾的本事的。"

"但你有替妖怪借身续命的本领。"我直言，"这一点连许多大妖怪都办不到。"

我看着他的眼睛，突然道："你不仅仅是用了动物的身体，对不对？"

胡平安正要说话，床上的姑娘却皱起了眉头，迷迷糊糊地喊了一声："胡老师！"

胡平安赶紧过去握住她的手，轻声道："我在呢。胡小马，你听见了没有？"

怎么这里的人名字都这么随便……

姑娘缓缓睁开眼睛，一见胡平安，她眼中突然有了神采，猛地坐起来抓住胡平安的手："胡老师，你怎么还在这里？"

胡平安笑："我不在这里该在哪里？车底吗？"

"你还有心思开玩笑！"姑娘急了，"都已经三月了！"

"姑娘，虽然我不知道你为什么会中枪，但我们来的时候，有一整个车队的人在找你。"我忍不住开口道。

这时她才终于注意到房间里还有我们两个的存在，她将我们上下打量一番，又把视线锁定在我们放在墙角的旅行箱上，突然就变了脸色，她跳起来抓住我跟敖炽的手，不要命地朝外头拖，边拖边喊："出去！快出去！你们快出去！离胡老师越远越好！快走啊！走啊！"

她力气不够大，但气势是够的，像个歇斯底里的疯子。

"胡小马！"胡平安用从来没有过的严厉口气狠狠呵斥了一声，"你再闹下去，以后就不要喊我老师！"

姑娘愣了愣，手里渐渐没了力气，从我们身上滑落下去。

我跟敖炽互看一眼，但没有把我们的发现说出口。这姑娘身上有妖气，但隐藏在人气之中极不明显。我现在只是不确定是她不小心沾染到的，还是来自于她本身。

真有趣啊，我们以为走入了最市井最普通的地方，谁知妖怪还是无处不在呢。可能我跟敖炽就是这个命吧……

"你不愿跟她走，我不勉强。"胡平安走到她面前，目光重归温和，"但为什么弄成这样，枪伤是怎么回事？"

"她身边的人想杀我。"姑娘眼中有愤怒，"他们跟之前来找我的人不一样。被他们发现了行踪之后，我逃至荒地之中，他们就穷追不舍……这时恰好有路人经过，一个开拖拉机的大婶见我被人追赶，赶忙让我上了车，谁知他们追上来后不由分说便开了枪，大婶当场就……"

我心下一惊，抓住她的肩膀："你说之前有个大婶开拖拉机经过，救了你？那大婶是不是脸又圆又黑，身高比我矮一点？"

她点头。

"你说她死了？"敖炽的声音提高了一个调。

她点头。

我跟敖炽瞬间沉默。几个钟头前还有说有笑，把我们从车站接出来又送到菩萨峰来的大婶，说好了我们走时还要来接我们，怎么说没就没了！

虽然只有短短半天的相处，但对于一条人命如此迅速地消失，还在一个根本不该有这种伤害的地方，我跟敖炽心里绝对是不舒服的。

情景切换太快，白天还是小县城轻松一日游，晚上就成了荒野枪战歹徒杀人的荒唐事件，并且中间还牵扯到一只彪……

并且我至今也没弄明白为什么一本二十年前的日记里就有我跟敖炽的出现，还有日记里那句"葬我者也"究竟是什么意思，胡平安的故事讲得一点都不完整！

我重新把这个叫胡小马的姑娘细细打量了一番。除了五官比路人可爱，以及身上有淡淡的妖气之外，哪里都不突出，而且看她刚刚对我跟敖炽的冲动之举，应该也不是一个特别老练狡猾的家伙，这样一个人被一群人追杀，搞得我都不得不好奇整件事背后的因由了。

"胡小马，你确定那个大婶死了？"胡平安突然一脸严肃地问她。

她咬咬牙："子弹击中了她的头部，当场毙命。"

胡平安听了，深深叹了口气，低声道："这下可能有点麻烦了……"他转身走到柜子前，在一堆玻璃瓶里来回查看一番，最后将一个里头放着一条纸折的小鱼的瓶子拎了出来。

"既然都吵闹成这样了，想必今晚你们也是睡不着觉了。"他回头，淡定地看着我跟敖炽，"不如，帮我一个忙吧。"

"你想干什么？"敖炽不知道他葫芦里到底卖的什么药，"两袋饼干就想收买我们？"

"没有时间玩笑了。"他走到我们面前，"如果你们不想明早一出门就看到尸横遍野之景的话。"

不等我们细问，窗外突然传来一阵尖锐的鸟鸣，似雕鸣但又比雕的声音更尖细，隔着门窗都觉得这声音仿若锋利的钢针，密集地刺入耳中，竟微微有些疼痛。

紧接着就是砰砰砰的枪声，以及汽车马达的轰鸣，还有人们混乱的喊叫。

敖炽果断地熄灭了灯火，然后迅速走到窗前，将窗帘微微撩出一道缝隙，小心翼翼地观察着外头的情况。

经典图书产品

《龙族》系列 江南／著

| 龙族Ⅰ：24.80 元 |
| 龙族Ⅱ、Ⅲ上、Ⅲ中：29.80 元／本 |
| 龙族Ⅲ下：36.80 元 |
| 龙族Ⅳ：32.00 元 |
| 龙族Ⅳ（精装）：42.00 元 |

《哑舍》系列 玄色／著

| 哑舍：23.80 元 |
| 哑舍Ⅱ：25.00 元 |
| 哑舍Ⅲ：25.00 元 |
| 哑舍Ⅳ：25.00 元 |
| 哑舍Ⅴ：28.00 元 |

《浮生物语》系列 裟椤双树／著

| 浮生物语Ⅰ（新版）：39.80 元 |
| 浮生物语Ⅱ（新版）：42.80 元 |
| 浮生物语Ⅲ上：25.00 元 |
| 浮生物语Ⅲ下：26.80 元 |
| 浮生物语Ⅳ鱼门国王：31.80 元 |
| 浮生物语Ⅳ（下）天衣侯人：32.80 元 |

《青春奇妙物语》系列
两色风景／著

| 青春奇妙物语：25.00 元 |
| 青春奇妙物语Ⅱ：26.00 元 |
| 青春奇妙物语Ⅲ：26.00 元 |
| 青春奇妙物语Ⅳ：26.00 元 |
| 青春奇妙物语Ⅴ：35.00 元 |

《时间海》系列 原晓／著

| 时间海：25.00 元 |
| 时间海Ⅱ：26.80 元 |
| 时间海Ⅲ：32.00 元 |

《浮云半书》系列 李惟七／著

| 浮云半书：25.00 元 |
| 浮云半书Ⅱ：26.80 元 |
| 浮云半书Ⅲ：28.00 元 |

《半面妆》系列 萧十一狼／著

| 半面妆：25.80 元 |
| 半面妆Ⅱ：28.00 元 |

《饕餮记》系列 殷羽／著

| 饕餮记Ⅰ：29.80 元 |
| 饕餮记Ⅱ：28.00 元 |
| 饕餮记Ⅲ：36.00 元 |

《睡在我上下前后左右铺的兄弟》系列
两色风景／著

| 睡在我上下前后左右铺的兄弟：26.00 元 |
| 睡在我上下前后左右铺的兄弟Ⅱ：35.00 元 |

《白夜灵异事件簿》系列
凤魂／著

| 白夜灵异事件簿：23.80 元 |
| 白夜灵异事件簿Ⅱ、Ⅲ：25.00 元／本 |
| 白夜灵异事件簿Ⅳ：26.00 元 |

《七日约》系列 悠世／著

| 七日约：28.00 元 |
| 七日约Ⅱ：28.00 元 |

《法老的宠妃》系列 悠世／著

| 法老的宠妃Ⅰ：32.00 元 |
| 法老的宠妃Ⅱ：23.00 元 |
| 法老的宠妃Ⅲ：28.00 元 |

《河神计划》系列 由·得林洛斯／著

| 河神计划：28.00 元 |
| 河神计划Ⅱ：32.00 元 |

《蒙太奇谋杀案》 马洪湃／著

| 定价：36.00 元 |

《妖物2》橘花散里／著

| 定价：26.00 元 |

《哑舍大画集·贰》 玄色／著

| 定价：68.80 元 |

《禁区法则》奇露亚／著

| 定价：32.00 元 |

《永夜森林》夜森／著

| 定价：32.00 元 |

《飞花令》

| 定价：46.00 元 |

《诗词之美》

| 定价：49.80 元 |

金榜题名

Illustrated by 鹿茸
非卖品 · 随《浮生物语 · 伍（下）西海蜃海》附赠
知音动漫图书 · 新闻坊荣誉出品

平安是福

间前的水泥地上，发出咚咚的声音。

分不对。

了？”说着就伸手去撩窗帘。

吧？”

晚饭减肥的！”

眼朝外头一看。

他怕我吐。

一堆"零件"，我的意思是人类身

情况下基本看不出来了，只知道他

中扔下来，摔得惨不忍睹。

七八支强光手电在晃，光束都是指

亮无比，除了几片缓缓移动的云再

地飞了出来。

的玩意儿，晃动着一双又长又大的

量的话，这只妖怪应该很容易就能

儿，"想不到这种乡下地方居然藏着

怪早就存在于这附近的话，以这种

且。

第六章 【春葬】

世间许多妖怪之所以执着于修炼人形，并不是真正想当人，对它们来说，用妖怪漫长的生命去享受属于人类的繁华与爱欲，才是乐趣所在。

◉ 楔子 ◉

你们丢掉的，他捡起来。

◇ 壹 ◇

"虬鳍？"我不是很相信，目不转睛地望着游弋于夜空中的阴影，"这玩意儿若真是虬鳍，那可不止这一点面积。"

敖炽也不信："不要以为请我吃了两袋饼干就能肆意欺骗我，我可是亲眼见过虬鳍的，这种妖怪唯一的优势就是个子大，大到能吞山吃海，而且数量不多，很多年前应该就灭亡了。"

"你也说是'应该'灭亡了。"胡平安叹气，"它的确是虬鳍，只不过是一只不合格的虬鳍。"他看着手里的玻璃瓶，"希望你们现在不要急着追究这些，先帮我把它救回来再说吧。"

"救它？"敖炽看了看窗外那一地狼藉，"现在可是它在杀人。"

"此刻的它只剩下身为虬鳍的本能，所有被它视为障碍的东西都会被撕碎，在它造成更严重的后果前，一定要让它恢复本性。"胡平安走到门前，"靠我一个人，办不到。"

敖炽冷冷道："你要帮它恢复什么本性？看在饼干的分上，我可以考虑帮你宰了它。"

"不要！"胡平安断然道，"它与它的同类不一样，请留它一命。"

"此妖物的凶暴就摆在你我面前，你让我留它一命，是怕死的人还不够多么？"敖炽不耐烦道，眼中却已见杀气。

我知道他们东海龙族没少干杀妖屠魔的事，那些与这世界一同诞生的上古凶妖里，最少有三分之一灭绝于龙族之手，在部分人类的传说里，龙之所以被描述为凶残的生物，撇开他们之中的一部分败类不谈，究其根源还是他们在为这个世界清理"障碍"时，被不明真相的群众看见并误会成在残杀生灵，毕竟他们认识龙，但并不太认识善于蒙蔽人心的妖魔。这个锅，四海龙族几乎都背过。曾经还有那么一段时候，人间甚至掀起过以屠龙为荣的风潮，凡人、术师，在自身的无知以及居心叵测的妖魔的煽动下，都盼着自己的刀剑有刺穿龙心的一天。敖炽说，那会儿他们的日子也不太好过，毕竟杀那些作恶多端的妖魔可以不留余地酣畅淋漓，对付那些自以为是的人类却很不好把握分寸，下手重了有欺负弱小之嫌，轻了又起不到警告他们不要再胡闹挑衅的作用，总之搞得很麻烦，由此龙族也对那些造谣煽动在龙与人之间制造仇恨的妖魔怀着一颗不杀不快的心。而在如今的敖炽眼中，只要够了嗜杀这一条，此物便是眼中钉肉中刺，非杀不可，毕竟这家伙一贯是以暴制暴的画风……

胡平安显然也清楚地看到了敖炽眼中的不肯妥协，他叹了口气："你们欠它的人情，不还么？"

我跟敖炽俱是一愣："欠它人情？我们？"

他的手握到门把上："你们坐它的拖拉机来的。"

我跟敖炽对视一眼，脑子里瞬间炸出了愕然并巨大的问号。就算是我们两个，也很难在这么短的时间里把那个好脾气又接地气的大婶子，跟一只飞在天上并且撕碎活人的虬鳍联系在一起。何况，连胡小马身上那么微弱的妖气都过不了我们这一关，如果大婶是虬鳍这么大的妖怪，我跟敖炽怎么可能一路上毫无察觉？

"帮我吧。"他拉开门，出去前晃了晃手里的瓶子，"把这个送到它嘴里，并保证在一个时辰内不被它吐出来。"说罢，他又对全程一言不发，只拿无比担忧的目光锁定他的胡小马道："你留在屋子里，不许跟出来！"

胡小马咬紧嘴唇不说话。

不帮可能是不行了，看胡平安这个半死不活的鬼样子，怎么可能把玻璃瓶送到虬鳍的嘴里！

我短暂犹豫了一下，点点头。

敖炽愤而跺脚："吃个饼干就要帮忙做这么多事……"

◇ 贰 ◇

不知来历的车队已然到了学校门口，车灯与手电在学校门外晃成一片。车上的人依然不知死活地举着枪朝空中的虬鳍射击，也不知道他们在看到同伴的下场之后会不会还这么不依不饶。

空中已然被虬鳍霸占，虽然它已经比正常虬鳍小了太多，但对普通人而言依然是个庞然大物，此刻它正缓慢地在学校上空转圈。我看不到它的表情，更猜不到它的心思，以我对虬鳍这种大妖怪的了解，此物虽然被划到上古凶妖之中，但其实它本性算不得十恶不赦，至少跟暗这种阴险鬼祟的玩意儿相比，它顶多算个有体积没脑子的单细胞莽夫。

虬鳍生性懒散，以风霜雨露为食，大部分时间都在空中游走，但它们太懒，一旦在游走过程中遇到障碍物，不论是高山还是活物，它们选择的通过方式从不是绕道避让，而是用自己庞大的身躯撞出一条路，或者用锐利的牙齿把障碍物撕个粉碎，总之这就是一种懒到只愿按照自己的路线行进的妖怪，说它凶残也是凶残，但它只对障碍物凶残。至于它们飞累了想休息的话，那就更麻烦了，如今有句话叫"十个橘猫九个胖还有一个压垮炕"，用在虬鳍身上也没毛病，问题是虬鳍一旦落地休息，那就不是压垮炕那么简单了，这种巨大的妖怪每一次落地都是一场灾难，落到无人之地还好，若是恰好选中了有人烟的地方，呼啦一落下便是压死一片的节奏……但这种时候对虬鳍而言也是最危险的，普通人对它们只有惧怕，但一些对妖怪有见识的家伙就不太会放过这种机会了，他们会想出一切法子杀死虬鳍，只为取它们的皮。虬鳍皮做成的衣裳据说不惧水火兵刃，穿在身上可谓百毒不侵，是世间至宝，价值连城。但不管怎样，纵然这种妖怪并不主动攻击他人，也永远甩不掉骨子里带来的破坏性，被列为凶妖，虽说勉强，也不算污蔑……

这些人再这么攻击下去，很快就会被虬鳍视为障碍物统统扯碎的。

果不其然，不等我们出手制止，两个从车上跳下来的不知天高地厚的汉子，举着机枪边跑边朝虬鳍射击，还没跑出十步便被一股看不见的强大吸力扯向半空，一旦到了虬鳍嘴边，落到地上的"零件"只会又多出一大堆来。

虽然很烦这些非法持枪并且乱射一气的人，但我跟敖炽还是一飞而起，一人抓一个，拔河般硬是把这两个汉子从鬼门关前拽了回来。落地之后，两个家伙煞白着一张脸，倒是没喊也没叫，看得出还不算酒囊饭袋，起码是受过训练的硬汉子，但全身依然因为巨大的恐惧变得僵硬如石，坐在地上直愣愣地看着我跟敖炽。

可是，即便如此，枪声还在继续。

敖炽骂了声"蠢货"，嗖一下冲过去，整个人快成一道疾风，一圈下来，剩下的七八个汉子纷纷趔趄倒地，有的捂着肚子，有的捂着脸，手里的枪支全落在敖炽手里，被他呼啦一下扔出老远。

"还打？"敖炽停在那帮人面前，"你们觉得那玩意儿是枪能对付的么？你们这样只会更激怒它，更被它认为是必须要清理的障碍物！"

这时，有人从越野车的驾驶位上跳下来，先看了敖炽一眼，旋即冲他的人大吼一声："立刻撤离！"

我看过去，说话的人挺眼熟，似乎是白天来找我们问话的男人，只不过这会儿换了一身黑色皮衣，还戴了黑手套，一副执行特殊任务的派头。

地上的人听了，赶紧爬起来，连同刚刚被我们救下来的两个家伙，慌慌张张地退回了车上，轰鸣的马达声中，两辆越野车飞快离开。

但是，空中的虬鳍却突然朝越野车离开的方向加快速度游去，只见它大口一张，巨大的鳍同时用力绷直，一股超强的吸力直奔领头的那辆车而去，轻而易举便将其带离了地面。

那是那个男人的车。这可比对付刚刚那两个汉子的力气大多了，数吨重的越野车还没靠近虬鳍的嘴，便在半路上一分为二，铁皮零件四散而飞，里头的五个人随之落出，惊叫着被扯向虬鳍布满利齿的口中。

"这妖怪还没完了。"敖炽冷哼一声，腾身而起。

我旋即跟上去，但这次显然没上次那么容易，我跟敖炽使出大力气才把其中四人拽回地上，至于始终下不来的那个，就是领头的男人。我跟敖炽两个人拽住他，都无法把他从虬鳍制造的吸力中拯救出来，此刻空中的情形变作了一场真正靠实力的拔河大赛，男人悬在离虬鳍的嘴边不到三米的位置，我跟敖炽一个抱腰一个拽腿，竟隐隐有些不敌的感觉，若就这样僵持下去，不出半个钟头，只怕我跟敖炽都要陪他一起掉零件……

"塞到它肚子里！"下头传来胡平安的吼声。

亮晶晶的小玩意儿被用力抛上来，我险险接住了这个装着一条纸鱼的玻璃瓶，夜色里，有奇异的光斑在瓶子里游走。

也是因我松了一只手去接瓶子，虬鳍突然占了上风，竟一股脑儿将男人拖到嘴边，一口下去便断了他一条臂膀，敖炽见状，连忙将男子朝后一拉，我见虬鳍仍张着大嘴想来第二下，干脆踩着敖炽的肩膀朝前一跃，把玻璃瓶准准地丢进了它的嘴里，然后身子再往下一滑，狠狠一拳击在它的下巴上，硬是让它闭了嘴。

虬鳍吃了痛，闷哼一声，扭头要对付我时，整个身体已经被无数树枝紧紧缠住，尤其是它的嘴巴，更是多缠了几十圈。闭上嘴的虬鳍再无吸取他物的能力，趁着这间隙，敖炽拽住受伤的男人落了地，交给胡平安后又火速回到我身旁。我与他，一个骑在虬鳍背上控制数百根树枝，一个用尽全力以双臂箍住它的大嘴，任由它在空中翻滚乱蹿都不得半分机会挣脱。它见在空中不得逃脱，干脆急速下降，但我哪能让它得逞，与敖炽双双抓住树枝，用力朝上提起做缓冲，要知道当年我们连一架飞机都能轻拿轻放，一只虬鳍算什么。不但如此，落地之前敖炽还一脚踹过去让它改了落地的位置，成功降落在学校外头的空地上。

它显然已经没了力气，老老实实地趴在地上，在密集如网的树枝里用鼻孔喘着粗气。

见状，那些没有受伤的汉子们终于把自己的恐惧爆发出来，一个个飞快地跳回车上，也不管他们的头儿的死活，一去不回头。

敖炽看着远去的车辆，皱眉道："他们看见我们俩会飞了，应该灭口才是。"

"幸好刚才你忍住了没现原形，不然不用灭口，他们直接就吓死了。"我白他一眼，"你以为他们说别人就会信么？"

"我们说好了尽量不大剂量使用我们的力量嘛。不过我还是觉得应该灭口，哼！"

"那你去灭啊。"

"我吃饱了再去，现在肚子饿。"

正说着，胡平安快步走出来，身后跟着忧心忡忡的胡小马。"我把那个人安顿好了，失血有点多，但死不了。"他的眼角眉梢都挂着倦意，身上还沾着不少血。

我指了指虬鳍："瓶子在它嘴里，我们只能帮你到这儿了。"

"还是不可掉以轻心。"他神色凝重，"等上一个时辰才算平安无事。"

"一个时辰？"敖炽不耐烦道，"你要我们在这里干等上两个小时？"

"或许还要更久一些。"他点点头，"幸好此地偏僻，不会有人打扰我们。"

"可我不想陪着你在这个破地方对着一只大怪兽发呆啊！"敖炽一把扭住他，"你到底干了些什么？"

"莫要激动，坐下来歇歇吧。"他拉开敖炽的手，一屁股坐到土埂上，正好与虬鳍四目相对，他深深叹了口气，掰着自己的手指，边数边对它喃喃道："六十年了有没有？应该还是赚到了吧……"

胡小马站在他身旁，不敢打扰他，眼中深深的担忧化成了打转的眼泪，想流又流不出来。

◇ 叁 ◇

"喂！我好疼呀！好痒呀！"

他拎着一篮野果，从被一片山洪覆盖过的烂泥地前走过，装作没听见。

"喂！我要死啦！"

他继续走，目不斜视。

"我知道你听得见看得见！你没良心！没良心！没！良！心！"

他终于停下，扭头朝声音来处看去，泥地之下，露着一双亮晃晃的黑眼睛，不转动的话基本就跟泥土混为一体了。

"哈，终于肯听我说话啦！"它的眼睛比刚才更闪亮，"我可喊了你三天了！"

他的确在这座小县城的郊外来去三天了，为了找一种能入药的果子。他转身，对它道："你喊我又能如何呢？我又救不了你。"

"我不要你救。"它眨巴着眼睛，"我就是身上痒，想你帮我挠挠。"

他哭笑不得："你在泥巴下头，我怎么挠？"

"你跳上来踩踩就行。"

他只好放下篮子，小心翼翼地走到泥地上。

"往下……往左一点……再往右一点……对对对就这儿！"它指挥着。然后他便跟神经病一样在一个地方上蹿下跳，直到气喘吁吁才停下来。

"哎呀好舒服啊。"它心满意足，"休息一下继续踩。"

他累得一屁股坐下来，说："你到底是个什么妖怪？怎么把自己埋在这里？"

"我看人死了都要挖个坑埋了，我也要死了，所以先把自己埋起来啊。这块地好合适呀！"它一本正经道，"哦，我是一只虬鳍。"

"瞎说！"他看了看泥地的大小，断然道，"虬鳍可是上古凶妖，据说是能吞天食地的大家伙，就你这个体型，恐怕连虬鳍的一只翅膀都不及。而且虬鳍老早就灭绝了！"

"我妈当初也跟你想得一样，觉得我肯定不是虬鳍，即便我真是她生的。"它认真道，"我跟我哥我姐的身形差了太多。我跟他们一起在天上飞，风稍微大一点我就被吹飞了，我妈把我捡回来好几次之后终于烦了，有一天干脆带着我哥我姐飞走啦。我拼尽全力在后头追，但是怎么都追不上。然后，我的日子里就只剩下我一个啦。"

他微微皱眉："但你好歹还是一只虬鳍，怎落得这般境地？"

虬鳍不知道是不是叹了一口气，反正他觉得身下的泥土微微颤了一下。

天空下起了细如牛毛的小雨，他坐在空无一人的旷野里，静静听泥巴下的那只妖怪描述它的过往。

它说它大概有一千岁了，当初花了不少时间才接受自己被遗弃的事实，倒也不是很难过，就是心里空了一段时间，跟天空一样空。之后它主要的生活内容就是在天上飘，跟所有的虬鳍没两样，没有目的地，也没有刻意的行进方向，实在累了乏了就找个无人的山野荒地降落，睡一觉再回到天上。不过它没有遇山劈山遇海填海的本事，虬鳍所有的破坏力都只针对于它们的"障碍物"，不论是山河还是活物，通常它们都固执于自己的路线，一条直路走下去绝不转弯，但它不行，遇到一座小山也只能绕过去，还被挡住路的大黑鹰啄疼了脑袋落荒而逃。幸而食物是不短缺的，风霜雨雪随时都有，张张嘴就能吃饱。

偶尔它也会思考虬鳍这种妖怪存在的意义，但想来想去也没觉得有什么特别的意义，它们一生中大部分时间都在云层之上游走，偶尔被地上的人类看见，也多被误会成一朵乌云，几乎没什么天敌，除了吃就是东游西荡或者睡大觉。它在天上飘荡的这么些年，地面上的人们经历了无数场改朝换代沧海桑田，但它都毫无感受，只在偶尔一低头的时候，看见狼烟与战火在疮痍遍布的土地上跳跃。幸好，它是不怕火的。虬鳍的皮肤，水火不侵。

原本日子就该这么安稳无聊地过下去，但一切都在那个山火肆虐的夏天走向了另一个方向。

那应该是帝国的最后一个朝代，天下正是群雄割据外忧内患的混乱时期，但这跟它没关系。这一天，它趴在一座深山里的水潭旁，水潭已经干涸了，土地比别处都干燥，它喜欢肚子被一股热气贴住的感觉，准备睡三天再走。

但是起火了，这里太干燥，山火肆虐是家常便饭。火光与浓烟都不会打扰它，再凶悍的火焰都对它无计可施，连同浓烟一道，只能停在离它一尺之外的地方。

吵到他的，是人类惊恐的哭喊声。

那是个七八岁的女娃娃，紧靠着一棵树瘫坐在地，在渐渐逼近的火焰中哭喊。

天晓得这娃娃是从哪里冒出来的，它听得心中烦躁，尾巴一卷，把她扯到怀里，又将自己的身体蜷起，将她牢牢圈住。根本没有救人一命胜造七级浮屠之类的念头，它就是怕她再哭下去自己没法睡觉。

"别哭啦，烧不到你。"它扭头看了看被吓得大气都不敢出的女娃，"你再哭我就睡不了觉啦。"

女娃娃愣了愣，慌忙用手捂住了嘴。

世界清静了，它满意地闭上眼。

这场火烧到第二天傍晚才熄灭，空气里塞满了焦臭味。女娃娃从它怀里钻出来，撒腿就跑，但没跑几步又折返回来，从身上摸出一个野果子来，又在胸口上认真擦了擦，然后小心翼翼地放到它面前，这才一溜烟跑了。

从没人送过它东西，连个果子都没有。它一口把果子吞了，味道还可以。

第二天，她又来了，这回给了它两个果子。原本它是要离开的，可是又好奇她明天还会不会再来，是不是会给它带三个果子，所以它没走。

第三天她果然来了，不止拿了果子，还有几个圆乎乎的饼子。

"我不缺吃的啊。"它终于忍不住说道。

女娃娃站在离它老远的地方，怯怯地说："可我只有这些给你。"

"我不用你给我什么呀。"它觉得她好有趣。

"你是天上来的神兽么？"她小声问。

"我是妖怪。"它不需要对一个孩子撒谎。

她想了想，说："要是你早点来就好了，爹娘就不会被烧死了。"

它眨了眨眼，问："你没有爹娘？"

她点头，正要离开，又回头问："你会飞走么？我看到你有翅膀。"

"我再睡几天就走。"

她有些失望，默默离开了。

第四天，第五天，她都没有再来了。

它睡够了，其实早就睡够了。

然而在它打算离开时，水潭附近却空前地热闹起来。老老少少男男女女一帮人朝它涌过来。为首的是个中年男人，穿得怪模怪样，手里还握着一支雕成奇怪形状的木杖。

她就在人群之中，被一个村妇照看着。

它眨眨眼，不知道发生了什么，是不是要立刻飞走呢？

中年男人举起木杖，所有人立刻停止前进。他跟它对视片刻，突然跪下了，额头触到地面，说："见过虹鳍大人。"

它觉得有意思，问："你怎知我是虹鳍？"

"山花能捡回性命，全是您赐予的福分。"男人抬头道，"不瞒大人，我本是飞溪村的祭司，对神鬼妖魔之事多有留心，听山花说起她的奇遇，我便猜十有八九是您出手相助。"说着说着，他眼中竟然泛起了泪花，"我飞溪村常年受山火之苦，然村民生来便有怪疾，一旦背井离乡，便会身起红斑，痛痒难忍，药石无医。故而多年来我们明知此地不宜居住，却又不得离开。我身为祭司，不能破解飞溪村的厄运，也不能为村民分忧解难，实在心痛难忍。"

163 第六章
春葬

它又眨了眨眼："这跟我有关系？"

男人又把头贴到地上，说："我知虬鳍不惧水火，若能得您的皮肤，我便可制成辟火线，用此线绕村一周，以后山火再起，也伤不到村子。我此生都不敢想，竟有缘见到活生生的虬鳍大人。请您成全！我实在是没有法子了！"

它想了想，问："你在求我，把我的皮给你？"

他忙道："只需取一小张即可。"

"一块皮就能保护你们这么多人？"它其实不太相信，不是不相信这个男人会做出什么辟火线，而是不相信自己，毕竟它是一只不合格的虬鳍。

"是的！"男人的头都要磕破了，"请您成全！"

所有人都在他的带动下给它磕头，包括她，深山里只听到一片杂乱的咚咚声。

它看见她的额头都磕红了。哎呀，那就给他们吧，反正只是一小块皮而已。

晚上，祭司带着几个人来了，手里拿着明晃晃的银刀，还有药瓶。

它说，就取尾巴上的皮吧。

祭司千恩万谢，走到它身后，然后举着药瓶对它说，这是镇痛的药水，浇上去再下刀是没什么感觉的。确实没感觉，只是微微的麻。

当他们举着那一张三尺见方的皮欢天喜地离开时，它只觉得特别累，只想睡觉，回头看看自己的尾巴，少了一块皮的地方露出樱花般颜色的肉，没有血。应该不用多久就会长回来吧，它想着想着，沉沉睡去。睡醒了就可以走了，以后，他们不用再惧怕山火，她也不用哇哇大哭了。但是，好像总也睡不醒似的，它失去了辨别白天黑夜的能力，分不清此刻是现实还是梦里，周边一切都模糊摇摆。

隐隐地听到有人在说话。

"它是死了么？"

"活着呢。"

"干吗不杀了它，取皮更方便啊！"

"它只要还活着，被割掉的皮肤就会继续长出来！到时候咱们就能取到更多！只要天天来给它我的独门迷药，它就没有反抗之力。"

"还是祭司你想得周到！不过没想到世上真有这种妖怪，而且还这么蠢。妖怪也不是传说中那么厉害的东西嘛。"

"别说了，动手吧。"

背脊有点凉，有点疼，但是它动不了，身子软得像烂泥。

天知道过去了多久，头顶有隆隆的雷声，还有熟悉的哭声。有人把奇怪的草叶用力往它嘴里塞，边塞边哭："你醒一醒啊！不要再睡了！"

草叶好苦啊，还带着土腥味，吃下去想吐。然后它就真的吐了，吐完就舒服了，连眼睛也能勉强睁开。

她眼睛都哭肿了，跪在地上说："你快走吧！祭司不是要帮我们，我看见他把你的皮交给人带出村去，还听到他说要多少多少钱才能卖掉。"

它深吸了口气，慢慢回头看了看自己的身子，哇！差不多腰部以下都被扒光了……这要重新长起来得花不少时间吧。

"求你了，走吧！"她哭喊着。

"别哭啦，很吵呢。"它说，"我又不疼。"

她还是哭。

这时，有人举着火把过来，缭乱的火光在黑夜里分外惹人心烦。祭司带头，跟着他的男人们手里还拿着结实的网。

虽然身体不适，但还能飞起来，落在身上的网算什么，它咬下去便四分五裂。认识妖怪又会制作麻药的祭司算什么，它只是吸一口气，他便飞到空中，它什么都没做，没咬他没撕他，只是把他送到足够高的地方，再看他重重落下地去。不死也重伤吧，它看见他像烂泥一样掉在地上，七窍流血。

它越飞越高，炸雷不能阻止它，闪电也不能阻止它。它看见她的身影越来越小，最后消失在凌乱的夜色中。

有点不高兴，好好的一场相遇，却被搞坏了。

也是在这件事之后，它终于对人类有了一点基本的了解，他们之中会有人为了一张皮不择手段，也有人会用果子与眼泪来保护彼此间最简单干净的情谊，无关性别与年龄。不过，它觉得还是不要老往地上去了，还是天上飘着比较简单。

可问题还是来了，为啥被偷走的皮过了好久都没有重新长回来的迹象？几十年了吧……真的一点都没长回来，而它疲累的程度却一天赛过一天。

终于，飞不动了，掉下来了。

◇ 肆 ◇

"我只知虬鳍体积大，却不知它们的脑子跟体积成反比。"他深深叹了口气，"哪有人会同意别人来割自己的皮肉的！"

"随你怎么说吧。"它也不生气，"反正每次想到这件事，我居然觉得还挺高兴。"

165 第六章

春葬

"高兴什么？"

"如果你的一生都是在漫无目的的流浪中度过，没有爱恨喜怒，你说你会不会觉得这场经历让你的生命一下子丰富了起来，在活着的时候起码做了一些实在的事情。反正有没有这件事，我还是会死，只不过死得晚一点。"它若无其事道，"不过幸好遇到了你，你也知道我们这些没有修成人形的妖怪，临死之前身子多半就虚了，寻常人基本上看不见我们，我多怕最后的时间连个告别的人都找不到呀。"

"你跟我告别？"他无奈地笑，"我们才刚认识。"

"因为只有你看得见我啊，并且，你代表了我突然顿悟出来的理想。"它认真道。

他不解："理想？"

"我最遗憾的是没有在漫长的时间里好好修炼，像世间许多妖怪那样，会法术，成人形，把天地人间一切悲喜都经历一遭，说不定还能成个家，有儿有女，就算我的孩子再丑，我也要把他们带在身边。"它笑了笑，"可我把时间浪费了啊。"

"这就是你的遗言？"他问。

"是的。"

"好吧。那你作为一只妖怪，就在这里好好跟自己告别吧。"他起身，"我要回去了，我家离这儿挺远的，在一个叫菩萨峰的地方。"

"哦，那永别了。"

"永别了。"

夜风骤起，他挽着他的篮子在风声中走远，但方向，并不是家。

七天之后，一列火车在蜿蜒的铁道上从容前进。他坐在临窗的位置上，怀里抱着个女婴，女婴裹在花布褓褓中，圆睁着一双大眼睛。

"乖乖的，别说话。不然会被扔出去的哦。"他笑着逗弄着婴儿，而孩子却皱起眉头，把脸扭到一旁。

坐在对面的妇女见状，顺口道："这是你闺女？"

他笑着点点头。

"哦哟，真是看不出来哪，这么年轻就当爸爸啦。"妇女哈哈笑着，"这是带孩子去哪儿啊？"

他笑："回老家。"说完，他又拿手指轻挠着孩子的小脸，宠溺地说："以后我们在老家好好过日子。"

可孩子的眉头却皱得更紧了，一点面子都不给他。

"睡一会儿吧，睡醒就到家了。"他轻轻拍着孩子的背，似模似样地哼起了摇篮曲。

◇ 伍 ◇

往菩萨峰的山路上，他手里拎着行李，背上背着孩子，不慌不忙地往家走。

"为什么要把我塞到这个身体里？"背上的孩子奶声奶气地吼着，"我是虬鳍诶！而且我觉得我是雄性！为啥要变成一个女娃娃？"

他淡淡道："你以为满世界都是尸体可以供我随便挑选么？能寻到现在这个已经是天大的好运了。"

"可我不想当个女娃娃啊！"

"以后你会习惯的。"他笑笑，"忘了你是虬鳍这件事吧，以后你就是芸芸众生中最普通的一个人类孩子。"

"你都不经我同意就把我……"

"就当我胡来吧。"他打断它，"反正我姓胡。"

这么多年来，他走过许多地方，见过不少妖怪，强壮的，虚弱的，善良的，凶狠的，以及快死的。虽然已经告诫过自己无数次，各有各命，生死不过寻常事，但总还是做不到。总有那么一些妖怪，他无法眼睁睁地看它们从孤独的开头走到孤独的结尾，它们本性非恶，一生却未得多少善待，连死亡都是孤苦伶仃。既然他有身为一只彪的天赋，那么他还是愿意为这些家伙做一些事情。战乱之时，要寻一具合适的身体给将死的妖怪，不是太难，但战乱平息之后，就不是太容易了。这次真的是它运气好，他在附近的县城里转悠寻找合适的身体时，有人从河水里捞起了这个女娃，赤条条的一个小东西，早已经没了呼吸。有人对此很麻木，觉得河里冲下来任何东西都不稀奇，哪怕是死去的人；有人很愤怒，说定是见这孩子是女娃故意给扔了；有人很惋惜，说也许只是父母大意，不小心造成了祸端，但不论真正的原因为何，也改变不了这孩子已被抛弃得彻彻底底的事实。

他站出来，说稚子无辜太可怜，主动要求把孩子带去埋掉，只当是积德行善。

有人处理自然最好，这座荒僻的小县城里，大多数人更关心的是自己明天能不能吃上饭，对于一具无名的小尸体，实在分不了更多的关注。

他抱着孩子，回到安稳等死的它面前。它完全不知他想干什么，只看见他把孩子放到自己身上，然后他寻着它的头颅所在，覆上了自己的手掌。再然后，它什么都不知道了，只觉得身体变得特别轻，特别小，好像被一股力量压缩成一团，然后嗖一下飞出老远。再醒过来时，它已然身在这个小小的躯体里，身体发肤与活人无异，明明之前见到这小娃时，她的躯体已经失去了生命的迹象，苍白僵硬，甚至有了腐烂的迹象。

"你……你……"它说话的声音都变得奶声奶气，"你怎么做到的？"

"一种天赋。"他抱起它，现在应该是"她"了，用一块花布细细裹起来，"跟我回老家吧，那里的生活应该还可以。不过一路上你可千万别说话，不然我们被抓去做研究会好麻烦的。"

它根本说不出话，这种巨大的改变把它吓得连嘴巴都张不开。不是说妖怪要修炼好多年才能成人形么，怎么这个家伙如此容易就帮它办到了？他是人是妖还是神？只怪自己已经失去了分辨气息的能力。于是它只好老老实实躺在他怀里，一路上盯着他，几乎被自己满腹的疑问淹死。

"这里叫菩萨峰，我在这里有一所学校。"长途跋涉的最后一部分，他拐上一条山花烂漫的小路，指着前方隐隐可见的房舍，"附近人家的孩子都可以来我这里，我教他们念书识字。我在这里住了好几百年，为了不让人看出端倪，每过一二十年我就换一副模样，有时丑，有时俊，有时老点有时年轻点。"

"你真厉害。"它说，"你这种天赋，别的妖怪一辈子都修不来。"

他笑笑没答话。

"所以你把我带回去之后呢，把我当女儿养起来？"它的口气比之前好了不少，尤其在吃过他喂给它的牛奶与糖水之后，它觉得人类的舌头跟妖怪很不一样，吃起东西来会有各种美妙奇特的滋味。

"是要养大你啊，但不是我。"

"啥意思？"

他不再回答，稍微加快了步伐，终于在夕阳消失之前走回了这所简陋的学校。

◇ 陆 ◇

学校里有十几个孩子，都是七八九岁的样子，一口一个胡老师地喊他。

其中几个小丫头还举着糖块来逗它，边逗边问："胡老师，这是谁家的孩子呀？你离开学校这么多天都去哪里啦？外头好玩吗？"

"亲戚家的孩子，托我照管一段时间。"他笑眯眯地回答，然后指着堆在桌上的新书跟文具说，"老师不是出去玩，是去给你们采买药品和书本文具啊。"

孩子们欢呼起来，纷纷跑过去拿书拿笔，迫不及待地看起来写起来。

对于一群生活在如此闭塞的山乡的孩子而言，胡老师每次从外头带回来的东西都是他们爱不释手的宝贝，不管是书还是零食，甚至一支笔、一个放大镜，都是顶珍贵稀奇的东西。他喜欢这些孩子，不收钱教他们读书识字也不打紧。但曾有那么一段时间，他对这个地方却喜欢不起来。

离开有尘庵后，他游走四方，最后选了菩萨峰当落脚点，最重要的原因并不仅仅是此地山水秀丽适宜长居，还因为此地"冤魂不息"。

数百年前，菩萨峰下栖居的是一群不知道算哪一族的人类，连他们自己都不大说得上来，族里的老人不懂任何现下的文字，只在石板上刻下奇怪的符号记录日常，年轻后生们稍微好些，起码愿意走出来，去临近的镇子里做买卖学知识。

他记得那会儿他们的族徽就是一个圆圈里加了旁人不认识的怪图案，本族人都管这个图案叫"赫鲁乎"，他总是记不住这称呼，索性就叫他们圈圈族。

圈圈族的人虽然看起来粗壮野蛮，但对于他这个在他们势力范围附近修房定居的外来人，还是友好的。说起来他的教师生涯算是从这里开始的，圈圈族的孩子大多不读书，打小就要帮大人们狩猎干农活，他的出现对孩子们来说是新奇的，尤其是他还看过那么多他们没见过的世界，知道那么多有趣的事跟人，最重要的是他脾气好，就算捉弄他他也不生气，还是笑眯眯地把孩子们聚在一起，给他们讲故事，教他们写字画画。

不过，他并不是第一个跟圈圈族和平共处的人，还有一个比他来得更早的家伙，住在菩萨峰上的山洞里，那是个懂医术的老头子，名声不错，常有人慕名来求医问药，甚至有传他是个仙家。

他去老头子的山洞拜访，彼此刚一见面便了然了对方的底细，哪里是什么神仙，就是一只修炼多年的老狐狸罢了。

老狐狸见了他，嗅了嗅鼻子，便说似虎非虎，莫非是一只彪？

然后两人都爽快地承认了彼此的身份。

他曾奇怪地问老狐狸，狐妖化人不是美女便是俊男，偏你是个大小眼歪嘴巴的丑老头，故意这般低调？老狐狸却委屈地说，不是自己不想美，是天资有限，谁让自己是只绡狐呢，就算再修炼一万年，也还是只能顶着一副丑模样。但无所谓嘛，模样不影响吃喝玩耍，尤其狐到老年，只要有清风明月，小酒小菜，心情就足够好啦。

他表示赞同，都说绡狐天生心地豁达善良，面貌虽丑，却乃狐妖中的君子，跟这样的妖怪相处通常会比较愉快。

之后的日子，他经常会带点酒菜给老狐狸送去，老狐狸得了好酒，也会到山脚下来找他共饮。

日子大多数时候就这么风轻云淡地过去了，直到他在一个喝多了的夜里，迷迷糊糊闯进一片被圈圈族人视为"禁地"的树林，那片树林的位置其实不偏僻，但树林外头被他们用大大小小的石块垒成了一座迷宫。

他知道这个禁地的存在，听说是族里的长老们布置的，普通人一走进去就会从另一边走出来，根本无法到达最里层，是个有神力保护的地方。他虽不相信有这么神奇，但出于对邻居们的尊重，人家既然说是禁地，那就不要去乱闯了。

但那晚，他确实是喝多了，都怪老狐狸弄来的桂花酒滋味太好，忍不住喝了两壶。

他在错综复杂的石头路之间乱走，没一会儿便突破了这片神秘的"禁地"。

一排高高的老树在他迷离的醉眼里摇晃，什么嘛，不就是一片小树林，这也值得叫禁地？不过那些是什么？好像是布包？为啥挂在树上摇摇摆摆？他借着酒意爬到树上，把其中一个沉甸甸的布包拽了下来。

把布包打开，朝里一看，顿时酒醒了一大半，竟是个刚出生的女婴，看样子已死去多日。

他抬头，还有两个布包在树枝上，他一一解下来，一个是女婴，另一个是半岁多的男娃，似是天生没有双脚。

此刻他一点醉意都没了。

这件事，终于引发了他跟圈圈族之间最大的一次冲突。

他去质问他们禁地里究竟发生了什么。

圈圈族也很愤怒，说他破坏了孩子们的灵魂飞升到天界的道路。他们的族例历来是男为贵女为轻，全为贵残为轻，为了保证整个部族有最好的"繁衍发展"的机会，他们会照规矩"处理"掉多余的女婴和身体有残疾的幼童。之所以把他们的遗骸挂在树上七天再埋葬，是为了让他们的灵魂顺利升天。如今被你破坏，不但灵魂不得安息，连你也会受到惩罚！

他们说得振振有词，他脑中却只听得嗡嗡的乱叫，好多年都没有这样愤怒过，怒火烧在心里，反而让他越发沉默下来。

他们以为他是被他们的气势吓到说不出话了，连推带搡地把他赶了出来，还命令族里的孩子们以后都不许去他那里念书识字，说他就是圈圈族的"不祥之物"。

那天，他不记得自己是怎么离开他们的村落的，只记得下了好大的雨，但心头那一簇火怎么都熄灭不了。

他去找老狐狸，老狐狸摇头叹气，说扔掉包袱是一种本能，但总有一部分人，习惯把有血有肉有命的活物也算作包袱，而这样残忍的抛弃只怕并不止在菩萨峰发生过。

他说不能再这样。老狐狸说这是山下那些人根深蒂固的思想与习惯，想改变太难，何况他们一直如此理直气壮。

他想了想，说，那就用另一个法子跟他们聊聊吧。

于是，某一个深夜，圈圈族的村落里突然混乱起来，夹杂着惊恐的尖叫。几十具白骨与尚未完全变成白骨的遗骸，从禁地里爬出来，回到了曾经决定他们命运的"家"，站在那些曾经的亲人面前，用一双双漆黑空茫的眼洞，看着他们跪在地上鬼哭狼嚎。

　　连一贯稳如泰山的长老们都吓得面如土色，在空气中画着无用的符咒，嘴里念叨着不许靠近之类的话。

　　一具白骨说了话："毁我性命者，余生无安宁。"

　　所有人抖如筛糠，包括握着武器的壮年男子，也面面相觑不敢上前。

　　"大胆妖孽！"老狐狸突然从天而降，一把符纸撒出去，"还不速速退散！"

　　白骨遗骸顿时失了支柱，哗啦啦散了一地。

　　众人如见救星，连声喊老神仙救命。老狐狸一本正经地走到长老们面前，只小声说道："这般的事，只怕以后不可再做了，否则冤魂不息，只会越闹越厉害。我算出你们今日有难，看在老邻居的分上帮你解一次劫数，若再重蹈覆辙，只怕神仙也救不了你们。"

　　长老们目瞪口呆。

　　"好自为之。"老狐狸拍拍一位长老的肩膀，扬长而去。整个村落的人，都呆呆地看着一地白骨，有人一脸麻木，有人哭出声来。

　　山坡上，他微微喘着气，坐在一块青石上歇息。

　　"有这么费劲么？"老狐狸站在他身后笑，"傀儡操纵之术可是妖术之中最简单的，看你年岁也不小了，怎的好像从不修炼？"

　　他苦笑："我连这人身都不是修炼出来的，只是一夕之间的机缘罢了。对妖术，我从未刻意修习。"

　　"一夕之间就能得到别的妖怪苦修多年才能得到的人形，你真是要羡慕死同类。"老狐狸坐下来，山风吹动他的白胡子，"希望你的法子有用。"

　　他低头看着山下村落中繁乱的灯火，缓缓道："刚刚才看到这世界，便被否决了未来，也是可怜。"

　　老狐狸听罢，拍拍他的肩膀："喝酒去吧。"

　　之后十年，菩萨峰下再无冤魂。对某些人或者"习惯"而言，惧怕比劝告来得有效。

　　老狐狸也在十年之后死了，没病，纯粹是老死的。妖怪的生命比人长，但从不是无限长。临死前，老狐狸对他说，死了就死了，千万不要把他的天赋用在自己的身上。

　　他问为什么，其实你愿意的话，还能再活几十年。

　　老狐狸说，此生幸运，未有憾事，你的天赋还是留给别人吧。然后，老狐狸就幸福地咽气了，身体化成了一块透明的石头。

埋了老狐狸，又不知过去了几十几百年，菩萨峰下的人越来越少，曾经的圈圈族越来越不兴旺，最终不知在哪个时候全部迁走了，曾经的禁地也荒废成一片普通的树林。

他还是留了下来，守着学校与四季，以及时多时少的来自附近乡村的学生们，然后保持着一年至少有三分之一到一半的时间在外游荡的习惯。

不知道从哪一年开始，他回来时总会带一个或者几个玻璃瓶子，里头装着用彩纸叠成的各种玩意儿。所有的瓶子都规规矩矩地摆放在他的卧室里，亮晶晶的，好看得很。

在他的学校里，什么都可以碰可以玩，就是不可以玩这些瓶子。

有孩子问过他为啥要把折纸放在瓶子里，他说那是一种保护。

◇ 柒 ◇

"你跟我讲这些干吗？那个圈圈族真的没有再做同样的事了？" 它躺在床上，身上盖着小花被子。

"是你说睡不着要我讲个故事哄你啊。他们有没有再做同样的事我不知道，他们后来都搬走了啊。" 他笑着拍拍它，"很晚了，该睡了。"

它扭头看着柜子上那些在灯光下闪亮的瓶子，又说："那些瓶子好好看啊，明天给我玩玩。"

"你以后有很多时间可以玩。" 他笑，"睡吧。"

老式的时钟在一旁滴滴答答，窗外的世界夜深人静。它终于沉沉睡去。

他看着那张属于人类的小脸，笑了笑，伸出手去覆在对方的额头上，闭上眼默默念起了咒文。

一团彩光渐渐在他掌下亮起，水流般旋绕不止，最后被他一把握在手里，再摊开手时，掌心里只得一条纸叠成的小鱼。

他长长吁了口气，脸色比刚才苍白了一些，休息了片刻才起身，从柜子里取出一个空瓶子，把纸鱼放进去，又用手指在瓶子上画了几笔，吹了口气，最后把瓶子轻轻放到柜子上。做妥这一切后，他走过去给自己倒了一杯热水，慢慢喝下去，脸色这才稍微好看了一些。

一只白蝴蝶从房间内不起眼的角落里飞出来，落在他的肩膀上。

"你躲起来做什么？" 他笑问，手指轻轻点了点它的翅膀。

蝴蝶轻轻扇了扇翅膀，也不飞走，就静静停在他身上。

"这次走得稍微久了一些，家里应该没发生什么事吧？" 他问。

"没事……"蝴蝶开口说话，声音软软细细，像个小姑娘。

"那就好。"他见蝴蝶总向床那边看，又道，"是一只虬鳍。"

"哦……"蝴蝶说，"你也累了，休息吧。"说罢，它飞出了窗外，经过的地方，所有灯火都熄灭了。

想来，它也只有替他关灯这一个本事了，毕竟只是一只刚刚开始修行的蝴蝶妖。

菩萨峰人不多，小妖小怪却始终都有。蝴蝶是前年被他从屋檐下的蛛网里救下来的，只怪它自不量力，以为在菩萨峰吸了十几年天地灵气就脱胎换骨力大无穷，谁知还是连一张蛛网都挣脱不了。

被救下来时，它还有点气愤，觉得受到了侮辱，脱口而出道："你还不如让我被蜘蛛吃掉算了！修炼了十几年连蜘蛛都对付不了！"

他听到它细小的声音，哈哈大笑，说蝴蝶应该与鲜花春风为伴，何必强迫自己成一介武夫跟蜘蛛过不去呢。

它吓了一跳，说："你能听到我的话？你是妖怪？"

他笑道："我是一只疏于修炼的妖怪，以后，你愿意的话就常来我这里玩吧。"

于是蝴蝶成了他家的常客，最后干脆住下来不走了，每天除了修炼就是看他教孩子们念书，夜深之时，它还喜欢停在他的书桌前，看他在一个本子上写写画画。

"这些是什么？"它落在翻开的本子上，那里有文字有图画。

他指着纸上的图案一一道："这是我以前住的地方，叫有尘庵。这个光头是我的师父，她是个老尼姑。"

"你弄这些做什么？"它不解。

"闲来无事。"他笑，"而且，我想看看一生有多长。"

蝴蝶还是不理解，无趣地飞走了。

这几年，他可以无所顾忌地说起过去，也只能在蝴蝶面前了。

翌日，他是被哇哇的哭声吵醒的。

床上的家伙，跟所有普通人类的婴儿一样，使劲哭喊着，直到喝了一碗米糊之后才安静下来，滴溜溜地转动着眼珠望着他，时不时咯咯地笑。

他把它抱起来，准确地说，现在已经是真正的"她"了，以后世上再没有那只颠沛流离的虬鳍，只有一个连名字都还没有的奶娃娃。

他给她洗了个澡，换上一身干净的衣裳。两天之后，抱着她出了门。一直走了几十里地，他停在一户农家门口，憨直的女主人老早就等候在门口，喜不自禁地从他手里接过孩子。

"这孩子自小就被父母抛弃了，身子倒是健康的，以后就拜托给你们了。"他摸了摸孩子的脸蛋，"如果可以的话，永远不要让她知道自己不是你们亲生的孩子。"

"胡先生你放心，这件事我跟娃她爹都烂在肚里一辈子！"女人斩钉截铁道，"这些年我们一直无儿无女，一定把她当宝贝照顾。"

"那就好。告辞了。"他转身，头也不回地离开。身后，只听到娃娃一阵啼哭。

他松了口气，加快步伐，我为妖，你为人，从此相见不相识。

每次的分别，他的心里都说这句话。

只是，八年之后，她又回来了。

这一年，他已经是一个中年男人的模样，鼻梁上架着一副圆眼镜，他故意的，青春永驻的容貌并不适合人类，即便是假装的人类。

把她送来的妇人比当年老了瘦了，嗓门还是跟从前一样大，一看见他就拍大腿道："哎唷胡先生啊，教学生可操心吧？您还不到四十吧，咋就长白头发了啊！"

他哈哈一笑："确实操心，比不得您哪，还是这么年轻。"

"年轻个啥啊，都三个娃的老嫂子啦！"她很是受用，笑得眼角的皱纹都散开了。

他吃惊道："三个娃？"

"是啊。"她把女儿拉过来，往他面前一塞，"带弟，叫胡老师！以后就拜托他教你读书识字了！"

小姑娘歪着脑袋瞅了他半响，才拖长了声音喊了声："胡老师好！"

"好好。"他笑着摸了摸她的头，"明天早上来上课吧。"

"行！"小丫头年纪不大，却透着一股子爽利劲儿，算是招人喜欢的那一挂。

母女俩临走前，他送她们一截，趁着小丫头在前头追蝴蝶，他低声对妇人道："当年您不是说不能生育么？"

妇人拉住他的手使劲拍了拍："是这么回事，村里的大夫也这么说。可多半是因为有了这个女儿，带了运气来，我没几年就连生了两个儿子！"

"这样啊……"他若有所思地点点头。

"胡先生啊，我知道你在想啥。"妇人道，"你放一百二十个心，她就是我的亲闺女，她爹不要她来念书，我要她来。反正有我一口饭就饿不着她。"

他笑笑："我信您。"

从此，她成了他的学生之一，虽然这份师徒之缘只持续了三年，妇人病逝之后，她也断了学业。而他所能做的，也只是在她最后一次来上课时，把能送她的书跟笔都送给她，叮嘱她以后不论日子多么艰难，都要好好活着。

只能到这里了，不能再往前了，一如十一年前一样，他把她从一个世界永远送到了另一个世界，这条分界线便永远刻下了，她是人类，就不该跟妖怪再有任何多余的牵扯。

她很懂事，说知道了。

往后的几十年证明，她确实"知道了"，从小姑娘到大姑娘，到为人妻为人母，她的生活平凡而圆满。

这是他最想看到的未来。

学校的校舍修了又修，学生们来来去去，人数是一年比一年少了，时间越往后，人们离菩萨峰这样的山野之地越远，繁华的城市变成了许多人最大的向往。

一直留下来的只有蝴蝶，几十年下来，它修炼得还是不算太好，大概是天资不够，如今顶多能勉强变成一个半透明的人形轮廓，在他面前不甘心地扭来扭去。他劝了蝴蝶好几次，能飞能看能说话已是一只很不错的蝶妖，何苦非要纠结于人形。

蝴蝶说他站着说话不腰疼，自己不费吹灰之力就得了人形，说起旁人来自然不痛不痒。

他笑说它嘴皮子厉害，以后再不说它，由得它终日气呼呼地在天地日月间折腾，为吸一丁点灵气费尽心思。

他的"日记本"也越来越多，每每放下笔时，他总不由自主地感慨，原来一生还是挺长的，经历的事那么多，遇到的人也那么多。

蝴蝶对他记日记的习惯总是表现得嗤之以鼻，说这是便宜了那些卖本子的家伙，可以无休无止地卖本子给他。

他却说不是这样的，然后指着堆放在另一边的一摞空本子道："写完那些就差不多了。"

"啥叫差不多了？"蝴蝶不解。

"就是到头了啊。"他笑，"好了，又快到晨昏交界的时候，你该去吸天地灵气了。"

蝴蝶哼了一声，急急忙忙地飞走了。

夕阳之下，他独立窗前，外头的景色多年来并无彻底的改变，只是空气不如从前好了，树木枯死得多了，河水也不及过去清亮。这所学校修补了无数次，他也换过好多次模样，有时是胡老师，有时是李老师。学生们来来去去，有的一去不回，有的惦记着他授业解惑的恩，偶尔回来看他，帮他教一教新来的孩子们，顺便带来外头世事变迁的消息。

但不管这世界如何更替改变，他的岁月依然如故，他老早就想好了，到离开的那天，他也要跟老狐狸一样，把自己埋在这里。他喜欢这里的朴素与安定，不论走到哪里，总有个地方可以让你回去，这大概就是家了。

只是最近的菩萨峰有点吵，有一队不知道从哪里来的人马，在附近大张旗鼓地挖地基盖厂房，几百号人天天热火朝天地抢着工具。

他好奇地去围观过，这群人里大部分都还特别年轻，十七八岁的年纪，他们说按照上级指示，要在菩萨峰建一座发电厂，改变当地人民用电困难的局面。

虽然有点吵，但他觉得这是好事，起码以后不会三天两头停电了。可遗憾的是，发电厂最终没有建成，被挖开的土地与砍掉的树木却再无人问津，原本好好的一片山野之景，突然就成了被遗弃的世界。

外乡的人们一批一批离开，最终走光了。但有一天，她却拎着简单的行李回来了，一副不敢声张偷偷摸摸的样子，然后独自住在简陋的工棚里。

他对她有些印象，因为在那一群年轻人当中，她长得最秀气漂亮，雪白的皮肤怎么都晒不黑，他听到别人喊她小雪，也是人如其名了。

有一回她来管他借蜡烛，说工棚里的灯泡坏了，她又不会修。他把蜡烛给她，随口问："你的朋友们都走了呀？怎么你还回来呢？"

她支支吾吾地点点头，也不多说什么。

天气越来越冷，他有时候会在近乎干涸的河边看见她拎着一个桶，费力地从水洼里打水，然后，他发现她似乎是怀孕了，肚子一天比一天大。

最冷的那天，菩萨峰下起了大雪，他有些不放心，让蝴蝶飞去工棚那边瞅瞅。

蝴蝶回来说那女人躺在床上，脸通红，说胡话。

他赶忙过去，把高烧的她从漏风的工棚里抱回学校，弄了退烧的草药给她，又仔细照顾了两天两夜，她才算是清醒过来。

"你这样很危险。"他把煮好的粥一勺一勺地喂她吃下去，"那工棚不能再住了，一尸两命可不好玩。"

她默默地吃着，眼睛却一直盯着窗外的雪花。

"为啥要这样啊？"他不解，"这种时候你应该在丈夫或者父母亲朋身边才是。"

"我还没嫁人。"她终于开口，"他说等说服了家里人就来接我。"可从夏天等到冬天，那个人也没有再回来。

"他不回来，你也该回自己家里呀。"他说，"你这样不声不响地躲在这里又何苦呢？"

她抱紧被子，摇摇头："不能回去，至少现在不能。我父母都是循规蹈矩的人，从小对我管教极严格，我这样回去，他们会气死。"

他想了想，又道："那你作何打算？若要我帮忙找某人，也可以。"

"不要了。"她苦笑，"要回来的话，早回来了。"

"好吧，那你就暂住在学校。以后的事……再说吧。"

"谢谢你，小胡老师。"

他能做的，也只是给她一处容身的地方。

当又一场大雪落下来时，小雪生了一个女儿。

他接生的，实在是没有法子，没人能帮手，大雪封了山路，想去最近的村子都不可能。幸好母女平安。

他抱着那个比猫还小的女娃娃，觉得她小得都快化在自己怀里了。不知怎的，对着这个孩子，他比小雪还高兴。而初为人母的小雪只是潦草地看了孩子一眼，便扭过头去不再说话了，连喂奶都很勉强，抱着孩子总一副魂不守舍的模样。

他把学校里储存的所有能吃的东西都拿出来煮给小雪吃，说妈妈身体好孩子才能好。孩子只要一哭，他抱着比小雪管用，有时候蝴蝶也会偷偷过来，落在孩子脑袋上东看西看。

他对小雪说，孩子长得可真漂亮，像你。小雪笑了笑，眼里却只装着窗外零星的雪花。

孩子满月之后，小雪跟他告辞，说要回千里之外的另一座城市了，希望能得到父母的谅解。他说这样是对的，还把身上所有的钱都给了小雪，临别时还把一根红绳子系在孩子的手腕上，说可以保平安。

"这些日子多谢你。"小雪给他深深鞠了一躬。

"你还没给孩子起名字呢。"他笑着挠了挠她怀里那张永远冲着他笑的小脸蛋。

"不知道叫什么好。"她木然道。

"要不叫小马吧，我听别人说，孩子的名儿不能起太大了，越普通越好养活。"他笑，然后捏了捏孩子的脸，"你说好不好呀，小马？"

孩子咯咯直笑。

"好，就叫小马。"她看着他，又鞠了一躬，"不要送我们了，以后的路，我都要自己走。"

"好。"

他站在学校门口，看着她们母女的身影渐渐远去，心里好像落下了一块石头，又像是有了奇怪的牵挂。毕竟，那个小小的生命出生时看见的第一个人就是他呢。

蝴蝶停在他头上："你也可以生孩子啊，不过要先找个老婆。"

他一笑："你帮我带孩子么？"

"好啊！"蝴蝶高兴地说。

"去去去，你还不去修炼？"

"还不到时间啊。"

如果蝴蝶不是临时换了个修炼之地的话，他们的日子本该持续从前的宁静安谧。

177 第六章
春葬

小雪母女离开后的第二天午后，他正在教室里擦桌子。蝴蝶匆匆忙忙地飞进来，第一句话就是："小马死了！"

他手里的帕子落到地上，然后往外跑时把水桶都踢翻了。

荒僻的洼地里只有枯树与乱石，花布褛褓就在枯树之下，在积雪未化的地上分外显眼。一开始他跟自己说不会的，那只是一块花布，直到他看到那只套着红绳，已经发紫的小手。

蝴蝶那天受到了此生最大的惊吓，一贯温和不生气的他竟然现了原形，白色的老虎疯了一样一爪把枯树拍成两截，连那么大的石头都被他用脑袋撞成了碎片。他用最粗鲁极端的方式发泄着无法压制的愤怒。直到力气用尽了，他趴在地上大口喘息，身子慢慢化回人形。

幸好没有人看见，蝴蝶松了口气，落在他肩膀上，但也找不到任何适合安慰他的话。它知道他喜欢这个娃娃。

"扔掉我没关系，扔掉虬鳍也没关系，可她还这么小，连路都不会走。"他看着天空，不知跟谁说话，"留下他们不行吗？他们不是垃圾啊……日子再艰难也在一起不行吗？"

没有人回答他，四周只有簌簌的风声。他呆坐在那里，如霜如雪的白发不由控制地蔓延出来。

傍晚，蝴蝶突然开口："我可以替她活下去。你能办到的不是吗？"

他缓缓抬起头，看着蝴蝶："你疯了？你不是将死的妖怪，你还有很长的生命。你知道这样的后果是什么？"

蝴蝶飞起来，无所谓地在空中转了个圈儿，化成模糊的人形："我知道啊，不就是再活上几十年，甚至更短一些么。可我不介意啊，我想有人的样子，可以在地上跑跳，吃各种好吃的，说不定还能遇到一个情投意合的少年郎，白头到老。"

他沉默，当目光落到旁边那具小小的身体上时，麻木的心脏又刀割似的疼。

这个夜晚，对他来说，实在是太长太长了……

◇ 捌 ◇

其实，这个夜晚，对我跟敖炽来说，也太长太长了。

当胡平安像说别人的故事一样说完自己的大半生时，天边已见鱼肚白。而我们面前这只被我困在树枝之中的虬鳍，身体已呈半透明状。昨夜我们收拾的，准确地说不是虬鳍，只是虬鳍的妖魂。

"我的天赋，就是把妖怪的魂放到死去不久的人身上，我的力量能让两者完美结合，让快死去的妖怪替已经死去的人继续活下去。"胡平安看着虬鳍，"最初我做这样的事时，忽略了妖气的问题，即便是藏在人类身上的妖魂也有妖气，这对他们来说很不安全。"

"所以你后来干脆把妖怪们的记忆抽走，封印在瓶子里？"我皱眉道。

"这是老狐狸教我的。"他笑笑，"它真是一只博学多才的狐狸，它说妖气其实是个很玄妙的东西，很多怕惹麻烦的妖怪一辈子都在找一个彻底去除妖气的法子，但大多不成功。我问他有没有好法子，因为我不希望那些有机会以另一种方式重新生活的家伙们再受到不相干的骚扰。老狐狸说，让妖怪彻底忘记自己是妖怪，妖气就会消失。这是最有效的法子。然后，我用一壶酒一碗红烧肉当学费，让他教了我抽离记忆的妖法。"

敖炽冷哼一声："而你又把虬鳍的记忆扔回去了？"

"你也知道人类的寿命长不过百年，与妖魂共存的身体都会按照这个规律走到生命最后一天，他们唯一的死亡方式就是老死，有人七十岁，有人九十岁，但都不会过一百。而当这个身体寿终正寝时，妖魂也随之死去。这就跟当年我第一次把青蛙怪放到老狗身上时一样，猫狗通常能活十来年，所以青蛙怪在十多年后还是跟着这个身体离开了。其实在这件事上，已经没有什么妖与人的区别了，他们就是活生生的人。但是……"他顿了顿，又道，"如果有人在这个身体老死之前，用任何方式故意结束他们的生命，妖魂在突然失去了身体且又没有原本记忆的情况下，十之八九会狂性大发，这种爆发会让妖魂呈现短暂的实体状态，但不会超过一天，同时也会让它们露出妖性中最凶狠本能的一面。唯一的解决方法，就是把记忆放回去，在妖魂消失之前避免造成更大的伤害。"

话音未落，那虬鳍却突然开了口，缓缓地，像个刚学会说话的孩子："原来……你就是这样安置我的啊……你这家伙……把我放到一个女娃娃身上，让我几十年都不认识你，到头来还让我被人打了一顿，还被绑成个粽子……"

"你也把那些人收拾得够呛啊。"他叹气。

"那个人一枪了结了我的性命，我要他一条手臂，不算过分吧。"虬鳍气哼哼道。

"算了吧。"他看着虬鳍的眼睛，笑笑，"这个身体也六十多年了，你这些年过得也不坏呢。"

"那倒是。"虬鳍眨眨眼，"我就是有点舍不得我的孩子。回头你帮我去看看他们，给他们送点我泡的泡菜过去，我都给腌好了，就放在厨房的柜子里。"

"好。"他点头，突然问，"你不怪我吧？"

虬鳍沉默片刻，说："别人不要我，你把我捡回来，你说我怪不怪你。"

他笑，虬鳍也嗤嗤地笑出来。

“你们把我打得真疼啊，我要是还有时间，一定要揍你们一顿。”它盯着我跟敖炽，翻了个白眼。

“你打不过我的。”敖炽坦白道。

“打得过！我一屁股就能坐死你们这些小东西！”

“怎么你的性格跟你当大婶的时候差这么多！大婶对人多好啊！”

“那会儿我是人，现在我又是妖怪了！哼！”

“你安息吧！”

天边的光线越来越亮，微凉的晨风中，虬鰭的妖魂终于化成一缕光尘，消失得干干脆脆，了无遗憾。

我看着空空的地面，问他：“你活了这么多年，干过多少次这样的事情？”

他笑：“记不得，太多了。”

“照这么看，这世上不知道有多少人是冒名顶替的！”敖炽撇撇嘴，“你如此扰乱生死，没被天界或冥界的家伙抓起来是你运气好。”

他平静道：“不用他们来找我麻烦，该有的后果我自会承担。”

这时，远处又响起了熟悉的轰鸣声，昨晚落荒而逃的人马居然又回来了，并且人数还增加了，总共来了六辆车。他的脸色严峻起来，身旁的胡小马也攥紧了拳头。

敖炽小声对我说：“我预感那两包饼干的人情还没还完……”

车队在我们面前停下，为首的一辆车里，跳下来两个陌生男人，他们从后座上架下来一个路都走不稳的家伙，看模样像是昨晚我们从虬鰭嘴里救下来的人之一。

那家伙有气无力地指着我们道：“就是他们！就是他们飞起来打妖怪！还有一只像鱼一样的大妖怪！”

敖炽冷笑：“你喝多了吧？一把岁数了还骗人说看见妖怪了？！”

这时，第二辆车的车门打开，下来一个着黑色大衣的女人，四十岁左右的年纪，身形姣好贵气十足，手指上的钻戒大得能当镜子照。

我看着女人的脸，心想这不就是胡小马的成熟版么，两个人长得实在太像了。

女人的视线一直紧紧锁在胡小马身上，眼中明明悲喜交加但又不得不努力控制住，想扑上去但又碍于某种身份不能乱来。

胡平安看女人的眼神非常非常淡漠。

终于，女人把目光落到胡平安身上，一丝诧异闪过，但她仍保持着与她的装扮气质相匹配的沉着，说：“小胡老师，这么多年了，你竟丝毫不见老。”

从那个极长的夜晚之后，他就再没换过模样了，现在的他，就是当年尖叫着从有尘庵的卧房里冲出来的少年，区别只是白了头发。

胡平安轻笑："心里老了。"

女人朝前走了一步，看着胡小马说："此番没有别的意思，只想要回我的女儿。"

"我说过我不是你的女儿，我也不认识你！"胡小马急得脸庞通红，"你已经在这儿胡闹了大半个月，别再骚扰我们了行吗？"

"小马！"女人终于忍不住冲上去，一把抓住胡小马的手激动道，"我是你妈妈啊！我一直以为你已经死了，可一个月前我来菩萨峰拜祭时，看见你从镇上的小店里出来，我看到你的模样，我抓住你问你是不是叫小马，你说不是，可我怎么会认错我的女儿啊，你明明就是我的小马啊！你挣脱了我一转眼就不见了，我只好照我的样子做了你的照片，带着人亲自来寻你！二十年了啊，我后悔了二十年啊！"

胡小马用力抽回手，冷冷道："有哪个当母亲的会让人带着枪来找女儿？"

"是我太心急。"女人忙道，"小马，他们都是妈妈的属下，可能你不知道妈妈现在有着怎样的地位，我习惯了用最有保障的方式去做事，我怕你不跟我走！"

"如果我不跟你走，你就要这些人用枪指着我的头绑走我是么？"她冷笑，"甚至在这个过程里不择手段伤及无辜？这就是你所谓的地位带来的特权？"

"我知道我现在说什么都没用。小马，你原谅妈妈好不好？跟我回家好不好？"女人用哀求的语气道，"我知道上天在惩罚我，所以让我在你之后都再无儿女，我知道错了，如今我独自生活在国外，支撑着庞大的集团，我需要你在我身边啊！"

胡小马后退了好几步，摇头："你如果真的心有愧疚，还是老老实实去当年你抛弃女儿的地方烧香拜祭吧，那才是你该做的。"

"小马！"女人突然大喊一声，求而不得的失望与高高在上的尊严纠缠在一起，把她的沉着冲击得一干二净，此刻她眼里只剩下不计后果的绝决，"我既然寻到你了，就绝不会让你走。你就是死，也要死在我身边！"说罢，她朝身后的一众手下呵道："还愣着做什么？把她带上车！"

"是！夫人！"众人一拥而上。

这光天化日的，居然还抢起人来了？

敖炽一步上前挡在胡小马面前，那些汉子们还来不及靠近，便乱七八糟地倒在了地上，手里的武器被他呼啦啦地拆成一堆零件。

我走到敖炽身边，对女人道："这位有钱的太太，我个人觉得还是不要动武了。你们还有一位小头头现在正躺在学校的房间里，重伤，不过死不了，劝你们还是先把他送去看医生吧。"

"你们是什么人？"她柳眉倒竖，"我在处理我跟我女儿的事，外人又何必插手！"

"我们是遵纪守法的人，起码我们不抢人不杀人。"我一笑，突然沉下脸，"如果你还要在这里胡闹下去，要去看医生的，可就不止屋子里那一个了。"

她恼羞成怒，对着还没正式出手就溃不成军的手下怒斥道："今天谁把她给我押上车，我额外给一百万美金奖励！"也是被我们逼得没办法了吧，身份脸面什么都不要了，连拿钱砸人这种法子都使出来了。

重赏之下必有勇夫嘛，手下们的士气一下子就高起来，又穷凶极恶地围上来。

但是又如何呢，这里有谁能是敖炽的对手，结果不还是东倒西歪满地找牙。

当敖炽一把掐住那女人的脖子时，胡平安突然大喊一声："住手！"

敖炽冷冷道："这是个祸害呢。"

"放开她吧。"胡平安拍拍敖炽的胳膊，"让我跟她说两句。"

敖炽只好松手，不满道："一会儿她要是拿枪指着你的头我可不救你！"

他笑笑，对女人道："小雪，陪我走走吧。这里没有人想伤害你。"

说罢，他径直往旁边的小路走去。女人想了想，咬咬牙跟了过去。

胡小马想跟上去，被我拉住了。我们只是远远地跟在他们两个后头，看见胡平安一直走到一片光秃秃的，只有枯树与乱石的洼地里。

他指着某一个方向："这里本来有两块特别大的石头，但被人用脑袋撞碎了。"

女人站在这里，脸色越发难看。

"小雪啊，"他回头看着她，"我也很想还给你一个女儿，可惜我办不到。"

女人皱眉，咬牙道："小马就在我面前！"

"二十年前的冬天，你的小马就没有了。"他认真看着她的眼睛，"从你决定把她扔在这里开始，你就永远找不回她了。"

"你胡说！"女人不信，拼命摇头，"那就是小马，明明跟我长得一模一样！"

"你也说只是长得一模一样罢了。"他笑笑，指着自己，"你真觉得有人会二十年不变么？昨夜回去跟你报告的人想必也描述了他们遭遇的一切，你也觉得那是他们在说疯话么？"

女人额头上隐隐有冷汗渗出。

"小雪，已经够了。"他上前，握了握她冰凉的手，"你跟小马的缘分，二十年前的冬天就结束了。"

"不不！你胡说！"她一把甩开他，一手摁住自己的脑袋，竭力让自己看起来正常，"那天我本来是要带她一块儿走的，可一想到未来我们会遭遇的一切苦难，我突然疯狂地害怕起来了，我觉得还是让我在这里经历的一切都变成秘密吧，我没有能力把她带在身边。我脑子里嗡嗡作响，我把她放在这里……可是……可是第三天我回来了的！我回来了的！但她已经不见了！这些年我一直以为她死了，直到前不久我回国，专程来这里拜祭……我看见了活生生的她！我猜测过也许是你捡到她养大她，我去学校找过你，但你不在。”

“我在，只是不想被你看见罢了。”他叹息，“本以为你寻不到人便会自行离开，可你变本加厉。”他看着已经放亮的天空，缓缓道，“那年冬天对一个刚刚满月的孩子来说，实在太冷了。你丢掉的，谁也无法帮你捡回来。”

她愣住，双腿一软，跪在地上。他转身：“回去吧，如你当年所想，把在菩萨峰经历过的一切都当作秘密，或者一场梦。”

“小胡老师……”她突然喊住他。

他站在那，但没回头。

“她真不是小马？”她红着眼睛，还有最后的一丝不甘心。

他摇摇头。

她突然撕心裂肺地哭出来，一拳打在地上。

我不知道这种悲伤是因为愿望没有得到满足，还是因为深藏的内疚永远得不到原谅，我们能做的，就是留她一个人在这里，过去，未来，再无瓜葛。

◇ 玖 ◇

今天是我们跟胡平安相识的第三天。

从那块洼地回来的当夜，他就倒下了，身体轻得像一片落叶。

三月春夜，二人踏月色而来，女子慧黠从容，沉着如木，男子桀骜不驯，烈性如龙，皆非人，共拾三日之缘，葬我者也——正好第三天。

敖炽小声嘀咕：“说倒下就倒下，比闹钟还准时……该不是故弄玄虚吧……”我白了他一眼，胡平安的样子怎么都不可能是装的。

一直闭眼休息的他忽然睁眼，笑了笑，费力地掀开被子，开始解自己上衣的扣子。守在床边的胡小马想阻止他，被他阻止。

“你睡糊涂了？”敖炽见他动作不对，“脱衣服干啥？”

他不理敖炽，解开了所有扣子，然后拉开了衣裳。

我吓了一跳，他的心口上，竟露着拳头那么大的一个洞，几丝脉络状的光纹在洞里若隐若现，看了让人心惊胆战。

敖炽也倒抽了一口冷气："你……你这是……"

"每用我的天赋一次，这个洞就会大一分。"他缓缓道，"刚开始还不觉得，后来每做一次这样的事情，心口便刺刺地疼。不知从哪年开始，心口上有了个浅浅的小洞。我没有理会，到此刻，已然这么大了。"他自嘲地笑出来，"你看，这么大一个洞在心上，我怎么活得下去。"

胡小马突然哭出来，赶紧把被子替他盖好。

"你老早就知道自己会这样？"我问。

他点头："还记得我说我师父坐化前曾让我看见了许多东西么……"

"你说你看见了许多画面，而且每一个都记得。"我也还清楚地记得那晚他讲过的每一段过去。

"画面虽然很零碎，但都很清楚。"他说，"我看见我一次次使用我的天赋，看到那些重新活过来的人，也看到我心口上越来越大的洞，以及踏着夜色而来的你们。日月更替，刚好三天……"他顿了顿，嘴角微微一扬，"然后你们挥舞着铲子，给我垒了一座坟。很奇怪啊，我看不清其他人的模样，唯独你们俩例外。也许是因为你们是我生命中最后遇见的人，所以特别一些吧。"

敖炽看了看我，又皱眉看着他："明知道心口会破洞，就不要一次又一次做那些事，搞得这么麻烦，还要我们来埋你。吃了你两包饼干罢了！"

胡小马狠狠瞪了他一眼。

"你真的一早就知道这些事都会发生？"我问他，"知道到最后你只能是这个结局？"

"即便知道，我也没有去改变什么。"他笑，"也告诫过自己不要再有下次了，他人生死与我何干，但只要遇到，又忍不住。"

我深吸了口气，努力让自己看起来轻松一点："你师父是个高人，她老早就给了你选择的机会。"

"我觉得她肯定不是人，是神。"他居然还冲我吐了吐舌头。

然后，我不知道应该再跟他说什么才好了。

一个早已经洞悉了生死的妖怪，终于走到了生命的最后，他甚至比我们这些仍然活着的家伙坦然许多。

看来各种深沉告别的话都不适合，连流泪都不应该，因为如果要跟这样一只妖怪告别，轻松从容才是最正确的方式，毕竟他的一生里从没有波澜壮阔精彩绝伦，那一场又一场的相遇，只用一个不说话的玻璃瓶便装下了开始与结束。

我不知道敖炽心里在想什么，只知道他心里不痛快的时候，话是很少的。直到天亮，他都只是默默坐在窗前，时不时朝床这边看两眼。

而我一直在跟胡平安说话，但内容都是浆糊未知有多调皮捣蛋，我的不停里的帮工有多不靠谱，他笑着听，时不时插一句嘴。

"啊，我一直忘了一件事！"我突然起身，从行李箱里翻出我带来的茶叶，然后立刻烧水沏茶，用最短的时间把一杯浮生送到胡平安面前。

胡小马搀着他坐起来，他看着我手里那一杯热气袅袅的碧水："茶？"

"是。"我笑，"名曰浮生，全世界只得我家有这一杯茶。"

"那一定要品尝一番。"他接过杯子，吹了吹，啜了一小口，咂咂嘴，"真不错啊，清如甘泉，好喝。"

我微微一怔："好喝吗？不苦？"

他又喝了一口："不苦啊。"

我想了想，笑："那就好。"

浮生的味道永远不会变。最大可能的解释是，他的味觉已经跟他的生命一样，到了谢幕的时候。而这，就是妖怪临终前的正常现象。

可我还是希望，也许他是真的不觉苦。

喝了茶，他又睡下了。

慢慢地，我们说什么，他都不再有回应。

天亮之后，被子下再没有那个满头白发的少年，只有一只比狗大不了多少的白色老虎。

◎尾◎

如他所说，我跟敖炽亲手把他埋在了菩萨峰下风景最好的地方，那里平坦开阔，春花正盛。

"要立个碑吗？"敖炽放下铲子，擦了擦额头上的汗。

"算了吧。"我摇头，"他这辈子都未曾招摇，如今不在了，就更不必了。"

胡小马跪在坟前，把他的日记一页一页烧掉，边烧边说："他写的，就永远跟他在一起吧。"

我看着胡小马："我之前一直以为你至少是他一生中最重要的女主角之一。"

"所以你现在很失望么？"她笑笑，"以为我跟他会有什么惊天动地的爱情故事？"

我耸耸肩："我猜错了。"

"我就是一只被他从蛛网里救下来的蝴蝶而已。"她看着眼前这座新坟，"世间许多妖怪之所以执着于修炼人形，并不是真正想当人，对它们来说，用妖怪漫长的生命去享受属于人类的繁华与爱欲，才是乐趣所在。"

"你呢？"我问，"你不也在努力修炼吗？"

"如果我是一只蝴蝶，那么我永远不能帮他煮饭洗衣，也不能在他不舒服时替他倒一杯热茶。只能在他身边飞来飞去，说一些高兴与不高兴的话。"她低下头，轻声道。

"当你做出这个决定之后，你便永远不可能再当回妖怪了，你会在剩下的几十年时间里慢慢变老，最后死去。"我看着她秀气的侧脸，却没有在上头找到丝毫后悔。

"你一定没有体会过被困在网里等死时的绝望，当他的手指碰到我的那一瞬间，我便觉得无论如何都不能离开他了，无论如何都要尽自己的力量善待他。"她苦笑，"只是我能为他做的太少太普通，到最后甚至还为他惹了麻烦。"

"那不关你的事。"我想了想，问她，"你老早知道他会有这一天？"

她笑笑："他的日记我都看过啊。二十年前他就画下了你们。而我天真地以为，只要让他离开菩萨峰，不与你们相遇，他当年的预言就不会实现。"

敖炽皱起眉头，插嘴道："难怪你一见到我们就跟疯了似的要赶我们走。"

"我劝了他好久，希望他在三月前离开菩萨峰，可他不走。"她起身，拍了拍裤子上的土，"不走就不走吧，我知道他拿这里当自己的家。"

"你以后有什么打算？"我问她。

她想了想，说："应该是去更大的城市吧，我还有好几十年时间，可以再看看别的地方。"说着她又轻笑出来，"也许真的会遇到情投意合的少年郎，结婚生子，然后清明时候带他们回来扫墓祭祀，告诉他们这座坟里埋着他们的……爷爷？！"

我也笑了："论年纪论辈分，他可以当爷爷了。"

"这次谢谢你们了。"她认真道，"虽然不知你们两位是何来历，但我知道你们肯定不是普通人。之前的冒犯，请你们原谅。"

"我们什么都没做。"我也认真道，"只是路过，然后围观了一只妖怪的一生。"

"他以前从没有机会把自己所有的故事说给别人听。他坚持着写那些日记，恐怕也是因为无人倾诉罢了。"她朝我跟敖炽鞠了一躬，"虽然他出生时被遗弃了，但至少离开时不是一个人。总之，多谢了。"

春风又拂过，菩萨峰上的雾气似乎淡了许多，深深吸一口气，觉得皱巴巴的心脏都舒展开了。

离开菩萨峰前，我跟敖炽又去了一次胡平安的坟前。

我埋了一小包浮生在土里，也没有别的什么好留给他了。敖炽也带了东西，他专门跑了老远找到个小卖部，买了十包饼干摆在坟前。

"别人丢掉的，你捡起来。"他看着这座坟，沉默了半晌，旋即又道，"不过你可是赚到了，两包饼干就让我们替你做这么多事。不过敖大爷我不是白吃白拿的人，还你十包饼干，两清了，以后天大的事都不许诈尸来烦我！"

我给了他一拳："有你这么拜祭别人的吗？"

"我说的是实话啊。"

"什么诈尸！说得就像有人诈尸来烦过你一样！"

"怎么没有？子淼那个诈尸王！"

"……"

"哎呀哎呀别打了！其实，胡平安这家伙挺爷们儿的，没有外表那么孱弱。"被我追打着的敖炽突然冒出一句。

"哦？"我以为我听错了，敖炽什么时候会主动称赞别人了？

"明知道这样做的结局，还是这样做了。"他得意道，"这点跟我挺像的！"

"哪里像了！"我翻白眼。

"如果也有人给我脑子里塞一堆有关未来的画面，如果我知道因为爱你们而让自己万劫不复，那么不管让我选择多少次，我还是会选择爱你们。"虽然还被我拧着耳朵，但他还是义正辞严地拍了拍心口。

我松开手，这家伙，说话总是猝不及防就转弯。

只是，我怎么可能让你万劫不复。把这句话放心里，我挽住他的胳膊："走吧。"

"往哪儿走？"

"往前呗！"

"前面是个坑啊大姐！"

"哦，那往右呗！"

"……"

第七章 【莫失】

在所有人眼里，她们是世上最美好的组合，拥有最令人羡慕的友情。但，她想赢她却又赢不了她的心情，要如何化解？

◉ 楔子 ◉

想赢她却又赢不了她的心情，要如何化解？

◇ 壹 ◇

敖炽这几天都气得要死。

"你看你看，我又没拿到第一！"颠簸的长途车上，他恨恨地攥着手机，咬牙切齿。

我被他烦得不行，瞟了他的手机屏幕一眼，幸灾乐祸："又输给人家啦？"

"是他狗屎运！"敖炽用力戳着屏幕上那个碍眼至极的 ID 号，"你说这些人是不是闲得慌？不用上班上学搞事业吗？天天就在那儿练级练级！"

我撇撇嘴："反正人家赢了你。有本事你也练呀。"

"我是那种把时间荒废在游戏上的人吗？"敖炽白我一眼，继续戳那个 ID，"我就是看这厮不顺眼不顺眼不顺眼！"

"你把手机戳烂了，人家也是第一名。"我打个呵欠，想了想，"看你气得像只河豚，我给你支个招呗。"

敖炽气鼓鼓道："啥？"

我指着他手机上的游戏好友列表："把这个超过你的家伙从你的列表上删掉，以后你就可以在没有他的江湖里称王称霸了！怎样，非常一劳永逸的法子对不对？"

"咦？"敖炽眼睛一亮，但旋即又耷拉下眉眼，"不好。"

"为啥不好？"我撇撇嘴，"没了他，你就是第一了呀。"

"胜之不武，有名无实。"敖炽哼了一声，"等着瞧呗，我要结结实实打他的脸，我是讲实力的君子，不是动歪脑筋的 low 货。"

"那你好好练级呗。"我转过头去，睡眼蒙眬地看着车窗外快速后退的景色，"不过我提醒你啊，你这个月的手机流量可没剩下多少了，省着点花啊。"

"早就让你包月啊！"

"到处都能蹭 WIFI 包啥月啊，浪费钱！"

"天天都往深山老林穷乡僻壤里钻，蹭个鬼的 WIFI 啊！"

"小心点说话啊，你也知道咱们现在的路线很荒僻，没准真让你蹭到个鬼的WIFI……"

"我怕个鬼啊！只要有 WIFI 蹭，我管他是人是鬼。"

"好好好，下个月给你搞个包月套餐，你快练级别跟我说话了，我困得很。"

这辆破破烂烂的长途车的目的地是松县，又是一个地域偏僻面积狭小随随便便就在地图上被忽略的地方。

但书上说，百年之前松县曾有"狐患"，看描述，有疑似绡狐的玩意儿在那里出没过，闹得人心惶惶，最后绡狐被一个法师镇在了松县的鸡鸣塔之下。去之前我查了一下，但把搜索引擎翻遍了也没找到像样的信息，一个毫无名气的县城里的一座毫无名气的塔，几乎没有被描写的价值。最后，我在长途车站旁边的一个卖过期挂历的摊子上找到了一本旧得发黄的《松县县志》，如获至宝地买下来，翻了老半天才看到一小段关于鸡鸣塔在抗战时期被炸毁如今只剩一片残垣的描述……当时敖炽就犹豫着说还需要再去吗，都炸成渣渣了。我说从菩萨峰兜兜转转来到这里，上千里路，来都来了，还是去瞅瞅吧，如果当年真有人把一只绡狐镇在塔下，就算塔身毁了，地底深处说不定也能留点什么。

于是我们在微微细雨里坐上了这辆往松县的客车，车上除了我们俩，还有七八个乘客，大多数位置都空着，司机师傅在发车前等了很久都等不到新的乘客，只好郁郁闷闷地踩下了油门。

我跟敖炽就坐在司机背后，时不时听到司机叹气，直说生意不好做啊跑这一趟连油钱都挣不回来，可不跑又不行，真想改行了呀。

其间我安慰了司机几句，说没准回来的时候就坐满了。

司机摇头说没可能的，你们不知道松县有多小，人口有多稀少，除了过年那阵子外地归来的人会多一些，生意能好点，其他任何时候都没多少人往那里去的，之前上头说要在那里开发一个风景区，可后来又没了下文，再说了，松县毛都没一根，黄土沙山，连条像样的河都没有，拿什么去开发风景区，把人拉去吃土么。所以啊他打算下半年就

191 第七章

莫
失

不跑车了，把这破车卖了，干点别的营生去。

我还蛮同情他的，赚钱这件事吧，还真是哪里都不容易。我都想好了，如果他顺利把我们送到松县，我多给他一百块当小费……不过想想我们的旅途也还遥远，算了，给五十吧。

如司机所说，他们这里的气候确实干燥，雨水不足，水源缺失，车窗外随时都是扬起的尘土，并且路况也不太好，哪儿哪儿都是坑，车子一碾过去，颠得隔夜饭都要吐出来，车身也乱响一气，真怕再颠厉害一点车就散架了。

又一次厉害的颠簸过去时，旁边的座位上传来一声难受的呻吟。

那边坐着一对年逾六旬的老夫妇，也是外省来的，穿着整洁且很讲究，与寻常老头老太有些差别，我瞧着气场就很像在大学里教书的老教授。

老太太似乎身体不太好，三月天里也还穿着厚毛衣与羽绒背心，手里始终捏着一串被盘得十分光滑的佛珠。上车时敖炽还帮他们把行李箱放到行李架上，老头忙不迭地道谢。之后一路上他都很是照顾妻子，一会儿问她要不要喝水，一会儿问她要不要吃点东西，时不时还要摸摸她的额头。每次老太太都是微笑着说没事没事，不要担心。

少时夫妻老来伴，应该就是这个样子了，我对这对老夫妻有莫名的好感。

"胃又疼了是吧？"老头摸着妻子的胃部，有些焦急地对司机道："司机先生，能不能靠边停一停，我太太要吃点药，这儿太颠簸了，水都没法喝啊。"

"不用不用，司机先生你继续开，别误了大家的时间。"老太太忙阻止，又对丈夫道："老苏啊，不要急，都说了我不打紧了，怕是午饭吃的不消化，疼了一下子，已经过去了。"

"得吃药。"老头坚决不妥协："司机先生，麻烦你停一下！"

车厢里其他人都保持沉默，有人脸上有不耐烦的神情。

"师傅你停一下吧。"我出声，"不差这几分钟时间，老人家身体要紧。"

司机没意见，靠边停车。

老头拿出药片，又从保温壶里倒了热水，小心给妻子服下，又轻轻拍了拍她的背，确认她现在真的没事之后才放下心来。

车子重新发动，老头侧过身子跟我们和司机道谢："谢谢你们啊，给你们添麻烦了。"

"出门在外，应该互相照应，不必客气。"我笑看着老头，顺口问，"两位这是去松县旅游？"

老头的神色有刹那的不自然，但很快恢复如常，反问："松县有什么自然风光或者人文景观么？"

"那儿哪有什么风光跟人文啊，就是大片大片的黄土，一年四季都干焦焦的，夏天太阳一晒，人都成肉干了。您老瞧过一个老电影叫《新龙门客栈》的没？那里差不多就那样，就是房子多一些人多一些，四边稀稀落落长了几棵树，稍微没那么荒凉罢了。"

司机插嘴道，"没人喜欢往那里去的，您要是早来几十年，说不定还能赶上鸡鸣塔没被炸的时候，好歹那是一座古塔，能有点看头。可惜现在啥都没了，去那儿除了挨一头一脸的风沙，倒真没有别的了。"

"有那么糟糕么？"老头扶了扶眼镜，"可我听说也有不少喜欢画画或者摄影的人往那里去。"

司机想了想，说："您这一说我倒是想起来了，确实有些学生娃爱往这里来，好像说是去松县写生啥的，我前几年就载过好几拨过去，都是年轻的男娃娃女娃娃，背着画架那些。我这种大老粗是不懂了，你说那一片荒山黄沙土房子有啥好画的。"

老头突然把身子往前凑了凑，问："您是几年前载那些学生去松县的，您还记得么？"

司机又想了想："怕是四年……还是三年前吧，啊，应该是三年前吧，我记得我老婆那年正好生孩子。"

老头的语气变得有些急促："那您把那些学生送过去后，把他们接出来了么？"

"没啊。"司机果断道，"时间合不上啊，这些娃自己都不知道要疯到啥时候才走，我拉不到客人，就拉些货回来了，之后肯定是别的车把他们送走了。再说我本来就不是经常跑松县，也就今年才跑得多一些，但主要也是拉货，光靠载你们这些客人啊我得饿死。"

"哦。"老头略有些失望，缩回位置上，对妻子笑了笑，没说话。老太太也没说话，只把手里的佛珠一颗一颗地捻着。

我听得好奇，探出头去问老头："您老不是去旅游的啊？"

"哎，不是。"老头笑笑，"就是去办点事。"

见他并不愿多说，我也不多问，只指着自己跟敖炽道："我姓沙，他姓敖，两口子，做茶叶生意的。您二老要是有啥要帮忙的，开口便是，我们年轻有力气，好歹能帮您拎个行李箱不是。"

"哈哈，谢了谢了。"老头连忙道，"这回能遇到你们这样热心的年轻人，我们也是走运。我姓苏，在省城的大学里当教授，这是我太太，姓梁，跟我一个学校教书。"

"啊，原来是教授跟教授夫人！"我就知道我眼光不会差的，果然是有知识有文化的人。

他的妻子也转头同我们打了个招呼，微笑道："幸会了，喊我梁老师就好，方才麻烦你们的地方还请多包涵。"

"不麻烦不麻烦。"我忙道，"冒昧问一句，两位是教什么的呀？"

梁老师笑道："我是中文系的，他是物理系。"

哦，看来在学术上我们跟这对老夫妻是不可能发展出话题了……

"你们这对小夫妻才是去松县旅游的吧？"苏教授笑问，"我知道现在好些年轻人喜欢往一些偏僻的地方去，越是热门的景点越没有兴趣，在你们眼里，哪怕一地黄土一块石头，也是浪漫得很。"

"没有 WIFI，哪儿都不浪漫。"敖炽一边沮丧地回答一边把手机举过来举过去地找信号，"我去，信号咋这么差！我掉线三次了！"

"我说您就别指望什么 WIFI 了，越往松县地势越偏僻，再往前走一段儿，您连电话都打不出去，只能到松县里找个座机才能跟外头联系。"司机又插嘴，"这里就是这样，没跟时代接轨。还有啊，您二位要真是去旅游的，我倒是给你们提个醒，松县虽然小，但也比你家客厅大得多呀，在县城里转转就好，可别走远了，县城外头都是荒漠，稍不注意就迷了方向，通讯又不方便，要是有个闪失，连求救的人都找不着。不是我吓唬你们，之前松县可是发生过几起失踪案哪，我也是听我当差的表哥说的，好像都是外乡人，非要去找什么不一样的风景，结果人就不见了，活不见人死不见尸，到现在也没个下文。所以啊，玩归玩，还是得守规矩啊。"

苏教授听罢，脸色有些不好看，点头道："是的是的，司机先生您说得很对。"说罢又对我们道："你们去玩耍，要注意安全。万一出了事，你们家里人要伤心死的。"

"会的会的，一定注意，不过我们家里人的心都挺大的。"我哈哈一笑，心想我认识的那群家伙摆明了是在我不小心跌坑里之后先得站在坑外开开心心嘲笑我一番然后才想着怎么把我拽出来的货色……

谈话到此为止，梁老师把脑袋靠在苏教授肩上，有些疲倦地睡过去，苏教授也闭目小憩，车厢里除了司机为了提神放的广场舞神曲之外，基本没有别的声音。后排的乘客们也大多东倒西歪地睡过去了。

"如果这次依然空手而归，你要怎么办？"敖炽突然小声问我。

我皱眉："继续找。"

"如果所有的线索都找遍了，还是没有呢？"他盯着我，"仅仅靠一本破书，无疑大海捞针，我们如愿的几率太小了。"

我想了想，侧过身子，对他附耳道："如果不行，我就去西溟幽海。"

敖炽沉默很久，说："行，反正你想去哪儿，我都奉陪。"

"只要有 WIFI 对吧？"

"对……"

"滚边上玩手机去！"

◇ 贰 ◇

我睡着了。还做了梦，梦里的我依然在无边无际的空茫中飘浮，各种混乱的片段流星般从我身边擦过，我伸手去抓，可不论我的手指碰到什么，什么就立刻消失。多绝望啊。

突然，一个大大的颠簸，一车人都被颠得跳起来，我瞬间醒来，身旁的敖炽居然还张个大嘴睡得跟死人一样。

我用力拍他的脸："还睡！起来练级了！"

"好好好！"他猛一下睁开眼，"有 WIFI 了是吧？"

我狠狠掐他一把："就知道 WIFI！也不看看外头什么光景，天都黑了！"

话音未落，我自己倒"咦"了一声，怎么天都已经黑了，可我们的车还在山路上行驶？来之前我看过地图，按路程计算，我们的车就算以 40 码的龟速前进，也早该到松县了。

"你们醒了啊。"苏教授有些焦虑地看了看我们。

"嗯嗯，睡过头了。"我朝窗外看去，暮色之下，外头一片模糊，隐约可见远山起伏，飞速倒退。

"怎么开这么久还没到？"敖炽凑到窗前看了看，旋即对司机喊道，"你是开错路了吗？"

司机的声音有点不对劲，完全不似之前那般放松："我……我再试试。"

"你真开错路了？"敖炽气恼道，"怎么回事啊你！之前还自夸是老司机让我们放心坐车，老司机能认错路吗？耽误我吃晚饭我可是要发飙的！"

"别吵！"司机突然提高了声音，好像比敖炽还生气，"我说了我再试试！"

"你试个鬼啊！导航啊！"敖炽立刻吼回去。

司机突然一个急刹，敖炽差点飞出去，亏得我把他拽住了。车里一片大呼小叫，有人在问出什么事了，有人在骂会不会开车，最镇定的是苏教授夫妇，既没有问什么更没有抱怨什么，苏教授紧紧搂着妻子的肩膀，梁老师则死死攥着手里的佛珠，嘴里还不停念着什么。

我起身走到司机身旁："发生什么了？为啥突然停车？"说着我又抬头从挡风玻璃看出去，在车灯有限的光线下，只看到延伸到黑暗里的水泥路，以及立在右边不远处的一块灰色石墙，墙上用红漆写着"全民发展，齐奔小康"八个大字，大字下面还画了一排朝气蓬勃的大红花。

司机半晌没吱声，脸色很不好看，摸索着掏出一包烟来，点上，狠狠抽了一口才说："又转回来了。"

"嗯？"我看着他沉在烟雾后面的脸，"几个意思？"

他又抽一口，压惊似的在肺里转了一大圈才吐出来："我已经第四次经过这面墙了……"

我一愣，旋即镇定道："你确定路上只有这一面墙是写的这八个字？"

"我来去松县也不是一天两天了。"他额头上有点冷汗，"只有这一面墙上写的这八个字，下头还画着大红花，再没有第二处。我在三四个钟头前就经过这里了……没吱声，怕吓着你们。"

"怎么不走了？"后面的乘客们走过来，有些不耐烦地喊道，"都快九点了！你停在这儿等吃饭啊！"

司机一言不发，换成是谁都不知该怎么跟他们描述现在的情况。

我转身朝乘客们笑笑："大家回去坐下吧，师傅说是走错路了。他再确定一下。大家稍安毋躁。"

乘客里一个络腮胡大汉不依不饶地指着自己的手表："看看都什么时候了！我还指着办完事赶紧回家吃饭呢，不是早该到了吗？你不识路就别当司机啊，这不耽搁我的事儿吗！"

"不是说了让你回去坐好的吗？"敖炽白了大汉一眼，"有这时间大吵大闹，你不如干脆自己跑到松县去，再不然给你插对翅膀飞过去？"

"嘿，你这小子怎么说话的！"大汉把袖子一挽，"啥时候轮到你个外乡人来呛我了？"

"我只是讨厌你跟个娘们儿一样唧唧歪歪，又给不出有建设性的意见。"敖炽看着窗外，起身对司机道："再往前开吧，停在这儿也不是个事。"

旁边的苏教授夫妇一言不发，全程像个旁观者一样看我们一群人吵吵闹闹。

梁老师的佛珠被她捻得咯咯响，不知是她用力过度还是别的缘故，两只手都在微微发抖。

司机掐灭了烟头，一咬牙："行，走。我还不信了。"

一脚油门下去，车子轰轰开出，速度比之前快了很多，也颠簸得更厉害了。一群人又在吼，说司机把他们的骨头都要抖散了。

这辆破车大概从来没有以这么快的速度奔跑过，司机大概也从来没有以如此恐惧的心情踩着油门，简直不是在驾驶，是在逃命。

我一直在提醒他放缓速度，小心前方，不然别说遇到什么说不清的事儿，单是这个速度就有车毁人亡的可能。可他好像完全听不进去，一路上都在紧张地喃喃自语："不可能，我不信这些东西的！不信！"

大约三十分钟后，又是一次急刹。

这回，其他乘客再也忍不住，一拨人涌到前头来，指点着吼骂着，内容跟之前一样，无非是宣泄对司机的不满以及没吃上饭的愤怒，尤其那络腮胡汉子，我担保只要司机敢还嘴，他立刻就能把司机往死里揍一顿。

可是，我要如何跟他们解释，我们现在遭遇了一种俗称"鬼打墙"的挫事，简单说，就是不论我们以什么速度前进，都会回到原地，哪怕我们是直线运动。

其中有个眼尖的穿着粉红衣裳的小姑娘，突然指着右边那面墙，大声道："你们看那边，那个写了字的墙，我怎么觉得刚刚我们的车就停在这里啊？！"

被她这么一提醒，所有人的目光齐刷刷地往那边投去，灯光之下，墙上的字跟画鲜红扎眼。

短暂的沉默之后，车厢里爆发出了前所未有的骚动。

"怎么回事？刚刚不是经过这里了吗？"

"我们的车一直是直线前进啊，怎么可能回到这里？"

"这这这……这是鬼打墙啊！"

此言一出，立刻爆发更大的骚动，有人吓得脸色发白，有人用力地拍打车门大喊着要下车。苏教授把梁老师护得更紧，生怕这些惊慌的人做出什么疯狂的举动，梁老师紧闭着眼睛，手里的佛珠捻得比方才更快。

看她的口型，应该念的是"阿弥陀佛"吧。

司机擦了擦额头上的冷汗，面对这种诡异的突发事件，他没有任何应对的方法，任大家怎么喊怎么骂都不为所动，呆坐在驾驶位上不知所措。

络腮胡大汉突然冲出来，一拳打在司机胳膊上，怒道："你死啦！听不到我让你开门吗？"

司机身子一歪，靠在车窗上，好一会儿才缓过来，咽了几下口水才发出声来："我觉着……还是不要下车吧……邪门……等天亮吧。"

"邪门个屁！"大汉一把揪住司机的衣领，"老子活到这把年纪，连根鬼毛都没见过，你跟我说什么鬼打墙？我会信才真是有鬼！立刻给老子开门！跟你们这帮废物在一起真是耽误时间，我就是走也走到松县了！"

我也是啊，活到这把年纪了还没被人划到过"废物"这个群体里呢。

"这位大哥，你要下车走到松县去？"我笑看那汉子。

他哼了一声："是又如何？谁要跟你们这群相信鬼打墙的傻子一起关在这里等天亮？"

"好吧。"敖炽一把抓住他的手，逼他松开司机的衣领，又对司机道："你就把车门打开呗，谁想跟他一起下车的就请便吧。"

司机犹豫片刻，哆嗦着手指开了车门。

汉子从行李架上抓下自己的包，搡开挡住路的人，大大咧咧地下了车，临走前还用轻蔑的目光把我们所有人扫了一遍。

"没人跟他一块走？"敖炽又问了一遍。

剩下的人面面相觑，都没吱声。

只有粉衣姑娘胆怯地问："那要怎么办？我好怕啊……好吓人。"

"我下去瞅瞅。"敖炽转身。

"哎哎小敖！"苏教授突然喊住他。

"干啥？"他回头。

"不安全吧。"苏教授担忧道，"还是留在这儿跟大家一起吧。"

"没事，我陪他一起去瞅瞅。"我对苏教授笑笑，"您二老好好在车上休息。"说着我又看了梁老师一眼，她好像完全沉浸在另一个世界里了，眉头紧锁，只有手指一刻都没有停过，佛珠咯咯地转动不止。

"你们……唉，万事小心。"苏教授无奈。

跳下车，山野里特有的空气混着说不清的草香花香以及微妙的牛粪味，被呼呼的晚风送到我们鼻孔里，这里的地理位置确实不太占便宜，少雨干旱，多吸几口便觉得整个鼻腔里都布满了干燥的沙土似的，很不舒服。

也难怪，我看县志上说，松县从几千年前开始，就是皇帝最喜欢的流刑地之一，流放到此的犯人很少能捡回一条命的，渴死病死不计其数。虽然我们还没有真正进入松县，但应该也离那儿不远了，果然不是个讨人喜欢的地方呢。

这里的气候不但干燥，昼夜温差还挺大，在车厢里倒没怎么觉着，出来了站在空旷地，所有露在外头的皮肤很快变得冰凉一片。

我跟敖炽走到车头前，远远还能听到那汉子传来的昂然前进的脚步声，好一会儿才没了动静。四下看去，不过一条修在野地之中的水泥路，不宽，勉强能过车，两边不见灯火，只隐隐散着些不知是房舍还是仓库的潦草建筑，再远就是起伏不止的山丘了。

前后看去，整条路可见的部分，只有我们这一辆车，对面没车开来，后面没车跟上，我们就像被单独截取出来的一部分似的，孤立无援地停留在此。

安静得可怕。

"老头老太有问题啊。"敖炽打了个呵欠。

我笑："梁老师应该是车里最害怕的一个人。佛珠都快捻断了。"

"他们搞的？"敖炽想了想，"不可能啊，凡体肉身的，而且看起来不是坏人。"

"捣乱的肯定不是车上的人。"我笃定，"不过寻常幻术，想个法子破了？"

敖炽耸耸肩："我要是现个原形，照着四面八方喷个海蓝真火，邪祟自然退散。"

"你玩游戏玩傻了？用得了这么大阵仗？"我白他一眼，"到时候幻术是破了，车上那些人也被你吓死了。"

"这样是最快的呀。"敖炽不以为然，"这里地势开阔又复杂，小小精怪要找藏身地太容易，咱们若要以灵力一处一处地扫描，得花不少时间呢，而且很累人啊。要不你让车上那些家伙先睡一觉？"

"不行。"我断然拒绝，"你自己的健康状况如何自己不清楚么？之前吃的亏受的伤都忘了？还动不动就现原形使蛮力，嫌命长？"

"我现在已经恢复得不错了。"

"管你怎样，我说不行就不行！换个法子！"

"一时半会哪去想法子，我……"

话没说完，前方突然传来撕心裂肺的号叫。

"救命啊！救命啊！杀人啦杀人啦！"

汉子的声音跟他昂首挺胸离开时可差得太远了，再高一点恐怕广场舞大音响都压不住他，并且还号得变调了。

很快，那跌跌撞撞的铁塔般粗大的身影终于冲进了车灯照见的范围，汉子真跟见了鬼一样，奔跑速度快得要起飞了，中途还摔了两次，但硬是连个痛字都没喊，火速爬起来继续跑继续号，连我看了都觉得心疼……

在他的声音之后，我似乎听到了奇怪的隆隆声。

我拽了拽敖炽："听到没有？"

"似乎是车马声。"敖炽皱眉，"我好像还听到马叫了……"

"不是好像……真有马……"我目不转睛地看着汉子身后。

真奇妙啊，那里明明是车灯照不到的地方，却有一片青白的微光，由远而近，动静渐大。

199 第七章

莫失

是马车……不属于这个时代的马车，被嘶鸣的马匹拖拽着朝我们迎面而来，而马蹄是没有沾地的，每辆马车上都站满身着盔甲的兵士，沉默冷峻，杀机暗藏。

"救……救命……"汉子一把眼泪一把鼻涕地扑到我们面前，一把抱住敖炽。

"滚回车上去！"敖炽一脚踹开他。

汉子赶紧往车门冲去，而此时，车上的人显然也看到了这一幕，惊叫声此起彼伏。

"这不算小幻术了吧……小精怪可没这技能。"敖炽皱眉。

"小沙小敖快上车啊！"苏教授的脑袋从车窗急急探出来。

不等我们回去，早已慌了神的司机轰一下将客车急速后退。

"停下别乱动！"我大喊。

可客车还是不顾一切地后退而去，大概因为太慌张，司机没能掌握正确的方向，没退多远便听到轰一声响，客车歪斜着陷进了路边的深沟里，整个翻倒下去。

与此同时，我只觉头发与衣裳都被一阵凉气掀动起来，眼前白光一晃，那些兵马一个接一个穿过了我跟敖炽的身体，耳边只听得呼呼的风声。巨大的车队轰轰而过，瞬间消失在我们身后的黑暗里。

没有任何不良的感觉，就是一阵风吹过罢了。

敖炽把我从他怀里放出来，愤愤转身，骂道："哪个孙子敢戏弄你敖爷爷？弄这些中看不中用的玩意儿，吓唬小孩哪！"

我赶紧过去看那一车人如何了。

车窗玻璃碎了一地，里头的人东倒西歪，一动不动，我钻进去挨个查看，都还有呼吸，就是昏迷不醒。

"人都没事，全昏过去了。"我钻出来朝敖炽大喊，"过来帮忙把他们弄出来啊！"

敖炽没动，哼了一声，赫然现出原形，一转眼我们四周便陷入海蓝真火的包围。

这个笨蛋还是放大招了……我气得不行又无可奈何，唯一庆幸的是这帮人全晕了。

"啊！"

火焰里突然传来一声惊恐的尖叫，嗓子细细的，像个孩子。

"给我滚出来！"敖炽的尾巴循声而去，从火焰之中扫出一个小东西来，骨碌碌摔在地上。

一枚白色的围棋棋子……它躺在地上，身上露着好几道裂纹，在风里颤颤巍巍地抖动。

敖炽收了火焰化回人形，微微喘了几口气，冷笑："小小精怪也敢在我面前班门弄斧。"

我跑过去，看着这个小东西，蹲下来，用手戳了戳。

突然，一道白影从棋子的裂缝中钻出，咻一下从我跟敖炽之间溜走，转眼便消失在空气中。

不是妖怪，没有妖气，速度那么快，快到我都来不及分辨出那究竟是个什么物种。

敖炽要追，被我拦住："别管它了，那边还躺着一车人呢。"

"那是什么？跑得那么快！"敖炽恨恨道，"差一点我就抓住它了。"

"不知道，反正是妖怪的可能性很低。"我说。

这时，敖炽忽然指着前方："你看那边是啥？"

我抬眼一看，一片稀疏的灯火在夜色中闪烁，隐约可见高高低低的房屋，刚刚我们在这里转了五圈，看见的都不是这番景象。

"那里……是松县？"敖炽猜测。

咫尺之遥，偏不可见，看来有人不想我们去松县。

"先救人吧。那里肯定有医院。"

"怎么救啊？"

"你跑过去喊个车过来啊，不然怎样，把人背过去么？"

"人家要问起怎么说啊？"

"就说师傅疲劳驾驶开翻车了呗，还能怎么说，难不成说有精怪捣乱把车都吓翻了？"

◇ 叁 ◇

翌日，松县县医院。

医院的医生护士都忙坏了，好些年没有一次性来过这么多急诊病人了。不大的医院里，空余的病床基本都被他们占满了。

初步检查下来，他们这车人都没什么大问题，身上除了有些擦伤撞伤之外，都还好，唯独就是精神上有些不妥当，尤其是那个络腮胡大汉，一醒过来就抓住护士说好多马车冲过来，车上站满了古代的兵，杀气腾腾的好吓人！他说得激动，把小护士吓得够呛，喊了好几个保安来才把他拽开，医生不得不给他打了镇定剂，这才把这家伙稳定下来。

虽然没出人命，但在这种小地方，好歹也算一场大事故，院方循例通知了警方。

每个人都被盘问了一遍。所有人的回答都不一样，司机说是自己倒车失误，苏教授夫妇说撞了头实在想不起当时是怎么个情况，只记得好像有车从对面朝他们撞过来，其他人也说看见有车撞过来，他们只能喊司机倒车，哪晓得倒翻车了……

警察问肇事车辆是什么牌子什么颜色，车牌还记得否。每个人都摇头说情况紧急，

201 第七章 莫失

根本看不清，唰一下就过去了。

我肯定他们每个人都记得昨晚看见了什么，只不过不想把自己变成第二个被打镇定剂的倒霉鬼罢了，运气再坏点的话被塞进精神病院也不是不可能。

我也这么回答的，我也不想被打镇定剂。

警察离开后，大家在病房里面面相觑，多少还有点惊魂未定。

粉衣姑娘小心翼翼地问："昨晚我们看见的，是古代的马车没错吧？"

其余人沉默片刻，同样小心翼翼地点点头。

"我听说松县自古是流刑之地，好多被流放的犯人客死于此。"粉衣姑娘紧紧抱着被子，"咱们该不是遇到传说中的……阴兵借道吧？"

"呸呸呸，瞎说啥呀！"胖胖的中年妇女连啐了几口，"如今什么年代了你还相信这种封建迷信的说法！我告诉你，世界上根本没有鬼好吧！"

粉衣姑娘委屈道："那我们昨晚看见的是啥？"

"也许是场梦吧。"苏教授突然说，他推了推眼镜，朝粉衣姑娘挤出个笑容，"小姑娘你年纪还小，多想想高兴的事，就不要自己吓自己了。再说，昨晚的事已经过去了。"

"对对，老先生说得没错！"中年妇女拍手赞成，"就是梦。"说着又压低声音对小姑娘道："不吉利的事一定要当成一场梦，懂不？不要一直说一直想，不然你还会继续倒霉的。"

"真的啊……"小姑娘哭丧个脸道，"我们集体做了一场梦啊？"

"对啊，我们投缘嘛。"我哈哈一笑，"连做梦都是同款。"

小姑娘瘪着嘴，再不说话了。一场风波，看似到此为止，结局还好，不过是做了个一辈子都难忘的"梦"，以后说不定还能当个什么拉风的灵异经历讲给别人听。

从头到尾都没有说过一句话的，只有梁老师，她始终攥着她的佛珠，连翻车晕过去时都没撒手，不知道这串平平无奇的紫檀珠子里藏了什么信念。

我以为我跟敖炽肯定是最先离开医院的人，但没想到苏教授夫妇动作比我们更快，警察走后不久便说要出院，我劝他们再留两天观察观察，本来梁老师身体就不怎么样，确定没事再走比较保险。但梁老师却急急婉拒了我的好意，她进医院后开口说的第一句话就是："我没事，我要出去。"

苏教授解释说他们其实是来松县找个亲戚的，既然没什么事，就不想再耽搁时间了。

既如此，也没什么可阻拦的。离开医院时，苏教授站在病房门口，朝我们所有人鞠了个躬，说："不好意思，给大家添麻烦了。"

在别人听来这是礼貌客气，但我感觉，他的确是在道歉。

目送老两口的身影离开医院，敖炽碰了碰我："怎样，出发去鸡鸣塔？刚刚我已经问了护士，她说那座破塔的遗址就在县城西边，坐个公交车就能到，不过听说还要收门票……真是丧心病狂。"

"先吃饭吧……刚刚吃的盒饭好可怕。"

"走走走，找家又贵又好的整一顿！"

◇ 肆 ◇

走来走去，只有这间"莫失"最像个样子，从满大街的苍蝇馆子里脱颖而出，店面干净典雅，连店名都与众不同。

只是个卖面的店，这也没什么，但问题是门口的餐牌上只有一个选择——酸菜银丝面。

没了？就没了？

从来没见过哪间面店只卖一种面的……而且酸菜面好像不是特别合我口味啊。哪个做生意的会这样把自己往死路上逼呢，就算当年我开甜品店，也不会只卖一种甜品呀。

但放眼看去，这个小县城里确实再也没有比这里更顺眼的食肆了，而且，我相当好奇究竟怎样的老板才会把一间只卖一种口味的面条的小店叫做"莫失"，这种店面除了吸引到我这种有内涵的老妖怪之外，实在不如什么"鲜得很""大碗面"之类来得有吸引力，起码敖炽是相当不想进去，从刚才到现在一直在怂恿我去对面的烧烤店，起码还能见点肉。

如我所料，店里生意真是不怎么样，店面不算大，摆得下七八张桌子，都是木桌，擦得干干净净，连摆在上头的调料瓶都擦得亮闪闪的，这种规整与洁净容易让人心生好感，就算面不好吃也能被原谅的那种，但此刻只有墙角那一桌坐了客人，并且那客人我们认识，正是比我们走得还快的苏教授夫妇。另一个角落里，一个穿着黑衣裳的妇人正背对着我们在擦桌子。

苏教授他们应该也是刚落座不久，面条还没端上来。

刚一进去，老妇人听到动静，转过头来，很是木讷的一张脸，皱纹密布，足有六七十岁的模样，她看了我们一眼，不咸不淡道："两位吃面？"

"嗯，吃面。"我笑。

"坐吧。要大碗还是小碗？"老妇人又问。

"我要小碗，这条汉子要大碗的。"我拽着敖炽往苏教授那边走。

见了我们，苏教授先是一惊，旋即起身同我们打招呼，还跟敖炽握了握手："这么巧？"

"是啊，真巧，咱们也是有缘哪。"我笑道。

"也说不上巧。"梁老师的精神状态似乎好了些，笑看着我说，"你瞧小沙的形容举止，怎么也是个讲究人。这松县里头，就这儿看着还窗明几净，你都选这里进餐了，她自然也不会偏差到哪里。咱们碰上也是必然的。"

"梁老师不愧是教中文的呀，说得真好。"我拖着敖炽跟他们坐到一桌，"该遇上的，无论如何都不会错过的。"

"若真是这样，就好了。"梁老师苦笑一下。

"见到你们的亲戚了么？"我问。

苏教授怔了怔，摇头："还没。我太太说肚子饿，所以先来了这里。"

正说着，那老妇人自厨房里端了两碗热气腾腾的面条出来，放到桌上："两个小碗，慢用。"

连餐具都很精致，用的不是廉价的低档碗，而是白净细腻的瓷碗，碗边上还绘了一朵半开的荷花，筷子也是精致的包银竹筷，配上浸在浓郁汤汁中细如银丝的面条，再加上一撮碧绿的菜丝，卖相特别好，感觉再难吃也能吃上几口。

"您二位还得稍等一会儿。"老妇人说罢，抱着托盘便要离开。

"这位老妈妈。"梁老师突然喊住了她。

她停下，转过身，那双已见浑浊的眼睛并没看向我们任何一个人，木讷地站在那儿，连句怎么了都不问。

"您是这里的老板？"梁老师问。

老妇人摇头："老板在里头忙。"

"冒昧多问一句，您老在这里工作多久了？"梁老师又问。

老妇人心不在焉地答："不记得了，总有好些年了。"

听了，梁老师立刻从包里摸出一张照片来，我偷瞄了一眼，是个坐在画架前留着长直发的小妹子，笑得很阳光很乖巧。

"三年前您在这里吧，可见过这个孩子？"她把照片递到老妇人眼前。

老妇人随意地扫了一眼，我甚至怀疑她到底有没有看清照片里的人。

"没见过。"老妇人的语气倒是很笃定，说罢便头也不回地离开。

我看了看老妇人的背影，发现敖炽也跟我一样，死死盯着同一个方向。

梁老师失望地坐下来，苏教授安慰道："不着急，她人老眼花，看不清人也正常。等他们老板出来再问问吧。先吃面，不然凉了。"

梁老师点点头，沮丧地把照片收起来。

"你们来这里找的亲戚……是照片上的小姑娘？"我转过头看着老两口，"大家好歹也是一起遭过罪的旅伴，有什么困难，我们若能帮手，必不推辞。"

苏教授沉默半晌，说："我知道你们两个年轻人不是心怀鬼胎之辈，虽然萍水相逢，但我这把年纪了，识人的眼光还是有的。也不妨直说，照片里的人是我们的女儿。我跟我太太人过中年才得了这唯一一个孩子，视如珍宝。"

"她失踪了？"我皱眉，"在这里？"

一直埋头默默吃面的梁老师到底是吃不下去了，放下筷子，眼泪吧嗒吧嗒地掉下来，仿佛终是被人戳中了最不想面对的痛处。

敖炽靠过来对我附耳道："怎么又是丢女儿的！咱们上次遇到的那个可给我们找了不少麻烦，这次你可不许多管闲事。"

我揉开他，用眼神要他闭嘴。

"到底是怎么回事？"我问苏教授，"方才听梁老师问的是三年前，难道你家姑娘已经失踪三年了？"

苏教授叹气，点点头："三年前，就在松县。海珉才十七岁，那年寒假，她跟班上的同学一道来松县写生，然后就再也没有回来。"

"警方那边也没有消息？"我问。

"所有人都尽力了，不论警方还是学校，所有能用到的人力都用了，海珉就像从世界上消失了一样，没有留下任何线索。"苏教授摘下眼镜，揉了揉有些发红的眼睛，"她最后留下的痕迹，是她留在同学相机里的几张照片，拍的就是她在这间面店里头吃东西。我将这个线索提供给了警方，他们反馈的消息是，问了面店的老板，说孩子们是在那里吃过东西，但吃完就走了，再没返回过。"

敖炽听得皱眉，问："既然三年前已经问过了，为啥你又跑来这里？"

"这是我们第一次来松县。"梁老师突然开口。

所以我也听得皱眉了："三年来第一次来？当初你家姑娘失踪时你们没有来过这里吗？这说不过去啊。"

老夫妻对视一眼，欲言又止，良久，苏教授才拍拍梁老师的手，说："怎么可能不过来，可我们到不了松县啊！"

我相当不解："到不了？"

"知道海珉出事，我俩当夜便坐火车自省城赶来，我们在当地的学生知悉之后，主动开车来车站接我们，连夜将我们往松县送。"苏教授的神情突然复杂起来，"可是，就快到松县时却出了怪事，我们的车始终在原地绕圈。我们三人都从未遇见过如此诡异的情形，我那学生也是乱了手脚，竟直接将车开离了大路，往一旁的野地里过去，谁知开了没多久便出了车祸，撞上了一辆卡车。当时三个人都失去了知觉，再醒来时，已是在镕县的医院里，护士跟我说，送我们来的人告诉她，我们的车当时是逆向行驶在公路上，太危险了。可我记得我们明明是往野地里开的啊。"

"镕县？"我以为我听错了，镕县是另一个地方，离松县差不多七八十公里，"怎么会把你们送到镕县？抢救病人不该是就近原则么？"

苏教授苦笑："是我们的问题。似乎我们不论在哪辆车上，那辆车就进不了松县。后来我联系过开救护车的师傅，那是个上了年纪的很有经验的人，他好像并不太愿意跟我详说那天究竟发生了什么，只说开车时遇到了怪事，最后他是朝松县的反方向开，开了十来公里之后才突然发现自己已经安安稳稳地走在往镕县的路上。他还问我们老两口最近是不是惹到了什么奇怪的东西。我跟太太都是教书匠，平日里连出门的时间都很少，哪里会'招惹'什么奇怪的东西。只是，所有经历了这件事的人都不约而同保持了缄默，你们也明白的，这样的事，莫说别人，连我自己都不相信，所以要怎么说？不如不说。故而外人看来，我们老两口就是一对急着来找女儿却不小心遭遇了车祸的倒霉鬼。"

他把眼镜习惯性地在心口蹭了蹭，戴回去，又道："倒是那场车祸我很是内疚，我学生伤得很重，鬼门关前捡回了一条命。我们两口子也伤得不轻，后来不得不转省城的医院，足足治了一年多才能下床自如走动。知道了这件事，当地警方劝我们安心养伤，有任何线索都会提供给他们，他们一定尽力寻找海珉的下落。我知道他们是好意，也努力找了人，可我俩怎么安得下心，我们的伤一养好，立刻又动身往松县去，这次我们没有通知任何人，自己租了一辆车，司机也是很有经验的人，但还是不行，依然到不了松县，还把司机吓得够呛。我们怕又出什么祸事，便原路返回了，果然没开出多久，一切便恢复了正常。我不明白，也解释不了，好像有什么未知的力量在阻止我们来松县一般。"

"啧啧，你们也是执着啊，两次'鬼打墙'都不能阻挡你们来第三次。"敖炽盯着梁老师缠在手腕上的佛珠，努努嘴，问道，"那个……是什么人给你们支了招么？"

梁老师下意识地握住手腕，面色略见尴尬，说："实在是想不出法子，我们便将这遭遇跟一个对各种神秘事物颇有研究的朋友讲了，他也觉得十分离奇，但又深知我们夫妇绝不可能编造这样的谎言，于是过了些日子，他来到我们家，把这串佛珠交给我们，说此物是高僧所留，有灵气，可驱邪气，还说如果要再去松县，不妨找个人多的方式，比如跟大家一起乘坐客车，人气足了，或可一切顺利。"

我笑笑："虽然佛珠没有起到什么作用，但你们的朋友起码说对了一件事，就是人多力量大。"

苏教授很不好意思："实在抱歉，没有一开始就说明实情，一来是怕这件事太不可思议说出来反遭质疑，二来也是怕引起大家的不安。原想着这次有佛珠在手，或可有所改观，谁知还是给大家招来了麻烦。幸好没有出大事，不然我们这辈子都不得安生。"他顿了顿，认认真真将我跟敖炽打量一番，"虽然我们不知道究竟是什么原因让我们终于突破了那股力量的阻挠，但我总觉得跟遇到你们两人有关，尤其是翻车之后，我虽然意识模糊，但中途还是有勉强睁开过眼睛，我似乎看到了很明亮的火光，而且是红色与蓝色交缠在一起的火焰……"

"那真是你在做梦了。"敖炽抢白道，"你们是怎么突破'鬼打墙'的我是不清楚啦，你若要感谢我们夫妻俩，就该感谢我们俩当时没来得及回到车上，不然就没人及时把你们这群倒霉鬼送医院抢救了。"

"是是，这个一定要感谢你们。"苏教授忙不迭点头，"但不管我们能进到松县是否拜你们所赐，能遇到你们，已是我们夫妇莫大的运气。"

"哈哈，我们俩长得挺像吉祥物的是吧。"我调侃地笑出来，旋即又正经道，"接下来呢？来到松县又如何？三年都没有丝毫线索，难道你们觉得靠一张照片能有什么进展？"

"小沙，其实今天我们来，已经不为得到什么线索了。"梁老师擦了擦湿润的眼睛，"三年了，海珉是个非常懂事的孩子，从不做让我们担心的事，所以不管发生了什么，既然她三年都不曾出现，其实我跟老苏心里已经做了最坏的打算。我们千方百计来到松县，其实连我们自己都说不明白是为什么，为什么一定要这么执着，可我们就是想来，想看看海珉最后出现过的地方，不然我这心里啊，总跟缺了一块似的。我也猜到即便我们进得来，即便我们拿着孩子的照片把松县里的每个人都问一遍，即便他们个个都说见过海珉，甚至把她在这里走过的每个地方都告诉我，又如何呢？她始终消失了。这种无能为力的挫败感，这些年像瘟疫一样缠着我，你们能明白这种想做些什么但做什么都没有结果的感觉么？"

说罢，她终于控制不住自己的情绪，把脸埋在苏教授怀里压抑地哭起来。

刚刚还在的阳光慢慢暗淡下去，阵阵大风将地上的沙土吹成了一团团呛人的迷雾，经过店门口的人大多骂骂咧咧地加快了回家的脚步，放眼看去，一点点让人高兴的东西都没有，何况眼前还坐着一对伤心欲绝的老夫妇，我跟敖炽谁都没心情再调侃了，真希望我们俩确实是吉祥物，能用我们的本事冲淡一对老人的绝望。

我当然能明白梁老师的心情，我也有浆糊跟未知，我同样难以承受失去他们中任何一个的疼痛。这样的时候，任何安慰都无力。

等到梁老师的情绪平复了一些，我说："当年你家姑娘不是说跟同学一块儿来的吗，应该还有老师带队啊，大家形影不离才是，难道她能在同学跟老师的眼皮子底下不见了？"

苏教授道："当时有十来个同学，也有美术老师带队，能参加这样的活动，海珉非常开心，出发前还一再跟我们保证一定照顾好自己。她到了松县之后的当天，还用当地的座机给我们打了电话报平安，说松县比较闭塞，手机信号都没覆盖到，但是景色她很喜欢，一望无际的黄沙与荒漠壮丽得很。还说她全程都跟小琤在一起，连房间都是她俩一间，安全得很。我听了也就放心了。

"他们原计划要在那里待十天，可是第九天我就接到警察的电话。他们说，海珉的同学跟老师都说当夜在县城招待所时，亲眼看见海珉跟小琤回了房间，老师还肯定地说晚上他收到一个获奖的好消息，还专门去她们房间通知海珉，那时候她俩还好端端地在房里。小琤也说确实如此，老师走了之后，她们俩就洗漱睡觉了，等早晨醒来之后她便发现海珉的床上空着，她的所有物品都在，连她最心爱的画笔跟相机都好好地摆在桌上，唯独海珉不见了。小琤说她一晚上都在房间里，但并没有听到任何异常的动静，房间里一直很安静，她睡眠浅，如果海珉是被人绑架或者自己出了门，她一定会被吵醒的，但真的没有。她对警察也是这样说的，警察在电话里也是这么跟我说的，最终他们依然怀疑是海珉趁夜离开了招待所，但始终找不到任何有力的证据。"

梁老师哽咽道："若海珉真的不在了，我这颗心也就死了。可如今生死难料，我实在太难受了。如果她还活着，不知道她吃得好不好，有没有被欺负，穿得暖不暖。她最喜欢小猫，所以我给她织的每件毛衣背上都有一对猫耳朵……如今我给她织的新毛衣还放在家里，可我永远不知道她什么时候才能穿上了。"

"她的毛衣背上，有一对猫耳朵？"我若有所思地问了一句，笑笑，"喜欢猫耳朵的姑娘都很萌。如今还能坚持手织毛衣的妈妈也是很难得了，她来松县时穿的也是你织给她的毛衣吧？"

"是啊，我清楚地记得是那件朱红色的长毛衣外套，这孩子喜欢红色，说穿红色像圣诞老人，看着就开心。"只在回忆到这些片段时，梁老师的脸上才有了短暂的笑容。

敖炽看了我一眼，没说话。

这时，老妇人端着一大一小两碗面走出来，放到我跟敖炽面前："两碗面，大小各一碗，两位慢用。"

"谢了。"我拿起筷子，还没吃便闻到一阵混着葱花味的香气，挑起几根面来，比绣花针粗不了多少的面条确实像极了银丝线，而且火候掌握得正好，又柔又韧。

敖炽已经吃了一大口，嚼了几下，一瞪眼："味道还蛮好的。"

虽然我不是特别喜欢酸菜，但既然连敖炽都这么说，那怎么也要尝一口的。

结果……真的很好吃，难以描述的鲜甜均匀渗到了每根面条里，柔韧劲道的口感搭配腌制得正好的酸菜丝，实在让人食欲大开。

别说我现在很饿，就是不饿我也能吃两碗。虽然面条出乎意料地好吃，但我也没光顾着吃。

"那位老妈妈。"我边嚼着面条边喊住往厨房那边走的老妇人。

她还是那副木讷的老样子，回过头，谁也不看。

"面条是你煮的么？"我舔着嘴问，"好吃得很啊。"

"不是我煮的。"她的语气就像她的年纪一样老迈，"是老板煮的。"

"咦？是吗，很少有老板亲自下厨的呢。"我眨眨眼睛，"一定要请老板出来让我亲自称赞他一番啊。"

"老板还在忙。"她面无表情。

"没事，我等他忙完。"我笑。

老妇人没再吱声，抱着托盘往厨房里去了。

"没想到在这种小地方还能吃到这样的美食。"我又吃了一口，"越是平凡的食物，越是不易烹调出亮点。这间店的老板不简单啊。"说着我又催促着苏教授夫妇赶紧吃他们的面条，眼见着面都凉了，不吃完就太可惜了。

这个时候，我也只能跟老两口谈论面条的美味了，我总不能跟他们讲，就在那老妇人的背后，紧跟着一个穿着红色毛衣外套的长发姑娘吧，而且那毛衣外套的背后还织着一对特别萌的猫耳朵……

一开始就看见了，我跟敖炽曾就这件事悄悄交换了几次眼神。

那个不能被苏教授夫妇看见的姑娘，没有任何气味，所以我跟敖炽一时间都不能判断她究竟是个什么物体，非人非妖，也不是滞留人间的灵魂。唯一能确定的，她是苏教授的女儿，那个叫海珉的姑娘，最起码，是跟她有直接关系的存在。

其实我们完全可以不管这档跟我们毫无关系的闲事，吃完面条走人，去鸡鸣塔找我们的狐狸，可一看到苏教授夫妇头上的白发以及他们拼命压抑的痛苦，我又挪不开步子了。唉，就我这种性子，真是活该劳碌命。

这时，食不知味的梁老师放下筷子，对苏教授说："我去一下洗手间，肚子有些不舒服。"

"我陪您去吧，女卫生间苏教授去不太方便。"我正好喝完最后一口面汤，打了个饱嗝。

"不用不用，我还没虚弱到那个程度。"梁老师赶忙摆手。

"没事，我今天水喝得多，正好也要去。"我吐吐舌头。

梁老师无奈，只得跟我一块往洗手间那边走。

不知道那玩意儿什么来头，还是不要让老太太单独行动比较好。

这店里的洗手间特别小，就两格蹲位，并且其中一格有人，门是锁上的。

我请梁老师先去，我在外头等她。就算隔着一道门，我也知道，蹲在里头的是老妇人，因为那个紧跟她的姑娘现在正垂着头，默默地站在门外。

我假装什么都看不见，站在外头的镜子前，哼着小曲儿整理头发。

等我再一抬眼时，从镜子里瞅见那姑娘已然站在了我背后，垂着头看不清脸，俨然各大恐怖片里的标配姿势，也幸亏是我多少知道了些前因后果，加上吃得满意心情不错，不然谁若敢这样鬼头鬼脑地戳在我背后，管你什么来历背景，铁定会被我摁在地上胖揍一顿，揍完了还得再写一万字检讨书，主题就是"和谐社会吓人不对"。

我不打算有任何大动作，怕动静大了吓着还在里头蹲着的梁老师。"不管你是谁，对我呢，得客气些。"我笑眯眯地对着镜子说，"来者是客，你总藏着个脸，怕是不合适吧。"

话音未落，那姑娘突然抬起了手，一把扣住了我的肩膀。

像一根小针扎进了肩膀的皮肤，凉凉麻麻的感觉迅速扩散到全身，连眼睛也变得凉凉的。

眼前的圆镜子也扭曲成了奇怪的几何状，发散出亦真亦幻的闪亮光线……

◇ 伍 ◇

骄阳似火，蝉声不止。

长长的柳堤前，两个穿着高中校服的姑娘抱着一摞书慢慢前行。长头发的姑娘身材高挑，五官白皙秀美，短头发的那位略矮瘦一些，皮肤微黑，虽称不上大美人，但也青春俏皮。盛夏垂柳，阳光闪亮，两个如花似玉的年轻姑娘走在一起，活脱脱也是一道赏心悦目的风景线。

"小玪。"长发姑娘突然停住。

"怎么啦？"短发妹子奇怪地看着她。

"要不我跟何老师说，那个比赛我不去了，换你去吧。"她认真地说。

被叫做小玪的姑娘愣了愣，旋即咧嘴笑出来："你是不是中午在食堂吃了不干净的东西啦？苏海珉同学，你说什么胡话呢！"

"你画得不比我差，而且我知道为了参加这个比赛你准备了很久。去不了你一定会很失望的。"她站到小玪面前，"我认真的。我俩从小在一个大院里长大，从幼儿园到高中咱俩都在一起，除了没有血缘，咱们跟亲姐妹没有两样，我就是不想你不开心而已。"

小玪愣了愣，随即调皮地摸了摸她的头顶："傻死了，我哪有不开心。你也想得太多了。"

"本来是有两个名额的，可后来削成了一个，何老师叫我俩各交一张新作的时候我已经想退出了，你知道的，我不爱跟谁争。"她皱起眉头，连嘴唇都抿紧了。

"何老师让我们公平竞争也没错啊。"小玪吐了吐舌头，"论水平，班里只有咱们两个够资格去参加比赛，你赢了我是事实，所以你去参加没问题啊。"

"你真的……不生气？"她还是不太相信，"何老师说如果拿了奖，可能之后的大考会加分的。"

"走啦。"小玪一把挽住她的胳膊，笑嘻嘻道，"我哪有那么多气可生，生气太多的话皮肤会变差的。"

她一下子被逗笑了，这就是她从小一起长大的最好的朋友，如她所说，除了没有血缘，她们就是亲姐妹，小时候在一起捉迷藏，如今可以睡在一个被窝里嘻嘻笑着讨论哪个男生长得最英俊，谁心情不好了，第一个发现的一定是对方，十几年的默契与相亲相爱。

阳光顺着树叶间的缝隙洒落下来，她们手挽手往宿舍里走，一辆自行车停在她们面前，隔壁班那个常常被她们红着脸偷偷议论许久的男生把一个包好的礼品盒交给了苏海珉，说了声"生日快乐"。

小玪看着他远去的背影，白衬衫真干净啊，干净得有点刺眼了。今天也是她的生日，她俩的生日是同一天，其实她一早就向他透露过了。也许他忘了吧。

他送的是一盒非常可爱的小熊饼干，苏海珉留下了里头的卡片，把饼干全给了她，说知道她最喜欢吃这种饼干，她笑着接过来，咬了半口。但仅仅咬了这半口，因为在苏海珉离开宿舍后，她就把一整盒饼干全部倒进了楼下的垃圾桶。

转眼，冬天到了，天空稀稀疏疏地飘起了雪花。

一辆客车行驶在通往松县的路上，车厢里一片欢声笑语，年轻的学生们带着他们的画具，在老师的带领下去往那个陌生的县城，听说那里有遍地黄沙，还有生成各种怪异形状的野山，老师说再没有比那里更有野性更壮丽的地方了，太适合写生了。

这个年纪的孩子，说是来写生，其实哪里又真存了这个心思，少男少女们无非是想冲到校园之外的地方畅快玩耍一回。

连素来文静的苏海珉也跟着大家唱歌笑闹，小玪更是一如既往地活泼，有她在，走到哪里都不怕寂寞。

来到松县的头几天，很快就过去了。

这天傍晚，小玚吵着说招待所提供的晚饭太难吃，硬拉着苏海珉去外头觅食。找来找去，她们俩选中了这间看起来最干净，店名也最奇怪的"莫失"。

真有趣啊，一间餐馆却只卖一种口味的面条，难怪生意看起来并不是太好。但肚子太饿，随便吧，就这里了。

这个傍晚，她们俩是店里唯一的客人。进了店，只看见一个长发过腰的女人，着一身素雅的白旗袍，正一边嗑瓜子一边看着墙上的电视，偶尔发出一阵银铃般的笑声。

"请问，在营业中吗？"她试着朝那女子喊了一声。

女人回头，一张脂粉不施却颠倒众生的脸，看得她两人都倒抽了一口凉气，就是画里头也少见到这般姿色的女子啊！

"哎呀，抱歉，光顾着看电视怠慢了客人。"赶忙起身朝她们走来。

她们又愣了愣，这时才看见这女人只有一只右手，左手齐着手肘处没有了。太遗憾了，本该是如此圆满的一个美人，不论五官还是身材还是气韵，都挑不出任何缺点。

"坐坐坐。"女人热情地招呼她俩坐下，"稍等片刻，我家的独门秘制酸菜银丝面你们一定会喜欢的。"

事实证明她没有撒谎，这个面真的很好吃。小玚吃了两碗，还不够。

女人坐在她俩隔壁，用小炉给自己温了一壶米酒，笑眯眯地边喝边看着这对小姐妹。

米酒的香味顺着炉火的暖意散开来，小玚闻到，说真好闻啊。

"要喝一杯吗？"女人笑问，"天冷，姑娘家喝一小杯米酒倒也不妨事。"

"小玚！吃饱了就回去吧，还喝酒呢，被何老师知道了肯定要骂你的！"苏海珉立刻阻止，马上从钱包里掏出钱来摆在桌子上，又对女人点点头："谢谢您的招待，面很好吃。"

"不客气。"女人抿了一口米酒，笑道，"高兴的话随时欢迎你们回来，我的米酒跟面条一样好味道。"

小玚十分不情愿地被拖走了。然而天黑之后，小玚又独自回到了这里。

见了她，女人倒也不惊奇，笑问："小姑娘，这是回来吃面，还是来讨酒喝呀？"

"都要。"小玚坐到靠墙的桌子边，脸色远没有白天那么好看。

面跟酒很快就端到她面前。她没怎么吃面，反而是喝了一杯又一杯。

女人也不太阻止她，她要喝，便拿给她，一直喝到小玚微有醉意，她才把酒壶从小玚面前抢走。

"不痛快的人才喝这么多呢。"她笑，"小小年纪，不该有如此烦恼啊。"

小玮不说话，撑着脸，盯着她："我总是输给她。"

"哦？"女人袅袅娜娜地坐到她对面，"白天跟你一起来的那个小丫头？"

"幼儿园里头她拿的小红花比我多……上学了，我们一直同班，她的成绩永远是第一，我永远是第二。连我们画画，参加比赛，只有一个名额，我都输给她，老师说她有天分……可我也很努力啊，我练笔常常练到半夜，她都不知道……她以为我不在乎不生气，以为我们永远是好姐妹……"微醺的她说话有些语无伦次，"最好笑的是，我们一起喜欢上的男生，眼里也只有她，没想到在这件事上我也输给她……"她打了个酒嗝，直起身子冲女人摆摆手，说，"不过你别误会啊，我不是嫉妒，真的，我一点都不嫉妒。我就是想不明白，为什么我俩的战局里，我从来当不了第一，我真的很想试试胜利的感觉，真的。"

女人笑笑："小姑娘，你今晚喝得有点多了。"

"不多，我挺清醒的。"小玮立刻否认，然后压低声音道，"跟你说个秘密，有时候吧，我真想她消失啊，没有她，我就是第一了，对吧？"

女人又笑："这样讲好像也没有错。你真的觉得她消失了，你的日子就会明媚起来么？"

"当然。"小玮笑出声来，"只要她消失了，就没有人能赢我了不是吗？"

"这样啊……"女人嘟起嘴，想了想，忽然伸过手来，紧紧抓住了小玮的左手。

小玮从来没碰到过这么凉的手，比冰还凉，寒意像刀一样剐进了骨头里，带着一阵麻麻的刺痛，好像有什么看不见的东西钻进了手心似的。

小玮用了很大的力气都抽不出手来，酒意也被惊走了大半。

最后，是她主动松了手，小玮才得了自由。

"你……你的手好凉。"小玮握住左手，诧异地看着她，"你在做什么？"

"帮你的忙啊。"她狡黠地冲她挤了挤眼睛。

"帮我？"小玮不解，"我没有让你帮我什么啊，你我不过是今天才认识的陌生人罢了。"

"如果你真的想那个人消失，三天之内只要用你的左手触碰到她，那么这世上就永远没有她的存在了。"她微笑着说，"而本该属于她的日子，以后就要由你帮她过下去了。三天，只有三天，过了这个期限，谁都帮不了你啦，自己考虑清楚哟。"

小玮觉得自己应该骂她一句神经病的，但是偏偏骂不出口，她说的每个字都像魔咒一样，毫无理由地让她摒弃了所有怀疑，这太可怕了。

一个卖面条的，在寒冷的冬夜跟她说，可以帮她让一个人消失……而她居然不认为这是疯子的胡话。而且刚刚被她握住左手时的感觉，实在太诡异了，同时，她分明觉得此刻身上有一股奇怪的力量在游走。

不记得自己是如何走出"莫失"的，只记得在人烟稀薄的街道上，她回头看去，那间只卖一种面的小店已经关门了，只有微黄的灯光从门缝里透出来。

刚刚走回招待所，便瞧见苏海珉从另一个方向匆匆跑过来。

"你跑到哪里去了？我找了好久！"她嗔怪道，"一会儿何老师要来查房的，你这么晚才回来一定会被骂的。"

见了她，小玡下意识地将左手紧紧背在身后，生怕碰到她。

苏海珉凑近她闻了闻，旋即扇了扇鼻子："你喝酒了？"

"一点米酒。"她挤出个笑容，"走吧，回去。你也是，我这么大个人了，不会有事的，我就是出去逛逛，逛完了自然就回来了。"

苏海珉却不依，一路上都苦口婆心地跟她说女孩子单独走夜路很危险跑外头喝酒很危险不按时回家很危险，回到房间里也没停下。

她听得烦躁，说："好了好了，我要睡觉了。别说了行不行？"

苏海珉叹气："我怕你有事。"

她沉默片刻，终于挤出个笑容来："我这不好好回来了么，把白天拍的照片整理一下吧，然后早点休息。"

"好！"苏海珉高兴地点头，把数码相机拿出来，"白天拍的照片都不错，不过你拍我吃面干啥，看起来好傻。"

她笑道："你从来都不傻。比我聪明多啦。"

没多久，有人敲门。是她们的何老师。

这时的他一脸喜色，一进门就对苏海珉道："好消息好消息！你的画拿了第一啊！我刚刚收到的消息！"

另外两颗心同时咯噔一下，一个是喜悦，一个是难以描述的低落。

"真的啊？"苏海珉不是很敢相信，"我就是随手那么一画……"

"你觉得那是随手，可我看来那就是天赋，何况你平时也是个努力的人。"何老师比谁都兴奋，"咱们学校好些年没人在这个奖项上拿冠军了，你给咱们争光了啊！等领了奖回来，学校给你开庆功会，到时候肯定会有媒体到场采访，你要做好准备啊！"

"哦……好……"苏海珉点头。

"太好了太好了，有你这样的学生，老师也很自豪啊。"何老师用力拍了拍她的肩膀，

"好好休息，过几天等我们回去，等着你的就是鲜花跟闪光灯了，哈哈。"

她站在一旁，用尴尬的微笑陪衬着这一场提前到来的庆祝。

何老师从来到走，没有跟她说一句话，哪怕他跟她说一句，你也不错，以后要继续努力，她心里都会好过些。

苏海珉，因为你的存在，挡住了我所有的光芒。

夜深人静，她躺在床上，辗转难眠，索性坐起来，静静听着来自旁边床上的沉稳的呼吸声。

今晚，窗外的月色异常明亮，落在那张白皙细致的脸上，折射出梦幻般美好的光芒。

自己十八年的人生都跟这张美丽的脸孔纠缠在一起，她想结束这样的日子。在那一场又一场的战局里，她总是输得一败涂地，然而还不能将自己的不悦、脆弱与愤怒表露半分，因为她们是同年同月同日生的好姐妹啊，在所有人眼里，她们是世上最美好的组合，拥有最令人羡慕的友情。

但，她想赢她却又赢不了她的心情，要如何化解？

如果，你真的消失了……

她慢慢起身，光着脚坐到苏海珉的床边，仔仔细细地端详着这张再熟悉不过的脸孔。

"海珉，你长得真好看。"她喃喃。

床上的人忽然被惊醒，苏海珉睡眼惺忪地看着她："怎么了，睡不着么？"

她点点头。

"是不是酒喝多了头疼啊？"苏海珉坐起来，伸手摸了摸她的额头。

她伸出右手，拉下对方的手："我没事，酒早醒了。"

"那你怎么了，有心事？"她看着她的眼睛。

"是啊。"她点点头，"我在想，如果我们从来不认识就好了。这样我们就不用打仗了。"

"嗯？"苏海珉一头雾水，"不认识？打仗？小琤你在说什么呀，还敢说自己酒醒了！我去给你倒点热水。"

"不要，我没事。你坐好，让我再看看你。"她把她拽回原位，又帮她盖好被子。

"小琤啊……你别吓我呀，哪里不舒服一定要说。"她担忧地看着她。

"我没有哪里不舒服。"小琤笑看着她，缓缓把一直背在身后的左手伸出来，轻轻摸上她的脸颊，"我今天认识了一个人，她说能帮我……"话音未落，她手下一空，床上没有了苏海珉的踪迹，一个活生生的人，就在她面前像被删除的数据一样，唰一下就没有了。

她的左手停留在半空，石化了般不敢动弹。

那个女人……真的没有撒谎……

真的消失了……连一根头发都没有留下。

不知过了多久，她才慢慢放下几乎没有知觉的左手，木然走回自己的床上，躺好，盖上被子，像什么都没有发生过一样，侧过身子，闭上了眼。

她不知道自己是昏迷还是睡着，反正是做了一个很长的梦，梦里头，她们两个还跟从前一样，手挽手走过学校里长长的柳堤，夜里不睡觉，缩在一个被窝里讨论哪个男生长得英俊。

梦的结局是，她站在一团孤独的光芒里，苏海珉被无数双惨白的手从她身边拖进了黑暗，她听到她在喊自己的名字，可是她动不了……

◉尾◉

搭在我肩膀上的手离开了。

世界在我眼前恢复如常，镜子还是圆的，水龙头依然没有关，淌着细细的水流。

里头的隔间传来冲水的声音。有人开门出来，正是那老妇人。

我定了定神，让她走到前头洗手，旋即又探头往里喊了声："梁老师，你还好吧？"

"还好还好，就是有点闹肚子。"梁老师回应道，"小沙啊，你不用等我，我没事的。"

从刚才到现在，现实的时间应该只过去了不到十分钟。

我回头，看不见脸的姑娘又跟在老妇人背后离开了。

我皱起眉头。

又过了几分钟，梁老师跛着脚走出来。

我赶忙过去扶住她："还好吧？"

她不好意思地笑笑："上了岁数，稍微蹲久些就脚麻了。"

我们还没走回大厅，一阵银铃般的笑声便飘了过来。

我们的饭桌前，多了一号人物。

素白的旗袍，只在领口与裙边绣了银白的花纹，一头比我短不了多少的微卷黑发，慵懒地披散在腰间，转过来的那张脸孔，也确实当得起倾国倾城。对于不施脂粉的女人来说，要做到这一点很难，她的艳丽妩媚与胭脂水粉无关，是自带于眉梢眼底的"妖气"。

敖炽与她相谈甚欢的样子，我还没走过去，便听到敖炽大声的称赞。

"难得啊，这样一个小县城居然有你这样的美人，不但人美，煮的面还这么好吃！"

"敖大哥过奖了，我这样没见过什么世面的妇道人家，也只能窝在这个小县城里，靠一碗面赚点零钱度日。"

"你太过谦了，这样的水准，放到哪个大城市你都会红的！不如考虑一下离开这个小地方，我在很多大城市里都有熟人，一定能帮到你。"

"敖大哥的好意我心领了，诗诗习惯了这里的日子，怕去了大城市会不习惯呢。"

啧啧，敖大哥……这小嘴可真甜哪！

我扶着梁老师走过去坐下，故意狠狠地咳嗽了两声，然后把敖炽往旁边一撞："让个位子呗，敖！大！哥！"

敖炽瞪了我一眼，边拉我坐下边说："你自己说要当面称赞煮面的大厨的，如今人家来了，我先替你称赞称赞呗。"

那女人笑看着摆出一张臭脸的我，笑道："这位一定是嫂夫人了。"

哈，这亲戚倒认得挺快的嘛。

"哎呦，什么嫂夫人哪，喊我小沙就行。"我也笑，笑得比她还灿烂，"我可没福气有你这么大个妹子呀。未请教贵姓芳名？"

她起身，朝我伸出右手："姓莫，单名一个诗字，相熟的人都喊我诗诗，不熟的人称我一声老板。"

我低头看了看那只白皙纤细的玉手，短暂犹豫之后，伸手握住了它，笑："幸会幸会，我姓沙，名小树，相熟不相熟的人，都喊我一声老板娘。"

"哦？您也是开店做生意的？"

"曾经是吧。"

"那要跟您多请教了。"

"彼此彼此。"

我们俩的手，紧握在一起，好难得遇到一个打扮与我相似的人，一绿一白两件旗袍摆在一起其实挺好看的，但它们的主人，只怕要在这间小小的店里撞出不太好看的火花吧，呵呵呵。

第八章 【战神】

世间诸多恶事，虽形形色色，然起源不外是恨意作祟。

◉ 楔子 ◉

"天明之前，我要皇都之外一片清净，硝烟可散，有家可归。"
这时候的她，看起来不像妖，很像神。

◇ 壹 ◇

名为"莫失"的小面店里，气氛变得前所未有的好。

我跟这位诗诗美女对面而坐，从松县的天气聊到今年流行的鞋子，从面条的煮法聊到面膜的好坏，简直就是一对相见恨晚的好闺蜜。

敖炽连吃了三碗面，在女人的话题里完全插不上嘴。

也如我们所料，苏教授夫妇并没有从诗诗口中得到任何有价值的信息。她跟老夫妇说，三年前确实有这样一个姑娘到她店里来吃过东西，但她只见了那姑娘一面，再无下文，后来听说这姑娘失踪了。当地警方也来过好几次，她也是这样同警察讲的。然后她不肯收苏教授他们的面钱，说他们风尘仆仆来一趟不容易，这顿就算她请客，同时希望他们尽量放宽心，分离固然难受，但事已至此，便要想明白万事皆有因果，已经发生的不能改变，若真为了女儿好，便照顾好自己，妥当地走完余生吧，女儿既然听话又孝顺，那么这应该是她最想看到的结果，不论她此刻在哪里。

虽是寻常的安慰，但从诗诗口里说出来，却平添了许多温柔体贴，每个字都被揉得又绵又软，在不经意间渗透你悲伤的心情，绝不惹人反感。

苏教授夫妇怀揣着对她的感谢以及注定的遗憾，离开了"莫失"。当他们迎着夜色走出门口时，我觉得他们比来时更老了。谁说背影看不出年纪？

他们离开之前，我佯作随意地问："对了，跟你家海珉睡一间房的姑娘，后来还有联系么？出了这样的事，小姑娘怕是也很难过的吧？"

"你说小琤啊？"苏教授叹气，"是不好。听说这孩子没多久就退学了，好像连高考都没有参加。这些年也失去了联系，不知她过得如何。"

"小琤是海珉的好姐妹吧？"我又问。

这次答我的是梁老师："是，她们俩同年同月同日生，从小到大都在一个班念书，小琤常来我们家玩。这孩子的父母很早就没了，靠外婆养大，她跟海珉情同姐妹，我们也拿她当半个女儿看待，毕竟两个小姑娘能有这样的缘分也是难得。"说着她又揉了揉依然泛红的眼睛，"海珉已经不见了，希望小琤不要再有什么事了。这几年我跟老苏心力交瘁，实在是没有余力去照看她了。"

我笑笑："三年了，小琤也是大姑娘了，应该能把自己照顾得很好。你们不用担心，过好自己的日子就是。"

"嗯。"梁老师握住我的手拍了拍，"谢谢你啊小沙。"又对敖炽点点头："还有小敖你，一路上多亏你们照顾了。"

敖炽哈哈一笑："不用客气，长得越好看的人责任越大嘛，照顾你们是应该的！"

什么鬼话！我扭头狠狠剜了他一眼，却看到后头的诗诗在抿嘴轻笑。

这个女人真爱笑啊，呵呵呵。

苏教授说他们再在松县转一转便回省城，并留下了电话号码，说如果以后我们去省城玩，一定要去他们家里坐坐，他们要亲手做一顿饭来感谢我们。

我存好电话号码，说有机会一定去府上拜访。他们离开前，我又喊住他们，看了看手机，尽量委婉地问："苏教授，梁老师，如果……海珉有什么……呃，'确定'的消息，你们懂我的意思吧，通知你们没问题吧？"

"这是应该的啊。"梁老师脱口而出，苦笑，"我知道小沙你担心我们两个老家伙承受不了那个最坏的结果，其实不是，这三年已经是我们一生中最坏的日子了。若能有个结局，我们的心也就定了。"

"好……我明白了。"

我没办法把一个不在人世的人带回来，但如果她真的不在了，我起码可以弄明白她不在人世的原因，尽管这原因对失去女儿的父母来说没有任何意义。

但凡事还是有个结果比较好。

我目送老夫妻的身影消失在街角。

◇ 贰 ◇

入夜的松县，加之天气又不好，街头基本见不到人了，到处都是寒风吹过的唰唰声。

从表面来看，莫失里头只剩下了四个人，我跟敖炽，诗诗跟老妇人。

在我跟诗诗兴高采烈地聊天吐槽时，老妇人拿着抹布把所有桌椅都擦了一遍，又拎出水桶跟拖把，把地面拖得干干净净，我听到她微微的喘息声，毕竟对于一个六七十岁的老人而言，这样的活儿还是略微重了一些。

可诗诗好像一点都不在意，依然与我谈笑风生，对老妇人并没有任何体恤之语。同为老人，她对待苏教授夫妇俩的态度却好太多了，而且对他们的体贴并不像是卖家对买家的客套与讨好，很真诚。

穿着红毛衣的姑娘一直跟在老妇人身旁，一言不发地看着她，而老妇人只是低头做事，视线不愿与任何人相交。

拖最后一块地面时，老妇人脚下一滑，人没摔倒，只是后退时腰撞在了桌沿上，我听到她轻轻"啊"了一声。

在我打算起身去看看老妇人有没有伤到时，诗诗却先开了口，不冷不热地对着老妇人问了一句："苏妈妈，没事吧？"

老妇人忙摇头："没事没事，轻轻撞了一下。"她一边回答，一边忍着疼痛揉着自己的腰。

"那继续打扫吧，厨房里的锅今天全部都要洗一遍呢。"诗诗转回头，脸上立刻又堆满了笑："你刚刚说还有会变颜色的口红？是哪个牌子的呀？"

话音未落，敖炽不太高兴了，幸好对方是个万中无一的美人，他还能忍住不黑脸，尽量客气地说："诗诗啊，你这样不是很合适吧？上了年岁的人，撞一下滑一下可能后果很严重的，你还让她干重活？"

诗诗一笑，头也不抬道："苏妈妈，你还可以吧？"

"可以的可以的，我拖完地就去厨房洗。"这位苏妈妈立刻拿过拖把又开始干活，拖得比刚才还认真。她的所有表现都只告诉我一件事，她很怕诗诗，哪怕诗诗只是轻飘飘地质问一句。

敖炽皱起了眉头，脸色也相当不好看了。

"在我店里工作就是这样啊，只得我与她两人，杂事虽不多，但总要有人去做。"诗诗当然看出了敖炽的不悦，又抬起自己残缺的左手晃了晃，笑，"她不做，难道要我做？"

当她的残肢特意出现在我们眼前时，我才突然意识到，对啊，她是个少一只手的残疾人。可能是因为她容貌太美，言行又太自然，在与她接触的短短时间里，我居然完全忽略了她身体上的残疾，觉得坐在面前的就是个毫无瑕疵的美人。得经过多少风浪，积累多少阅历，才能有这般的功力？

我笑笑："诗诗你别介意，我家这位也是随口一说。毕竟这是你开的店，这位苏妈妈也是你的下属，你要如何调配我们是管不着的。"

"嫂子这话倒是没错的。"即便是在说一件并不好笑的事，只要她一笑，那笑容就会让人想到不同姿态的盛开的花。

我要是个男人，也一定会喜欢这样的女子。

说话间，苏妈妈已经收拾好外头的一切，提着水桶跟拖把往厨房里去了。很快，厨房里传出锅碗瓢盆在水声中碰撞的声音。

敖炽侧过身子，凑到我耳边小声道："她比你可恶多了。"

那还用说，我啥时候真正虐待过我的历任帮工了？在我的不停里，哪个不是好吃好喝好住的？也就偶尔拖欠一下工资，简直瑕不掩瑜。

不过，她跟我始终还是不一样。

"算了，一个女人里外操劳，还少了一只手，也不容易，你可别瞎说难听话。"我扯住他的耳朵悄悄道。

看着窃窃私语的我们，诗诗笑着往我们的杯子里加了些热茶水，说："你们两个也是有趣，就算是议论我缺乏爱心性情歹毒，也不必扯着耳朵说呀，我听到了也不会生气的。"她放下茶壶，一只手托着腮，特别认真地看着我跟敖炽，"说实话啊，从你们一踏进我的门槛，我就喜欢上你们了，你说你们要是早来些时日该多好呀。"说这话时，她的眼睛比任何时候都闪亮，好像我们的到来真是她人生最大的欢喜。

的确是一个不太好摸清画风的女子，如果我把几个小时前在洗手间里"看"到的一切告诉敖炽，他应该再也摆不出好脸色了，搞不好诗诗连另一只手都保不住了。

我必须很淡定。

"诗诗你说话太有意思了。"我哈哈一笑，"单凭你这样的相貌，就不会有人忍心说你心肠歹毒。我们夫妻俩说悄悄话的原因只能是想吵架但又不想影响到旁人。"

"哦？我瞧你们俩感情好得不得了，也吵架？"她笑问。

"如果哪天我们不吵架了，那恐怕就到离婚的边缘了。"我撇撇嘴，旋即露出八卦的嘴脸，"你这么好看，你夫君怎么舍得让你一个人在外操劳？"

"我从未嫁过人。"她直言，仿佛落进了星光的眸子有刹那的黯淡，但笑容立刻又赶了回来，"所以我没有夫君呀。"

是没有夫君，还是你的夫君惹你不高兴，被你唰一下变没了呢？

这句话堵在我的喉咙里，硬是忍住了没说出来。

我瞪大眼睛："这不可能吧，以你的条件，倾慕之人应该从松县排到省城才是啊！"

"外表与际遇，有时毫无关联。"她笑，"就好像你的'以为'，跟'真相'也未必有联系。"

"你这样讲，好像也没有什么错。"我也笑。

我跟诗诗之间，烧起了看不见的战火，藏在轻描淡写的语句之间蓄势待发。我们彼此都已看出对方的"与众不同"，却还在守着最后的心照不宣。

这时，苏妈妈擦着手从厨房走出来。

"老板，所有的锅跟碗都洗干净了。"她走到诗诗身旁，垂着头，眉眼之间就是一个等待大小姐发号施令的老妈子。

"好，那就回去休息吧，不早了。"她笑看着苏妈妈，"今天辛苦了。"

"都是我的分内事，不用谢。"苏妈妈忙不迭地说，"那我先走了？"

"嗯。"得了最确定的允许，苏妈妈才往大门走去。红毛衣的姑娘像她的影子一样忠诚，寸步不离。

"苏妈妈。"在她即将踏出门外时，我叫住了她。

苏妈妈站定，像之前那样微微侧过头，也不看我，说："客人还有事？"

"苏妈妈住哪里呀？"我突然问了个怪问题。

她愣了愣，好一会儿才道："就住在不远。"

"地方大吗？"我继续。

诗诗笑看着我，手里还剥着一颗瓜子，没有阻止我问任何奇怪的问题。

"不……不大。"苏妈妈似乎非常不擅长与人交流沟通，越被问话越紧张。

我笑笑："地方不大的话，你们两个人住是不是挤了点？"

苏妈妈怔住，僵硬地转过身："我一个人住。"

"不可能吧。"我朝她身旁努努嘴，"那位穿红毛衣的姑娘与你寸步不离，你还敢说你一个人住？"

她皱纹纵横的脸终于有了表情——惊骇，好几秒钟后她才局促地搓着手，旋即转过身不再跟我有任何眼神上的交流，支吾着："你眼花……我回去了。"

"话都没说完，苏妈妈别急着走。"我竖起两根食指，象征性地做了个"关门"的动作。

莫失的大门立刻在无人触碰的情况下自动关闭，老旧的门板在合上时发出砰一声巨响，苏妈妈应该庆幸她走慢一步，不然脑袋被门夹了可怎么办。

"哇，好厉害呀！"诗诗吐出瓜子壳，朝我竖起了大拇指，"想不到嫂子你还有这般吓人的本事。"

"诗诗老板也不逊色于我啊。"我也朝她竖起大拇指，"面对失去唯一女儿的老夫妻，你也可面不改色地撒谎，也是有大本事的人呢。"我顿了顿，直视着她美不胜收的眼睛，"或者说，你不是人。"

敖炽的手指看似无聊地扣着桌面，说："诗诗，无谓再浪费时间，跟在苏妈妈身边的姑娘，我不信你看不到。"

长得好看确实有优势，起码这是我见过的盘问疑犯时态度最好的敖炽了。

我们三个都很镇定，不镇定的只有苏妈妈，她愣了半晌，突然用力去掰紧闭的店门，喊着："我要回去！放我回去！"

她身旁的姑娘，静静看着她每一个歇斯底里的动作。

"苏妈妈，你就不要吵了，客人不让你走，你是走不了的。"诗诗若无其事地看着我跟敖炽，举起茶壶晃了晃，自言自语道，"呀，喝光了，我去换一壶。"

"没有人要喝茶。"我拉住她，"坐下继续聊。"

诗诗也不抗拒，袅袅娜娜地坐回来，又对我道："既然你们已经亲眼看见了，又何必多此一问。难道你要我跟她的老父母说，你们死心吧，你女儿已经不在这个世上了？"她柳眉微皱，撒娇般道，"好残忍！何苦呢！"

这时，苏妈妈突然扑了过来，一下子跪在诗诗面前，磕头磕得砰砰响，语无伦次道："老板，你让我走吧，我不想留在这儿，你让我走！求你放我！我就知道今天会出事……会出事！一看见他们就不舒服，我害怕……我要走！我要走啊！"

与白天判若两人的苏妈妈，脑中那根不知道已经紧绷了多久的弦，终于在此刻被什么东西击断了。

"苏妈妈，我从来没有留过你啊，你该不是老糊涂了？"诗诗很无辜地看着这个拼命磕头的老人，俯身伸出右手扶住她的肩膀，"不是说过了吗，你什么时候看不见你身边的姑娘，你什么时候就自由了。所以问题不在我这儿，在你自己身上啊。"

苏妈妈停止了疯狂的行为，缓缓抬起头，脸上老泪纵横："可我一直看得见她啊！一直看得见啊！难道……难道你要我挖掉自己的眼睛吗？"

"问题也不在你的眼睛上啊。"诗诗很无奈，顺手从桌上的纸巾盒里抽出一张纸巾，细细地擦去苏妈妈脸上的眼泪，"就算你现在瞎了，你还是能看见她。"

诗诗总是微笑，每个动作总是温柔，但不论是苏妈妈还是我们，现在只能从她的举动中感受到没有底限的冷酷与绝望。

靠聊天是解决不了问题了。

我看着敖炽，简明扼要道："方才陪梁老师去卫生间时，我看见了某些人久远的记忆。你的诗诗妹子三年前握了握小琤的手，教唆她如果看不惯处处比她优秀的好姐妹苏海珉，就用这只手碰碰对方，这样，世界上就再不会有这个人的存在了。"

听罢，敖炽沉默片刻，扭头直视着诗诗："要辩解吗？"

诗诗看了看瘫坐在地上的苏妈妈，也懒得再理会她，坐直了身子，嫣然一笑："只有一点我要辩解，我从不'教唆'，他们会做这样的事，仅仅是因为他们'愿意'。那些藏在心里不为人知的恨意，跟我一点关系都没有，不是吗？"

疑犯的坦白比我们想象中更爽快。

仅仅握了握一个人类的手，就能赋予她让另一个人消失的力量，如果是这样一个对手，我跟敖炽恐怕应该再吃饱一点才能应付的了。

"好歹有一碗面的交情，诗诗妹子不如给咱们交个底儿？"敖炽的笑容里剔除了一切温柔善意，只有渐浓的警惕。

"我一个在县城卖面条的妇道人家，有什么底儿啊。"诗诗哈哈一笑，"我猜敖大哥跟嫂子才是家底儿深厚的人哪。"

她在温柔地激怒我们，并且是故意的。

敖炽突然伸出手掌，一团火焰自掌心腾起，火光之中，诗诗的眼睛更亮了。

"小本生意，不容易，若是付之一炬，你不心疼？"敖炽轻轻吹了吹掌中的火焰，一个小火星子飞出来，落在桌上的筷子筒里，一把木筷瞬间成灰。

对嘛，这才是我家敖大爷正确的盘问方式啊！

可我不敢有半分松懈，毕竟这是一个有能力让人凭空消失的女人，或者女妖怪，我摸不清她的底，只能随时注视她的每一个动作，尤其是她右手的动向。

"这是要烧我的店杀我的人？"诗诗委屈地瞪大眼睛，旋即又扑哧一声笑出来，"那得看你们有没有这个本事了。"

话音未落，她的身子唰一下朝后一退，随即悬空而起，棕黑的眸子瞬时殷红如血，背后的长发如入水中，诡异摇动，一切温柔体贴都消失无踪，眼前只有一个挂着邪魅笑容的标准的女妖怪。

苏妈妈哆嗦着，抱着头缩在原地，不敢看不敢说不敢动。

这种挑衅对敖炽来说，是百发百中的，不管你长得多好看，该教训的，绝不手软。

我也做好了从旁协助的准备，一根头发丝已经捏在了手里，毕竟绑起来比较好打。

战火高烧，千钧一发之际，有人敲门。

咚咚咚，咚咚咚。

不急不缓，很有节奏。

来得太不是时候了，但总得把无辜群众打发走才好开战不是？！

我皱眉："谁？"

"肚饿，吃碗面。"一个男人的声音透过门板，沉沉地落进耳朵里。

开门就吓死你，还吃面！

"回去吧，已经打烊了。"我大声道。

"你不是老板，决定不了什么时候打烊。"男人的语气既笃定又平静。

熟客？这时，我注意到半空中的诗诗愣了一下。

"总之现在不营业，快滚！"敖炽不耐烦地吼了一声。

咔嚓一声响，老式的门栓断成两截，莫失的大门晃悠悠地打开来，灌入的冷风卷进来枯黄的杂草与树叶。飞起的尘土里，走进来一个男人，黑风衣黑鞋子，黑色棒球帽的帽檐压得特别低，只露出没有表情的半张脸，身材极好，剪裁得体的衣裳衬托出锻炼得宜的肌肉，个子也高，目测比敖炽还能高出小半个头，乍眼看去像是刚从摄影棚里出来的男模特。

他默默走进来，大门又呼啦一下自动关上。

"给我煮碗面吧。"他坐下来，完全无视眼前的一切，即便诗诗还飘在半空中。

"大哥，我们现在挺忙的……"我挤出无比尴尬的笑容，"都这样了，你还吃面？"说完，我还特意把手伸到他面前晃了晃，说不定他是个瞎子呢。

他拂开我的手，摘下帽子，抬头："所以我才希望你们别这么忙，客人的需求才是第一位的。这么说没错吧，老板娘？"

完全暴露在灯光下的那张脸一如既往地没有任何笑容，而我的心里顿时像有一千只哈士奇呼啸而过。

"獠元！"我脱口而出。

他把帽子戴回去："还以为你认不出我了。毕竟我们只有一杯茶的交情。"

天界十二大神之一的战神獠元，此刻就真真实实地坐在一座小县城的面馆里。正如几年前，他同样毫无征兆地突降不停，在那个寒冷的夜晚里喝了一杯浮生，讲了一个故事，最后带着一个没有记忆的老鞋匠远去。

这个高高在上的神，长期自带不讨人喜欢的气场，战火、杀机、阴谋，以及无数掩埋沙场的亡魂，仿佛都纠缠在一起，攀附在他的身上。

虽然我只见过他那一次，却老早知道天帝身边有他这么一个听话的得力助手，千百年来按照天帝的意愿，在必要的时候点燃各种战火，又或者在人类自行挑起的战争中决定谁输谁赢。天界十二位大神之中，我最不喜欢的就是他，准确地说，我不喜欢他的职位。

敖炽看看他，又看看一言不发的诗诗，对獠元道："直说，你站哪边？"

"我就来吃碗面罢了。"獠元淡淡道。

我只是听过一段他讲的故事，从未见识过他真正的实力，只记得第一次见到他时，他的身上仿佛散发着亮到刺眼的火光，那不是真正的火，应该是一个太强悍的灵魂，强悍到无法被完全掩藏在躯体之中。

他说得没错，如果他站在诗诗那边，我跟敖炽也不知道还能不能吃上明天的早饭。

獠元看了看还在半空的诗诗，叹气："非得要这么闹吗？"一挥手，诗诗骤然落到地上，一切不正常即刻从她身上消失。獠元一句话，她便又变回那个柔弱美貌，看不出任何恶意的诗诗姑娘。说罢，他又扭头瞟了一旁的苏妈妈一眼，说："不该听的便不要听了。"

话音刚落，也没见他做什么，苏妈妈便咚一声歪倒在地，不知是昏了还是睡了。

完全不知道这个家伙葫芦里卖的什么药，敖炽把我扯到他身后，冷冷看着獠元："你的面今天可能吃不成了。"

獠元笑笑，说："诗诗，给我煮碗面吧。"

坐在地上的诗诗怔了怔，嘴唇微微地翕动了许久，似乎不敢确定自己是不是听清楚了他说的话。

"去吧，我想吃。"他连命令人都不需要加重任何语气。

而诗诗咬了咬牙，慢慢从地上爬起来，居然十分听话地往厨房走去。走到一半，她站住，头也不回地说了一句："八百九十年。"

獠元没做声。

诗诗深吸了口气，进了厨房。

应该鼓掌吗？一场你死我活的大战被一碗面化解了？

"没有人是来跟你们打仗的。"獠元看了我跟敖炽一眼，"她也不是。"

"不是吧，您老再晚来一步，恐怕就永远没人给你煮面了。"我笑，"难道你以为刚刚诗诗那副宇宙最凶的模样是为了向我们表达爱意？"

"也许你会不服气，但是……"他抽了一双筷子在手里把玩，"论看穿人心，你未必有我的功力。"

"你最大的功力应该是'谋算'，不是'看穿'。"我也坐下来，并没有半分不服气，"毕竟对你而言，最重要的，是你手里的棋局。"

他笑而不言。

气氛稍微缓和了一点，起码我觉得动手的可能性不大了，但坐在面前的这个货真价实的男神，仍然不能贴上无害的标签。

敖炽也坐下来，指着厨房，问他："她说八百九十年，什么意思？"

"她有八百九十年没有看见我了。"

◇ 叁 ◇

他面无表情地站在那里，脚下的玄铁笼纵横排列到根本看不到边际的地方，无数形态各异的妖物在囚笼中或挣扎或哀求，浓重的妖气与腥臭占据了这个巨大的监狱。

这是天界刑王殿的地下。

刑王殿建在巨大的休恶山上，而整座休恶山都是掌司刑罚的刑王殿下的监狱。

天界十二大神各居一殿，最富贵华丽的自然是天帝天后的宫殿，最简陋窄小的则是天音殿与地音殿，毕竟它们的主人天音与地音虽位列十二大神，却并不太受重视，一个负责传达天界神谕到人界，一个负责把人间的动向汇报给天界，跟其他同僚相比，这般不具备任何技术含量的职务实在不值一提。最惹人喜欢且总是宾客如云的，当是月老殿了，那里不但有漂亮有趣的青鸾灵犀，还有一个圆圆胖胖好脾气的，掌管天下姻缘的月老。动了春心的女仙男仙，恨不得抱了被子睡到月老殿里去，直到月老愿意帮他们寻一门好亲事。其余神殿就算没有什么特色，也自有仙气缭绕，令观者赏心悦目。

唯独这刑王殿，偏偏与一座监狱形影不离，这里没有什么美景，只有冰冷的宫殿与险峻的孤山，是大家一点都不喜欢但又惹不起的地方。毕竟，刑王掌司的不光是人界的刑罚，还包括天界。除了天帝天后，在确定了罪行之后，刑王可以任意处置犯错者，甚至有"先斩后奏"的权力。历任刑王都不喜与人交际，口中除了刑罚之令，基本没有其他温柔可亲的内容。这样的存在，谁都很难与之亲近，也不想亲近。

也许，他算是跟刑王寒荒走得最近的，反正战神殿跟刑王殿在天界最不受欢迎排行榜上，向来是不分伯仲的。

他抬起脚，慢慢在冰凉的囚笼上前行。脚下的囚犯们见了他，也不管知不知道他是谁，只管一个劲儿地往上蹿，但很快就被囚笼中的咒力狠狠打回地面，痛得鬼哭狼嚎。

这些犯了罪的妖物，没有期限地被囚禁在这里，等候它们的没有自由，只有看不到头的刑期，以及不知哪天会到来的死期。每一年，负责历法的仙官都会选出一个"天地晦暗恶气抬头"的"煞日"，将休恶山中的妖物们拖上吞妖台处死，以斩妖除魔之行冲破煞日之阴暗，令天地重归澄朗清明。为显天界慈悲，每年只处死九只穷凶极恶之妖，其余的无限期关押，到下一个煞日前再决定杀还是不杀。

在休恶山里，没有任何人有特权，除了他獠元。

寒荒准许他来"借用"囚犯，只要不是被划分到"极度危险"中的妖物，他可以随时带走休恶山中任何一只妖怪，使用完毕之后，如果妖物还活着，那便要原物归还。

这些年，他借走最多的是狐妖，决定一场战局的输赢，根本不需他花费太多心思，只需放一只狐妖惑乱人心，胜负就任他掌握了。

对他而言，世间战争只是他手中的一盘盘棋局，只要能简化他的工作并且达到目的，任何东西都可以是由他操纵的棋子。

被他借走的妖怪起初都非常高兴，以为按他的吩咐完成了任务，就不用再回到不见天日的牢笼，而他也是这样跟它们承诺的。但是，为他所用的妖物都没能活着回来，他轻描淡写地同寒荒说，反正都是要死的，我替你处理了也是一样。

寒荒起初有些为难，说妖物的数量种类都有记录，万一对不上，怕有后患。

他不以为然地拍了拍寒荒的肩膀，记录是你写的，你有办法的。

寒荒终是默许，面对他，她似乎总是少了一点断然拒绝的魄力，跟平常的她不太一样。

虽是刑王，但始终还是女儿之身女儿心，她可以对天下万物铁面无私，甚至对天帝天后都直言不讳，唯独对他像是中了迷药，不忍说一个不字，怕他以后跟别人一样，对她跟她的刑王殿敬而远之。

然而他对寒荒始终如一，有求于她但绝不低声下气，以密友相称却从不显亲昵之态，就是这般不远不近地存在于她的生活中。

就这样下去也不坏，无数个清冷的夜里，难以入眠的寒荒都这样跟自己说。

獠元也觉得不坏，反正历任战神都很难获得什么好名声，他既不能像月老赐人双宿双栖花好月圆，也不能像金老保你生活无忧富甲一方，甚至都不能像天音那样给人间带去一个好消息。一个按照天帝意愿四处挑起战争，以求天地之间"均衡相处"的神，只能让人又怕又恨。有他在的地方，就不会有安稳的岁月，只有久久不灭的硝烟与战死沙场的亡魂。

可笑的是，人界还有不少供奉他的人，他们祈求自己在战局中取得最终的胜利，一将功成万骨枯也无所谓，只要能赢。

每次他都在他们看不见的地方微笑，用他们听不到的声音说，输或者赢，不在你，在我。

偏偏供奉他的香火总是特别的旺，遇到战乱之年甚至比月老跟金老的香火还要多，世人在某些时候的争胜之心，连他都意想不到。但就应该这样啊，若没有这样的欲望，又怎能战火四起？！而且他越发觉得，随着时间的推移，人类的战争甚至都不需要发生在沙尘滚滚两军对垒的沙场之上，一座皇城，一座大宅，一颗或憎恨或妒忌或猜忌的心，就是一场战争，这样的战争杀人不见血，破坏力却不减分毫，甚至更惨烈一些。

他的职责，就是在这样的战局里进退自如，运筹帷幄。在他成为战神之前，以为战神的职责是以战争来助善伐恶，而当他真正成了战神，进入了天界最核心的地界之后才渐渐看到了真相，助善伐恶只是一种名义，诸神之首的天帝不能容忍人类之中有特别强大的存在，如果出现，就要以"合理有效的方式"削弱。这是天帝维系"平衡"的方式。当然，对外的理由永远冠冕堂皇，无非"人心污浊，不敬天地，当引战火灭其罪，断其恶"。

而他只能是忠实的执行者。

自他把上一任战神从棋盘前赶走，近千年时光，他已经不太记得人间有多少战争是人类自己挑起，也不记得有多少次的血流成河是拜他所赐。他没有记录的习惯，只要天帝下了令，他便履行他的职责，不多问一句废话，也绝不让天帝失望。而他也因此得到了天帝最大的信任与喜爱，平日里将许多不该他管辖的事情也交给他去打理，虽然怕他的人很多，恨他的人也很多，但一切都影响不了他天界第一红人的地位。

每次见到他，看守休恶山的狱卒都毕恭毕敬，鞠躬时恨不得把头都磕到地上去，生怕有什么不小心得罪这位名符其实的大神，落个糟糕的下场。进出休恶山这般严密重要之地，他甚至不需要出示寒荒的令牌，只要他一到，狱卒们便早早打开牢门。

然而每当他走远，这些地位低微的下属总是少不了翻个白眼，说，不过是天帝的一只狗罢了，得意个什么劲儿。

这话他自然听不到，但即便听到了也不会有任何触动，因为很多时候他自己也是这么觉得的，不分是非，唯命是从，不是狗是什么，不过是穿着华服锦袍的狗罢了。

他不介意，既然当年费尽心思才把前任战神拉下马来，那么今时今日不论听到怎样的评价，他都会稳稳当当地在战神这个位置上坐下去，不给任何人扳倒他的机会。他自己的生命，本就是一场漫长的战争。

每走一步，脚下的囚笼就会发出喀喀的声音，好像要断掉，但实际上永远不可能断。

哀求与愤怒，绝望与期待，从每个囚笼里扑出来，来自不同族类的嚎叫与哭泣在幽暗广阔的空间里纠缠成一支怪诞的乐曲。

但，有一个囚笼是安静的。

他停下来，俯瞰着脚下这个被涂上了红色符文的囚笼。里面不是奇形怪状的妖怪，而是一个年纪轻轻的人类姑娘，黑发如瀑，眉目若画，素净的白衣之上沾满尘土。

他看着她，她也抬头看他，然后，姑娘就笑了，问他："我从没见过你，是新来的仙官吗？"

他保持着俯瞰的姿态,以他的性格,本应该是冷冷地走过去,但这次偏偏鬼使神差地停下来,反问:"我也从未见过你,新来的妖怪?"

她点点头:"来了快一年了。"

他将她打量一番,疑惑道:"凡被囚于休恶山之妖物,为咒力所缚,皆现原身,为何你还是人形?"

他的目光又落在囚笼之上血红的符文上。休恶山中所有囚笼在铸造之时便融入了防止妖物脱逃并压制其力量的咒。而这个囚笼之上的红符文,却是刑王寒荒亲手所设,专囚大凶大恶之物。曾经在这种笼子里待过的,什么九头妖蛇血翼毒蛟等等危害人间的凶妖最后都被推上了吞妖台,以仙法处死,灰飞烟灭,永不超生。

而她是他见过的,所有被囚于此笼的妖物中最不凶恶的一个。当然,也可能是她装的,毕竟是妖物,演戏装可怜迷惑人心是常事。

"这就是我的原形呀。"她低头看了看自己,又仰头看他,"你还没告诉我你是谁。听说红符在笼的,都是很快要被处死的?"

"这里不归我管辖,你的问题我无法答你。"他冷冷道。

"我永远不能离开这里了对吗?"她有些焦虑。

"怕死啊?"他笑笑,"怕死就不要在人界作恶,如今才后悔,怕是晚了。"

"我不怕死啊。"她的手指搅起一缕长发,"我只怕在那之前都没有人帮我送个信儿。"

"送信?"

"嗯,跟一群人说我挺好的,嫁人啦,不要担心我。"

"……"

他怀疑这只长得跟人一模一样的妖怪是被巨大的压力吓到了,所以才会说出这么不正常的话来。

会被囚禁在这种笼子里的,都是"凶妖",有哪一个不曾肆虐人界乱伤性命?被抓来之后它们通常只有两种表现,要么继续死不悔改地挑衅神威,说什么人类卑贱不吃白不吃的狠话,要么就是毫无骨气跪地磕头只求能放它一条生路,哪怕关一辈子都不要紧,只要能活着。

只有她是个异类。

"你到底是……"

"獠元大人!"他的话被身后走来的人打断了。

寒荒还是老样子,不施脂粉,一身素袍,浅灰色的长发规规矩矩地盘在头顶,全身上下找不到一件与女儿家有关的饰物,远远看去,还以为是哪家的清秀公子。

他转身，拱手道："寒荒大人，好些时候不见了。听狱卒说你去了澧洲办事。"

"是，有小妖作乱，已解决。"她侧目看了看他脚下，"刚回来便听狱卒说你来了休恶山，可是又要管我借妖物？"

他笑笑："除了这件事，也不敢来刑王殿打扰你啊。"

她四下扫视一番："可是最近没有多少狐妖被擒……仅剩的几只很快就要处死。"

"就把她借我吧。"他手指朝下一点。

笼子里的人吓了一跳。

寒荒微微皱眉，毫不犹豫道："不可。"

"怎的不可？"他笑，旋即贴近她耳畔小声道，"我看她容貌出众，竟连狐妖化身的美人都比她不过。"

离得这么近，寒荒微微红了脸，退后一步拉开跟他的距离，依然摇头："你借走谁都可以，唯独她不行。"

"我要理由。"他追着她刻意避开自己的视线，"寒荒大人你从前可没有欲言又止的习惯啊。"

她沉默片刻，指着囚笼："你看不到囚笼之上的符文？"

"一来就看到了。"

"那你还不明白？"

"你我相识多年，难道还担忧我有借无还？"他轻拍她的肩膀，"最近下头挺乱，天帝给我的任务还没彻底完成，若非时间紧迫心里着急，又何必来找你？"

寒荒想了想，径直往出口而去："你先随我回刑王殿。"

他点头默许，离开前又回头看了看囚笼里的她。

两人的脚步声渐渐消失在巨大的牢狱之中。

她从囚笼的缝隙里目送这个言行怪诞的男人，刑王管他叫獠元大人，连刑王都称他为大人，莫非他也是天界之中至高无上的神？

她屈起腿，把下巴搁在膝盖上，叹了口气。她完全没有其他囚犯的恐惧，即便是尊贵的刑王寒荒出现在她面前，冷着脸孔宣布她失去了继续在人界生活的资格时，她也没有惊愕，更没有反抗，她老早就知道世间有不少妖怪的结局是被天上来的神押走，去到一座不见天日的监狱，然后两条路，一是永失自由，一是灰飞烟灭。

两条路走哪条她都无所谓。

◇ 肆 ◇

"失？"刑王殿中，獠元大概觉得寒荒在跟他说笑话。

寒荒合上手里的名册："你认识我这些年，可见我说过笑话？"

獠元还是不太相信："'失'可是传说中的上古凶妖，这种妖怪的能力，是让触碰到它的一切东西即刻消失。但这只是个传说，并且如今能找到的记载里都没有'失'害人的内容。"他顿了顿，又道，"若她就是'失'，那么以她的能力，你还没抓她回来时，你就该消失了，即便你成功抓住了她，她既然能让触碰的一切消失，那么你的符咒与铁笼是不可能阻止她离开的。"

她将名册放回原处，说："她从一开始就没有反抗。我作为刑王的职责，便是处罚那些犯了错以及本身的存在就是个错误的妖怪。而处罚它们的前提，是先找到它们以及保证自己有对付它们的能力。故而在处理妖怪这方面，我应该比獠元大人擅长些。"她顿了顿，笃定道，"我可以向你保证，'失'就是她，妖界之中罕有的外表与人无异的妖怪，表面上并不起眼，血脉里流着威胁天地人神的力量。她并没有在漫长的时间里消失，也从不是只活在传说里。我去找她时，她非常爽快地承认了自己的身份。"

獠元从桌上的盘子里把仅剩的一个仙果拿到手里，认真地啃起来。

"我知道獠元大人心思缜密，法力高深，但这个妖怪，是禁忌，碰不得。"她坐到他对面，语重心长地劝说。

獠元把最后一口鲜果咽下去，起身向她告辞："那么，今天打扰了。"

她一愣，顺口道："这么快便走？我已嘱咐下头准备晚膳了。"

"不吃了，还有事忙。"

当他的身影又一次毫不犹豫地从刑王殿消失时，寒荒愣了很久，才招呼仙童进来，说晚膳不必准备了。

她从身上掏出一枚用锦线编好的如意结，如意结的中间穿了一块浑圆光滑的梦鱼骨，这是她亲自从澶洲西面的深海中寻来的宝贝，活在那里的梦鱼的骨头，佩戴者可安神宁心，酣睡到天亮。他曾说过自己常睡不好，总是被各种混乱的梦境惊醒，想睡个囫囵觉的话只能靠烈酒帮忙。他随口说的话，她都仔仔细细地记下来。

冰凉的鱼骨贴着她的掌心，紧捏着这份始终没有送出去的礼物，她的心没来由地烦躁起来，突然发泄般将这小玩意儿狠狠地扔了出去，足够坚硬的鱼骨撞在地上，竟也四分五裂地碎开来。

认识他千年，旁人眼中天界诸神里属他俩关系最为亲密，但只有她自己明白，不论千年前还是现在，她跟獠元之间的距离，从来没有因为任何人任何事而真正靠近过，即便她很努力地想往前再走一步。

她伏在桌上，突觉疲倦不堪。

翌日傍晚，战神殿的仙官来传口信，说他家大人有命，请刑王大人移步战神殿，有礼物相赠。

这是个惊喜，从没照过镜子的她出门前居然破天荒照了照，再理了理根本就不乱的头发，这才匆匆往战神殿而去。

她被引至殿中，看座沏茶，随后有仙童从内室托出一盘水灵灵的刚摘下来的仙果，毕恭毕敬地放到她面前，说："我家獠元大人吩咐，一定要将此礼物亲自交给刑王大人，说是昨儿把您殿中唯一的一个仙果吃了，一定要补回给您，请刑王笑纳。"

此刻她的表情应该是很僵硬的，好像被人架到了半空，上不得下不得，尴尬得不知该说谢谢还是拂袖而去。

"多谢你家大人了。"她很努力才平复下杂乱的心情，"他人呢？怎的不见他？"

"回刑王，獠元大人用过午膳便出去了，小的也不知他去了哪里。"仙童如是道，"要不您稍坐片刻，或许就快回来了。"

"午膳后就出去了？"她反问一句。

"是呀。"

她潦草地喝了一口茶，突觉不妥，啪一声放下茶杯，匆匆离开战神殿。

天界诸神之中，以战神的更替最为频繁，而战神之位的争夺也最为简单。身为战神，凡由他而起之战役，输赢也必须按照他的意愿来实现，只要你打败现任战神，让他所控制的"棋局"由你来操纵输赢，你就是新的战神。战神殿的宝座，从不属于失败者，一次败绩都不行。

当年她亲眼见证獠元凭借扭转人界的一场战争，成功击败了已经年迈不堪，试图用各种方法保住自己位置的前任战神。

关于獠元为了胜利而在人界做过的一切，她不是十分了解，只是曾在天界一场庆典之后，送烂醉如泥的獠元回战神殿时，听到他口齿不清地喊着"三月"。

三月……是时间，亦或一个名字？

她很想知道，但从没再问过，她怕自己根本问不到答案，更怕问了他不喜欢的问题。

沉稳坚毅，铁面无私，令无数作恶多端之徒闻风丧胆的刑王寒荒，也有不像她的时候，也只在面对这个人的时候，她才会恍惚想起自己还是个女人。知道他最擅谋算人心，但总忍不住幻想自己可以是例外的一个。

一路上都是这些杂乱微妙的小心情，直到她回到休恶山，看到那个空空的囚笼。

狱卒忐忑地站在她身后，小心翼翼道："是獠元大人……"

她一挥手："不必说了，我知道。退下。"狱卒松了一大口气，赶紧小跑着离开。

想发脾气都不知该对谁发。用如此玩笑的方式把她引到战神殿，自己则大摇大摆地过来带走一个具有十足危险性的妖物，完全不考虑这件事会给她带来什么麻烦……

獠元啊，在你心里究竟是有多不在意我？

她蹲下来，死死盯着空空的囚笼，突然伸出手去紧紧捏住其中一根铁杆，铿一声将其折成两截。

◇ 伍 ◇

再往前，便是皇都所在。

初春之时，帝国之北毫无暖意，站在城外的开阔地，寒风卷黄沙，打在脸上又冷又疼。

皇都之内也好不到哪儿去，处处混乱，人心惶惶，时不时有官兵进出民居，不由分说地搜罗出财宝、粮食，甚至妇人和少女，不管身后有多少哀求，一律不予理睬。

獠元拎了一壶烈酒，坐在萧条的酒馆里，一边喝，一边听风沙打在窗户上的声音。

她抱了一个干涩的饼子，小口小口地啃。

酒馆老板说，生意做不下去了，米粮银钱，能被搜走的都搜走了，挂在墙壁上摇摇摆摆的菜单成了个有名无实的笑话，厨房里连个白面馒头都找不出来了，饿死的老鼠倒是常有。只剩下几坛低劣的酒，还是他一再哀求说这酒太次，拿出去给贵人喝的话肯定要挨打的，这才保住了獠元此刻的杯中物。

獠元没有亏待他，给他的钱足够买下世间最名贵的酒。但老板并没有表现得很高兴，只叹气说如今这年月拿了钱都不知该往哪里花。

门外又传来一阵阵哭闹声，一个老头子死死抱住官兵的腿，老泪纵横地哀求，前头被押着往前走的小姑娘拼命回头喊着"阿爹救我"。

被抱住腿的官兵还不算太恶，没有对老者打骂，只是万般无奈道："你抱住我也没有用，不是我要抓你的女儿，是上头的命令。咱们的皇上被扣了，得拿钱跟人去赎回来啊，你当我愿意抓自己人送入虎口？我也有妻女的啊！可如今这时局，又有什么法子！"

"官爷，我就这一个女儿啊……你就行行好吧！"老头子依旧抱着官兵的腿，仿佛最后一根稻草。

但最终的结果还是一行人押着老爷子唯一的女儿匆匆离去，剩下一个老人在街头哭到半死。关键是，经过的人都没有多看他一眼，因为谁都没有比谁好过些，自顾不暇，见惯不惊。

情况比上次来时更糟糕了，他在心里叹了口气。

他喝了一大口酒，道："你出来了，可以自己去传口信了。"

她还是默默啃着饼，偶尔不是很相信地瞅他几眼。

"不用偷看我。我不会拴着你，只要下个月十五，日落之前回到这个酒馆来见我就行。"他擦了擦嘴边的烈酒，皱眉自言自语道："酒里兑了水吧……"

她放下半个饼，根本不敢相信自己的耳朵："你……你不怕我一去不回？"

"没有人能在我手上一去不回。"他居然伸手摸了摸她的头，像大人在笑话一个不谙世事的小孩子，"记住，下个月十五，日落之前，回来见我。"

她不说话，手指绞着自己的一缕长发。

"给你的时间不够？还是你要通知的人离你太远？"他又道，"不行的话，我可以再给你一些时间。"

"不……"她突然站起来，"够了。她们就在此地。"说罢，她飞快地跑了出去，与之前的模样判若两人。

有意思的妖怪。他笑笑，让老板拿来一个空碗，把剩下的酒倒了满满一碗。

一根属于她的头发缠在他的指间，突然化成一道不起眼的光，落进碗中。

之后，他静静注视着他的碗，外头又有谁在哭闹哀求，都与他无关。

她在一片凌乱的街头狂奔。身为一只妖怪，却连飞天遁地的本事都没有，偏还顶着"上古凶妖"的罪名，真不知是哪里出了问题。

皇都已经没了皇都的模样，曾几何时，眼前江山何等强盛辉煌，景仰无数，而如今却落个千疮百孔，任人欺辱且无还手之力。不知道该怪谁，也许该怪他？

如果他不在中间"略施小计"，令畏首畏尾的主和派彻底压倒热血丹心的主战派，万里山河还有挽救的机会，当朝天子也不至受尽敌国羞辱，除帝袍，贬庶人，连同家国百姓都成了案上鱼肉。

可这是天帝要的结果，他说，这个朝代已经存在得够久，是时候结束了，昏君胡来，该给些教训了。

是，谨遵天帝旨意——身为战神，这是他接任之后说得最多的一句话。

也不是第一次了，比这更惨烈的场面太多了。

穿过熟悉的街市，狂奔的她终于停在一间破败的宅子前。

地上碎成两半的牌匾上，写着"秀娘染坊"。虚掩的大门里，听不到任何声音。

她推门冲进去——

或碎或倒的染缸，给了地面前所未有的"光彩"，赤橙黄绿的颜色纠缠成一块又一块怪异的图案，本该在徐徐微风中摇动的布料一块都不见，只剩下些歪歪斜斜的竹架子，像无数受了委屈又还击不了的人，愤怒而懦弱地立在原地不敢动。

她迫切地在院子里的每间房中进出，希望哪怕能有一个活人出来跟她相见，但是没有。她愣愣看着那挂在窗前的鸟笼，里头的雀儿已经死了不知多久。

"小莲……飞燕……秀姐……"她的手指从鸟笼上无力地垂下，"去哪儿了……都去哪儿了……"她把笼子取下来，失魂落魄地走到院子里。

门外有人路过，见院中有人，便停下往里看，却是个年过六旬的老头。

"这……可是诗诗姑娘？"人老了眼神不好，老头试探着在门外喊了一声。

她一惊，旋即像见了亲人似的朝他飞快跑过去："是我是我，门外可是孙大叔？"

"真是你呀。"老头见了故人，却是焦虑大于惊喜，顾不得跟她寒暄，忙将她拉到一旁道，"可不敢这么大声喊叫啊！诗诗姑娘啊，你这些日子都去了哪里呀，不过既去了，就别回来了啊。太危险了！"

她扶住老头，忙问："究竟出了什么事？秀姐呢？小莲和飞燕呢？染坊里的人都去哪里了？"

"你是刚回到这里么？你不知道皇上都被敌人扣住当人质了？不论国库还是百姓的私产，都拿去当赎金了啊！那些人不但要钱，还要我们的人，多少大姑娘小媳妇被掳走了呀！你说你回来干啥！"他着急地说，"听叔一句话，快快去换个男装，再把脸弄脏些，然后出城逃命去吧！否则你这般标致的姑娘，逃不过的呀。"

"孙大叔，我就想知道秀姐她们如今身在何处，是被谁掳走了？"她焦急道。

孙大叔犹豫片刻，摇了摇头。

"摇头是什么意思？你不知她们的去向？"她急问。

"没啦，都没啦！"孙大叔深深地叹气，"她们反抗得太厉害，所以被当场处死了……唉，你是捡回了一条命啊。"

她愣住。

"别发愣了，快些离开这里，要不往南方去吧，走得越远越好！连我都待不下去了。"孙大叔拍拍她的手，长吁短叹地走了。

她没走，反而一屁股坐在了门槛上，只觉得这门槛比休恶山的囚笼还要凉，但是她想坐下，两只脚暂时不听她指挥。

初来皇都时，无所依傍，是秀娘收留她，小莲飞燕视她为姐妹。四个女子支撑起一座小小的染坊，秀娘深谙染色之技，还懂得从不同的植物中取出少见的颜色；小莲善绞缬之法，染出的布匹美如画卷；而飞燕画工了得，绘出的花纹图案活灵活现；反倒是她最平庸，粗手笨脚，只能替她们打打下手，以及在她们忙着干活来不及吃饭时，去厨房给她们做一碗热气腾腾的面条。连做饭她都只会煮面条，顶多在里头加一些自家腌制的酸菜跟肉丝。

秀姐是从乡下逃婚出来的，家里穷，要她嫁给一个年过六十的有钱人当妾。她说自己的命自己说了算。秀娘染坊由她一手一脚建起来，虽然小，生意却很好，不能大富大贵，但起码能养活自己了。她不止一次听秀姐说过，她最大的愿望，就是把秀娘染坊开到天南海北去，一家变两家，两家变无数家，她说自己就想证明一件事，女儿家也能靠真本事在这世上好好地活下去。秀姐还说："诗诗啊，等咱们生意做大了，我要给你和飞燕小莲都准备一份厚厚的嫁妆，看你们一个个风风光光地嫁出去。"她还笑她不是刚说女儿家要靠自己，怎的转眼便又扯到嫁人了。秀姐笑了笑："你们嫁给心上人我就放心了，难不成要你们一辈子陪我守着这家染坊？！"她抱住秀姐的胳膊，笑嘻嘻地说我就一辈子守在这里。可是，谁都守不住谁了。秀娘染坊注定是一个不能再实现的愿望。

想到这里，她大哭。当年默不作声地离开，正是为了保全她们，可到头来为什么还是相同的结局？

可是，她不该哭得那么大声。负责搜城的兵从门外经过，见了她，一个个都直了眼睛。她本就美貌过人，又哭得梨花带雨，简直天仙难及。拿了这姑娘送往敌营，起码能抵千金……

他们冲过来，扭住了她的胳膊，几个举止浪荡的，还趁机摸了摸她细嫩的脸蛋。

"放开我！你们这些混账！"她挣扎叫喊，但仅止于此，完全没有别的更有效的脱身之法。

她想咬那些不规矩的手，却被捏住了下巴，抬脚乱踢，却转眼被绳索绑了个结结实实。

光天化日啊，她大喊救命，但只引来一阵嘲笑。

不过，嘲笑还没结束，这些人便像沙包一样飞出去了，落地之后便没了气息。

獠元扶住气喘吁吁的她，揶揄道："你这样也算一只上古凶妖？"解了绳子，她揉着被勒疼的手腕，也不同他说话，转身又进了染坊。

他拽住她的胳膊："还想干吗？"

她将了将乱糟糟的头发："我要把元宝埋了。"

"元宝？"

"秀姐养的雀儿。"

◇ 陆 ◇

染坊的花圃里，堆起了个小小的坟包。

她把鸟笼拆了，扔进了火堆："元宝是秀姐捡到的，翅膀受了伤，给治好了。放飞的时候往天上转了一圈，又回来了。"她望着噼噼啪啪的火焰，"我亲眼见的，那雀儿不是妖也不是怪，就是不肯走。所以秀姐把它当宝贝一样养起来了，还给起了名字。"

他横抱着手臂站在她身后，说："一只雀儿好歹还能飞，你连飞都不会。"

"人本来就不会飞。"她头也不回道，"在这里，我是最平常的人。"

"寒荒说你是相当危险的妖。"他直言不讳，"你对自己做了什么？"

"你也是闻名四方的战神，冷血无情，满腹阴谋。"她干脆坐到地上，回头看着他，"你把我带出来，一路上给吃给喝，还救我，你又对自己做了什么？"

"你不是'失'吗？"他也坐到火堆前，在这间荒废的宅子里唯一的光亮前，像人类一样伸出手作取暖状，"万一我烦了，不想靠谋算人心来影响输赢，只要你在身边，我可以让内定的输家直接消失，岂不更轻松？"

她突然笑出来："若你真这么想，说明你也没有传说中那么聪明啊。"

"哦？"

"我能让千军万马消失，难道就不能把你一起捎带上？"她突然收起笑容，故意露出阴狠的神情，"我可是上古凶妖——失。"

"这么说你承认了？"他盯着她的眼睛。

"是。"她转回头，不知不觉又变回那个除了美貌再无长处的普通女子，再阴狠的表情在她脸上都显得虚假，真正的凶狠不是这样的。

"若我方才不出手，你最后还是能解决掉那些家伙？"他问。

"不能。"她坦白，"我打不过他们。"

"可你是妖啊！"

谈话又绕回了原点。

"谢谢獠元大人路见不平。"她往火里添了一把树枝，"可惜秀姐她们却没有这般好的运气。"

"早知你如此无用，不如让你被绑走算了。"他叹气，"还以为对你好点，你懂得感恩图报呢。"

"獠元大人，"她突然看着他，"要报仇的人，心中必然要有恨吧？"

他觉得问题很蠢："不恨的话，就没有报仇这回事了。"

"你恨过谁吗？"她又问，"还是你谁都没有喜欢过，毕竟死在你手上的人多不胜数。"

他笑笑，不回答。

"那你喜欢过谁吗？"她的话突然变得特别多。

火堆比方才烧得更旺了，映红了两张各怀心事但又尽力掩饰的脸。

"我喜欢给一个姑娘做烤鱼，也喜欢给她剪窗花。"他慢慢地说，"只有她喊我小猴的时候，我会打心眼里觉得高兴。"

"原来战神也有心上人啊。"她托着腮，觉得不可思议，"你们成亲了吗？"

"她死了。"他的目光落进了火焰的深处，这又让他想起了多年前在赤壁的那场冲天战火，"她叫三月，是一只飞天，用自己换了一场东风。"他顿了顿，微笑，"是我亲手把她送到这个结局，因为只有这样，我才能坐上战神的位置。"

她皱眉，沉默了好一会儿，说："你非常难过吧？"

"我得到了想要的。"他指着自己的脸，"你从这张脸上看出一丝难过了吗？"

"最伤心的事在心里，不在脸上。"她起身，望着漆黑的天空，"我想替秀姐报仇。"

他摇头一笑："帮她们往凶手身上吐口水么？"

她不理会他，径直走进了院子西侧的房间。他跟过去，见她在门都掉了一半的破衣柜里耐心地翻找着什么，最后，从柜子底下一堆被翻得乱七八糟的杂物里，拎出了一个用稻草扎成的娃娃，两三寸长，脏兮兮的。

他倚在门口，看她把稻草娃娃捧在手里，那一脸释然的样子让他觉得更好笑了。

"莫非你要拿这稻草小人施法，找几根针隔空扎死他们？"他笑问。

"它跟了我许多年了。"她把稻草娃娃捧到唇前，轻轻地吸了一口，一团混合着异光的墨色半透明物体，从娃娃身体里缓缓飘出，那团东西旋转漂浮，像极了把墨汁滴进清水里刚刚氤开，如丝游动的样子。

"墨团"进了她的口。她深吸了一口气，稻草娃娃落到地上，她很不舒服地用双手捂住了自己的心口，身子摇摇欲坠。

他一步上前将她揽在怀里，皱眉道："吃什么了？"

也许是错觉，但他觉得有一道暗红的利光，从她亮如星子的眼眸中快速闪过，而她的左手，几道青黑的脉络从雪白的肌肤下凸起，诡异地跳动。

"没有恨，我就不是妖怪。"

她的眼睛突然比从前更亮了，她从他怀中挣起，笑了笑。

这时的她，美得过于妖魅。

他站在旁边，默默数着数。

十七……十八……二十五……从早晨到傍晚，这是在她手中消失的人的数量。

都是对他人不管不顾，只管抢钱抢粮抢人的家伙。她跟大多数的妖怪都不一样，不会飞，不会幻术，甚至没有足够大的力气，她做的，只是用自己的左手去触碰敌人。每一个被她碰到的人，连叫喊的时间都没有，便从这世界消失得一干二净。

被救下的人都用极其混乱的目光看向她，虽然得救了，但从一种惊吓突然到另一种惊吓，他们除了蜷缩在离她够远的地方瑟瑟发抖，连句谢谢都不敢说。她倒是不介意，知道他们害怕，所以并不靠近，只远远地说一句："逃命去吧。"

今天，他做了一个彻底的旁观者，也确定了她没有说谎，寒荒也没有抓错对象。

直到傍晚，她站在街头，看着皇都之中的百姓四散奔逃，城门就在不远的地方，而城门之外的不远处，就是敌军的营帐。

如果不是他们狼子野心，如果不是自家软弱可欺，秀娘的愿望大概是可以实现的。

她揉了揉眼睛，往城门外走去。

獠元皱了皱眉头，突然挡在她面前："闹了一天，该歇歇了。"

"我不累。"她绕过他，继续往前。

"出城干什么？"他又挡到她面前。

"结束这场战争。"她停下，指着城门外，"天明之前，我要皇都之外一片清净，硝烟可散，有家可归。"

这时候的她，看起来不像妖，很像神。

但他不能成全她。

"诗诗，你是叫这个名字吧？"他完全没有给她让开一条路的意思，"你该知道，这场战争何时结束，谁胜谁败，是战神的职责，不是你的。"

"你想拦我？"她看着他，"你觉得消失的那些人只是幻象？你不怕我……"

话没说完，獠元抓住了她的左手。

她的手比冬天还要冷，他倒抽一口凉气，龇着牙道："你的手太凉了，还是跟我一道去避避风寒再说。"

反倒是她被吓了一跳，本能地想把手抽出来，但他的手掌太大太有力，她只能跟从他的意愿，迎着呼呼的寒风，被他拖着往她并不想去的方向而去。

一直回到了秀娘染坊里，他才松开她。

她揉着发红发热的左手，一言不发。

"好幸运啊。"他伸出双手在自己面前晃了晃，"我还好好地存在着，没有消失。"

她咬了咬嘴唇，说："你将我自囚笼中放出，又不远万里带来此地，究竟想做什么？"

"本想按老习惯找个狐妖，但休恶山里最近又没有可用的，所以找你咯。"他笑着将她的一缕乱发撩到耳后，"你的姿色在狐妖之上。"

"你……"她眉目含怒，一把打开他的手。

"玩笑罢了。"他笑着揉了揉她的头，"你哪有狐狸精长得好看。"

"你……"她好像更生气了，"你身为天界战神，怎的跟街市之上的流氓混混一般的口气？"

"在我还不是战神只是战神殿的小仙官时，我常在人界，过的就是街市上小混混的生活。我还摆过烤鱼摊呢。"他笑言，故意逗一只能让人消失的妖怪生气，大概只有他敢这样做了。

她转过头不看他："你没有回答我的问题。"

他挠了挠鼻子，说："主战派里还有一两个刺儿头，钱财美色皆不能攻破，虽大局已定，为防万一，这两个人还是消失得好。如此一来，江山便真可以改姓了。"

她皱眉："你助纣为虐。"

"天帝定了输赢。"他耸耸肩。

她沉默，又道："我不是他的属下，不用听他的摆布。"

"我不会准许任何人破坏我的棋局。"他指了指天，"即便这棋局是为别人摆下的。"说罢，他忽然扯住她的衣袖，面露哀求之色，"你不是说你会煮什么酸菜面吗？陪你折腾到现在，我很饿啊，帮忙煮一碗给我吧。"

这男人的心思转得实在太快，并且狡猾得像一只伪装成兔子的狼，时而温和体贴，时而无情无义，完全抓不住他的节奏。她愕然地瞪着他："你……要我给你煮面？"

"我是神，又不是石头，当然会饿。"他狡黠一笑，"说不定吃饱吃好之后，我愿意坐下来跟你重新讨论刚才的话题。"

她哭笑不得："昨天之前的我，或许对你还有所忌惮不敢冒犯，而今天的我，凭什么再乖乖听你差遣？"

"就凭我现在还站在你面前。"他不由分说地又拖起她的手，往厨房那头走去。

"不论你说什么，我都不会放过那些害死秀姐的人！"她挣脱不了，咬牙切齿。

他只笑不说话，由得她愤愤不平。唉，她终究还是不像一只妖啊。

厨房里，她站在一片烂碗碎盘中，没好气地瞪着他："无柴无火，无米无面，你让我……"

"喏！"他变戏法般从怀里掏出一个油纸包扔给她。

她狐疑地解开，里头竟是一把细面和一撮晒干的咸菜。

"你当英雄救人时，我看得无聊，便顺便去路旁的人家找了些吃食。"他又遗憾道，"可惜兵荒马乱的，百姓家里能找到这些已是天大的好运。虽然不是酸菜只是咸菜，也将就了吧，够煮一碗吧？多加点面汤。"

世上怎么能有人眼看着一只妖怪不断地让她的敌人消失，不行使天神的职责阻止甚至消灭她就算了，居然还有心思跑到别人家里去找食物？

她捧着这一小包来之不易的食材，满心满脑地想，或许他才是一只奇葩的妖怪！

"我去给你捡些柴火来。"他笑着走了出去。

该怎么办，是把手里的东西砸到他脸上然后夺门而逃，去城外找那些混蛋算账，还是像个贤妻良母那样，听他的话在这里给他煮一碗面？

直到灶上的水已经开了，她依然觉得自己做不出选择，但身体却变得跟思想不一致，烧水下面加咸菜，一边用筷子搅拌着面条又一边气自己怎么就做出这样的事了！

他懒懒地靠在门框上，歪着脑袋看她在炉灶前忙碌的背影，忽然问："你的稻草人是谁给的？"

她愣了愣，说："很多年前，一个男人给的。"

"世间诸多恶事，虽形形色色，然起源不外是恨意作祟。"他慢慢道，"我碰了你的手，然而我还在，原因不是你的妖力失效或者我的神力太强你动不了我，而是……你对我没有恨意。对么？"

细细的面条在滚水中浮浮沉沉，她专心地守在灶前，挑了一根尝生熟，然后才道："很久很久之前，我跟我的两个哥哥生活在一起，但日子并不安稳，我们总是被追杀。我的哥哥们相当喜欢人界，说人类是最美味的食物来源。我大哥天生两个头，一男一女，以人影为食，二哥跟我差不多，寻常人类的模样，最爱吃人类的记忆，凡是被他们选中的人，下场都很凄惨。至于我，你看到了是怎样的情景。所以我们被认定为'上古凶妖'，人界不能容忍我们的破坏，正义之士也好，别有用心之人也罢，总之我们成为了被消灭的对象。后来我与哥哥们失散，流浪四方，从此尽量装得像一个真正的人类，小心地躲在红尘俗世里。我与哥哥们的性子有些不同，他们不喜欢人类，看不起他们，但我不，我一直认为我跟人类没有太大差别，除了比他们活得长，除了我有让人消失的能力。"她端起空碗，小心地往里头挑面条，"容貌带给了我许多便利，也带来了许多麻烦，但我不怕，反正任何惹我生恨的人最后都会消失在我手上。我在一个地方待腻了，便换个地方重新开始，结识新的朋友。不过，那些年在我手上消失的人，远多于我交到的朋友。"

"昨天之前，我在你身上看不到任何恨意，即便是被关在休恶山的囚笼里，即便在知道你的结局很大可能是被处死。"他说，"你的稻草人带走了什么？"

她继续挑面条："那一年我误会了一个善待我的好人，以为他带着道士来捉我，可事实上他只是心疼我扭伤了脚，找了个热爱修道的大夫来看我。多小的一个误会啊，我却连解释的机会都没给他，只是一刹那莽撞的恨意，便失去了他。他家里还有个瞎了眼的老母亲，每天坐在门口痴痴等她唯一的儿子回来。最可笑的是，我去看她，她还把自己舍不得吃的果子跟糖块塞给我，然后反过来安慰我，说那个不孝子早晚会回来的，小时候他就不好好念书，经常不打招呼地乱跑。"

她笑笑，端着面走过来放到桌上："只在那一天，看着这个老太婆瞎了的眼睛，我才意识到自己真的不是人。你猜得没错，我虽是一只'失'，但妖力却以恨意而生，如果我不再拥有憎恨的情绪，那么就不会再有人消失。"她顿了顿，看着他，"还站在那儿？不吃就凉了。"

他走过去坐下来，先喝了一口面汤，又挑了几根面条放到嘴里，旋即赞道："居然没有我想的那么难吃。"

她坐到他对面，白了他一眼："难道你就真不怕我恨你？非得说这些话来气我！"

"堂堂战神因为一碗面被妖怪弄死，说出去的话天界的脸就要丢尽了。"他笑着又吃了一大口，"没有恨，你就不是妖……谁帮了你的忙？"

"一个姓袁的男人。"她道。

"世外高人？"

"街边摆面摊的。"

獠元被呛了一下。

"该怎么煮面就是他教的。"她笑笑，思绪回到了多年之前，"风雪之夜，我独行街头，他招呼我吃面，要我照顾他的生意。闲聊之中，说到附近刚刚发生的一起凶杀案，他惋惜说凶手跟被害者都不是坏人，两个还是好朋友，就是一股邪恨窜上来，没控制住。我笑说，若有哪个高人能切除恨意就好了。他却说人有爱恨憎恶是正常之事，切是切不掉的。我见他这人说话有意思，开玩笑道，若有一只妖怪，只要心生恨意，就能杀人无形，你说这种情况该不该把恨这种情绪从她身体里切除？这家伙居然立刻反问，你在说你自己么？"

"有趣，然后呢？"他边吃边问。

"我故意说，是我又如何，你信世上有妖怪么？"她继续道，"他说他信。在我吃完面时，他拿了这个稻草人给我，说如果真不想再恨什么，就把你的恨交给它吧。说完他居然在我脑门上弹了一下，我只觉得胸口一阵憋闷，旋即喉咙也痒痒的，用力一咳嗽，竟吐出了一坨墨团似的光，端端地落进稻草人的身体里。等我回过神来打算质问这家伙对我干了什么时，面摊上已经不见他的踪迹，空气里只传来他的声音，说如果哪天又想恨人了，吸一口稻草人就行了，江湖路远，未必再见，保重吧女妖怪。"

他的面碗已经见了底，放下筷子，他一擦嘴："之后再没遇见过他了？"

她摇头："他是人是妖还是神，我根本不知道。就那一场雪夜中的邂逅，改变了我的余生。没了恨人的能力，我再也不怕谁会在我手里消失，可以从容对待每一个遇到的人。后来我来到皇都，结识了秀姐她们，日子虽平淡，却是我此生最安宁幸福的一段时光。我拿她们当家人，这种情感我对我的两个哥哥都不曾有过。所以当刑王出现在我面前，说我身为凶妖，扰乱人界多年，故奉旨捉拿我时，我没有任何反抗，因为她还说，她并不惧怕我的能力，同时也希望我认真考虑秀姐她们的安危。看来，刑王为捉拿我这件事已经布置很久了，她知道我的软肋。"

"你会死的。你不知道天界的吞妖台有多可怕。"他打了个饱嗝。

"如果我是一个人类，早就该老死了。"她笑笑，"你忘了我缺恨吗，就算刑王这样对待我，我也不打算伤她。如果我死在你们的吞妖台，我反倒轻松了，活了那么多年，终于可以像一个人类那样寿终正寝了。"

"你高兴就好。"他抬头看着她，"只不过我还是要说那句话，你不能破坏我的棋局，输赢已经定好，该亡的江山不能被拯救。不然，我们什么交情都讲不了，哪怕你给我煮了一碗面。"

她皱眉，沉默半晌，道："你说的希望他们消失的几个人，抱歉，即便我已经拿回了我不想要的东西，但我对他们没有恨，所以我不可能帮你达成愿望，既然我对你毫无用处，你不如还是把我送回休恶山。"

"棋子有没有用，我说了算。"他看看天色，"不早了，休息吧。"

"獠元大人！"她叫住往门口走的他，"为何你宁可得罪刑王也要拂逆她的意思把我放出来？"

他停住脚步，看着门外的暮色，伸出手去："哎呀，好像下雪了，春天跟冬天没区别啊。"回头，她正死死盯着他，感觉如果再不告诉她答案，她可能就真的想让他消失了。

他转回头，说："三月的模样我都快记不起了，只记得她的眼睛跟你的很像，你们两个，都是最不像妖怪的妖怪。"说罢，他自嘲般地笑了笑，摇摇头，消失在门外。

三月已经回不来了，你还可以抢救一下。这句话他没说出口。

厨房里只剩她一个，对着他吃剩的空碗，皱着眉头喃喃："最不像妖怪的妖怪……三月……"

外头真的开始下雪了。

◉尾◉

天界，天帝殿。

寒荒单膝跪地，垂地的帷幕之后，有灯火摇曳，有男子模糊的侧影。

"怎的就不见了呢？"男子的声音懒懒的。

"回禀天帝，是……"她咬了咬牙，终是开口道，"是战神大人故意引开属下，将此妖物劫走。"

帷幕之后寂静了好一会儿，里头的人方说："獠元素来稳妥，不是会做这种事的人啊。"

"属下也不是敢欺瞒天帝的人。"

帷幕里传来一阵轻笑："寒荒啊，你说话永远如此直率。"

"请天帝定夺！"她拱手，语气又重一分。

"去吧，先把人带回来。"

"属下领旨！"她顿了顿，又为难道，"若遇反抗……"

一枚令牌扔了出来，叮叮当当落到她面前。

"若实在棘手，天界神兵营由你调遣，抵抗者无论地位高低，杀无赦。"里头的人，风轻云淡，说生死如讲家常。

"是！"她拾起令牌，快速离开天帝殿。

令牌在她手中攥得太紧，好像要陷到肉里似的，但竟不觉得疼。

獠元，下次再见面时，不知你我还能不能做"朋友"呢……

第九章 【凶妖】

你可以为别人有一张好看的脸动心，也可以为对方的钱财权势动心，但千万不要为『对你好』动心，因为越不需要成本的东西，变数就会越大。

◉ 楔子 ◉

死有什么难的，活着才难。但要做更多的事，便只能活着。

◇ 壹 ◇

局势每况愈下，皇都之内一片萧条，国破，家亡。

夜深人不静，还有资格逃命的人用尽全力奔走不休，逃不了的，只得在这座废城之中望天流泪，无计可施。

獠元立于一片屋顶之上，头上半弯冷月，脚下残垣断壁。曾几何时，这里是皇都之中最热闹的地方，有金银珠宝，有衣香鬓影，有文人雅士煮酒论英雄，也有寻常爱侣花前月下柴米油盐。

但现在，什么都没有。

主战还是主和，如今已无意义，败局已定，江山易主，他又一次完成了战神的职责，而天帝又以冠冕堂皇的理由"均衡"了人界的势力，在他心里，无论哪个人，哪个国，哪个时代，都不能一枝独秀太久，该削弱的时候万不可手软，否则必有"后患"。他太了解天帝的作风，地位最高的神，同样需要足够多的"安全"。

行了，可以一如既往地回天界复命了，然后接受天帝以及他的拥趸们的称赞，再在歌舞升平的庆功宴上喝个烂醉，最后在不知是哪儿的地方醒过来。每次都一样。

但现在他并不急着回天界，甚至刻意拖延着时间。

诗诗在他身旁，平静得像一潭死水，眼中无喜无恨，只有倦极时会有的空茫。

"你真的不需要我了。"她看着远方，"你的棋局已经按你的安排走完了，没有必要再让任何人消失了。"

他笑笑：'我此刻的确不需要你，但你还得留在我身边。"

"留我煮面？"她很认真地讥讽，"我活够久了，不怕你们的吞妖台。"

"棋子，不论用上还是没用上，最后都要收回棋盒里，没有扔掉的道理。"银白的月色落在他脸上，把说出来的每个字都染得一样清冷，"你不跟着我，还能怎样？难道要大摇大摆自己走上吞妖台？亦或沉下心来，抱着你失而复得的妖力，做一只浪荡人间称霸一方的凶妖？"

她想了很久，憋出一句话："我是天界的囚犯，你不将我送回去，还能怎样？"

还能怎样？这个问题倒是问住了他。好像自从把她带出来之后，到现在，他都没考虑过这个问题。从什么时候开始，他对她已经打定了"有借无还"的主意？

"很晚了，走吧。"他抓起她的手，带着她轻飘飘地落到地上。

就算拿回了她的"恨"，她依然是一只连普通轻功都不会的妖怪。她肯乖乖待在自己身边那么久，主要是因为不敢从那么高的地方跳下去。唉，这样一只妖怪，又是哪来的对吞妖台视死如归的勇气？

夜色之中的街道上，只有他走得从容，被牢牢拽住的她却越发不安生，急迫地说："你要带我去哪里？你的任务不是已经完成了吗？该风风光光回天上去领功才是！"

他不回答，一直拖着她往秀娘染坊那边走。

"你一个天神，拉着一只妖怪在大街上走算什么？"她又急又气。

一直走到染坊门口，他才停下来，回头看她一眼："以后，我就是你的监牢。你在我这儿坐牢，跟在休恶山坐牢，没区别。"

突然，一阵寒风刮过去，吹得她倒抽了一口冷气。

什么叫"我就是你的监牢"？这种看似严酷实则暧昧的话怎么能从他这般的天神口里说出来？还是对一只被判了死刑的妖怪！

她觉得这才是惊吓，连忙用尽全力甩开他的手，连退了好几步，皱眉："我宁可回休恶山的囚笼。"

"煮面给我吃就那么让你讨厌？"獠元叹气，"我还以为你起码会对我施舍给你的好意抱有基本的感激之心呢。"

她也急了："你是吃坏了肚子还是脑子？天神跟妖怪什么时候到了可以互相表达好意与感激的地步？你莫名其妙地把我借出来，老老实实还回去不就可以了？"

他揉揉鼻子，不以为然地笑出声："老老实实可当不了战神。"

"把我当老鼠一样戏耍让你很开心吗？"她突然激动起来，指着染坊里头，"我最重要的人都在那里，但她们都死了。我是一只妖怪，可我不但阻止不了她们的死亡，甚至连追究她们的死因的念头都被你否决了！好，我什么都不做了，反正什么都是你们神说了算，生死、输赢、命运。而如今的你更可恨，你所谓的善意，比打我骂我杀我还可恨！"

他由着她歇斯底里，等她骂完了，他伸出手："我那么可恨的话，就让我消失吧。"

"你……"她红了眼睛，一巴掌打开他的手，蹲在地上呜呜地哭起来。

应该只是心情突然不好了吧。他猜测着。作为一只有上古凶妖之称、但实际上半生坎坷的妖怪，好不容易摒弃了妖力，以为寻到了想要的安稳，最后还是一无所有。不能复活亲朋，不能报仇雪恨，甚至连上吞妖台一了百了的冲动都被他扼杀，当妖怪当成这样，想想也是该哭一场的。

但不管她哭成什么样子，他还是她的监牢。多年前他处心积虑把一只妖怪送上末路，而现在，他处心积虑想让一只妖怪活下来。

死有什么难的，活着才难。但要做更多的事，便只能活着。

"哭够了就进去休息吧。"他靠在墙上，很耐心地说，"不够的话就继续哭。"

她自然是不搭理他的，继续蹲在那儿泪流成河。他由她去，不劝不制止，只是往染坊里看了一眼，自言自语般说了句："只是要劳烦里头的客人多等一会儿了。"

此话出口，不多时，门后响起轻微的脚步声，有人很斯文地拉开了虚掩的大门。

◇ 贰 ◇

"獠元大人与这妖物谈兴正浓，本不想打扰。"寒荒出现在开了一半的门后，衣着姿容仍然一丝不苟，且任何时候都站得笔直，不论之前经历了什么，都看不出半分疲态。

一听到她的声音，埋头痛哭的诗诗猛抬起头，吃了一惊，想也没想便连忙起身站到獠元身后。

"不是吵着要回休恶山么，躲到我身后做甚？"獠元笑笑。

诗诗一愣，顿时意识到自己的失态，尴尬地揉了揉红肿的眼睛，立刻赌气般往寒荒那边走，但马上被獠元伸直的手臂挡了回来。

"我没让你过去。"他放下手。

"可是……"

"这里没你的事，要不你换个地方接着哭？"

寒荒面无表情地打断他们，对獠元道："獠元大人说错了，这里处处都是她的事。"

獠元笑看着一脸铁面无私的她："你来这里，是朋友，还是刑王？"

"是领了天帝的旨意。"她坦白相告，将犀利的视线投到诗诗身上，"让她跟我回去。"

獠元长长吐了口气，挠着头道："这妖怪是我借的没错，但不能还给你了，当我欠你一个人情如何？"

寒荒冷笑："獠元，你我是神，非人，何来人情可欠？"

"什么条件都可以，只要我能做到。"他又笑。

寒荒暗自咬了咬牙："我不缺什么。"

"朋友也做不成了？"他遗憾道。

寒荒摇摇头："你当我是朋友，还是你战神手中的一枚棋子？"

獠元无奈地耸耸肩："我就是这样的一个家伙啊，你又不是头一天认识我。"

以为他起码会稍微辩解一下……寒荒怔了怔，深吸了口气，微笑："在天帝交给我的任务里，你我的关系如何毫无意义。战神大人，我以刑王及天帝的名义正式命令你，把你从休恶山偷走的这只妖怪交还给我，如此，你或许还能保住战神的位置。"

他叹气，说："那只能打一架了，你赢了，带她走。"

"獠元！"寒荒怒斥，"你是鬼迷心窍了吗？为何偏偏是她？"

他不以为然，道："因为她长得好看呀。"

素来以稳如泰山著称，连过激的表情都很少有的刑王寒荒，右手一翻，银白长鞭凭空而现，自她执掌刑王一职以来，此鞭不知取过多少妖物的血与命。

她的武器跟她一样，没有花俏的颜色，也没有多余的缀饰，素白如银，出手无情，连名字都一样冷硬寡淡，叫"离乱"。

这些年来，被她跟离乱打得遍体鳞伤的妖物多不胜数，不止妖怪，连天界的神仙也不能幸免，几乎没有谁能捱过十鞭以上。连獠元都跟别人开过玩笑，说得罪谁都不能得罪寒荒，毕竟她的离乱太野性了，打在身上皮开肉绽不说，纵然伤口愈合，也会留下疤痕，任何仙草仙法都恢复不了，这要是打在脸上，以后还怎么活？

但这就是来自于刑王的惩罚，纵然不取你性命，也要留下一世的罪人印记。

然而还未定罪便执离乱于手，这还是第一次。

獠元见状，不动声色地挡在诗诗身前，笑看着她的武器："若你真心要与我斗一场，换个地方，这里窄，打起来不尽兴。"

诗诗闻言，忙出言阻止："你这是何苦？让我随她去了便是。神仙打架凡人遭殃，此处已然民不聊生，何必再添苦难！"

他仿佛听不见，依然直视寒荒，空气中剑拔弩张。

突然，寒荒叹了口气，手中的离乱消失无踪。

他笑："改主意了？"

寒荒也笑出来："天界的战神与刑王，竟要为一只卑贱凶恶的妖物互相残杀，若被旁人知晓，天界颜面何存？我不想当这罪人。"

诗诗紧张地注视着他们两个，生怕听漏了任何一个字。

獠元松了口气："那就请回吧。"

寒荒认真地盯住他的脸："獠元，你我情义，到今日为止。"

他点头："好吧。"

寒荒身形一虚，再无踪迹可寻。

都说神能凌驾万物之上，能洞悉命运知晓未来，看来都是大话。像她，就没能预料到跟獠元最终的关系竟是这般境地，连她自己都觉得可笑，多年来，不论他内心如何，他二人好歹朋友相称，而今一朝反目，竟是为一只本该送上吞妖台的妖怪。

收回离乱，不是放过那只妖，而是放过了她自作多情的私心。他若肯交出妖物，她便既往不咎，天帝那里自当为他开脱。触犯天规又如何，她是铁面无私的刑王又如何，但凡他还顾念与她的半分情义，不用这区区妖物使她为难，她必保他周全，毫发无伤。

他却不领情。身为刑王，为他一再破例，一再退让，今天，是万万退不得了。

天帝说，若遇反抗，杀无赦……她攥紧手里的令牌，直奔神兵营。

神兵既出，无路可回。

◇ 叁 ◇

獠元不知从哪里弄来一匹马，带着诗诗往南飞奔。

马儿跑得太快，颠得她骨头都快散掉，很不舒服。一只妖怪的身体，偏生得跟人类没太多差异，除了活得长一点、不太会老之外，没有任何别的优势。

第三天，他终于在一座黄沙遍地的偏僻小镇前停下来。

"就这儿吧。"他下马，环顾四周，喃喃，"人烟稀少，寸草不生。"

她不解，急切道："为何带我来这里？刑王不会善罢甘休，你很可能会被我连累，说不定连战神都当不了了！"

他像是听不见，径直往镇上走，边走边看，可这里实在没有什么可看的，连堂堂的皇都都是那般模样，一座偏僻小镇更是说不尽的萧瑟。

"你走吧，我哪儿都不去了。"他走得很快，她得一路小跑才能跟上去，"我就在这里，等天界的人来找我。"

"你恨他们么？"他突然问。

她愣了愣，答不上来。

"没有切齿之恨，你就无法保护自己。"他叹息，"可是恨人跟爱人一样，哪能说爱就爱说恨就恨了呢。"他将她的一丝乱发拨到耳后，"我能确定的是，即便你拿回了你的'恨'，也运用得并不熟练。"

她皱眉，只道："我不懂你说的爱与恨。我是妖，你是神，要不是你，我用不了多久就能走完我已经相当冗长的一生。"她用力咬咬牙，站到他面前，狠狠指着自己，"你看清你眼前这个怪物了没有？她能让她憎恨的东西消失，但偏偏不能让自己消失，不管她有多恨自己！无数个日夜，她都在想一个问题，为何天地之间会诞生她这样的怪物？她甚至试过各种自尽的方法，跳河、上吊、服毒，不论窒息有多难受，肠穿肚烂的感觉有多痛苦，除了痛苦本身，她依然活得好好的。刑王来染坊抓她时，她不反抗的原因不仅仅是为了她在意的人……你知道么，除了神，大概谁都不能结束她的生命。"

他相当安静且耐心地听她说完了所有埋在心里的话，然后才又绕过她，继续往镇子里走，边走边问："你觉得此地如何？"

她落在他身后，因为激烈的情绪而涨红的脸被寒风冻住，实在摆不出多余的表情来应对他不咸不淡的问题。

他回头："问你哪，比起休恶山的笼子，这里应该好多了吧？"

她稍微平复下情绪，说："于我而言，哪里都一样。"

他走到她面前，揉了揉她的脑袋："何苦沮丧至此，起码你还有两个兄长，你就不想与他们重逢？"

"他们？"她躲开他的手，苦笑，"他们不会给你留下多少好的记忆。"

"为何要分开？"

"他们嫌我是包袱，没有他们那般大的本事，不起恨心便是废物一个，只能白白招来敌人的追踪与猎杀，不如各奔东西，生死有命。"她陷入了久远的回忆，"我们三兄妹在一起的时光，唯在西溟幽海时稍见平静，甚至还有些小欢乐。记得那里山清水秀，天高云阔，有无数奇形怪状各怀异术的妖物，但彼此间却少有冲突。大哥模样古怪，但聪明过人，除了以影子为食，还喜欢从影子里挖掘他人的秘密，大多数时候他其实更爱干后面那件事，常常把哪只妖怪暗恋谁讨厌谁这样的事情到处说，弄得鸡飞狗跳，而他自己却躲在旁边偷笑。二哥性子调皮，常带着我去别人家的地盘偷吃，再用他的本事让人忘了这件事。"说着说着，她嘴角不由自主地扬起，露出一丝难得的笑意。

他看着她脸上短暂的笑容："不是说他们留不下多少好的回忆？"

"确实只有这么少。"她的笑容又不知所踪，"离开西溟幽海，到了人界，一切便不一样了。"

"哪里不一样了？"

"哥哥们的脾气一天比一天坏，本事也一天比一天大。"她叹气，"大哥的胃口越来越好，说人类的影子是所有物种中最美味的，而且藏在里头的秘密也是最多的，他不但可以饱腹，还能用这些秘密做很多别的有趣的事情。二哥也不仅仅只把自己的本事用在偷吃上了，他彻底把别人的记忆当作食物，没了记忆的人不会死，但夫妻不相识，母子成陌路，由此而生的悲剧又能比死亡轻巧多少？不光他们，连我都跟从前不同，在西溟幽海时，我不知何谓气愤何谓怨恨，最生气的事也不过是被怪鸟偷走我好不容易采到的好看的花，然后我找到怪鸟的巢穴，让它一身羽毛消失干净，光溜溜地跟我认错赔罪。但是，人界不一样，惹我生气的家伙变多了，而他们并不仅仅只想偷走一朵花。那些年，我确实也取了一些人的性命，当得起凶妖的称号，若没有后来的那些事、那些人改变了我的生活，也许我老早就被天界盯上送去吞妖台了。"

听罢，他又问："你就再没有与你的兄长们相见？"

"杳无音讯。"她摇摇头，"还是不见吧，我们这样的三只妖怪聚在一起，怕不是好事。"

他想了想，道："既然在人界的日子并不舒心，为何不回西溟幽海？"

"回去？"她无奈道，"西溟幽海并非街头客栈，想走便走，想回便回。"她顿了顿，低头看着脚下干枯的土地，"没有路了，我回不去。"

"何谓没有路？"

"我根本找不到回西溟幽海的路。"她苦笑，"你以为我没有想过回去吗？可我无论如何都找不到回去的路了，犹记得出来时走过一条云遮雾绕的山路，我明明照着原来的方位寻回去，莫说山路，连山都不见了，眼前只得一片水田，光屁股的村童牵着牛经过。我问村民这里的山去哪儿了，村民们说他们祖辈居住于此，一马平川，从没见过山。那时我才明白，我的故乡'有去无回'，它不会再接纳抛弃它的孩子。"

他皱眉："那你们出来的时候呢，很容易？"

"西溟幽海不是囚笼，里面的家伙想出去就可以出去，穿过林中那条蜿蜒如蛇的小路，就出去了。"她指了指天上，"跟你们的规矩不一样，我们那里很自由。"

"能去又能回才叫自由。"他纠正，"你们为何要离开？"

"外来者。"她回答，"西溟幽海也是有客人的，'外头'的妖，或者人，偶尔也会出现在我们面前，非常偶尔。我猜测他们进来的路也不那么容易。但他们的出现，带来了另一个世界的消息。不是所有的孩子都愿意安心留在家里，总有自命不凡且好奇心旺盛的，终是要走出去的。何况在外来者口里，'外头'的美好胜过西溟幽海的一切，那里不只有妖怪，还有人类，天上有神，海中有龙，是一个五光十色，让人流连忘返之地。"

"能进到西溟幽海的家伙，都不简单。"他追问，"你的兄长们受了谁的鼓吹要离开故土？你可见过那外来者？"

她回忆了一下，说："远远地见过一眼，披着大大的袍子，面目看不真切，只记得我的两个哥哥与此人相谈甚欢。此人走后不久，我们也离开了西溟幽海。"

"后悔了？"他看着她黯然的眸子。

"是。"她坦白道，"这些年，只在梦里回过家乡，一草一木都没有变，而我却比从前的自己狰狞了。"

"西溟幽海……万妖之源……"他喃喃。

"此刻你问我这些又有何用呢？"她皱眉，"西溟幽海与你毫无瓜葛，你的刑王与天帝才是横在你面前最大的危机。"她咬了咬嘴唇，小心翼翼道，"刑王她……是否对你有情？"

"当时你不是忙着号啕大哭么，还有这闲心观察别人？"他揶揄道。

她捏着自己的手指，鼓足勇气说："女神和女妖怪，都是女的。"她瞟了他一眼，"对你无情的话，她不会恨成那样，我看见她的眼睛了。"

"寒荒一直都是那副不苟言笑，看谁都欠她钱的模样。"他撇撇嘴。

"她平日是什么模样我不熟悉，但是……"她突然认真起来，"她的眼神让人害怕，而且我听她说她是领了天帝的旨意来的，我怕你……"

"你怕我死在她手上？"他笑出来，忍不住又揉了揉她的脑袋，"你这颗脑袋里究竟装的什么呀？面条？"

"你不像他们说的那么不堪！"她大声道，"虽然你的有些行为我不认同，但远没到盼着你死的程度！她代表的是天帝，你要怎么向你的天界交代？不是好不容易才当上战神吗？"

他的手离开她的头顶，手指却顺着她完美的脸孔滑下来。西溟幽海真是个不可捉摸且难以触碰的好地方，竟生出这样貌美、独特，而且那么容易相信他人的妖怪……

"诗诗，"他轻声喊着她的名字，"你觉得我对你很好是么？"

这个问题来得有些莫名其妙，她脱口而出："你放了我，救了我，甚至打算因为我跟天界相抗，桩桩件件都是你实实在在做出来的事，难道你要我看着这些事骂你无耻？"

他看着她百般认真的脸，真可爱啊。

"你听我说，"他十分自然地牵起她的左手，"你可以为别人有一张好看的脸动心，也可以为对方的钱财权势动心，但千万不要为'对你好'动心，因为越不需要成本的东西，变数就会越大。"

他这番话，她委实不太明白，对她好就是好，什么成本不成本的。

"我不懂你的话……"

"你会懂的。"

他的眼神突然冷成了刀，所有的嬉笑与温柔仿若落地的面具，四分五裂。

他的眸子里，映出她惊恐的神情。

"啊！"

黄沙之上，鲜血如画。

◇ 肆 ◇

"果真一场误会。我知獠元你做事素来稳妥，断不会知法犯法，行有违天界法规之举。"

"天帝明鉴。"

"人界之事圆满解决，你又立一功，果不负你战神之名。"

"谢天帝夸奖，属下不过是完成分内之事。"

"嗯。此事圆满了结，寒荒，这妖孽尸身交与你善后，以后行事当更加谨慎仔细，莫被表象迷惑，再误解同僚便很是不妥了。"

"是，谨遵天帝教诲。"

"向獠元道个歉吧，相信以他的胸怀，必不计前嫌，今后你二人仍可通力合作，为天界安稳鞠躬尽瘁。"

"回天帝，道歉实是不必，本就不算个大事，是我未曾言明在先，才令寒荒大人误会我私纵妖物，此事我也有错，寒荒大人不过是尽忠职守，还请天帝莫要苛责于她。"

"罢了罢了，我也知你俩素来交好，不想你们为一个小误会坏了彼此情义，既见獠元你豁达至此，我也放了心。好了，下去互敬一杯酒，握手言和吧。"

"是！"

"是！"

出了天帝殿，獠元在前，寒荒在后，两个跑腿的仙官抬着一副棺木，小心翼翼落在最后。

"先将此物送回刑王殿，我随后便回来。"寒荒回头对仙官吩咐。

"是，刑王大人。"仙官们忙抬着棺木快速离开。

獠元看着他们远去的背影，伸了个懒腰，对寒荒笑道："抱歉，让你白跑了一趟神兵营。"

半日之前，他带了一副棺木往天界去，她带了一队兵马往人界来，狭路相逢。

直接听命于天帝的神兵营出马，必有大事，天界凡是知道这桩事的，都在忧心忡忡或者幸灾乐祸地议论，恐怕战神獠元的位置坐不稳了。

然而，所有的猜测都被事实狠狠打了一记耳光，连寒荒都觉得脸上发疼——獠元当着她的面，不慌不忙地打开棺木，双目紧闭的尸体与一只被狠狠切断的左手醒目地呈现在所有人面前。

她相当吃惊，甚至表露在了眼神里，也有疑惑，不相信獠元会在短短时间内改变了主意，但他是獠元啊，天界之中谁能猜得他的心思？

"你不是舍不得么？"她走到他面前，直视他的眼睛，"不是死都不肯将这妖孽还给我么？"

"我只是在保护我的棋子。"他笑，"可一旦她彻底丧失了做我棋子的资格，我也就没有保护她的必要了。"

"她能为你做什么？"

"自然是让一切有可能影响我棋局胜负的家伙消失。"

"你不怕她让你也消失？"

"她喜欢我，所以她的妖力对我是无效的。"他拈去一片刚好落在她肩头的树叶，"与其对一只妖怪武力相向，不如让她死心塌地，一劳永逸，你觉得呢？"

她看他的目光前所未有地复杂起来，好像今天才第一次认识这个男人。能毫无负担地利用身边的一切，将天地万物都视为棋子，也许只能这样，才能长长久久做一个完美的战神。

天帝殿的气温是所有神殿之中最舒适的，永远和暖温柔，春风拂面，但她偏在这时觉得冷，吹过的风把心都扫凉了。

可是，又有一丝不知如何形容的庆幸在摇摆不定——他还是杀掉她了呀，并且毫不留情地断掉了她的左手。对"失"而言，没了左手，就算能苟活于世，也是废物一个，再难掀起风浪。

属于"失"的妖气，还没开棺时她就已经觉察到了，如假包换。

今天之前，她觉得自己受到了此生最大的羞辱，幸而最终还是扯到了一块遮羞布，没有输得一败涂地——战神獠元从没有为任何人改变过。

沉默良久，她低下几乎从不肯低下的头，说："你我相识多年，依然形同陌路。"

他笑笑："战神殿的大门不会对你关闭，你喜欢什么时候来都可以，有好吃好玩的，我也给你留着。"

为何这种时候他还能自然而然地讲出这样的话？哪怕他轻蔑地哼一声扬长而去也好啊！

她攥紧了拳头，忍了又忍，最终一拳打到他脸上。

他明明躲得过，偏却硬接了这一拳。

她的身体因为愤怒而微微颤抖，微微发红的拳头半晌才放下。

"左脸要不要也来一下？"他揉了揉右脸，四下看了看，"趁现在没人经过。不然天神之间泄愤私斗之事传出去，天帝又要不高兴了。"

她咬了咬牙，拂袖而去。

她跟他之间的战局，她从无胜算，再打他十拳又如何，她仍是输家。虽然他杀了那妖孽，但之前对其拼死相护的神态她永远也忘不了，她分不清那是虚情假意还是本能反应，不管是哪一种，她都嫉妒。

对自己，他连虚情假意都不屑。承认了吧，那就是嫉妒，自灵魂里钻出来的嫉妒。

她走得飞快。忍住，在回到刑王殿之前，她必须变回坚如钢铁心无悲喜的刑王。从没有哪天，像今天这般糟糕。

獠元揉了揉微微肿起的嘴角，面无表情地往相反的方向走去。

很抱歉，任何的好意他都无力接受。曾经能容纳世间一切美好情感的人，叫小猴，而小猴在赤壁吹起东风的那一刻，已经死无葬身之地。

◇ 伍 ◇

她躺在床上，残缺的左臂上缠着浸满了药水的白布。

一个又聋又哑的婆子打了一盆水进来，拧干了帕子替她擦脸擦身，然后熟练地给她换药。

她由着婆子伺候自己，两眼木然地看着房梁，那里有十七道裂纹，这些天来，一共飞过了二十二只苍蝇，房梁上爬过三只老鼠，也可能是同一只老鼠来回了三次。床头放着一盒黑白混杂的棋子，那是她从墙角的柜子里找到的玩具，黑子一百八十一枚，白子一百八十枚，她数过好多次了。

世界变得特别安静，不用自理的生活变得非常简单，所以她有大把时间去无聊。

伤口早已经不疼了，他留下的仙药有奇效。但她每个晚上依然做相同的噩梦，梦里的他微笑着把她的身体折断成无数碎片。

她终于理解了他说的"越不需要成本的东西，变数就会越大"，也终于明白战神獠元就是战神獠元，跟传说中的并没有什么区别。

他可以替她解决冒犯她的流氓，可以温柔地揉着她的脑袋，可以将她护在身后与另一位天神对抗到底，但是，也可以在做过以上的一切事情之后，再毫无预兆地断掉她的手。

断手的刹那，她以为自己会死。太疼了，一万把浇了毒液的刀狠狠扎进骨肉里都不足以形容这种巨大的痛苦，眼前的一切都扭曲成了可笑到让人流冷汗的怪模样，只有他是清晰如常的。

任何时候，任何境地，他都如庙堂中的神像般完美。不论爱你还是杀你，都让你无话可说，无从怨恨，毫无反抗地接受一切后果。

神与魔，从未如此和谐地出现在同一个人身上。

当她醒来时，已经躺在这里，身边的婆子咿咿呀呀，比画着向她示好。

为何上天要给她这般厚脸皮的身躯，没有左手的"失"难道不该跟没有脑袋的老虎一样，干干脆脆地死掉么？如今她也不知自己算是什么东西了，一只失去左手的"失"，基本上就是废物一个，能做的，只有挥霍作为妖怪的最后的"福利"，在漫长的生命里混吃等死，遥遥无期地活下去。

而这一切，都是他带给她的。以后，我就是你的监牢——原来他不是玩笑，也不是暧昧，他真的打算将她关在他为她制造的囚笼里。

她醒来后的第二天，便趁婆子不在时跑出了这间位于镇子西面的屋舍，有伤在身也不妨碍她跑出此生最快的速度。

只能跑了，因为她害怕，从没有像怕他这样惧怕过任何东西，以为已经看见了他，可谁知看见的根本不是他，自以为是导致的挫败与完全不能掌控局面的软弱纠缠在一起，太乱，只能逃。

她很快就跑出了镇子，向着南方狂奔，摔了多少跟头都无所谓，爬起来继续跑。那一天，一定有许多人看见一个年轻貌美但身有残疾的疯婆子，风一样从他们眼前蹿过，扬起的沙尘里装满了她的恐惧与绝望，以及一点点对自己某个瞬间的自作多情的嘲讽。

当月色取代了夕阳，她仍跌跌撞撞地在不成形的山路上狂奔，偶尔回头一看，小镇早已不见踪影，只见树影重重，雾气迷离。她大概估算了一下，应该已经跑出很远了，这时才觉得伤口隐隐作痛，她放慢脚步，气喘吁吁地坐在路旁。

此时虽已初春，寒气仍重，她抱住双臂，身子蜷成一团，回想过往时不禁悲从中来。

作为"上古凶妖"而诞生的自己，没有让世界因为自己的存在而战栗，也没有在一场势均力敌的大战中杀掉敌人或者被敌人杀掉，霸气地活着或者骄傲地死去。不论她是否拿回了她的"恨"，对在乎的人的生死依然无能为力，甚至连自己的性命都无权处理，最后的最后，竟如丧家之犬，狼狈不堪地逃到空无一人的野地里，前无希望，后无退路。

所以，这就算是她的报应了？为了所有曾经消失在她手中的性命？

胡思乱想之际，不远处突然传来令人毛骨悚然的吼叫，也不知是什么野兽在逼近。

本来不想跑。不管是什么，吃掉自己也无所谓，但最终她还是拖着疲累之极的身体跑了。

断掉一只手已经那么疼了，若被一口一口咬下肉来，死又死不了，岂不是白白遭罪？

夜路越发不好走，磕磕绊绊了好久，她总算在前头见着了一片灯火。

这样的身体真是非常可悲，明明不是人，偏要承担一切人类身体的弱点，又饿又渴的她循着亮光跑去。

然而，当灯火照亮她的眼睛时，她整个人都愣在原地。

寒风黄沙，小镇依旧——她从白天跑到黑夜的全部成果，就是又回到了她迫不及待要逃离的地方。

她呆呆站在一步之遥的地方。垂死的人以为挣扎到了岸边，谁知却是另一座深渊。

她一咬牙，转身又跑，换了另一个方向。

穿过荆棘与雾气，也不管有多少野兽的吼叫，此刻的她只有不断奔跑，脑子是空白的。

从天黑跑到天亮，当她再次看见那一坨长得像水牛的大石头时，她终于找不出一丁点儿力气了，瘫坐在晨雾缭绕的小镇前，满头满身的汗。

直到有外出打柴的樵夫路过，好心过来瞧她，问她出了什么事时，她才渐渐恢复了意识，吃力地爬起来说没事，然后失魂落魄地走了回去。

哑婆子见她回来，又急又喜，抓住她的手咿咿呀呀讲个不停，用各种手势表示自己担心了一整夜。

"我……我就是闷了，出去散散步。"她给的理由连自己都觉得尴尬。

哑婆子读懂了她的口型，又比画着表示野地之中有豺狼虎豹，以后万不可再随意乱跑，又指着她的伤口表示养伤要紧。

她坐下来，抱住一壶茶水狂喝，不小心呛得眼泪横流。

哑婆子轻轻拍着她的背，又转身去热了饭菜过来。

好饿。她一边大口吃饭，一边鄙视自己。有本事就不要吃饭喝水，干脆试试看能不能饿死自己，可到底是忍不住，何况她这个身体，就算千百年不吃不喝，除了白白忍受饥饿的折磨之外，还是会活得好好的。

战神獠元，他到底存了怎样的心思，要这般耍弄于她？

"谁让你来的？"饭吃到一半，她突然抬头问哑婆子。

哑婆子举高一只手，表示是一个很高很高的人，又指着自己的脸竖起大拇指，还喜笑颜开地比画着那人给了自己好多钱她好开心一定会好好照顾她。

她苦笑，多此一问，长得又高又好看又不缺钱的，还能有谁？也只有他，会把这又聋又哑的婆子作为照顾她的第一人选。

"那个男人呢，在哪里？"她又问。

哑婆子摇头。

他一定还会出现的，等到那时，她一定要狠狠抓住他，明确告诉他自己什么都不需要，不需要被保护，不需要被照顾，要么放她走，要么让她死，吼完之后再狠狠给他一记耳光。所以，还是得活下去，一定要活到再见到他的那天。

她深吸了口气，放下碗筷，灰头土脸地爬回了床上，整个人缩进了被子里。

一年过去，他没有出现。

十年过去，他没有出现。

当她在这里待到第二十一年的时候，哑婆子躺进了土里，她亲手埋的。她还给这无儿无女无亲戚的老婆子烧了纸钱，好歹相伴二十载。

她的伤老早就痊愈了，有时候她会盯着自己光秃秃的左臂，心想也许之前自己经历过的一切都只是个缭乱的梦。

西溟幽海、两位兄长、人界悲欢，都是梦。她也不是妖怪，只是个断了一只手的平凡女人，住在一座平静到乏味的镇子里。

然而说"住"可能不太准确，"关"比较恰当，毕竟在无所事事的漫长时光里，除了吃喝之外，研究怎么离开这座无论如何都会绕回来的监牢，成了她为数不多的消遣。

除了她，任何人都来去自由，路过的、搬走的、死去的、新来的，镇上的面孔不断更替，他们的悲喜与时局的变迁一脉相连。乱世时，大家都慌，总是不能在一个地方长留，笑得少哭得多，从空气里都能闻出人心惶惶的味道来。天下依然四分五裂，有本事建立起一个国度的人，都希望自己有更大的本事，能一口吞掉所有邻居，令万里江山只随一个人的姓。

想来，他不出现，是因为太忙吧？如今这局面，烽火四起，他的棋局应该正是热闹的时候。

小镇虽偏远，但也做不了一辈子的世外桃源，纵然战火不曾烧到这里，但乱世之下，哪里都少不了流寇贼子，抢人抢钱家常便饭。唯独她是安全的。

在她居住在这里的第三年，她便知道在此照顾她的，并非哑婆子一人。

那是一拨妄图发乱世财的山贼，穷凶极恶，一路烧杀抢掠，到了镇子上，按例洗劫一空。搜到她的住处时，她正与哑婆子在院中晒衣裳。见了她，山贼们纷纷直了眼睛，竟比见了金银珠宝还惊喜。

哑婆子自然是不能保护她的，而论起打架，她至今也没有任何进步。

危急之时，却不知从哪里跳出来两个少年，一个着黑衣，一个着白衣，三两下取了山贼人头，剩下的喽啰们吓得四散而逃，连战利品都不敢拿走。

她确实没看清两个少年从哪里出来的，好像真是凭空而现。

哑婆子吓得晕过去，她将其扶进屋里，再出来时，两个少年已无迹可寻。

此事之后，多年太平。

再出事时，已是数十年后，此时哑婆子已成白骨，得了命令来"接任"照顾她的是个擅长厨艺的大嫂，虽不是哑巴，但顶不爱说话，除了伺候她三餐起居，便躲在厨房里研究新菜式，相当不喜与外人接触。

那日，有异族兵马为囤军粮而来，其行为粗鲁不堪，与贼无异，抢到她家时，两少年又如神兵天降，杀得敌方片甲不留。

数十年不见，少年还是少年，容颜未有半分改变。

这次她及时拽住了白衣少年的胳膊，问："你们打哪儿来？"

白衣少年并不言语，而黑衣少年也默立一旁，面无表情。

又是哑巴？

她心头奇怪，但仍想表达感激，想起身上正好带了几块大嫂亲手做的桂花糖，遂拿出来塞到两个少年手中："多谢你们了。没有别的好东西，我家这位大嫂做的桂花糖很好吃。"

两个少年盯着手里散发着浓郁桂花香味的糖，对视一眼，旋即一口吃了下去。

她笑，到底还是两个孩子啊。

"你们等一等，屋里还有。"她转身进去，待到捧了一包桂花糖出来时，两个少年又没了踪影。

她四下寻找一番，并无所获，着实纳闷不已。

夜里，她躺在床上辗转反侧，总想着那两个少年。一言不发，黑白衣衫，几十年不曾变幻的容颜……

突然，她坐起来，目光落到墙角的柜子上。她跳下床，点亮油灯，急匆匆过去打开柜门，从柜子的角落里拿出那盒已经很久不见天日的棋子。

回到床上，她哗啦啦将棋子倒了满床，然后一枚一枚认真地数起来。

她清楚记得，在刚来到这里的那段无聊日子里，她将这些棋子数了无数遍，黑子一百八十一枚，白子一百八十枚。

当她再一次数完它们时，愣了愣，皱着眉头又重新数了一次，末了又不对，又数一次，就这么来来回回数了七八次，她才终于确定，黑子跟白子分别少了两枚。

黑子白子……黑衣白衣……

她愣了许久，突然抓起一把棋子走到窗前，指着夜空道："你一直在看着我对不对？"

除了一阵虫鸣，没有任何动静。

"你是我见过的最龌龊的神！最龌龊的神！"她越说越气，气得忍不住哭起来，"你比刑王更残忍，连一条死路都不给！我这样的废物，你留着有何意义？"

她自然是不会得到任何回应的。倒是大嫂被惊醒了，披了衣裳过来看她，伺候她这么些年，从未见她如此歇斯底里过。

棋子从她的指缝中落下来，她低下头，看着四散跳开的它们。

对他而言，世间一切都是棋子。但是，你究竟在布一盘怎样的棋局？

她对大嫂说没事，回去睡吧。

大嫂点点头，回去了。如今她总算体会到不爱说话的人的好处了，难怪他只找这样的人在她身边。

她蹲下来，把散开的棋子一枚一枚地捡起来放回棋盒。都是棋子，何必拿同类撒气。捡着捡着，她竟笑了出来，今天才知道，原来"上古凶妖"的一生相当好笑。

她渐渐变得豁达了，不再深居简出，既然有人看顾着她的一切，那么她更应当肆无忌惮地去挥霍时光。

她有了可以一起逛集市的姐妹，有了一堆为她争风吃醋的男子，学会了在一堆人里八面玲珑巧舌如簧，学会了如何用头脑与计谋赚取银两，她越发像一只人见人爱的蝴蝶，穿梭花丛游刃有余，称赞与妒忌填充着她的每一天。

又是十年，他没有出现。

到大嫂去世，大嫂的继任者去世，继任者的继任者去世，数百年过去，那个叫獠元的男人依然只会出现在她的噩梦里。

世界也在飞逝的时光中疯狂变幻，丢掉一半江山的人终于彻底丢掉了全部，万里河山在之后的岁月中一次又一次改了姓氏。连小镇也变了，人越来越多，房舍越来越密，有人存在的范围越来越广，它原本叫松镇，后来成了松县。皇帝这个称谓已经老早消散于尘土，来去松县的再没有兵马和山贼，只有载着男女老少的汽车，以及柴米油盐的生活。

动不动就悲从中来号啕大哭的习惯，她改掉了。百年前，她开了一间面店，她掌勺，只卖一种味道的面条。开店前半年，一直照顾她的那个满脸麻子的大嫂被她辞退了，给了对方丰厚的退休金。然后她站在空荡荡的院子里，对着天空说："以后让我一个人。"

之后，再无人奉命而来。

她心里的数字一直都清楚，八百五十年了，对神或者妖来说，千年时光也不过刹那，但对她来说太长了，因为她永远不知道那个人会在哪一天出现，她的等待没有尽头。

而他如同消失一般，从未在她的生活里出现过一次。

莫非，他已经忘记在人界一隅，还关着一个曾被他揉过脑袋的囚犯？

不能让时间总是这么浪费下去啊……应该有一个更好的法子，结束这场无望的等待。

那天清晨，她坐在"莫失"的窗前，望着外头形形色色的男女，她的面店生意说不上好，经常大半天都不见一个客人，她也无所谓，开店不过打发时间，赚不赚钱无所谓。

直到傍晚，才进来一个客人，四十来岁的中年妇女，大冷的天只穿了一件薄毛衣，失魂落魄的，进来时还被门槛绊了一下。

她一个人却点了三碗面，然后边大口吃边神经质地自言自语，说什么吃饱了才有力气打死他，说着说着又哇哇地哭起来，满嘴的面条掉出来，场面相当尴尬。

"慢点吃，别呛了。"她走过去，递给妇女一张纸巾。

妇女接过来，潦草地擦了嘴："不好意思，见笑了。"

这么多年，虽然不曾离开这个地域有限的"监牢"，但见过的人也如过江之鲫，这妇女此刻虽失态，但看其模样与言行也还算斯文干净，推测平日里应该是个稳当人，如此模样必是受了大大的刺激。

只要她愿意，通常不会有人反感跟她这样的人聊下去。这妇女也不例外。

面是吃不下去了，她给妇女倒了一杯热水。

氤氲的热气中，她耐心地听完了一个在不同时期都听到过的大同小异的故事，内容无非是年轻时为了夫君放弃大城市的优越生活随他去小地方吃苦，如今她人老珠黄，他生意兴隆，有美人投怀送抱，糟糠之妻也下堂。

这妇女不是第一个为这种事号啕大哭的女人，也不会是最后一个。

"放下吧。"她只能这样讲。

妇女眼睛已经肿成了桃子，可眼泪还是止不住："怎么放啊，我十七岁就跟了他，三十年了，怎么放啊！"说着从包里掏出一本离婚证来，颤抖着给她看，"我们早上才从民政局出来……三十年，就换来这个！"

她拍拍妇女的肩膀，把离婚证拿过来，替她放回了包里："不开心的东西就不要总看了。"

"大妹子，我不瞒你。"妇女狠狠抹了一下眼睛，"我买了一把刀，也在包里。"

"这年月，杀人可是犯法的。"她叹口气，"何必做这样的蠢事。"

"可我除了买一把刀之外，根本干不了别的。"妇女又哭起来，并且狠狠给了自己一记耳光，"我再买一千把刀都没用，我连鸡都不敢杀……跟他说的一样，我已经是个毫无用处的废物……"她的手指用力抠在桌沿上，咯咯地响，"可我好恨……恨得五脏六腑都要爆开……父母一早与我断绝了关系，朋友们一直以为我是享福的阔太，对我羡慕嫉妒，可事实是除了你这儿，我连一个可以放声大哭的地方都没有。"

她看着这个无计可施，只能趴在一家面馆的桌子上大哭的女人，忽然问："你真的那么恨你的丈夫？哦不，前夫。"

妇女的牙齿咬得要断掉似的："要是世上从没有他这个人就好了！"

她笑笑："如果你不费吹灰之力便可以让他消失，你会这样做吗？"

"当然！"妇女果断道，"可惜世上没有一种橡皮擦，能把你憎恨的人抹掉。"

"如果有呢？"

"我愿意拿命去换。"

"不用拿命去换。来，把你的手给我。"

獠元啊，你自认心机似海，机关算尽，天下没有你算不到的东西，但偏有一件是你算不到的——在她把右手伸向妇女之前，其实还是犹豫了片刻的。

这个秘密，一度被她视为不可触碰的缺陷，隐藏了千百年，但今天，也许只有这个秘密，可以让她脱离獠元的掌控。

妇女离开时，站在店门口对她说："大妹子，我知道你是好心安慰我，就算是骗我，我也谢谢你。"

她笑笑，心说，我从没骗过谁。

大约半个月之后，松县爆出了一桩不大不小的新闻——著名企业家谢某某失踪，警方及家人均在积极寻找中。消息登上了当地的报纸，引起了一轮街头巷尾的猜测。有说这个先富起来的人肯定被歹徒盯上绑架了，有说他做不正当生意携款逃到国外去了，还有说这个男人不厚道抛弃妻子说不定被前妻怎样了……猜测永远都成了猜测，十年过去了，人力物力该花的都花了，可下落不明的人依然下落不明。慢慢的，关注的人越来越少，因为世上毕竟每天都有人不见，每天都在发生比人不见了更悲惨更严重的事。

她依然独自守着自己这间只卖一种面条的小馆子，生意不咸不淡，其间也有各种男女一边吃面一边为各自的苦难唉声叹气或者号啕大哭。但是那个带着一本离婚证，大冬天地在她面前哭红了眼睛的女人，却再没有出现过。作为一个过气的失踪者的前妻，更无资格得到任何关注。

直到第十个年头，松县的电视新闻跟报纸上又出了个新闻——十年前失踪的企业家谢某某已被证实殒命于某高速公路，疑为横穿公路时被撞身亡。新闻还配了一张谢某某生前的旧照片，西装革履，意气风发。

群众们又有了茶余饭后的谈资，好好的企业家怎么平白消失了十年，且死去的地方是在离松县十万八千里的另一个县城？

有一家以搜罗奇闻八卦为主的杂志，派了记者去当地，当地人说这个人大约一年前来的，租了村子里最偏僻的房子，不爱说话，眼神总是躲躲闪闪的，搬来后整天都躲在屋子里，不跟任何人交往，村民们除了好奇，也不大敢管他，怕他是个精神不正常的疯子，只要他不扰民不欠房租，也就由他住下去了。出事那天，有目击者说不晓得这疯子哪根筋不对了，直愣愣地就往高速路上蹿，喊他也像没听见，然后就死了……采访被添油加醋地写进了杂志，最后变成了一个带着神秘色彩的连载故事，甚至扯到了外星文明……但销量却意外地好。

连她都看见了。

那天，她边嗑瓜子边翻杂志，看完的时候，外头刚好下起了雨，寒气与湿意争先恐后地拉低这个冬天的温度。她合上杂志，扔到一旁，自言自语道："既然让他消失，那么他本该有的人生只能由你来替他走完。"

她走到门前，视线穿过雨幕，伸出右手去接冰冷的雨水。

"獠元，这是第一个。"她一字一句道，"上古凶妖这个称呼，应该还能用在我的身上。你不来找我，早晚也有别人来找。"

雨声渐大，世界一片浑蒙，躲雨的人往不同方向狂奔，但是，来去的身影与声音中，没有一个是她期待的那一个。

◇ 陆 ◇

我跟敖炽的面前都堆起了小山一般高的瓜子壳。反正在这种时候，再没有比嗑瓜子更能掩饰我们内心的波澜壮阔的方法了。

在此期间，我跟敖炽的眼神交流足够出一本《以眼聊天指南》，那种眼珠子全程跳广场舞的感觉也实在是累人。

獠元用近乎一整晚的时间讲出来的往事，信息量太大太大。

犹记得数年前的某个冬夜里，我第一次看到獠元时，就很不喜欢他，并不仅仅是因为我对天界那帮俯视人间自带光环的大神有天然的排斥。

那个冬夜里，他自愿抹去天神的高傲神秘，坐在我的不停里，在喝一杯浮生的时间里，他波澜不惊地同我讲完一段陈旧的回忆，然而藏在他口中那段千年前的岁月，却是关乎他如何利用了一只飞天的善意，甚至可能是对他的爱意，他不动声色地将这只妖怪推向牺牲的末路，让他赢了一场必输的战局。

一个战神殿里的小仙官，硬是凭自己的心机与狠绝，令前任战神彻底丧失了高居神位的资格，颓丧地离开以他为尊的战神殿，再无将世间人类操纵于股掌之间的特权。

这一仗，他赢得算是很漂亮。但对他而言，究竟是赢了还是输了，并不太好讲。

战神殿有了年轻强悍的新主人，尽管他不需要跟他那老迈无能的前任一样，为了延缓身体的衰老、神力的丧失而去干一些见不得光的龌龊事，但对人类而言，无论谁是战神，带给他们的都只会是此起彼伏无休无止的战争，血流成河死伤无数的场面不会因为战神之位的更替有任何改变。

"战神"这个神的存在，就是不怀好意。

若让我有将天界十二大神抹掉一个的机会，我会毫不犹豫地把机会送给眼前这个连吃了三碗酸菜面的獠元。

他还是老样子。

喝我的浮生时，他慢条斯理，那般苦的茶，他连眉头都不曾皱一下，如今吃诗诗煮的面，我都看见面条里放着一大坨还没搅散的盐巴了，天知道诗诗是大意还是故意，反正是个人都知道那碗面绝对咽不下去，可他却跟喝茶时一样，有滋有味地把整碗面吃光了，连汤都没剩下，末了还让诗诗再煮两碗来吃。

不了解的人大概会觉得獠元的舌头有问题，但我知道，他不是味觉有问题，而是不动声色的本事高过任何人，一个以权谋心机见长，不用出刀亦可杀人的战神，焉能让自己的喜恶流于表面，为人捕捉，故而无论苦茶咸面抑或珍馐佳肴，在他嘴里一视同仁。

想来，战神这般的位置，我坐不了，敖炽坐不了，我认识的许多人或者妖怪都坐不了，并非能力手段不够，而是我们的爱恨太显山露水，易得破绽。

"你们不口渴？"獠元盯着我跟敖炽面前的瓜子山，慢吞吞地喝一口茶，"也是那般上了年岁的老家伙了，非得跟土拨鼠一样吃个不停？"

土拨鼠？

我跟敖炽对视一眼，呸呸吐出瓜子壳，擦了擦嘴，冷笑："战神大人说话还是客气些吧，你总不会以为方才你像居委会大妈一样回顾自己一生时说的话，我们都没听见吧？"

他笑："你这只树妖，真是锱铢必较。"

"我们若真要跟你计较，只怕你会有大麻烦。"敖炽又抓了一把瓜子继续嗑，"私纵死囚，蒙骗天帝，光这两条大罪你就连嗑瓜子的机会都没有了。"说着他又看了看坐在獠元背后全程沉默，与之前的伶牙俐齿判若两人的诗诗，"再加上一条幽禁凶妖数百年，任其害人性命却袖手旁观。虽然你三天两头都要弄出好些人命，但这松县却不是你战神的战场，你无权以战祸之外的方式取凡人性命，这一桩加上前面，一并告到你家老大那里，天界之中谁还能保得住你？"

敖炽说得一点都没错呀，其实我到现在都不是很明白，素来以心思缜密不露痕迹著称的獠元，怎么能一边吃面条一边把自己的"黑历史"毫无保留地讲给我们这两个跟他只得一面之缘的家伙听，这种行为无疑是把致命的把柄双手端到我们面前。

獠元打量着敖炽，笑："上次见你时，还是一只不及桌子高的小肥龙，又蠢脾气又不好，如今长大了，脑子也有了，不错不错。"

我赶紧把装着没吃完的瓜子的盘子拨拉过来，只有这个盘子离他最近，砸人脸上特别顺手，但我心疼里头的瓜子儿，真好吃，又香又脆的。

但意外地是，敖炽不但没有任何过激举动，还气定神闲地给自己和我倒了一杯热茶，边倒边说："世间诸多战火的起因，除了利益的争夺，便是挑拨与激怒，我又怎么会为你这些幼稚的话失了自己的风度。"说着他又盯着我保护好的瓜子，"何况这瓜子我也挺爱吃的，哪儿买的呀？"

好难得……我是不是应该给我夫君鼓鼓掌？

我比谁都清楚，不是敖炽的脾气突然变好了，只不过面对这个喜欢将他人视为棋子一切尽在掌控的战神，比起在他意料之中把一盘瓜子摔到他脸上，不如偏不成全他的"意料之中"。跟这个家伙在一起，连一张小小饭桌上都暗藏战局，稍不留意便一败涂地。

獠元一笑，回头问诗诗："哪儿买的瓜子呀？"

诗诗的视线一碰到他就会本能地逃开，之前那个明艳照人自信满满，气场几乎可以与我平分秋色的女妖怪，在他面前突然就荡然无存，紧张、局促，仿佛在外玩耍到忘了回家的顽皮孩子，终于被找来的家人揪住了耳朵。但是，心里又隐隐有些欢喜，因为终究有人找来了，自己没有被遗忘。

"隔壁街老八炒货……"她很老实地回答。

"别总买瓜子儿，偶尔也换换别的，炒花生有吗？"獠元笑问。

"有……"她低头揉着自己的手指，"但没有瓜子好吃。"

獠元笑出来，相当自然地伸出手去揉了揉她的脑袋。

但是抱歉啊，我有点看不下去。

女妖怪啊，你的手是被他断掉的，八百多年的软禁也是他给你的，你怎么能在跟他如此难得的重逢之时，跟他讨论老八家的花生瓜子，而不是跳起来用你还在的那只手狠狠甩他两个耳光呢？

我方才听到的那段漫长的回顾里，根本没有花前月下儿女情长，只有国破家亡生杀予夺，经历了这般岁月的人，无论如何都不该把花生瓜子当作对话的主题。

"诗诗姑娘，八百九十年对吧？"我到底忍不住了，看着诗诗道，"你等了这么多年，却只跟他讨论老八家的花生瓜子？"

诗诗沉默良久，抬头，望着獠元，却一句话也说不出来，几百年的疑问与委屈、压抑与疯狂，都堵在那双美丽如故的眸子里，就是无法转换成一字半句，连一句为什么都问不出来。

"比起杀人流血，还是花生瓜子讨论起来更愉悦啊。"獠元笑看着我。

"以术法阻止被害者的亲人来到松县，你觉得就能让你的'棋子'免受骚扰？"好吧，她说不出话来，我说得出。就算敖炽不把盘子砸他脸上，我也该这么做的，不为他出言讥讽，只为他的视而不见，纵妖行凶。

"不止他们，所有可能会给她带来麻烦的，包括神与妖，都不能进到松县。"獠元若无其事，"这是我定的规矩。"

"被你施了法的棋子么？它们使出各种鬼花招，对别人有用，对我们无效。"我看着他平静之极的眼睛，将身子凑近了些，"她摆出那般凶恶的样子故意来挑衅我们，分明是不想活了。若不是你担心她这次会真正死在我们手上，你依然是不会出现的。"

他笑笑："你们确实比别人麻烦很多。我安置在此的棋子，曾挡住了所有不应该出现在松县的家伙，但在东海孽龙的面前他们却形同虚设，再加上你这只千年树妖，不论你们是否能对她构成威胁，我都要出来一见的。"

"你要见的不该是我们。"敖炽挑眉道，"但凡你早几百年出来料理你弄出来的祸害，今天就不会这么麻烦！"

"你究竟在盘算什么？"我皱眉，"八百九十年躲在暗处监视，既不杀又不放，是饭不好吃还是手机不好玩？"

獠元只笑不语，我们的疑惑与急切完全无法打动他。

沉寂的空气中，诗诗忽然开口，视线没有放在我们任何一个人身上，自言自语道："从我决定做一只'凶妖'开始，几十年间，有七个人消失，有的人犯了错，有的人很无辜，我身为一只妖怪最大的天赋，是给予普通人做'妖'的能力。人类常说，我不杀伯仁，伯仁因我而死。这七条人命，你们大可以都算到我头上。不要再留我于世，除非你们想看到更多人消失。"

也是蠢到了一个新境界……八百九十年的挣扎，一只对世界毫无恶意的"凶妖"到底是提起了恶意，然而，让别人消失的最终目的却是为了让自己消失，做妖怪做成这样，该杀还是不该杀，突然就成了无解的问题。

但是，消失？

我忽然想到一件事——诗诗的两位兄长。

虽然在獠元的讲述中，并没有提到这两只妖怪的名字，可是其中一只的描述却听得我分外耳熟，双头、以人影为食、喜窥人之秘密……很像在鱼门国兴风作浪，最后在我们眼皮子底下逃去无踪，至今蛰伏的真正的"上古凶妖"——暗。

我清楚记得"暗"曾经不可一世地对我们宣布，它是永远不可能被消灭的，只要人类还有不敢见光的秘密。

灭妖的规矩，是要灭其"源头"。世间各种妖怪，狐妖蛇妖等等，毁其人形不够，必要毁其原身方可奏效。但还有一部分罕见的妖怪，因人类七情六欲而生，只要人类生生不息，爱恨不断，它们的生命力便会源源不绝，想彻底消灭此类妖怪可谓难上加难。

如果"暗"是因人类不可见光的秘密而生，那么身为它的妹妹，极大可能便是因"恨"而生……想让诗诗消失，除非人性之中再无愤恨，但这显然是不可能的。

獠元多年来不对诗诗出手，莫非是他早已明白了这一点？

獠元起身，走到诗诗面前，蹲下来，勾起她的下巴："消失，是你最大的愿望？"

她怔怔地看着他的眼睛："是。"

"好。"他从怀里取了一个小瓷瓶，倒了一粒鲜红的药丸在手中，"这是专给不好硬拼只能智取的妖怪准备的，无解的毒。服毒者尸骨无存，元神溃散。"

话音未落，她已然抓过毒药，毫不犹豫地放进嘴里。

我连阻止一下都来不及。

獠元站到一旁，眼看着她变了脸色，无力地倒在地上，痛苦地蜷成了一团。

转眼之间，诗诗身上青烟四起，仿佛被无形之火狠狠包围，短短数秒，地上只见一摊白灰，獠元一拂手，灰烬四散而去。

事情发生得太快，我跟敖炽面面相觑，连摆出一个惊诧的表情都来不及。

"这就是大家都想看到的结果么？"獠元收起瓶子，"不是幻术，是货真价实杀妖的毒药，我的私人珍藏，来历保密，数量不多，一般不舍得用。"

我跟敖炽没有发表任何评论，不论谁，真的都猜不透他的心思了。

獠元看着空空的地面，笑笑："如果她的消失就能解决一切问题，那事情倒是简单了。"

话音刚落，诗诗消失的位置突然现出了一个半透明的轮廓，随后越来越清晰，不消片刻，地上又是一个一模一样的诗诗，依然蜷着身子，只是脸上没了痛苦的神情，仿佛睡着了一样，心口微微起伏。

我长长地吁了一口气，之前对诗诗的猜测应该是对的。

"诗诗是无法被消灭的。"獠元将座椅拼起来，把昏睡不醒的诗诗抱上去，又脱下自己的外衣给她盖上，"她一直不明白为什么之前自己试过各种方法都不能杀掉自己，以为只有神才能结束她的生命，其实连神都做不到。我也替她考虑过这个有趣的问题，所以费了不少心思去查证。数十年前，为了证实我的推断，我的棋子在她的食物里放过一颗毒药，她吃了之后就跟刚才一样，短暂的消失之后，又会毫发无损地回来。我的毒药，跟吞妖台的效果并无两样，神的终极惩罚到了她身上，也不过如此，唯一的副作用是，她醒来之后并不会记得她曾经有过被神处死的经历。"

"你……证实过你的推断？"我盯着她，"也就是说，在你并不确定诗诗会不会死的前提下，依然对她动用了你的私人珍藏？"

"我的推断，通常是不会出错的。"獠元看着诗诗的睡脸，"毕竟我是战神，战神的生存规则，便是一次错误都不可以有。"

"身为神，你们对'失'这种妖怪也是一知半解？"我分明记得他说诗诗最初是作为死囚关在休恶山上，时辰一到便要推上吞妖台的，莫非连处罚过无数妖怪的寒荒都不知道诗诗是无法被杀死的？

"神要关注的事情太多，谁会花太多心思在卑微的妖怪身上。不论是混迹人界的寻常妖物，还是来自西溟幽海的古怪家伙，无害的随它去，看不顺眼的就以祸害天下的名义抓起来杀掉。最顶端的神，只在意自己的神权是否被威胁，其他的，都是小事。"獠元冷笑，"有时候我也会想，若当年我没有断掉凝聚了诗诗绝大部分妖力的左手，再以术法为她造一具假尸体，送给寒荒交差，而是任由他们将诗诗抓去吞妖台处死，天界会不会闹出一个巨大的笑话——高贵冷艳的天神居然用尽全力都不能杀死一只妖怪。"

"说起来，谁杀了谁还不一定哪。"敖炽也冷笑，"万一诗诗发起狠来，一只手就能让她不喜欢的人消失，连神都不能幸免吧。"

"理论上应该是这样。"獠元叹气，"但她致命的弱点偏偏是很难对谁起恨意，哪怕她把一度放弃的'恨'拿了回来。不知西溟幽海在制造她这只妖怪时，究竟出了什么问题，让她因恨而生，因恨而有妖力，却没给她一颗愤世嫉俗的心。如此，终是造就了一只非常容易被欺负的'上古凶妖'。"

我看着在獠元的外衣下酣然沉睡的诗诗，说："当初断掉她的手，是除后患？"

"后患倒是其次。"獠元坦白道，"不取她身体之中妖气最重的部分，单靠一具捏造的身体，如何蒙混过关？天帝高高在上，未必细看一具死去的妖怪的尸体，但寒荒一定会。"

我想了想，问："之后呢，刑王没有再找你麻烦？"

"除了天界中必要的聚会，她与我再无碰面的时候。"他居然打趣道，"如果她跟诗诗互换一下身份，你们怕是再也见不到我了。"

"你对寒荒也是无情。"我虽然并不太喜欢这位毫无趣味可言的刑王大人，但站在女性的立场上，我能理解她所有的委屈与愤恨，不被爱的那一个，怎么赢都是输。

"我对谁都是这般。"獠元不以为意，"不然你以为我为什么会被那么多人讨厌，包括你。"

"但你对诗诗呢？"我瞪着他，"那时你并不知道诗诗是吞妖台都不能处死的妖，所以你断她的手，不为伤她，却是为了护她。你对她有心，却八百多年不与之相见，知道她借人类行凶，你也视而不见，还为她扫清障碍。獠元，你说她是西溟幽海制造出来的自相矛盾的怪物，你自己何尝不是比妖怪还妖怪的存在？"

"她借人类行凶？"獠元笑笑，竖起一根手指摇了摇，"这点我不同意。"

敖炽冷笑："难道不是？没有她后知后觉的恶意，苏家老夫妻的女儿现在应该好端端地坐在某所大学的教室里。"

"她给了选择的机会。"獠元相当坦荡地看着敖炽的眼睛，又伸出三个手指，"三天。但那些人最后都选择了做一只'凶妖'，而不是一个'人类'。"

这么说虽有些狡辩的意味，但好像也没什么错。

"所以你袖手旁观？"好歹是人命，且如苏家女儿还是纯粹的无辜者，他可以抱着他自以为是的逻辑袖手旁观，我不行。

"你们人类间不是流行着一句话，自己选的路，跪着也要走下去么？"他无奈地撇撇嘴，"除了我的职责范围之内的事，我并不太有时间去干涉人类的生死。"

我指着诗诗："那她呢？说了这么久，你始终不肯说出八百多年都不见她的理由！"

"八百九十年来，我的棋子一直代替我守着松县，守着她。"他终于开口，"我离她越近，她被我的同僚发现的可能性就越大。天界并不是一个容易藏住秘密的地方，有太多家伙在暗处盯着我。我不可能给他们一丝一毫的机会。既然我打定主意要她活着，那么任何人都不能威胁到她的生命。"

"只为了杜绝被人盯梢？"我瞪大眼睛，"你明明有一百种方法告诉她不见她是为了保护她，为什么……"

"让她恨着吧。"獠元把诗诗垂下来的手放回外衣下，"这样她起码还能留下一点反抗的资本，不至于被人欺负到底。"

"她本来就死不了！"我脱口而出，"连神都不能杀死的妖怪，你花那么多心思根本多此一举！"

"不是死不了，只是我们没有找到她的弱点。"獠元看看我，又看看敖炽，"我总是在我的棋局里认真揣摩寻找棋子们的弱点，只要找得到，输赢便由我定。"他顿了顿，"难道你们忘记了千万年前，天神堕落成罪人的原因？"

我一愣，当初寻找十二神石的曲折尚且历历在目，不禁道："你知道那些石头里封印的是你远古时的同僚？"

"如果我想知道，就不会仅仅是坐在那里等别人告诉我。"他的眼神骤然冷下来，"我私下去找九厥，让他将绡狐眼被鱼目混珠的事告诉你们，就是希望你们能抢先一步把这块莫名失踪的石头找回来！"

"抢先一步？"敖炽皱眉，"抢谁的先？我们的目的是寻回石头交给你们天帝老头子，这就算了事了，希望你们以后别再为这些破石头来烦我们。我们……"

"抢天帝的先。"獠元打断他，"我希望最后拿到绡狐眼的是你们。"

这话听起来很吓人的，他说的是天帝，不是街边随便哪个小混混，而是那个位于诸神之上，天地间最尊贵最强大的存在，而且就算有不自量力的家伙说出这样的话，那个人也不该是他，毕竟他至今还是天界尽忠职守的战神，以及，天帝的心腹。

我突然觉得，所有的一切并没有我想的那么简单，这里头并不只是一只"凶妖"的事，獠元在布置的，是一盘在我们所有人意料之外的棋局。

"你连天帝都想算计？"我镇定地问。

"我从未见他如此执着急切地要得到一件东西。"獠元道，"十二神石里必有大秘密，缺一不可。换言之，谁有绡狐眼，谁就拿住了天帝的弱点。"

"然后呢？"我皱眉，"即便拿到了他所谓的弱点又如何，威胁他？扳倒他？甚至杀掉他取而代之？"

"取而代之我没有兴趣。"他毫不犹豫道，"我只知道，如果十二块石头都落到他手里，会很危险。在我彻底查清楚那十二块石头的秘密之前，一定不能让他先拿到绡狐眼。"

敖炽听了，想了想，眼色一变，突然看着我道："如果真跟这个家伙说的那样，天帝最终的目的是要我们寻回来的曾经封印过天神的那十二块石头，那我们现在岂不是搞错了方向？他要找的，不是随便一块绡狐眼，而是被人掉包的那块！"

我也想到了。可如果我们真的搞错了方向，以为找到一块新的绡狐眼交差就万事大吉，那么找回原本的那一块会比找个新的绡狐眼更难更麻烦，我根本不知道这块石头是在哪个环节出了纰漏。

"我知道这不容易。"他平静道，"但若是容易的事，也就不必找你们了。我会尽量替你们拖延时间，让天帝先将矛头对准东海龙族。"

敖炽顿时急了："东海龙族绝对不会干这种偷鸡摸狗的事，我爷爷更加不会。"

"但石头确实是从他手上交出去的。"獠元看了我一眼，"到现在，我也没有向天帝透露实际上是你们寻回的石头。但这事不可能一直瞒下去。不论从你东海龙族的安危，还是你们自己的安危来说，你们都应该助我一臂之力。"

我挑眉："这算威胁还是请求？"

"是提醒。"獠元道，"天帝这次的反应太不寻常，我有深刻的不安。但是要找他的破绽，我还需要时间。"

"所以让我们替你跑腿？"敖炽不满道。

"天帝如果起了恶意，破坏力不需要我跟你形容吧？"獠元指了指自己，又指了指诗诗，"我、她，包括你们夫妇以及你们的儿女与亲朋，谁能安稳度日？"

这个家伙，真是懂得如何抓人的软肋，别的都不用讲，只要搬出浆糊跟未知，我就无法拒绝。

"可是你凭什么觉得天帝要拿十二块石头是起了歹心？"我问，"万一他只是强迫症，收不齐十二块正品石头就睡不着觉呢？"

"相信我，他绝没有你想的那么简单。"獠元如是道。

那么现在事情就变得很麻烦了，尽管我们要找的依然是绡狐眼，但一切都要推翻重来，一块只经过我跟东海龙王两只手的石头，究竟是去了哪里？

这时，外头已然传来几声鸡啼，看看时间，已近天明。谁也不曾想到，在一座小县城的面馆里，我们听来了一个太大的故事。

敖炽伸了个懒腰，看看熟睡的诗诗，又看看躺在一旁的老妇人，说："别的先不忙说，这老太太又是怎么回事？"老妇人在地上躺了多久，穿着红毛衣的姑娘就在她身边站了多久。

"你也看见了吧？"我盯着獠元。

"这就是选择当'妖怪'的后果。"獠元瞟了老妇人一眼，"你要替被你抹掉的人，过完属于对方的一生。"

我跟敖炽面面相觑，一时间不能理解他的意思。

正要细问时，我的手机响了。

来电人是九厥。除了固定的亲子视频时间，九厥几乎不会主动给我们打电话。

我忙起身走到一旁，接起了电话。

刚一接通，便是一阵嘈杂到刺耳的电流声。

"喂！"

依然是电流声。

"喂！"我提高声音，"九厥吗？"

电流声越发嘈杂了，但其中却突然响起了一声熟悉的喊叫："妈！"

未知？我的嘴几乎贴到了手机上："未知！是不是你？出什么事了？"

然而，那边已经挂断了电话。我赶紧再拨回去，却怎么也打不通了，听筒里只有一片忙音。

敖炽见我变了脸色，忙过来问我怎么了。

我放下电话，定了定神，说："咱们可能要马上回一趟忘川。"

第十章 【归来】

你，我，我们所有人，会做这些事的唯一原因，不是为了什么『善报』，仅仅因为我们觉得这样做是对的。

◉ 楔子 ◉

　　你，我，我们所有人，会做这些事的唯一原因，不是为了什么"善报"，仅仅因为我们觉得这样做是对的。

◇ 壹 ◇

　　冷静，冷静，冷静。

　　心里连说了无数个冷静之后，我才没有立刻夺门而去。

　　"确定是未知的声音？"敖炽死死盯着我的手机。

　　我回想了片刻："听起来不会错。但仅仅是听起来。"

　　敖炽立刻把通讯录里所有身在忘川的人跟妖怪的电话挨个拨了一遍，全部无法接通。

　　"不会是巧合。"我把手机拿回来，"得回去。"

　　"无藏青霜？"敖炽皱眉，"那厮又得了空闲，去忘川搞事情了？"

　　"但他的目标是你跟我，"我推测道，"没道理我们出来这么些时日，他毫无动静。"

　　"两位，"獠元咳嗽了一声，"虽然我还不是很清楚无藏青霜跟你们究竟有什么过节，但他现在应该还忙着应付天帝那边，不见了绡狐眼，天帝要怪罪的话，可不光是东海龙族有麻烦，四海龙族都会受牵连。还有，"他看着我俩，"松县是没有手机信号的。"

　　我跟敖炽顿时一愣，突然想起来时那司机好像跟我们讲过的，松县位置偏僻，通讯不便，只能靠座机勉强跟外界联系。

　　敖炽打不出电话正常，但打进来的电话就……

我四下环顾一番，立刻走到一旁的柜台前，一台老旧的座机摆在上头。

但愿还能用。

摁完九厥的号码，几秒钟后，九厥的声音终于从听筒那边传来。

"喂？哪位啊？"

"我呀！刚刚未知拿你手机给我打电话了？"

"未知？没有啊，手机一直在我手里，我在玩游戏啊，你害我掉线了！等等，你咋拿个座机号打过来，我以为是骚扰电话，差点给掐了。"

"这边只能打座机。未知跟浆糊呢？"

"在外头，信龙兄弟正教他们打太极呢。你们这些天跑到哪个山坳坳里了？我打过好几个电话都打不通。"

"你们都挺好？"

"能吃能睡。"

我松了一口气，但仍不放心："我们离开后没有别的非同一般的事情发生？"

"新开了一家商场，东西便宜到没朋友。咱们巷口外头的干洗店老板退休了，他侄子接手，对客人态度可冷淡了。还有车站后面的旧楼租出去开了个培训中心，生意相当火爆，大人孩子都在里头学东西，就是门口总是乱停车很烦啊。这些算不算非同一般？"

"就这些？"

"就这些。"

"那没事了。"

"你们是遇到什么麻烦了？"

"有点小麻烦，已经解决了。"

"那玩意儿有眉目了没？"

"暂时没有。就这样吧，回头等手机有信号了再跟你联系，把两个小家伙看好。"

"自己小心。"

"嗯。对了，你上回跟我说的面膜用得如何了？让你肤如凝脂了没？"

"我上次跟你说的是眼膜！面膜我还在蹭你的用呢，目前没见着效果。"

"你蹭我的面膜？我面膜好贵的！！"

"啥啥啥你说啥？啊啊信号不好，挂了！"

通话结束。

"如何？"敖炽忙问。

"一切安好。"我放下听筒，已经泛黄的电话线晃动着，"但刚刚那个电话不是未知，也不是九厥打来的。"

敖炽挑眉："可你明明听到了未知的声音？"

我立起两根手指："一、九厥撒谎，甚至那人根本不是九厥。二、有人假扮未知并且伪造来电显示。你选哪个？"

"我听到你问面膜。"敖炽笑笑，"你在试他？"

"以防万一。"我撇撇嘴，"所以现在应该是原因二了，不过假扮未知的人挺厉害，敢在亲妈面前装女儿，而且我居然相信了。"

"目的呢？"敖炽皱眉，"骗我们回忘川？可对方不至于蠢到以为我们不做任何求证就往回跑吧？"

我摇头："暂时想不到理由。"

一个电话，一切突然就扑朔迷离起来。

始终不安，还是想回去，亲眼看到不停里的每个家伙都完好无损，这颗心才能彻底放下。

但眼前的事，还没有完结……我应承了那对老夫妻，要给他们一个结局。

从头到尾，穿着红毛衣的姑娘，一直守在昏迷不醒的苏妈妈身旁，除了之前在厕所跟我有短暂的"沟通"之外，她不关注这间小小的店铺里来了多少人，说了什么事，她眼里只有苏妈妈这一个存在。

此刻天已大亮，晨光从窗户洒进来，照得那件红毛衣更鲜艳了。

"獠元，"我看着面色苍白的苏妈妈，"我答应了要给苏教授夫妇一个结局。是你来帮我的忙，还是让我把你家诗诗打醒了让她来？"

獠元伸了个懒腰，在明亮的光线里半眯起眼睛，伸出手指比划出一个取景框，对准苏妈妈的脸，说："如果你一定要给老夫妻一个安慰，就给这位拍个好看点的照片吧，然后把照片传过去，再告诉他们，这位老太太就是他们的女儿，不过是她生命最后一年的模样。"

敖炽跟我面面相觑。

獠元放下手，起身走到仍在昏睡中的诗诗身旁，把她落在外头的右手轻轻放到衣裳下。

"我对西溟幽海这个地方不熟，天界人界关于此地的记录少之又少，所以也不能用常理来推测从那里出来的妖怪。"他慢慢道，"我以为断了她的左手，便可一了百了，可以让她用另一种更简单安全的方式度过漫长的生命。但任我千算万算，却没算到她依然有让他人消失的能力，甚至于这种能力，比她让人直接消失更可怕。"他顿了顿，"一旦动用了她赋予的能力，确实可以让你不喜欢的人消失，但是，这个人余下的生命，也要由你来承担。"

我突然想到那个倒霉的被抛弃的妇人，以及那个多年后冒出来被撞死的负心郎，好像明白了什么。

他又回头看了看躺在地上的苏妈妈："我不清楚让不喜欢的人消失能带来多久的欢愉，但我知道当那个人消失后的一百天，你就会变成你最讨厌的人，以对方的面貌活下去。"

"这么说来，倒未必是坏事。"敖炽插嘴道，"假设一个乞丐让一个富翁消失，然后乞丐变成富翁的样子，不但可以用新身份活下去，还能得到富翁的一切呢。"

"敖先生你的想法没错，但这只妖怪是'失'，不适用正常的思维。"他笑笑，"你的确是会'继承'对方的一切，但却是以对方生命中最后一年的模样，替对方承担他应有的寿命与结局。"

最后一年的模样……我把他的话反复咀嚼了几遍，苏妈妈跟苏海珉在我脑中交替而现，旋即恍然大悟道："你的意思是，如果小琤让苏海珉消失，那么一百天之后她就会变成苏海珉的模样，但却是苏海珉生命中最后一年的样子，假设苏海珉本该活到八十岁，那么小琤就会以八十岁的苏海珉的状态活下去，再假设小琤与苏海珉同岁，如果她让对方消失时只有十八岁，那么她就得按照苏妈妈的模样再活六十二年？"

獠元点头："数学还不算很差。"

敖炽掰着指头想了半天，也明白过来："之前那个让负心郎消失的妇女，难不成是变成了她老公的模样，而他老公就算没有消失，也会在十年后车祸身亡？所以那妇女以这个男人的姿态苟活了十年，然后落得同样下场？"

"用整个余生去换那片刻的痛快，也许他们并不介意吧。"獠元将诗诗额前的一缕乱发撩开，"自从她发觉自己还有这样的隐藏技能后，便觉得有了逼我出来的筹码。可她还是想得太简单。"他起身，微笑着看向我们，"我是战神啊，多年来死在我手上的人，不可计数。人命，我已经没有感觉了。何况那些动不动就想让人消失的家伙，本身就不值得同情。所以我没想过阻止她，她开心就好。而我设在松县的结界，不仅仅为禁锢她以及防止天界中人与妖魔的进入，这些年被她'帮'过的七个人，他们多数都没有再回到松县，也许跟那个妇女一样，受到剧烈的惊吓之后躲起来再不敢见人，总之没有给外界留下任何跟诗诗有关的线索，所以也从没有谁为那些消失的人找到松县来。够胆再回到莫失求诗诗救命的，只有小琤一个，但最麻烦的是，她当年的'证词'确定了苏海珉最后出现的地方就是这里。我不担心人界任何局外人对诗诗做出来的事情的调查，因为他们查不到，但受害者家属不一样，无论如何也要找到亲人的执着很可能会给她带来麻烦，所以若没有你们插手，苏家夫妇永远到不了松县。"

听罢，我沉默了许久，突然冷笑出来："獠元，你也说是'受害者家属'了，你不同情小玶之流，由得他们倒霉，我无话可说。但是苏海珉呢，还有之前每一个消失的人呢？你由得诗诗用这种蠢办法来逼你，就不想一想他们的性命吗？"

"你又来了。"獠元叹气，"都说了害他们消失的人，不是我，不是诗诗，是那个希望他们消失的人。"

"你真幼稚。"敖炽摇头一笑。

獠元皱眉："你说什么？"

"幼稚！"敖炽提高了声音，直视他的眼睛，"你已经幼稚到把身边的一切都视为战场，包括你跟诗诗之间，她用人命逼你现身，甚至希望用这个法子引起外间注意，让高手寻来结束她的性命，而你不是不能见她，也不是你说的宁可让她恨着你，归根结底你只是觉得一旦因为这个原因出现在她面前，你就输了，宁可当她的帮凶，替她剪除一切可能的麻烦，然后继续你幼稚的坚持。在你的战局里，你永远要赢。只要赢，人命算什么。对么？可最终你还是输了，你明知道我们不可能杀死诗诗，你还是出来了。就像一件我们喜欢的东西掉下来了，虽然明知道它不会摔坏，但因为你在意它，所以你还是会伸手去接，这是本能。战神，这一局，你的本能拖累你了。"

獠元愣了愣，旋即深吸了口气，笑："我还以为你是个只懂拳头的武夫呢，没想到做了父亲之后，连揣测人心的本事都进阶了。你要不是东海的龙，我真想邀你加入我们战神殿呢。"

我的心里话，敖炽替我说了。

堂堂的战神，也有了软肋。不论他对诗诗的感情是来自当年对三月的愧疚，还是他真的遇到了命定的那个人，他都在为此走上一条极其危险的路。

今天的天气应该很好，当阳光落到诗诗脸上时，她的睫毛微微动了动。

◇ 贰 ◇

一贯准时开门的莫失，门外挂上了"暂停营业"的牌子。

紧闭的大门后，我跟敖炽都横抱着双臂，站在獠元跟诗诗的对面，我们的中间，躺着依然不省人事的苏妈妈，或者说，小玶。红毛衣的姑娘，一动不动地站在她身旁，冷冷地注视。

"她来质问你，然后求你帮她恢复原样？"我盯着诗诗，"而你居然把她扣下来当帮工？"

"我没有能力帮她恢复原样。"诗诗坦白道，"她说她是从家里逃出来的，从苏海珉消失的第二个月开始，她就发现自己身体产生了异样，白头发一天多过一天，最可怕的是，她发现苏海珉回来了，不分白天黑夜，只要她睁眼，就会看到她穿着红毛衣站在自己身旁。直到那天早晨，她发现自己突然变成了一个老太婆，她崩溃了，趁家人出门的时候，带着能找到的所有的钱跑了。她不知道自己为什么会变成这样，漫无目的地在省城东躲西藏地过了一段时日，最终找到我这里，说自己很痛苦，走投无路，求我帮忙。而我能做的，只能是给她一个栖身之地。"

我耸耸肩："可你对她并不好。"

"我为什么要对她好？"诗诗反问。

我指着一直跟在她身边的"苏海珉"，问："那是什么？既没有妖气，也不是灵魂。"

诗诗看了"苏海珉"一眼，道："如果没有这个红毛衣姑娘的出现，我应该在她找到我的当天，就把她处理掉了。毕竟我习惯了一个人生活，而且本身又极厌恶这种人。"

"为什么留下她的性命？"我真是好奇。

"因为她的内疚已经深重到制造出一个苏海珉。"诗诗如是道，"具备这种体质的人类不多，杀了可惜。不如留着帮我洗碗扫地。"

我跟敖炽对视一眼，如果这个苏海珉真是因为小玗事后的内疚，而形成的一种具象化的存在，这种现象在人类身上也确实是不多见，但与其说因为这个小玗才留了一条性命，倒不如说是诗诗不想造杀孽？！

说来也好笑，一个把让人消失的权利轻易交给他人的妖怪，本身却又在抗拒着杀人这件事。

我想了想，又问："你是怎么跟她解释的？"

"我告诉她，这是苏海珉留在世上最后的牵挂，她会一直在她身边，习惯了就好。"

敖炽摇摇头："你也挺狠呢，这种话说出去，比拿刀子捅她更严重。"

"可这就是她自己选择的未来啊。"诗诗认真道。

"之前陪教授夫人上厕所时，这个苏海珉找到了我，并且让我看到了她跟小玗的一切过往。"我回忆着之前那一幕，"深刻内疚的人，潜意识里会渴望着将自己犯下的过错讲出来，以求赎罪。"我看着闯下弥天大祸的小玗，叹气，"确实没有解决的法子了？"

诗诗摇头："看她此刻的模样，离苏海珉命尽之时还很早。她只能以苏妈妈的模样，活到那一天。没有回头路。"

"还可以现在就杀了她。"獠元建议，"这样她就不用顶着一具老迈的躯体活到死的那一天了。"

我懒得回应这种馊主意，扭头看敖炽。

"别看我。她要是中邪什么的，我还有法子帮她清理掉，但现在是她自己的问题。只要她不放过自己，红毛衣姑娘就永远不会消失。"敖炽瞪我一眼，"做错了事，受惩罚不是很正常的吗？你何苦替她操这个心？"说着又把目光挪到獠元脸上，"何况现在还有天界大神在，他都想不出法子，我们又能如何。"

"何必谦虚。"獠元微笑，"你们东海龙族不是一贯自诩地位与神匹敌么。"

如果我心情好，会很乐意看两个不同款式的自大狂互殴，但我现在的心情确实好不起来。

"诗诗，"我站到她面前，非常严肃地喊出她的名字，"小玙得此下场，权当她咎由自取，难道苏海珉也永无归期？赋予小玙这种能力的人是你，你是真的无能为力，还是要继续用这种法子惹人愤怒，以求速死？"

诗诗起身，目光里没有丝毫躲闪："消失了，就是消失了，不可能再回来。对苏家的姑娘，我很抱歉。"她深吸了口气，"我始终是一只凶妖，让我活着，本来就是一种危险。"

虽然我比任何时候都希望她是在撒谎，但我知道她没有。

如果苏海珉是死了，起码还能有个尸体，可她遭遇的偏是比死还要彻底的命运。并且不论是我还是敖炽，甚至天界的神，都对这种命运无能为力。

之前的"暗"，合我们所有人之力尚可逃脱，如今的"失"，断一臂后仍可如此摧毁他人，除了它们，还有至今未曾出现的"忘"……不敢想若这三兄妹共聚一堂，一致对外，世界会变成何等模样。

西溟幽海，你究竟给我们造出了怎样的怪物……我的拳头攥出了咯咯的声音。

獠元很自然地挪了一步，把自己放到我跟诗诗中间。

距离跟角度都非常好，所以我这一拳打得非常痛快。

獠元揉了揉右脸，问："再来一拳？"

我冷看着他跟诗诗，抬手指着小玙："这是第七个，如果再有第八个，我以我的所有起誓，纵然站在她背后的是战神獠元，我也会让她从世界上消失。"

獠元微笑。

敖炽反倒比我平和得多，只语重心长地拍拍獠元的肩膀，又朝诗诗努努嘴："既然你承包了这只女妖怪，那么以后她再出任何纰漏的话，都得算到你头上。你保重。"

獠元拉开他的手，笑："她的事自然不劳旁人操心。倒是你们夫妇二人腹背受敌，若再寻不回绡狐眼，那么你们的敌人将不止是无藏青霜。"他环顾四周一番，又道，"本不打算同你们照面，耐心等你们去找绡狐眼便是，谁知天大地大，你们偏撞到这里来。既然现在你我还能坐在一张桌上喝茶吃面，那么我自当尽力帮你们拖住别的家伙以及无藏青霜，省得你们还没有物尽其用就死在北海龙王手里。不过我也只能尽力，谁也不知明天如何。还有，除了绡狐眼，你们最好也弄明白为什么同为龙族，无藏青霜一定要对你们赶尽杀绝。"

"物尽其用四个字还是留给你的棋子用吧。"我冷睨他一眼，"你这口气，活像你还帮了我们多大忙似的。獠元，我跟你连普通朋友都不是，并且对你的行为相当看不顺眼。你最好弄明白，我跟敖炽出来找绡狐眼，不是为了你，你对你的老大存了什么心思我也不感兴趣，你只要管好你身边的女人就是。"

诗诗看了看獠元，抿紧了嘴唇不说话。

獠元若无其事地笑笑："等你们的好消息。"

敖炽看了看小琤，问我："带她走？不是要给苏教授一个交代？"

我想了想，对獠元跟诗诗道："这个人我要带走，你们没意见吧？"

"你要将她交给苏海珉的父母？"诗诗不解，"你要如何跟他们解释？"

獠元直言："你带走她没问题，如何跟老夫妻解释随你们高兴，但是，需要保持缄默的部分，希望你们心里有数。不然大家都会很麻烦。"

我冷哼一声，让敖炽背起小琤，转身离开。临出门前，我回头，看着战神以及他旁边的女妖怪，本来想说点什么，但又发现说什么都不对，祝他们重逢快乐百年好合？还是骂他们行事出格早晚有报应？能操纵输赢生死的战神，能凭一只手让人消失的上古凶妖，听起来毁天灭地无所不能的存在，却连一段好好相处的时光都得不到。

我沉默地走出了莫失的大门，把那一对八百九十年不得相见的男女留在了上午的光线里，只在这一刻，没有神，也没有妖，只有一个獠元，一个诗诗。

永远只卖一种口味的面条的小店，连同着属于它的是非对错，渐渐落在我们身后。

前途未卜，好自为之。

◇ 叁 ◇

我跟敖炽站在清善寺门口，月色下的小庙大门紧闭，正是做晚课的时候，墙内传出悠扬的钟声。

小琤被我们留在了里面，以居士的身份，长住。

这座寺庙是我们打听到的，离松县最近的一座，香火不旺，位置偏僻。我添了相当丰厚的香火钱，把住持吓了一跳。我说家里一位亲戚常年神经衰弱，无法再适应大城市的生活，希望住持以慈悲之心接纳她在此休养，青灯古佛或可解她心结。

住持思考片刻后，同意了。

小琤对我们的安排，没有任何反对。

诗诗对她说了谎，我们也对她说了谎。我告诉她，关于她对苏海珉做过的事，我们都知道了，想摆脱那个日夜相伴的"幽魂"，唯有吃斋念佛，诚心忏悔，十年之后，或可改观。

十年……我瞎说的。也许到她死去的那天，她的愧疚依然会紧跟在她身边，提醒她当年犯下了多么不可饶恕的罪过。

对我们，她一开始是相当恐惧的，颤抖着问我们既然知道了她做的事，不是应该视她为毒妇，除之后快吗，为何反而将她从莫失带走，送到庙里来。

我说，苏海珉需要的不是你的尸体，而是你的歉意，比起莫失，寺庙更适合你的余生。

离开时，我跟她说的最后一句话是，好歹是一起长大的姐妹啊。

在我们即将跨出庙门时，我清楚听到从身后传来一记响亮的耳光，然后是被恐惧与绝望压抑了很久，终于能哭出来的声音。

不论她此刻心里在想什么，是在痛骂自己不是东西，还是回忆跟苏海珉姐妹情深的点点滴滴，我都没有兴趣再知道了，只知道原本两个好端端的小姑娘，都回不来了。

怪诗诗，还是怪人心。

"别看了，走吧。"敖炽拉了我的手，"也只能这样处理她了。"

"松县那边，你确定没问题？"我问。

"我办事你放心。"敖炽拍心口保证，"伪造一具尸骨有多难，现在应该已经被发现了，不用多久，警方就会通知苏教授他们了。很快媒体就会有'失踪三年女学生殒命荒野，疑为失足跌落山崖'之类的新闻了。"

"DNA 怎么过关？"我突然想到这一点。

敖炽白我一眼，指了指庙门："你忘记我是拿了她的头发跟指甲弄出来的替身么，她已经彻彻底底变成苏海珉了。虽然这个替身不是特别专业，但骗过普通人是绰绰有余啦。"

"不错嘛。"我将敖炽重新打量一番，"可我真的不记得你还有制作替身这个本事。"

"切，我小时候，龙宫里是有专人教授各种逃脱术的，我跟我哥哥还有其他表兄弟妹们都要学，制作替身就是逃脱术的一部分，只不过我不太稀罕学这些，经常逃课。你知道的，我敖炽从来不需要逃跑。"他颇为自得，"好在我还记得做个简单替身的方法，你想学的话我可以教你。"

"你能做出金子的替身么？一模一样的，连纯度都相同的那种？"

"那是点金术的范畴，不是逃脱术。你死心吧。"

"那我没兴趣学。"我撇撇嘴，"哦我想起来了，当年在浮珑山时，你什么法术都教我，唯独不教我这个，就是怕我弄个替身出来，然后自己偷跑下山玩儿对吧！"

"我是根本没把这种把戏当回事好吗！"他辩解道，旋即压低声音，"而且我说了我逃课啊，就学了个皮毛，做出来的替身不会动不会喘气，我那会儿要是教你这个，肯定会被你耻笑的！"

"还好你没把它忘掉。"我现在不但不想耻笑他，还非常庆幸，我跟敖炽用灵力把自己变个模样倒是不难，把一个人变成一只猫也不难，但要照着一个人做出个一模一样的替身，却并不是件容易的事。就连当年的妖怪无相，也只是擅长把自己变成他人的替身，而不是在自己之外创造出一个真正的替身。

"我从你的眼神里看到了欣赏跟崇拜。"敖炽得意道，"毕竟你的夫君一直是个深藏不露的高手。"

"真是高手的话，怎么会在鱼塘里缺氧呢？"看到他不可一世的表情我就控制不住想扎他一刀的心情。

"几万年前的破事了你怎么又提起来！"

"就是突然想到了而已。"

"你……"

"好了好了，你是会缺氧的高手，行了吧。"我一边给他鼓掌，一边摸出手机，把通讯录翻出来。

"拿手机干吗？"他问，"这里也没信号。"

我删掉了苏教授的电话。我说过要给他们一个结果，我给了。尸骨是假的，永别是真的。无尽的牵挂与等待，可以到此为止了。

夜风从野草上窜过，四周窸窸窣窣地乱响着，仿佛某个人缭乱的心情。我收起手机，回头看着夜色下的清善寺，叹了口气："有错的人，苟活于世，无辜的人，一去不回，旁观的人，无能为力。"

敖炽把我搂到怀里，拍了拍我的背："我知道你心情不好。人心最难测，连神都不能挽回的事，我们起码尽力善后了。"

"我觉得很茫然。"我把脸埋在他心口上，"出来这么些时日，一无所获。起初我们以为只要对付无藏青霜一个，可现在看来，我们潜在的敌人比无藏青霜更可怕。我没有头绪，不知道要如何抢在天帝的前头，把那颗绡狐眼找回来。我有点累。"

敖炽沉默片刻，把我搂得更紧了些："找不到，便不找了。我们游山玩水去。"

我笑笑："你对獠元的话一点都不好奇么？"

"什么话？"

"天帝对十二神石的执着。"

"有什么可好奇的。集齐十二神石还能召唤神龙不成？"

"那十二块石头本身就是有问题的。"我抬起头，"当初有人用这些石头封印了出问题的天神，但后来这些石头外面却又多了一层青珀，我们发现绝里花与绡狐眼时，两块石头尚被包在青珀之中，而封印其中的家伙也恶性未除，而其余的石头被发现时，青珀已裂，其中的天神也基本恢复了本性。当初我没有细想，可照此现象推测，青珀跟神石本身的力量是互相排斥的。"

敖炽看着我："你意思是，神石本身的力量可以让那些天神恢复正常，但似乎有人不想看到这些天神被拯救，但又无法毁掉神石放出他们，所以才加了一层可以消减神石力量的青珀，然后在漫长的时间里，两种力量一直在不断博弈，最终还是神石的力量更大，所以十二块石头里有十块都挣脱了青珀的包围。"

"对。"我点头，"如果我们的推测是正确的，那么，那个不想让神石发挥力量的人，是谁？"

敖炽想了很久，说："鬼知道是谁，这么多年了，那人是不是还活着都成问题。也许只是一个唯恐天下不乱的家伙，巴不得当年的天界跟人界被这些黑化的天神搞到乌烟瘴气。"

"所有秘密都在石头里。"我喃喃。

"你不会是想从天帝手里把它们全拿回来吧？"敖炽皱眉，"从那个老家伙手里抢东西，就得拿出跟整个天界正式开战的觉悟。"

"不。"我摇头，"当年十二块石头都在我手里，如果集齐它们就有事发生，那早就该发生了。所以即便现在我拿回所有石头，也未必能得到想要的答案。"我顿了顿，拽紧了敖炽的衣裳，"可我总有个感觉，石头里的秘密跟我有关。"

"为什么会有这种感觉？"

"我第一次碰到绝里花时，被它身上一股无形的力量烧到了，说是烧，却又不太疼，反倒是心里突然涌进奇怪的情绪，喜怒悲欢，牵挂寄托，纠纠缠缠地杂糅在一起，从我心间穿过去。"我缓缓道，"但只是刹那的感觉。所以我没有告诉任何人。"

"如果你只是想知道其中的秘密，有人已经在帮你的忙了。"敖炽看向远处。

"獠元？"我皱眉，"此人善恶不明，心深似海，我怕……"

"没有诗诗的话，他是个可怕的对手。但现在他有诗诗了。"敖炽胸有成竹，"在石头的事上，我们可以跟他站在同一队。毕竟没有谁能比他更接近天帝。"

"可现在只有十一块石头，不论天帝还是獠元还是我们，都得不到答案。"我咬了咬嘴唇，苦恼道，"可恨一点头绪都没有，还不能大张旗鼓地找。也不能找虫人帮忙，那群小混蛋不但收费奇贵无比，还是一群大嘴巴，到时候可能天上地下所有人都知道我们在找绡狐眼，再传到天帝那里的话就非常麻烦了。"

敖炽略一思忖，自言自语道："当初十二块石头在交给我爷爷之前，只有你我经手过……那就只能是我爷爷那个环节出了问题，老家伙现在又疯疯癫癫，问不出个所以然，我……"

"等等……"我打断他，"在我们把石头交给你爷爷之前，并不是只有你我接触过那十二块石头。"

敖炽一愣："还有谁？"

"甲乙。"我看着他的眼睛，"你忘记了么，在找到最后一块情起箭之前，绡狐眼一直在甲乙手里，直到最后我们要将石头交给你爷爷之前，他才把绡狐眼交给我。"

"你怀疑他？"敖炽瞪大眼睛，"虽然我一贯看那个小子不顺眼，但我想不出他这么做的理由。他明里暗里帮过我们许多回，好几次还是生死关头。"

我当然没忘记甲乙曾跟我们一起共过生死患难，但就因为如此，我才从来没有怀疑过他。

"如果真的是他，明知道这么做会把我们拖进极大的麻烦，甚至会丢掉性命，他还是这么做的话，我就真的不明白了。"我深吸了口气，摇头，"说不通，如果要我们的命，他有很多机会。但问题是我们跟他萍水相逢，他何至于要我们的命？"

敖炽挠了挠鼻子："约他出来谈谈？"

话音未落，我的手机又响了，来电显示依然是九厥。

我跟敖炽脸色一变，又是没有手机信号时的来电。

我接起电话，并且顺手打开了通话录音。

"妈！"依然是再熟悉不过的，未知的声音，混杂在一片嘈杂的电流声中。

"未知？！"

"妈！"杂音越来越重，几乎淹没了未知的声音。

"未知？你大声点！你在哪里？"

没有回应，只剩下嗡嗡的声音。

"喂?！说话！喂喂！！"我几乎是吼起来。

电话断了，一片忙音。

"又是未知？"敖炽盯着我，"说什么？"

我摇头："噪音很重，只听到她喊我。"

"不是录音了吗，放出来再听听。"敖炽把手机抢过去，调出刚才的录音，把音量放到最大。

刺耳的杂音里，最清楚的就是那两声"妈"，确实跟未知的声音一模一样。

"搞什么鬼。"敖炽皱着眉把录音又反复放了好几遍，还是没有听到任何有价值的线索。

"给我。"我把手机拿过来贴在耳边，冒着被噪音吵聋的危险，屏息静气把录音从头到尾仔仔细细听了好几遍，突然，在录音结束前一秒，好像听到了一个不同于噪音的声音。

"你仔细听最后一秒！"我把手机贴到敖炽耳朵上。

敖炽听罢，一边揉耳朵一边迟疑着说："很小的一个声音，像男人的，喊了一声……老板娘？"

我一把抓住他的手："你也听到了是吧！是喊的老板娘对吧！"

"很像。"

"虽然声音很小，但我听着有几分熟悉。"

"好像是……九厥？"

我们对视一眼，已经不用再商量了，无论如何，要回一趟忘川。

月色消失在云层后，清善寺外的野地里，巨大的龙乘风而起，以最快的速度朝忘川而去。

◇ 肆 ◇

我们的归来跟离开一样，悄无声息。

不停里所有家伙被突然出现的我们吓了一大跳。纸片儿正在打扫，把抹布一丢抱着我又哭又笑，青童完全接替了赵公子的工作，这只不需要吃喝也体验不到美食快乐的僵尸姑娘，从烟熏火燎的厨房里跑出来，惊讶之后立刻问我们吃过早饭没有，信龙兄弟一边打太极一边说怎么回来也没打个招呼，阿灯从浴缸里飞出来，喷我一脸水之后才心满意足地回浴缸里继续玩它的各种玩具。

不停已经很久没有如此热闹的清晨了。当穿着睡衣的浆糊跟未知冲出来扑进我们怀里时，亲手抱着这两个柔软温暖的小身体，我跟敖炽才放下了一颗心。

幸好，一切如常。

"回来了？"最后出现的，是脸上糊满了绿泥的九厥，一边往脸上扇风一边走过来，"这么快？"

敖炽看怪物一样看着他："现在，早上七点，你做面膜？"

"面膜早晚都要做。"九厥认真道，"正宗深山神仙泥，美白抗皱，买一赠二！"

"现在卖面膜比卖酒赚钱？！"我嫌弃地绕开他，抱着未知进了里屋。

然后就是一轮七嘴八舌的追问，不停里的这些家伙都想知道我跟敖炽这些时候究竟去了哪里干了什么，另外就是有没有给他们带礼物回来。

礼物肯定是没有了，不过我当场给他们每人发了一个八块八毛八的红包，然后他们立刻就不太想跟我说话了。

我一边应付他们，一边打量四周，似乎少了一个人？正要开口问，却听到有脚步声自身后传来，回头，甲乙拎了一个环保袋，袋子里头露出一截青菜跟大葱，淡淡扫了我们一眼："以为你们要走多久呢。"说完顺手将袋子扔给青童："你要的食材。"

"收到。"抱着葱跟菜的青童好像抱住了全世界，一脸满足跟喜悦，"中午给你们做葱烧大排。"

"你，"我看看甲乙，又指了指欢天喜地跑进厨房的青童，"帮她？买菜？"

甲乙擦擦手："这个人总是算错账，再让她买下去的话，我们只能吃土了。"

敖炽上下打量他："你这种三天两头闹失踪的浪子会因为这个留下来当家庭妇男？"

"毕竟这间屋子里我最聪明，既答应了要替你们守着不停，替傻子们做点事也是没办法。"甲乙走到窗前的椅子上坐下，拿起今天的报纸，把夹在里头的广告页扔出来，自顾自地看起报纸来。

好气啊，他永远都学不会说点好听的话么？！

呼的一声，他手里的报纸突然冒出了火焰，他一甩手，几块残骸飘飘悠悠地落了地。

"看在我还没从长途跋涉的疲劳里缓过来，今天就不跟你计较了。"敖炽装模作样地吹了吹自己的手指。

甲乙吹开落在桌上的灰烬，说："你既有这本事，不如去厨房烧火，有你在，天然气费都可以省了。"

屋子里一片窃笑。

敖炽气得不行，一个拖鞋甩向纸片儿："笑笑笑，有什么好笑的！你们都被这小子带坏了！好的不学，就学会跟人顶嘴！"

纸片儿落在吊灯上，很无辜地说："虽然甲乙说话不好听，但他说的一贯是实话呀。"

"信不信我拿吹风机吹死你！"

"好啦。这么大个人老跟小家伙吵架，信不信我把吹风机塞你嘴里！"我打了敖炽一下，又对他身边的浆糊道："记住啊，这一点不要学你爸，跟人吵架是最没有意义的事，傻子才把时间浪费在这上面。"

"哦，可你跟爸爸经常吵架啊。"浆糊认真道，未知也跟着点头说对啊对啊。

此话一出，九厥的面膜都要笑裂了。

"妈，我说错了么？"浆糊挠头。

"还不住嘴！屁股不想要啦？你妈可小气了！"敖炽赶紧护住两个小东西，又朝九厥那边努嘴："谁笑揍谁，为夫支持你！"

我狠狠瞪了敖炽一眼："你就惯着他们吧！"

父子三人窝在沙发里一起对我吐舌头，然后又在敖炽的带领下一溜烟跑到厨房里找吃的，他边走还边跟两个娃说："遇到生气的女人，两个方法解决，一是远离她，二是给她准备好吃的。"

"好！"

"爸，青童姐姐炸的红薯饼很好吃诶！在做饭上她是个天才！"

"是吗？她没把厨房炸了我也挺开心的。"

只在这一刻，我的心里突然没了绡狐眼，也没了任何跟它有关的人——我的生活本应该是这个样子，吵吵闹闹，柴米油盐。如果回到不停就能回到这样的生活，我愿意用一切去交换。

从短暂的失神中清醒过来，我走到甲乙对面坐下，仔细看着他的脸，没变化，还是棱角分明毫无瑕疵，清晨的阳光落在他的墨镜上，但永远照不见墨镜后的双眼。

"暂归，还是不走了？"他忽然问。

"我们不在时，一切安好？"我反问。

"无人寻仇，无人讨债。"他一本正经道，"如果不算上你留在不停里的这些奇葩们每天搞出来的祸事，我觉得可算是安好。"

"只要房子没被他们拆掉，都在可接受的范围。你再住久一点，就习惯了。"我笑笑。

"你的石头呢？"他转头看向窗外，阳光在他墨镜的镜片上照出了刺眼的光点，"找到了？"

"没有。"我盯着他线条完美的侧脸，"走了几个地方，都是空欢喜。"

"临走前不是信誓旦旦，一脸不找到石头就不回来的悲壮跟坚决么？"他保持着这个姿势，像座完美的雕塑。

我撇撇嘴："因为中途出了点小插曲，提醒我可能一开始就找错了目标。"

"哦？"他终于转回头看我。

"我以为只要是绡狐眼就可以。"我叹气，"可现在看来，天帝要的应该只能是从我手中给出去的那一颗。"

"这样啊。"甲乙摇摇头，"那就是大海捞针了。"

我突然伸出手，隔着桌子抓住他的手臂。

他连一丁点慌乱的反应都没有，只看着我的手："怎么？"

"你会帮我的，对吧？"我死死盯着他的墨镜，真希望自己的视线能穿透进他的眼睛，"没有那块石头，遭殃的不止是东海龙族，这个后果你一早就知道。"

"能做的，我都会做。"他把我的手拿开，"回来了就好好休息吧，天知道什么时候又要打打杀杀。"他起身，正要走开，又像是想起了什么，从客厅一角把我以前专拿来放名片的纸盒子端起来翻了翻，最后抽出一张来，扔到我面前，说："这个人，来找过你好几次了。"

"找我？"我疑惑地把名片拿起来，月白色的纸片上，规规整整地印着"英才教育中心陶艺部导师——韩黎"，连看了几遍，不解道，"找我干吗？我不认识这个人。"

"还在瞎聊什么呢？别是又说我坏话吧？吃东西了！"敖炽一边啃着红薯饼一边走过来，顺手把名片抽过去，把另一块饼塞我手里，"饼子味道不错哦。这什么呀，韩黎？谁啊？"

"我怎么知道是谁。"我啃了一口饼，朝甲乙努努嘴，"他说名片里这个人来找过我好几次。"

甲乙顺手从之前扔出来的广告单里抽出一张来，摆到我面前："应该就是这里的老师。"

五颜六色的页面上写满了对这个"英才教育中心"的赞美，看样子就是一间普通的培训中心，按少儿与成人分成两部分，每部分都有各种班，少儿部有英语班钢琴班绘画班数学班等等，成人部还有插花茶艺烹饪陶艺班什么的，还配了各种现场照片以及学员获奖证书什么的，再看了看这地方的地址，就在附近。

我回头问刚刚洗完脸出来的九厥："喂，之前我打电话回来时，你说咱们附近那栋旧楼开了一间培训中心，是不是这个英才教育啊？"

九厥想了想："好像是叫这个名字，怎么啦？你不会是也跟那些家长一样，要把浆糊跟未知送进去吧？"

"收费便宜的话可以考虑。"我认真道，"比起在家里跟你们胡闹，出去学点新技能也不错呢。"说着我又把视线挪回到那张名片上，问甲乙："什么情况？"

甲乙回想了片刻："就是一个男人，来不停找你，说知道老板娘能力非凡，又乐于助人，愿意出重金请你帮忙。"

"重金？"我眼睛一亮，"不过我已经很久不开店了，怎么还有人惦记着我？"

"他不是人。"甲乙直言。

我被饼子噎了一下。

"第一次来的时候，就坦白告诉我他不是人类，不然也不会找老板娘帮忙。"甲乙回忆着，"我跟他说了老板娘出远门，归期未知，他好像不相信似的，之后又接连来了两次。"

"这么执着？"敖炽擦了擦油汪汪的手，"什么品种？"

"没问。"甲乙又道，"要见？"

"他没说找我帮什么忙？"我好奇道。

甲乙摇头："我问过，他说要亲口拜托。"

"看起来有钱么？"

"普通人。"

"长得好看吗？"

"这跟你见不见他有关系？"

"随便问问。"

"名片上有电话，你要见的话，自己约他。"

"喂喂，为什么这事还要我自己来？你是我的帮工啊！"

"你已经很久……很久……很久没有付过我工资了。而且既然你们回来了，那么我也不需要留在这里了。再见。"

说完，甲乙真的就毫不留恋地抛下我们，连声招呼都不打，只顺手拿了个红薯饼，便头也不回地走出了不停。

"这个奇葩……"我叹息，"队伍太难带了。"

敖炽看着他的背影，脸色突然严肃起来，问我："会是他吗？毕竟他是最不听话的一个。"

"刚刚我试探过，"我皱眉，"很矛盾，一边想着跟他脱不了关系，一边却又在帮他否定，因为我实在想不出他这么做的理由。"

敖炽沉默片刻，道："只希望这小子如你所说，对我们从无恶意吧。"

"但愿。"我又把名片拿起来，"韩黎……"

"你要见他？"敖炽问，"咱们刚刚溜回来，不宜张扬，无关紧要的人还是不见比较好。"

"也是。"我想了想，把名片放下，"不过既然找我找得那么急，不见一下也不妥。再说咱们真的有好久好久没有在不停里赚过钱了，要不是遇到那些破事，我真打算重开不停，不开甜品店不做旅店也不卖茶叶，继续做咱们在鱼门国里的生意，帮人找东西这项事业很有赚头！"

"醒一醒啊亲爱的！"敖炽敲了敲我的头，压低声音道，"我俩在外头跑了一圈，连自己的东西都找不回来。"

"可我们很久很久没赚钱了，我很荒芜啊。"我有些沮丧，"明明没有做错事，好好的日子却搞得一塌糊涂。"

"别这样，既然回来了，便安下心吧。回头我再想办法回东海一次，查一查在老头子把石头交出去之前，发生过什么事。"敖炽冷哼一声，"说不定就是无藏青霜搞的鬼。"

"这件事可能还真的跟他无关。"我说，"他虽然对我们很恶毒，但他相当紧张整个龙域的安危。"我顿了顿，"不然，也不会为了七个字要对你斩尽杀绝了。这样一个家伙，又怎么会干出触怒天帝，牵连整个龙域的事情。"

敖炽冷笑一声："希望不是他。"

"不管怎样，已经回来了，就好好休息几天吧。看到未知他们平平安安，我就放心了。"我放下名片，"算了，不见。省得节外生枝。"

敖炽回头看着餐桌那边大快朵颐的家伙们，问："咱们还是要离开么？"

"舍不得？"我反问。

"总想着离他们远一些，危险就离他们远一些。"敖炽面色严肃起来，"会不会是我们想错了？最重要的东西，始终还是要在自己身边，才能真正地保护起来啊。"

"你的问题无解。"我坦白道，"我们的离去，有可能为他们引开致命的危机，也可能为小人之心的对手留下威胁我们的筹码，我们的留下，有可能在外敌杀到时能亲自保他们平安，也可能在各种不可预估的意外里连累他们。所以不论走还是留，都有风险。"

"既然现在已经不用照着那本破书去找绡狐眼，那我不走了。"敖炽攥紧了拳头，"不管是无藏青霜还是天帝老头子，我在家里等他们。"

"可石头还是要找。"我看着窗外陪伴我多年的风景，"我不想给任何人摧毁这里的机会。"

敖炽把手放在我肩上："放心，我也不会。"

那边，九厥朝我们招手："你俩还在那边磨蹭啥呀，再不来吃就没有了！"

"过去吧。"敖炽拉起我，"吃饱喝好，你要实在想开店赚钱，我也不拦你。不要哭丧个脸了，你可是见钱眼开的老板娘。"

我瞪他一眼，然后摆出一个夸张的笑脸。

兜兜转转一圈，好像没有收获，却又总觉得自己朝一个隐藏极深的秘密靠近了一步，之前发生过的种种，不论十二块石头，还是被封印在鱼门国的"暗"，以及半路跳出来不知是敌是友的獠元，和他的诗诗……初看起来各不相干的存在偏偏有了牵连，存放在龙墓之中的石头丢了，我把它们找回来，天帝却发现货不对版，派了心腹大将獠元追查，然而獠元居然不想帮他的老大，反而要帮我拖延时间希望我能想办法把天帝要的东西抢过来，我在鱼门国遇到的"暗"，跟千万里之外獠元拼命保住的诗诗，居然是兄妹……

此刻，我只觉得自己手里堆满了散乱到让我头痛的珠子，但又莫名觉得只要抓住一个关键，就能找到那根串起一切的线，而这个关键，应该就在离我很近的地方。

不能慌，不能急，不能怕。

我保持着笑脸，坐到餐桌前。既然现在依然风平浪静，不妨跟家里人好好吃一顿早饭。

并且我会努力，让我们以后每天都可以坐在一起，边吃边笑。

◇ 伍 ◇

深夜，我独自坐在院中，手边放了一杯很久都没喝过的浮生。

兴许是心事太多，居然觉得这杯茶比任何时候都苦，喝得自己都皱了眉头。

"他们都睡了？"九厥坐到我旁边。

"嗯。跟敖炽疯了大半天，三个家伙都睡熟了。"我指了指茶杯，"来一杯？"

"你的茶太苦，不要。"九厥摇头。

"那吃个糖吧。"我从盘子里抓起一颗糖扔给他，"多谢了。"

"谢我什么？"他不解。

我笑笑："我跟敖炽说过，若有一天我夫妻二人有个三长两短，唯九厥可以托付。"

他愕然："这话怎么说，我并没有做什么。"

"这么谦虚可不像你啊。照你的惯例，不是应该理直气壮管我要好处么。"我看着他认真的脸，不再同他玩笑，"九厥，认识我最久的朋友，是你。从浮珑山颠，到忘川不停，你都没有离开过，仅仅这样，已经够我说无数个谢谢。"

他挠头，说："那就说吧，我听着就是。"

"最近一年来，我很累。"我靠回椅背上，抬头望着月色黯淡的夜空，"有时候特别饿，总也吃不饱似的，有时候又特别困，睡多久都不够，还总是陷在奇怪的梦境里。这种自身体深处钻出的疲乏与空虚，让我相当不安。”

他伸手摸了摸我的额头："是病了么？还是之前受的伤没有痊愈？"

"不知道。"我深吸了口气。

"回来了就多休息吧。"九厥起身，"茶都快凉了，要不要给你换杯热的？"

我目不转睛地看着在空中流动的云层，神思恍惚道："最近总想着从前的日子，在浮珑山的时候，下了山四处闯荡江湖的时候，还有那些在远方以及永远不能回来的朋友，只在想到这些事时，心里特别安静……"

九厥没说话。

"要不咱们喝杯酒吧。"我忽然转过头，笑，"你好歹是酿酒仙官，老跟我喝茶的话，只怕你那句'千里循香来'就没有用武之地了。"

"千里循香来？"他脱口而出，却一脸茫然。

"怎么了？"我奇怪于他的表情，"不是属于你的诗么，不记得了？"

他又挠头，有些尴尬："也许真是年纪大了。"

"原来我们都老了。"我无奈地摇摇头，"算了，酒也别喝了，你也早些休息吧。"

"好。"他转身就走。

"等一下，差点忘了个事儿。"我叫住他，"这次我们在外地，见到了苏秋池跟李准，他们让我们给你问个好，还问你几时有空去看他们。"

他侧过脸来，支支吾吾道："知道了，得空就去。我睡去了，你也别在外头吹风了。"

如果说刚刚我还有点疲累迷糊，但现在我突然有精神了。就算九厥再老一万岁，他也不会忘记"千里循香来，笑对酒中影"。更不可能忘记当年长安城与他生离死别的两个人，他甚至可以不记得我，但那两个名字，就算他死了，也会刻在他的灵魂上。

我闪身挡在他面前。

他被我吓了一跳："这是干嘛？"

我从头到脚打量他一番，标志性的湖蓝头发，毫无差错的眉眼，连身上一贯飘荡的似有似无的酒香都一样……

"你是谁？"我直视他的眼睛。

他眼神闪烁："我……我是九厥啊！是九厥啊！"

我摇头，目光如刀，一字一句道："你！不！是！九！厥！"

"不不，我是九厥！"他脸色大变，突然一把推开我的手，居然想逃。

我一掌击在他的背脊上，只听啪啦一声，一道裂纹顿时开在他的背上，旋即便见他整个人坍塌下去，地上只见一堆四分五裂的土褐色陶片。

我蹲下来查看，没有妖气，也没有藏着什么一碎就爆出的毒雾什么的，就是普通陶片而已，随便找个大点的陶土花瓶摔地上也是一样效果。

回想一番，难怪我觉得这次回到不停，看起来哪里都挺好，但总有个地方不太一样，想来就是九厥这家伙的存在感突然变弱了，虽然看起来他也很热烈地欢迎我，跟我东拉西扯，跟平时没有区别，但交谈一多就会发现，他似乎不太能跟上我，九厥的话痨程度从不在敖炽之下，我说一句，他可以回十句，就刚刚那种月夜宁静清茶老友的场面，如果真是九厥本人，他肯定能跟我一起聊出一部长篇小说来，绝对不会只用淡淡一句话来打发我。

果然……

但是，谁拿陶土做了一个如此逼真的九厥，还成功放到不停里头？要不是今晚我突然扯到这段往事，我应该还不会那么快发现眼前的老朋友是个赝品，更可怕的是，如果我又因为什么事情离开不停，没有跟他朝夕相处的机会，很可能我根本不会看出破绽。

我手里捏着一块冷冰冰的陶片，一股寒意从指尖窜到全身。

几分钟后，睡眼惺忪的敖炽被我拖到这堆残片的面前。

"你说九厥是假的？"他拿脚踢了踢地上的陶片，"是这个做的替身？"

我点头："可是不像有攻击力的样子，被我质问了一声就吓得想跑，我还没下重手，不过一掌劈过去，就碎了。"

"这么厉害？"敖炽嘀咕，拾了一块陶片细看。

"厉害就不会碎成渣渣了。"

"我是说做他的人厉害。"敖炽皱眉，"如果不是你跟九厥相识多年太熟悉彼此，恐怕很难被拆穿，毕竟这个假货做得太逼真，连做面膜时的鬼样子都那么像本尊，能说能笑能跑也还罢了，他似乎还拥有九厥的一部分记忆，不然一开始就演不下去了。"

"如果那天接电话还跟我聊天的九厥已经是假货了……"我抓住他的手腕道，"我们第二次接到奇怪电话的时候，末尾那个男人的声音很像九厥，难道那才是真正的九厥？"

"如果那是个跨越正常信号不知道从哪里以什么方式打来的求救电话，才是真的麻烦了……"敖炽走到院子里，抬头看着楼上浆糊未知的房间，"因为里头也有未知的声音。"

我心里咯噔一下，手心瞬间渗出了冷汗。

回到不停的第一个夜晚，怕是睡不着了。

◇ 陆 ◇

忘川的气温已经开始升高，混着阳光与花香的晨风已经不会再让穿着睡衣的人打喷嚏了，以我的经验来说，从现在到夏天开始前，是这个城市最慵懒最温柔的时段。

我很久没有好好地坐在饭桌前，跟不停里的家伙完完整整地吃一顿早饭了。

没有谁知道我跟敖炽一夜未眠，更不知道在他们酣睡的时候，我跟敖炽像两个沉默的变态狂一样，蹲在他们床前，观察他们的每一次呼吸以及每一句梦话。

冒充九厥的陶片被我们扫进口袋里密封起来，我们害怕的，是不停里出现更多的陶片。

比起无藏青霜之流毫不掩饰的圈套与攻击，这种悄无声息的欺骗更让我们措手不及。

"老板娘，你怎么不吃呀？"青童盯着我一口没动的粥，"我专门给你加了桂圆红枣呢，是不是不喜欢呀？"

"不是，有点烫，一会儿再喝。"我笑笑，打量着坐在面前的所有人。

甲乙又是彻夜未归，不知游荡到哪里。纸片儿站在桌上拿着抹布东擦一下西擦一下，青童忙着不断从厨房里端出丰富的早餐，信龙兄弟虽然不需要吃饭，但非常积极地坐在那里等青童把炸好的土豆条拿出来，还主动跟我讲自从住进了不停，生活变得特别规律，每天早上喂了阿灯之后就开始练太极，感觉身体变柔韧了好多，连个子都长高了呢，我笑说那要恭喜你们了，浆糊跟未知也与平日一样，抱着自己的碗吃得像两头着急的小猪，尤其是未知，饭粒粘得满脸都是，边吃还边问我跟敖炽是不是以后都不走了，我摸摸她的头说吃饭别说话。

这顿早饭很煎熬，我看着一桌熟悉的面孔，心里却有一个不确定的可怕念头。

待青童把最后一道菜端上来坐好以后，敖炽跟我打了个眼色。

突然，敖炽起身，猛一掌拍在饭桌上，旋即指着桌上所有人厉声喝道："说！你们是谁？"

厚实的木桌被他拍出了深深的裂纹，桌上的碗碟杯子东倒西歪，牛奶跟粥洒得到处都是。

每当敖炽很认真地摆出要杀人的模样时，气场是相当惊人并且可怕的。

未知吓得连碗都拿不稳了，结巴着道："我……我是未知啊。"

其他人也跟着争先恐后地解释，包括浆糊在内，也被吓呆了似的，慌慌忙忙地反复报出自己的名字，除了拼命说我是谁谁之外，什么话都没有。

我的心终于是沉下去了，之前还抱有的一丁点希望，现在跟掉在地上的碗一样碎了。

如果是我的浆糊和未知，他们应该会轮流去摸敖炽的额头，然后问爸爸你是不是吃错药了，再跑到我身边，镇定地问我，妈，你是不是又不给他钱买西瓜吃了？

看着两个像筛糠一样抖个没完的孩子，我一咬牙，双掌齐出，击在两个小家伙的肩膀上，只听咔嚓几声，饭桌旁瞬间碎了两堆陶片。

见状，其他人撒腿就跑，敖炽拦住去路，一个都没放过。

须臾之间，饭桌四周一片狼藉，不知道的，恐怕以为是我跟敖炽打架，把家里摆的陶器砸个稀巴烂。

饭桌上，青童熬的粥还冒着热气，信龙帮阿灯装的土豆条才装了半碗……它们努力地证明着仅仅一分钟前，这里还是一场热闹而正常的早餐。

"阿灯……"我转身往浴室冲去。

当跟在后头的敖炽看见一浴缸的陶片时，他长长吐出一口气，把我拉了出去。

直到再次看到那满地的残片，我才觉得腿有些发软，亏得敖炽紧紧搂住我，才没有坐到地上去。

不停仍在，人事全非……这份"惊喜"，太惊了。

"敖炽，"我抓住他的手，竭力让自己还能笑出来，"你说，是不是愚人节快到了，这帮熊孩子跟我们开玩笑哪？"

敖炽咬牙道："如果是整人，那本尊们现在应该欢呼着跳出来撒花庆祝才对。"

是啊，谁嫌命长才敢跟我们过愚人节呢，我怎么会有这么可笑的推测。

"浆糊跟未知都没了？！"我下意识地揪住心口，仅仅只是想到这一点，我的心就不可抑制地剧疼起来，仿佛被无数块大石头轮流砸下来。

"瞎说！"敖炽把我搂得更紧了些，"什么没了，我敖炽的孩子哪那么容易就没了！别慌，也许事情没有我们想的那么坏。"

"我不想慌，但我控制不住。"我咬紧牙，"一屋子的人，说没就没了。"我一把揪住他，有些语无伦次，"不会是有人对他们施了法，变成陶器然后让我们杀了他们？"

"如果真有人拿障眼法害我们，那现在应该是一地尸体，而不是一地陶片。"敖炽抓住我的肩膀用力晃了晃，"镇定一点！你这样一点都不像老板娘了！"

镇定？好难。到底是有人戳中了我最大的软肋，不仅仅是浆糊跟未知，连九厥这个老江湖都没能幸免，这才是我最害怕的。

如果这些都是假的，那么真正的他们现在在哪里？

我脑中一片混乱，冷汗不断从额头渗出，眼前的所有都破碎扭曲。

"快把甲乙找回来！"敖炽拍了拍我的脸，大声说，"快！"

我回过神来，立刻摸出手机给甲乙打电话，但是，关机。

我又打了好多遍，无果。深呼吸了三次，我的脑子终于清醒了一些，说："找甲乙……很可能连他都被掉包了！"

"不管怎样，必须找到他。"敖炽皱眉，"除非亲眼见到他碎成陶片。"

"既然电话联络不到，就只能用阵法试试了。"我咬咬牙，"去他房间里找一件他常用的东西出来。"

"嗯。"敖炽正要上楼，外头却传来一阵有节奏的敲门声。

我们又听了一会儿，确实是有人敲门。

莫非是那小子没带钥匙？

我跟敖炽都怀抱着同一个希望，飞快跑过去呼啦一下打开大门。

不是甲乙，是个穿着白衬衫黑裤子的陌生男人，年近四旬，中等个子，头发梳得整整齐齐，剑眉星目，端正儒雅，神态也不卑不亢，第一眼看去就觉着是那种不会做任何猥琐事的正气长相。

虽然家中遭逢巨变，但在外人面前，还是不能失态的。

"请问先生是？"我上下打量他。

男人也打量着我跟敖炽，反问："想必两位就是老板娘夫妇了？"

"你谁啊，一大早跑来乱敲什么门？"敖炽不耐烦道，想快些把他打发了事。

男人不慌不忙地摸了一张名片，双手递给我："我姓韩，之前曾经来府上拜访过好几次，但可惜二位远行未归，今日得见，实在庆幸。"

我看了看名片，跟昨天甲乙交给我的名片一模一样——韩黎，英才教育中心陶艺部导师。

我的视线突然集中在"陶艺部"三个字上，如果视线有温度，那这张名片应该已经烧起来了。

一地碎片还在屋子里躺着，转眼之间这个从未谋面的"陶艺部导师"就来敲门，这种巧合也太没有说服力了。

而且我记得甲乙说过，这家伙不是人类。

"韩先生？"我稳住情绪道，"我们昨天才回来，虽然我家里人把你的名片交给过我，可我并没有联系过你。你来得很巧啊。"

他笑笑："不是巧，是我猜到你们回来了。"

"你猜到？"敖炽愣了愣，"凭什么猜的？"

他的目光从我跟敖炽之间穿过，平静地望着门后："我能感觉到我送来的替身全都碎了，所以估摸着是你们回来了，并且发现了。"

"你送来的替身？"我跟敖炽同时喊出来。

"嗯。"韩黎抱歉地笑笑，"不介意的话，能进去再说么？"

敖炽一句废话没有，直接拧住他的胳膊将他扯进门去，我在他们身后砰一下关死了大门。

从大门到房间里头的短短距离里，我努力反思我跟敖炽到底是做了什么缺德事才要摊上这种完全不按套路来的祸事，上一秒还对着一地残骸拼命想办法，下一秒就有人自动上门宣布对此负责了？

不管怎样，既然来了，就别走了。

◇ 柒 ◇

韩黎蹲在饭桌旁，拾起一块陶片，叹气："终于碎了，也是可惜。"说着又抬头看向我们："有大些的纸盒子么？没有的话，塑料袋也行，我想把它们装起来埋掉。"

我跟敖炽居然都不知道要怎么回答他，一个凶手大摇大摆回到事主家中，还理直气壮地询问能不能找东西把他的罪证埋起来，不走寻常路的对手戏实在不好演哪。

"埋它们？"敖炽仿佛在看一个天真到不知自己是什么处境的傻孩子，"你现在该担心的，难道不是我们连你一块儿埋了？"

他埋头不慌不忙地把碎片拢到一起，说："埋了我，又有谁能告诉你这一屋子的人身在何处。"

拉家常般随意的口气。正常来说，我们应该揪住他的衣领摁到地上，一拳一拳打在他若无其事的脸上，再用尽毕生所学全身功力逼他讲出大家的下落。但我们又比谁都清楚，武力对这个人是无效的。如同许多电影里演的那样，最能打的那个，往往最不起眼，甚至没有一点脾气。

这个家伙，仅仅有个寻常人的外表罢了。

我定了定神，转身去储物间找了好几个足够大的口袋扔给他："够用了？"

"够了。"他感激地拿过去，连说了两次谢谢。

敖炽瞪着我，我冲他摇摇头，示意他万不可冲动。

他动作很麻利，三两下便将地上收拾得干干净净，然后一边扎起口袋一边遗憾地对我们说："始终还是有缺陷，一旦被人质疑就会慌乱不知所措，露出马脚。"

"你说你的那些'替身'？"我冷笑，"确实胆子小，一吓唬就散了。是你的制作技术还不够纯熟吧？"

"论制作替身的本事，世间也没有几个厉害过我。"他起身，把沉甸甸的袋子拎到靠墙的地方放好，"是你们对家里人太熟悉，相处片刻倒还无妨，时间一长，瞒不住的。"说着他又笑笑，"若真能瞒天过海一生一世，这替身也就不是替身了。"

"假作真时真亦假么？"敖炽狠瞪着他，"我不管你是何来历，你不该将这些把戏玩到我们家里来。"

他走到我们面前，平静地看着我们："我不是玩，我认真的。"他又指了指旁边的沙发，问："我们可以坐下来聊吧？"

"当然，请。"我引他过去，耐着性子，"好歹是客人，喝杯茶吧。"

"也好。"他并不推辞，斯斯文文地坐下来，"留步饮君茶，一夕浮生梦……许久前便听闻老板娘的这杯茶，可惜缘浅，一直不曾如愿。"

"事在人为，今天不就喝到了么。"我转身离开。

厨房里，敖炽站在我身后，望着炉火上渐热的清水："真想把这一壶水浇到他头上。"说着又自嘲地摇头一笑，"外头那个人抓了我们的孩子跟朋友，而我们两个却还要贤良淑德地给他烧水沏茶。东海的龙跟浮珑山的树妖，被他牵着鼻子耍……"

"他敢这样大摇大摆地来，自然有王牌在手。"乳白的水汽自水壶里弥漫出来，我关掉火，揭开水壶的盖子，由得它更欢快地吐出热气，"甲乙说过此人有求于我们，既如此，目的达成前他不会傻到伤害筹码。我们且定下心来，看他想如何。"

敖炽一拳打在墙上："有求于我们还敢把我们的人绑了？！既然知道你的画风，拿金子使劲砸过来不好吗！"

"那只能说明他老早算到我们不可能答应他的请求，给多少金子都不行的那种。"我抬手扇着水壶上的白气，希望它能更快降到我想要的温度。

敖炽摸了摸下巴，皱眉道："能比獠元的'请求'还吓人吗，从天界第一大佬手里抢东西。"

我回头："你从不将天界任何一个看在眼里。"

"至今依然。"敖炽看着我的脸，"只是现在，你我都有了软肋，做事比不得从前潇洒淋漓。"他朝外头努努嘴，"就算只倒退五年，外头那个家伙怕连全尸都留不住。"

我笑笑，握了握他的手："绝对的孤独才有绝对的强悍，可惜这种强悍我不想要。"

敖炽深吸了口气，说："温度差不多了，沏茶吧。"

片刻之后，我将热气袅袅的浮生摆到韩黎面前："请。"

他端起茶杯，仔细端详了好一会儿，赞赏道："茶香四溢，水如碧玉，光是看看就赏心悦目，难怪有那么多妖怪在传说你这杯浮生，更以喝过你这杯茶为荣幸。"

我坐到他对面，笑："怕是言过其实了。何况我已许久不在此开店经营，只想安心做个家庭妇女，相夫教子。妖怪的江湖，离我是越来越远了。"

"老板娘在不在江湖，江湖都有你的传说。"他轻轻吹开水上的茶叶，调侃道，"您家公子名为浆糊，您二位怕是此生都离不开江湖了。"

"一点也不好笑。"敖炽横抱着手臂坐在沙发扶手上，压不住的怒气在眼神里横冲直撞，"茶也给你沏上了，还要跟我们废话么？"

他不作声，所有注意力都在手里那杯茶上，吹了好一会儿，终于啜了一口，然后不出所料地皱起了眉头，低声说："苦……真苦……"说完又喝，喝了又说，如此反复几次才恋恋不舍地将杯子放下来，咂咂嘴，对我笑道："但末尾那一丝甘甜，之前所有的苦都值得了，确实是杯有意思的好茶。"

"既然韩先生喝得满意，那不妨趁大家现在心情都还算平静，说说你抓走我的人这件事？"我重新打量他的眉眼，多端正的一个人，一点邪气都没有，就是那种捡到钱包一定还给你还会好心提醒你今后小心的那种，长得也不赖，从我面前经过时，身上还隐隐飘出一缕古龙水的味道，浅淡优雅的木质香。如果他真是以教授陶艺为生，那这个形象与他的职业确实吻合，一丝不苟但绝不呆板土气，有艺术家的文雅细致但毫不自傲轻浮，所有的细节都被他整理得相当舒服，若不是一来就主动承认他是元凶，我会很欣赏他这种各方面都相当得体的成熟男人。

"我来忘川也有些时日了。"他环顾四周，"可惜你们一直不在。我只能等。"他的视线落回到我跟敖炽身上，"我走了太多地方，但能帮我的，想来也只有忘川的不停了。"

我端起自己的茶喝了一口："我开店是为了赚钱，不是做慈善。求财，找银行，求婚，找婚介所，求医，去医院。我这儿除了请你坐一坐，喝杯茶，再没别的可帮你。"

他笑笑："可我听说，你们曾经不要命地保护过整个世界。"他转头看窗外，"此刻行走在街头的男女老少，并不知他们此刻的安稳与一群非人类的努力有关。"

"我不管你从哪里听来的这些，我只知道一个绑架犯没有资格请求我们替他做任何事。"敖炽咬牙，"立刻告诉我你把人藏在哪里，或许你还有活下去的机会。"

他微笑着看了敖炽好一会儿，才摇头道："敖炽啊，你跟小时候一模一样，脾气真是一点都没变哪。"

我跟敖炽一愣，敖炽更是差点从扶手上滑下来。

"你胡说什么？"敖炽指着他，"我根本不认识你！"

"你确实不认识我，可我那时候常常在东海龙宫的承文殿外看见你。"他平静地说，

"那时，有老师专门来教你们这些身份尊贵的龙子龙孙各种逃脱术，你从来不肯老老实实坐下来学习，总是逃课，有一次干脆现学现卖，做了个自己的替身摆在座位上，结果因为作品太拙劣，被老师一眼识穿，还一状告到东海龙王那里，说你不思进取，懒惰厌学，你爷爷关了你七天禁闭。"

我吃惊，敖炽更吃惊。

"你到底是谁？"敖炽唰一下站起身，"你不可能知道这些事。"

"虽然我与你地位悬殊，但我也是在龙域之中长大的龙呀。"韩黎真诚地看着他，"我是无名间里的一员。"

"无名间？"敖炽一怔，"你是那里的家伙？"

韩黎点点头，笑："太多太多年了，幸好还没有忘记自己来自何处。没记错的话，你那会儿跟你家公子此时一般年纪，小小的粉雕玉琢的一个人儿，脾气却大出了天去，俨然东海的小霸王啊，哈哈。"

我第一次听到有人用"粉雕玉琢"来形容敖炽……

面对我疑惑的目光，敖炽略尴尬地解释："无名间是东海龙宫里专门收养孤儿的地方。"

"孤儿？"

"跟人类一样，我们龙也有地位阶层之分，也有孤儿。那些因为各种原因失去父母的小龙，都被捡回来放在无名间里养大。他们大多数血统低微，甚至有些是龙族与其他族类私通的后代。按龙域的规矩，他们会被集中放在一个叫无名间的地方，由专人照顾长大，然后再分派到龙域各处当差。"敖炽如是道，旋即盯着韩黎："你虽在无名间中长大，但仍是龙族，为何……"

"为何一点龙的气味都没有了？"韩黎一笑，指着自己的心口道，"许多年前，血从这里流出来，几乎要流干了，有人阻止了我的死亡。我活了下来，但支撑我生命的，不再是龙族的血。"

茶杯里的热气，丝丝缕缕地飘出来，他的脸在一片氤氲中保持着沉静的微笑。

如果他只是一个与我无冤无仇的客人，我很愿意听这样一个男人闲闲淡淡地讲完他漫长的故事，但此刻，我真的没有这份耐心。

"韩先生，你既然如此煞费苦心地算计我们，就不该再浪费时间了。"我看着他的眼睛。

"好。"他点头，脸上笑容顿失，"我希望你们帮我找回一个人。"

"谁？"

"刑王，寒荒。"

我跟敖炽俱是一愣。

"韩先生，你怕是找错帮忙的对象了。"我道，"你既然要找天神，自然该去天界想办法。而我，只是一只微不足道的妖怪。"

敖炽也道："你是不是有病啊？跑到妖怪的地盘找天神？再说堂堂的天神什么时候需要被'找回'来？人家好端端地在天上。"

韩黎起身，看向窗外："随我去一个地方吧。"见我们没有动静，又道，"放心，没有任何阴谋。"

敖炽眼中的愤怒几乎要烧起来，但终于是压制住了，他冷冷道："说了半天，你都没有正面回应。要挟别人，起码要让对方相信你手里确实有筹码。你虽然弄了一屋子替身，但他们的本尊是否真在你手上，我有怀疑。"

他笑笑："我在很长一段时间里，干的是替人藏身保命的差事，被我藏起来的人，相当安全。而且敖炽你也是学过替身之术的，"他走过去，把装着碎片的袋子拎起来，"虽然学得不好，但起码也该知道这种程度的替身，从制作到完成，必然是跟本尊的性命相呼应的，简单说，它们的'生命'得靠本尊支撑，所以至少在你们把它们拆穿之前，你们的孩子与亲朋还是好好活着的。"他回头看着我们，"除了这些，我无法再给你们提供别的证明。信不信，由你们。总之，只要你们同意我的请求，我会在适当的时候把他们身在何处告诉你们。"

敖炽攥了攥拳头，一言不发。

信不信，都得信，如今还有第三个选择吗。

"走吧。"我起身，"不是要带我们去一个地方吗？"

◇ 捌 ◇

忘川市第一人民医院，八楼，病房。

走廊最末端的单人病房里，各种监护仪器发出有节奏的滴滴声，病床上，满头灰发的苍老女人双目微闭，躺在雪白的被子下，面上无半分痛苦之色，安详得像在做一场好梦。

"你带我们来，就为了见她？"敖炽皱眉道。

我打量着床上的病人，看她脸上的皱纹，没有九十岁也有八十岁，但从骨相眉眼看来，年轻时应该算个美人。此时老太太头上缠着绷带，脸上也有些许瘀青与擦伤。

韩黎坐到床边，细心地将被子往里掖了掖，又拿手背轻轻挨到她脸上，自言自语道：

"总算退烧了。"

"她是……"我揣测着他们的关系，外婆？奶奶？曾祖母？除了这些，我想不到还会有什么人能让他这样的男人如此细心相待。

他长长地吁了口气，说："她是寒荒，天界刑王。"

寒荒？！刑王？！

既然都在医院了，要么我跟敖炽去看看耳朵，要么这个韩黎去看看精神科……你让我如何说服自己，跟自己说那个挂着吊瓶身上连着各种监护仪器一身是伤搞不好会变成植物人的孱弱老太太，是天界的天神？！

"韩先生，"我保持着最后一点风度，"天神会不会落到植物人的境地暂且不提，就算真有哪个倒霉成这样，人类的医院可治不好神哪。我希望你在跟我们沟通的过程里，能尽量真诚一点。"

他嘴角微扬："我知道你们不信。但我没有一个字是假话。病床上这个人，确实是刑王寒荒。"

"不可能！"敖炽走到病床前，仔细端详着她，"虽然我对刑王没啥印象，但也多少听闻过她的彪悍，一个以'惩恶罚罪'为职责的大神，死在她手里的妖魔鬼怪甚至人类，不可计数，能动她一根汗毛的人太少了。何况眼前这个病人，一丁点神的气息都没有，跟外头随便一个病房里的病人没有区别。而且她还这么老！虽然神也会老，但她寒荒是最新一任的刑王，年岁绝不会太大，外表怎么着也该是个妙龄女子，再差也是个知性小嫂子吧！"

韩黎叹了口气，道："所以我才拜托你们，帮我把她找回来。"

我被他搞得越发糊涂："你到底什么意思？"

他没有回答，半晌才反问："你们知道她是为什么躺在这里么？"

"已经这把岁数，我看没有谁敢揍她吧？"敖炽没好气道，"半夜上厕所的时候滑倒了？"

"是牵一个瞎子过马路时，被一辆失控的汽车撞的。她把瞎子推开，自己飞出去了。"他笑笑，"一点都不离奇，甚至很老套的情节对吧。我也希望这只是个老套的故事，但它的的确确地发生了。堂堂的刑王，铁面无私不讲感情的神，不但变成一个老太太，还会主动去关注一个擦肩而过的瞎子能不能顺利过马路，曾经斩妖除魔不在话下的她，居然连一辆车都躲不过，跟所有曾被她俯视的人类一样，像个沙包一样飞出去，骨折，内出血，该落下的伤一样没少，还能活着就是奇迹了。"他定定地看着病床上的人，面色凝重，"恐怕她此生都没有料到，有朝一日，刑王自己也会承受最大的惩罚，无路可退。"

他语气平缓，但说出来的每一个字都如石头般坚硬，不容反悔也不怕质疑。

"她真是……寒荒？"从嘴里艰难地叫出这个只得耳闻的名字，我一面试图相信，一面又在警告自己万不能轻信，毕竟把天神这个身份安到一个倒霉的车祸伤者身上，实在太荒唐，写小说都不能这么写吧！

"她是。"

韩黎说出口的两个字都有千钧之重，不容我不信。

我再次打量这个躺在人类病床上的天神："谁把她推到如此境地？"

韩黎没说话，只轻轻揭开被子一角，将她的左手小心翼翼地挪出来放到她心口上，再将她的右手也挪出来。

"你们仔细看她的手。"他说。

我跟敖炽凑上去一看，老太太的两只手乍看上去没毛病，但仔细一看，两只手长得根本不一样，右手粗糙苍老许多不说，连指甲的形状都跟左手完全不同，再看那只左手，皮肤细如膏脂白如雪，只是分布在其中的血脉隐有异常，有些过分地凸出在皮下，并透着不正常的深红色。

"她的左手……"敖炽诧异道，"根本不是她的左手？"

这话听起来别扭，但确实就是这么回事儿。

"那是一只妖怪的手。"韩黎沉声道，"多年前的一天，战神獠元称自己处决了上古凶妖'失'，并将其尸体以及断掉的左手一并带回天界，天帝嘱寒荒处理妖孽尸体。"他顿了顿，"在这个过程里，出了点意外。"

我心下一惊，不是为这只妖手如何长到天神身上，而是为告诉我这番话的人，是他，一段只会被天神知晓的往事，他却说的仿佛身临其境一般。他说自己是来自龙域的孤儿，即便因为不知名原因离开了龙域甚至放弃了龙的身份，他也不该是这段旧事的知情人。

这家伙，到底什么来历？

那头，敖炽已然一把揪住他的衣领："你怎么知道这些？我一点耐心都没有了。别逼我跟你动手。"

他由得敖炽这般对他，连拉都不去拉一下，视线一直落在寒荒脸上："韩黎是我随便编出来的名字。"

我一怔。

"我的真名叫，离乱。"

◇ 玖 ◇

刑王殿的人这些天都不敢接近寒荒的房间，连吃饭都不敢喊她，房间里很长时间都没有动静，好像里头根本没有活物存在。但今天又不一样，动静大得吓死人。

她每天都会在这个时候练功，不论是法术还是拳脚，她习惯了对自己千百年如一日的苛刻，从不用任何借口疏于练习，只是今天有些不同，银色的长鞭在她手里化作愤怒的电光，房间里每一根无辜的立柱以及摆设都成了目标，一鞭落下便是一道深刻的伤痕，不消片刻，视线所及之处，无不支离破碎，伤痕累累，连她平日里最喜欢的雕花铜镜也被一分为二，可怜巴巴地躺在地上。

她用力太尽，终是在大汗淋漓中停下透支的身体，背靠着墙壁坐下来，而执鞭的手臂依然不受控制地抖动着。

落在一旁的离乱，忽然亮起了白光，缓缓聚成一个人形，空气中的轮廓由虚而实，端正儒雅的男子披着柔薄的光，走到她面前。

她抬起汗涔涔的脸，看他一眼，沉声道："不是老早说好了，你不讲话，不出现。"

他不说话，从幸存下来的桌子上拎过一壶已经凉透的茶水，蹲下来，将她的右手抓过来，慢慢将茶水倒在她掌中被磨破的伤口上。

"打人的话，自己也会手疼。"他专注地为她冲洗伤口。

已成淡红的茶水顺着她的手腕淌到地上，她沉默片刻，猛地抽回手去，淡淡道："这点小伤不用理会。"

他放下茶壶，盘腿坐到她对面，说："不该留的，尽早烧了吧。天帝那边，你总还要给个交代。"说着，他扭头看向内室："总将那妖孽的尸首放在这里，并不妥当。"

她的眉头顿时绞起来，半晌才说："我想多看看。"

"你不信獠元会杀了她？"他叹气，"还是你不信自己会输给这样的妖怪。"

她愣了愣，旋即起身，冷冷看着他："离乱，这么些年，我愿意让你留在我身边的原因，是你的沉默与隐藏。我只需要一个武器，不需要一个谈心的对象。"

说罢，她拂袖而去，钻进内室再不出来。

他望着那扇紧闭的房门，摇摇头，光华亮起，他又成了那条盘曲于地的鞭子，刑王手中令无数受罚者心惊胆颤的武器。

如果被龙族知道，他们的一员去做了天界刑王的鞭子，一个在他人眼中完全任由驱使的武器，也许龙族会认为他给同类带来了莫大的羞辱吧，尽管他只是龙域之中出身低微的孤儿，但也还是一条货真价实的龙，就算留在龙域之中扫地洗衣，也强过做异族的奴隶。

但应该是没有这个"如果"的，龙域里的同类，大概以为他老早就死了吧。

无名间里长大的龙，跟龙王殿里长大的龙，不一样。他从小接受的规矩是要随时准备为后者献出一切，包括性命。龙王殿里的龙，是龙族最高贵血统的延续，无名间里的龙，是不怕粉身碎骨的砖头，可以在任何危险的时刻被送去任何危险的地方，挡下刀剑保住平安是分内事，横尸战场无人问也是分内事。

记得幼年时的某段时间，他被派遣到东海龙宫的承文殿外当差，做一些浇花打扫的工夫，顺带听候前来这里学习的各位有王族血统的龙子龙孙们的差遣，谁家小爷忘了带书本的，他帮忙去取，谁家龙孙上课上到肚子饿了，他去张罗吃的，倒是不辛苦，闲时也很多，所以他经常蹲在窗外，专注地听里头的老师上课，觉得他们教授的东西实在太不得了，比如如何制造一个不为外人破解的结界，又比如如何制造一个以假乱真的替身，以及一切如何从危险中逃脱的技能。

可惜堂下的学生们大多不专心，迟到早退逃课也是常事。其中又以东海龙王的小孙儿敖炽最为胡闹，上课心不在焉不说，老师批评两句，他便喷火把老师坐的椅子都给烧了，以至于后来所有来授课的老师都不敢管教他，甚至巴不得他不要来上课。

一开始，他对这个骄纵霸道的家伙没有什么好感，甚至觉得将来若由这样的家伙接掌龙王之位，说不定是东海的灾难。但工作还是要继续的，他清楚自己的身份，也安稳于现下的生活。

有一天，他被几个不知是哪家龙王的亲戚的家伙们戏弄，往他的午饭里撒尿，还说只要他吃一口，他们就给他一颗珍珠，吃多少给多少，不吃的话，就一边学狗叫一边在园子里爬三圈。

他并没有招惹他们，而他们只是拿这样的事来排解上学的乏味。

他说他不吃，也不会学狗叫。

几个小爷顿时来了脾气，三两下将他打翻在地，用拳脚教训他的"以下犯上"。没有人出来帮他解围，好些个还在旁嘻嘻笑着看热闹。

落在他身上的拳头，直到那碗被洒了尿的饭菜稳稳扣到其中一人的脸上时才停止。

敖炽嫌弃地看着他的同学："四个打一个，不嫌丢脸？想打架找我呀！"说着又看了看地上的他，冷哼了一声："打不过就跑呀，蠢死了。"

几个家伙见是敖炽，顿时没了气焰，纵然心里再不服气，也不敢在这个闻名龙域的小霸王前造次，当即没趣地散了。

他捂着被打肿的脸，还来不及说什么，敖炽已然走远了去。

这便是他跟敖炽之间唯一的一次交流了。也是从那天起，他收回了之前的想法，也许东海将来有这样一位龙王，也未必是件很糟糕的事。

之后的日子，他依然勤勤恳恳地在承文殿外当差，并且是一个相当合格的学生，里头的诸位小爷不屑一顾的学识与技能，他在窗外牢记于心。连老师也注意到他这个旁听者，好奇地问他都学到了啥，不曾想他对答如流，所学所知居然远强过他的学生，老师惊讶之余，也很是欣赏他，不但不介意他低微的身份，还在下课之后专门找时间替他讲解更多。

当他用学到的东西造出第一个替身时，他跟老师都惊呆了，他做了一个跟自己一模一样的替身，能笑能跑能说话。惊喜之余，老师要他切不可声张，毕竟此类术法按规矩只能教授给血统高贵的龙，以便他们将来在危险中有机会解救自己。

数年之后，他被调离承文殿，在接受了一段时间的训练之后，编入了东海的先锋军。

四海龙族虽常年安居于龙域，并不与外界纠缠，但龙域与外界的交接处，却常年有战争爆发，世上总有心怀鬼胎的异族热衷于滋扰生事，甚至有野心攻破龙域结界，每当遇到类似状况，便免不了一场捍卫龙域疆界安全的战斗。第一批出去杀敌的，便是先锋军，这一支队伍里，没有尊贵的皇亲国戚，大部分由无名间里挑选出来的孤儿组成，对他们，上头没有特别的要求，只要他们用命去开路，为后续军队撕出一个缺口。

先锋军通常有去无回，但大家都认为理所当然。毕竟瓷器只得一个，瓦缸碎多少都可以。

他上过好几次战场，运气好留下了一条命。但运气不会总那么好，他记忆里最后一场战斗，是先锋军与九头妖蛇军团的血拼。这群自地底而来的邪祟蛇妖，疯狂嫉妒着龙的存在，幻想有朝一日攻破龙域，取而代之成为与神媲美的存在。

记得那是一场极其惨烈的对战。

当后续军队赶来时，龙跟蛇的尸体，差不多塞满了整个战场，地上的龙血蛇血混在一起，妖冶的红色鲜艳到刺痛眼睛。

从没有收尸这一说，对于所有战死的龙，唯一的处理方法是就地焚烧。

然而在焚烧之前，负责检查有无活口的家伙从来只是敷衍了事，毕竟躺在这里的，是"不值钱"的无名间里来的家伙，就算有重伤没死的，伤成这样还不如死了。

无名间里的龙，只有一条不被在意的性命。而他是被痛醒的，大火烧到了他的脚，剧烈的难以描述的气味冲击着他的嗅觉，差一点就要呕出来，他拼命推开压在自己身上的尸体，带着一身伤口跟跟跄跄地跑出了已成火海的战场，管他什么方向，往前跑就是了。

令他反胃的味道一直在身体里盘旋，直到穿进一片丛林，他才精疲力竭地倒下来，再无力气奔跑，身上被蛇妖咬出的伤口已经溃烂发炎，弥漫出同样难闻的气味。

方向跑反了，这里应该是人界吧。他的意识在一阵远远传来的脚步声里渐渐消散。

◇ 拾 ◇

一个老和尚救了他。

寺庙的僧舍里，他身上敷满了草药，老和尚说幸好你骨骼清奇年轻力壮，不然这一身的蛇伤就算不痛死，也毒死了。

原来人类的药，对他也是有效的。没过多少日子，他身上的伤便只剩下浅浅的印。

老和尚每天只管念经以及给小和尚们讲经，偶尔也邀他到禅室中旁听，但从不问他来历。

彼时他对人界种种尚不够熟悉，对这群光头的作为也不了解，心想世上居然有这么容易的修炼，只要坐在一尊所谓的佛像前念那些听不懂的玩意儿就可以，而且他更不懂他们在修炼什么，和尚们连挑水都吃力，更遑论飞天遁地杀人无形的本事。

他问过老和尚，为何救他，万一他是毒蛇猛兽，救了岂不是害了自己性命。

老和尚笑言，可你并不曾反咬我一口。

他又说，你们人类是不是信奉"好人有好报"这样的说法。

老和尚还是笑，那么施主你能报给我什么？

他愣住，应该给他钱吧？可自己身无长物，连衣裳都是老和尚给的。

老和尚见他一脸窘迫，笑言，带你回来是为救你性命，如今你活蹦乱跳，我便得了我的报了。

其实他不是很听得懂，想了半天，还是觉得不妥，最后跑出去把庙里还没来得及劈的柴都给劈了，反正他有力气，替他们劈完一整年都用不完的柴不算难事。

总之，那天寺庙后院里的柴火堆成了一座小山，老和尚哭笑不得。

他在寺庙里住了下来，帮忙挑水种菜，顺便赶走来偷吃的野兽。

老和尚拿了许多书与佛经给他，说想读就读一读，打发时间罢了。

无数个夜里，他一知半解地看完一本又一本，关于人类世界的种种，他在龙域时也曾听闻不少，但无论如何都不及亲眼所见来得真实有趣，在这座深山里的寺庙中，没有高贵低贱的身份排位，也没有严苛的规则要遵守，他只要不当着和尚们吃肉喝酒，就能跟大家和平相处。日出而作，日落而息，和尚们的念经声渐渐变得顺耳，围绕着佛像的香烟也不再刺鼻，望着地里自己亲手种出的瓜菜，他居然会发自内心的高兴起来。

要不……就不回龙域了？！

龙域里不缺他这一条龙，但是庙里若没了他，谁来替这群大小和尚们劈柴挑水。

一住就是好几年。

记得那年春天，庙里住进来几位香客，有老有少，带他们来的人，同老和尚交待了几句，老和尚神色凝重，说了声阿弥陀佛，且让施主们安心住下便是。来人感激不尽，差点给老和尚跪下。

他看出这些留下的香客跟寻常来烧香拜佛的人不一样，他们懂的特别多，谈起家国天下便滔滔不绝，就连那不满十岁的小娃，也会几下子有模有样的拳脚，诗词歌赋也能朗朗上口。有时候他们还会摆下茶点，与老和尚聊天下棋，说的话也是字字珠玑，实在不是一般的乡野人家。

当他对这些人的好奇尚未散去时，寺庙出事了。

晚霞如血的傍晚，一队剽悍的兵马将寺庙团团围住，说是奉命捉拿叛党。

老和尚将那些老少与他，一并放进禅室墙后的密道中。

他清楚地感受到了杀气，抓住老和尚，要他一道离开。

老和尚拒绝，说密道只是通往后山，他替他们拖得越久，他们便能逃得更远。末了，老和尚对他说，从不问你来历，但也知晓你非寻常人，挚友求我保住功臣之后，只怕我要转求于你了，快走，尽量往南，切勿流连，越远越好！

连多问一句的机会都没有，暗门便重重关上了。他在门缝里看到的最后的情景，是老和尚匆匆而去的背影。

从后山到百里之外，他没有辜负老和尚的请求，带着那几个老小，一路逃命而去。

然而，追兵不止。

他带着他们避开了好几次搜捕，却始终不能彻底脱险，追兵们似有活要见人死要见尸的执着，不抓到他们决不罢休。他问过他们，究竟犯了什么罪才会惹上这样的大祸。其中的老者沉思片刻，说，年轻人，有些事你还是不知道的好，无非是鸟尽弓藏兔死狗烹的老故事罢了。

于是他大概明白了，之前听说人界有新皇帝继位，一朝天子一朝臣的道理他多少也是知道的，有些不能留的，皇帝总归要斩草除根才能安心吧。

可是，老这么逃也不是法子。那天晚上，他打晕了他们，取了他们的头发与指甲，以及一小块血肉，难得关于如何制作替身的方法还一丝不漏地印在脑中，虽然多年不曾使用，但绝不妨碍他的成功。

翌日，追兵们终于在乡野客栈的房间里，发现了目标的尸体，一家老小横躺在地，残留着毒药的瓶子歪倒在一旁。为首的军官仔细查验了尸首，确认是逃犯无疑。

直到追兵带着尸首远去无踪，他才松了一口气，去距客栈不远处的野地里，带着那一家子继续往南而去。

此后一路平安，再无追杀。直到抵达一座偏僻的南方小城，他才与其分手道别，并嘱他们今后隐姓埋名，小心生活。

离开时，那小娃扯住他的袖子，问，大哥哥，你是不是会变戏法？

他不解，为何这么问？

小娃说，那天晚上我迷迷糊糊地好像看见你变出了另一个我。

他摸摸他的头，你在做梦呢，我不会变戏法。

生怕他们再问，他飞快地消失在他们的视线里。日夜兼程回到他的庙，才发现迎接他的只剩下焦黑的残垣断壁。

四分五裂的佛像前，横着一排身首分家的尸体，老和尚的袈裟还在身上。

路过的樵夫说，官府说和尚庙包庇叛党，不留庙，不留人，庙中上下皆死罪，暴尸荒野不得收殓。都知老和尚是活菩萨再世，好事做尽，谁知最后却落得这样下场。

他一言不发，满脑子想的却是当初为什么要听老和尚的话逃走了，这些人说到底只想要个尸首罢了，他可以给他们啊，要多少都可以。

可是，一切都晚了。

那晚，他葬了他们所有人。本想学着别人的样子再立一块墓碑，最后还是放弃了，连尖尖的坟头都铲平了，只挖了几株野花野草种到上头，然后学着老和尚的样子，虔诚地盘腿坐在坟前，为他们念了很久的经。

老和尚是好人，结局身首异处，那杀了好人的人呢，又该是什么结局？

他想了很久，想不到答案。

庙没有了，他还是不想回到龙域，他想把问题弄明白了再回去。

◇ 拾壹 ◇

二十年时间，倒也飞快。

皇帝几年前死了，得了怪病，身上都是疮，没有一块好肉。

其他还好，万里江山还是老样子，寻常百姓们也并不太关注谁又爬上了皇位，有那个时间还不如多往田地里浇一瓢肥料，能收到多少粮食可比谁拿了江山重要得多。

唯一跟从前不一样的，可能是江湖里多了一个叫"无名氏"的人，身份是一名保镖，可他不杀人甚至不打架，听说连刀剑都耍得不是很熟练，但只要得到他保护的人，纵然得罪的是天王老子，也能留下一条命来。又说他行踪诡秘，不轻易见人，想求他帮忙的，只能往那专门贩卖江湖消息的酒馆饭庄里寻中间人带话，成不成只能看缘分。

如今的他，习惯每天照照镜子，二十年过去，镜子里的自己也是个实打实的中年人了。想想龙域里那些龙王以及他们的血脉们，纵然几千几万岁，人形也还是青春不减，自己果然不能跟他们比啊，这人形跟普通人类一样，经不起岁月呢。

十一二岁的小姑娘从门外探出个脑袋来，笑嘻嘻地看着他，刮着自己的脸道："羞羞羞，姑娘家才喜欢照镜子哪！"

他气哼哼地回头，趁其不备一把将这孩子抓到怀里，边咯吱边说："越大越没规矩！哪个说的镜子只能给女人用？"

小姑娘边笑边求饶："叔我错了！别挠了！我来喊你吃饭的！我跟隔壁李婶学做了红烧素肉！"

"红烧素肉？"他这才停了手，"这还差不多。"

对的，这些年，他只吃素，大约是在和尚庙里养成的习惯，连肉也只吃用豆子做的"素肉"。

阿喵是他接下的生意，来到他身边时，她才三岁，穿着图案古怪的花衣裳，流着鼻涕，说话的声音跟猫一样小。送她来的是她的父亲，说自己本是地下帮派的成员，但厌倦了打打杀杀的日子想退隐江湖，可惜帮派首领说他知道太多秘密，要么留下继续卖命，要么用自己以及一家人的性命来退出。他本想与之鱼死网破，但始终不忍唯一的女儿遭毒手，故而千方百计找到他，希望将女儿放在他身边，三年为限，若能留得性命，再回来父女团聚。

他拒绝，留一个人在自己身边三年，太长了，他习惯了独来独往，自由自在。

男人跪下来求他，声泪俱下，他还是拒绝。

见状，那小丫头过来，牵起父亲的袖子摇晃，奶声奶气道："阿爹不哭，阿喵不怕死。"

男人愣了愣，摸了摸女儿的脑袋，擦掉眼泪："好，我们走。"

"站住。"他叫住了他们。

才三岁的年纪，连什么是死亡都不知道就敢说不怕死，人类的孩子都这么不长脑子么？算了，一个小丫头，应该也不难养。

但很快他就发现，养孩子比养猫狗难多了，尤其是当她还有一个背景复杂、仇人遍地的亲爹时。

曾经有一整年时间，他跟阿喵都住在结界里，看着一拨又一拨携刀带剑杀气腾腾的人，在他们的房子里进进出出，翻箱倒柜。若不是担心三年后阿喵父亲回来找不到女儿，他老早就搬家了，他讨厌闻到这些人的气味，总让他想起和尚庙的残垣断壁，还有干涸在袈裟上的深红的血迹。

这些年，他只躲藏，不杀人，总觉着只要手上不染鲜血，他就还能闻到佛堂里的轻烟，听到清澈的山泉，看到土地里冒出来的，青幽幽的瓜菜，只要还能感受到这些，人界就比龙域更有留下的理由。

阿喵很听话，不挑食，给什么吃什么，连生病都很少有，从来到他身边开始就自己洗衣服，自己梳头发，晚上还自己哄自己睡觉，生怕给他添麻烦惹他不高兴。

记忆中他见过的三岁的孩子，大多还过着衣来伸手饭来张口的日子，阿喵是个绝对的例外。

她宁可费力把家里所有能垫脚的东西找来摞起，再踩上去去取柜子里的东西，也不向他乞求帮助。起初他装作看不见，由得这小丫头自给自足，但眼见着她摔了两次，第二次还把脑袋都磕出一个包时，他再忍不住，问她为什么不让他帮她拿东西？

阿喵慢吞吞地说，跟着你才能活，你讨厌我就会不要我，我要活。

他不知道这是她父亲教她的，还是她自己真实的想法，但无论是哪种，对她这个年纪的孩子来说，都是噩梦般的压力。

那天，他一边给她的额头上药，一边保证，在她父亲来接她之前，他不会不要她。所以以后有什么事情，都要跟他讲，再爬那么高去拿东西的话，他才会讨厌她。

也是从那天开始，他才真正接受了自己的生活里多了个小孩子的事实。

许多习惯慢慢变了——烧菜要尽量烧得软一点，出门去集市的时候，回来总忍不住带点好吃好玩的东西，有时间的时候还会跟住在附近的大婶讨教一下给小姑娘梳头发的技巧，以前他唯一关注的只有客人的安危，现在他知道集市上哪家裁缝店做小孩的衣服做得好，哪家鞋店的鞋子穿着最舒服。

阿喵起初对他的小心翼翼，也在这些习惯的改变中渐渐消失。她开始亲昵地喊他叔叔，愿意一边哼着歌一边坐在凳子上，耐心并充满期待地同意他手忙脚乱地帮自己梳头发，虽然试过好多次，他梳出来的辫子永远是一边粗一边细。

"不怪我，是梳子太难用。"他认真地辩解。

阿喵瞅着自己诡异的辫子："哦，那以后你买一把好用的梳子给我。"

然后，两个人一起看着镜子哈哈地笑出来。

无数个夏夜里，他摇着蒲扇替她驱赶蚊虫，冬雪里，他把炉火烧到最旺，嘱咐她一定要用热水烫了脚再睡觉，只要一想到明天清晨睁开眼又能看到她在屋子里跑来跑去，他的心里就会涌出无限的温柔。

有时候他甚至会错觉阿喵真的是他的女儿，而他只是一个平凡的中年男人，在曲折离奇的江湖里坚守着自己想要的生活。

所以，当三年之期到来时，他隐隐有些失落。可是，阿喵的父亲并没有来。

那天，六岁的阿喵在院子里坐了一整天，夕阳西下时才像只小鸟一样飞进屋子，落到他面前，说："阿爹没有来。"她有些失望，但很快又笑出来："叔叔，你说了要给我买新衣裳！"

"买。"他摸摸她的头。

他松了一口气，却又实在地担忧，能让阿喵父亲失约的原因，希望不要是最坏的那个。

三年又三年，阿喵今年十二岁，可是她的父亲依然没有出现。

他们俩谁都不说破，谁都装作那个男人还在世上，只是被一些事耽搁了才没有出现。

桌上的红烧素肉热气腾腾，卖相跟味道一样好。

他朝阿喵伸了大拇指："嫁人之后，我不替你夫君担心了。"

阿喵冲他吐舌头："我有嫁人的机会么？"

吃得太急，他的舌头被烫了一下，玩笑般的话，听上去却是实在的难题。一个被追杀多年的姑娘，在这段随时性命不保的时光彻底结束之前，也许真的没有资格谈婚论嫁。但唯一庆幸的是，近三四年来，追杀她的人再没有出现过。

"当然有。"他斩钉截铁道。

她笑了笑，问他："叔叔，你到底是哪里来的人呀？我从来没见过真正会法术的人。你是怎么做到让那些人从我们面前经过也看不见我们呢？还有你怎么能做出跟那些人一模一样的替身的呀？"

"问题太多了。"他边吃边说，"每个人都有谋生的本事。你再长大一点，说不定就是百里挑一的大厨师。"

"真的？"她瞪大眼睛，"我做菜有这么厉害？"

"嗯。再帮我添一碗饭。"

"好！啊，你还没告诉我你是哪里人？"

"我的家在很远的海边。"

"海？好厉害，我还没见过大海呢！你不想家吗？"

"我的家现在在这里呀，傻孩子。"

每一天，他们的生活都在这些寻常之极的场景中度过，一条远离龙域的龙与一个身陷杀机的人类小姑娘，已然在这样的风平浪静、父慈子孝里忘却了自己本来的身份，并且衷心希望这样的日子越长越好。

其实是可以一直这样的，如果阿喵的父亲没有在那一天突然出现的话。

男人的模样没怎么变，除了鬓边多了几缕白发，身上再没有当年走投无路的窘迫，眼角眉梢藏的都是生人勿近的霸气。

他不是一个人来的，还有两个低眉顺眼的跟班，一口一个教主的喊着。

教主……他将阿喵父亲拉到一旁，想了半天，憋出一句："你发财啦？"

男人笑出来，打了个手势，两个跟班立刻把一个沉沉的木箱抬到他面前，打开，珠宝金条不计其数。

"这些年多谢你了。"男人赞许地看着他，"无名先生果真是世上最万无一失的保镖。"

他的注意力一点都不在那一箱的财宝上，只问："准备好带她回去了？"

"嗯。"男人点头，"今时不同往日，再没有人敢对我们父女喊打喊杀了。假以时日，只怕这天下都要臣服于我。"

他不关注这个，他只要确定阿喵今后的安稳。

父女重逢，略有生疏，但阿喵还是很高兴，也知道自己终是不能再留下。

在父亲的催促下，她麻利地收拾好行李，九年时间折叠成一个小小的包袱。临别时，她跟他说厨房里有她今天烧好的素肉，可能凉了，热热再吃。他回知道了。

眼见着她走出房门，又回头，笑嘻嘻地对他喊："叔叔，赶紧找个媳妇生个娃，趁你还不算太老。"

他给了她一个白眼："知道了。"

"你不要搬家，我会写信。"

"知道了。"

傍晚的霞光里，她被她父亲拉上价值不菲的名驹，三匹马绝尘而去。

他靠着门框看了好久，直到天黑尽了，他才慢吞吞地去了厨房，烧火热菜，然后坐到桌子前，细嚼慢咽，吃着吃着，他脱口而出今天的菜有点咸，话出了口才想起对面已经没有阿喵了。

他笑笑，继续吃。不过一个人吃饭，确实没有两个人吃那么香啊。

半年之后，阿喵确实写了信回来。

在读书识字这方面，她真是一点进步都没有，一半都是错别字。幸好内容还算通畅，说父亲对她很好，如今他是四海教的首领，相当受人敬仰，旗下教众无数，不止父亲，所有人都对她很好，还叫她大小姐呢。但可能是跟他生活太久，她现在不是很爱吃肉，还是喜欢吃素。为此还被父亲笑话，说她一点不像他的女儿。还有啊，现在替她梳头的丫鬟手艺可比他好多了。

是被追杀的小丫头也好，是一人之下的大小姐也罢，他只要看到她平安喜乐，心里就相当舒坦，这大概就是嫁出一个女儿之后的感觉吧，虽然自己连个老婆都没有，他笑着把信收到盒子里，再珍之重之地放到他认为最安全的地方。

之后阿喵又陆陆续续地写了好几封信来，无非是描述她现在的生活有多开心，吃了什么玩了什么，还有哪个英俊的小哥哥对她献殷勤。每次都看得他忍俊不禁。

随着她的信而来的，还有在街市之间频繁传递的消息，内容无非是四海教揭竿而起，要诛昏君救黎民，如今皇帝的军队与四海教的军队已经势同水火，各地硝烟四起。

虽然他并不关注谁拿下这个江山，但真正地担忧起来，两军交战，必有死伤，且以她父亲的实力，能不能最终胜出尚不可知，若输了，便是妥妥的谋反大罪。

大半年过去，战火仍烧，胜负未分，听说四海教作战神勇，连破帝军数道防线，大军直逼帝都。

而阿喵的信，也在这个时候终止了。

他又耐心等了几个月，猜测是局势紧张，不便联系。

但是，直到次年开春，依然没有阿喵的音讯。

左思右想，他决定去一趟帝都。

◇ 拾贰 ◇

他又闻到了记忆里最深刻也最抗拒的味道。

眼前的帝都，已经不是他多年前见过的模样，天子脚下的繁荣富庶老早溃败于弥漫的硝烟之中，疮痍满目的土地上，只有伤痕累累不知所措的百姓。

属于皇帝的旗帜被撕烂了扔在地下，谁经过时都可以肆无忌惮地踩过去。

四海教的黑色旗帜耀武扬威地霸占了城池里最显眼的地方，皇宫就在唾手可得之处，身披黑色战甲的兵士举着刀与矛，气势汹汹地穿过人群，所有撞见他们的百姓都吓得浑身发抖，多看他们一眼都不敢，走的稍慢几步挡了他们道的人，不论老少男女，一律拳打脚踢扔到一边，打人者的眼里有无限的轻蔑，踩着无力反抗的人说，天子脚下又如何，以后这里都是我们的战利品，包括你们。

说好的"诛昏君救黎民"呢？一路所见，哪里有一丝"救黎民"的情景，反倒更像强盗入城，烧杀抢掠。

当年那个唯唯诺诺，连女儿都无力保护的男人，在九年时间里究竟经历了什么才走到这样凶狠霸道的位置，他不清楚也不想费心去搞清楚，他只想尽快见到阿喵，确认她一切都好，如果可以的话，再坐下来跟她吃一顿久违的晚饭。

他的怀里还揣着送给阿喵的礼物，一把玳瑁做的梳子，上头镶了好看且值钱的宝石。这是他找工匠专门定制的，给她平日里梳头也好，当作以后的嫁妆也好，只要把梳子好好交到她手里，好像他以后就可以对她放心了。

可是，要怎样才能见到她呢？如今的帝都俨然地狱，目之所及无不是家园被毁后哭天喊地的百姓。他找了好几个人打听四海教教主在哪里，可对方一听四海教三个字便像见了鬼一般，避瘟疫似的远远走开，唯一一个胆子大些的中年男人对他讲，所有人都被四海教骗了，他们打的是替百姓谋福利的旗号，干的却是谋朝篡位逆我者死的勾当，其凶狠残暴可称发指，尤其那位四海教主，称自己是仙人临世，可取天子而代之，从此四海归心，永世繁华。

听起来像个笑话，仙人？！真是仙人，又怎会有如此狼狈的过往。

他问那男人这位教主身在何处。男人说四海教的大营就驻扎在皇宫之外一里地不到的将军府里，战功赫赫的将军不知中了什么邪术，竟成了他的手下败将，被斩首示众，将军府也成了他们的据点。连番攻势之下，听说皇宫已经危在旦夕，皇帝身边最精锐的部队以身体铸成最后一道防线，但面对声势浩大的四海教的围攻，只怕也是撑不了多久了。

他问去将军府最快的路线。

男人恐惧地看着他，说我跟你讲这么多就是为了让你明白现在的处境有多危险，那个四海教主就是恶鬼般的存在，你还要往他们的地盘去？

恶鬼般的存在？他还是无法把这么严重的比喻安在阿喵父亲的身上。

他向男人道谢，往将军府而去。

真的不要去啊，男人好心地拽住他，真的是恶鬼般的人哪，身边还带着一个刀枪不入的巫师，听说为了什么必胜的阵法，四海教主连自己的女儿都杀掉了。

他停住，回头，你说什么女儿？

男人压低声音说，就是教主自己的亲女儿啊，这事还是他们自己人传出来的，说巫师为了保证他们得到最后的胜利，布了一个什么法阵，但启动那法阵的关键，就是要教主交出至亲之人的性命。

刹那间，他觉得胸口似挨了一记重拳，但旋即又跟自己说不可能，绝对只是以讹传讹的假消息。对四海教的仇恨与惧怕，能让任何人都成为编造故事的好手。

他抛下男人，往将军府飞奔。

门口的守卫自然是拦住了他，他不卑不亢地让他们去通传，说无名先生前来拜见教主。

守卫并不礼貌，说教主岂是你想见就能见的。

他目不斜视，说你不通传，我也能见他，只怕到那时候，你的人头就保不住了。

他认真说话的样子，仿佛下一秒就能听到人头落地的声音。

守卫的气势轻易地败给了他，很不情愿地跑了进去。

很快，他见到了阿喵的父亲。

这个男人穿得比任何时候都华丽，绣满金线的袍子比皇帝的龙袍还要富丽堂皇，身后，还跟着一个斗篷加身、矮矮小小又不肯露脸的人物。

"我来，只是想见见阿喵。"他直言。

"无名先生，很久不见了。"对方走到他面前，拍拍他的肩膀，"你还是没什么变化。"

"我要见阿喵。"他拉下对方的手，"她在哪儿？"

教主叹气，半晌才道："先生来晚一步，半年前阿喵就去了。"

耳朵里嗡一声响，无数细密的小针从脑子里扎过去似的，什么话都听不进去，什么思考都无法进行。

他石化了很久，才有力气再开口："去了？去哪儿了？"

"去了永恒之河，没有伤痛只有幸福的终极之地。"教主望着天。

若是平常，他会觉得这个男人说的每个字以及他现在的每个动作都像小丑一样好笑，但现在他笑不出来，只死死盯着对方的脸："你干的？"

"为了最终的胜利，必要的牺牲是难免的。"那不露脸的矮子上前一步道，"能帮助父亲夺取天下，纵然付出生命，也是身为女儿的荣幸。而大小姐的牺牲，也让所有将士看见了我们的决心与实力。"

穿过脑子里的针好像越来越多了，疼得他每道血脉都在抽搐。

"她在哪儿？"他一把揪住教主的衣领，"说！阿喵在哪儿！"

教主平静道："火焰把她带去了应去之地，但我知道，她无处不在，她的灵魂会一直庇佑我们的军队，直到胜利。"

他愣了愣，缓缓松开了手。

教主相当客气地对他拱手："不管怎样，都要感谢先生你替我保护了她九年。"

他看了教主一眼，长长地吁了口气，什么都没说，转身离开。

出了将军府，他走得飞快，眼中的一切都在旋转扭曲，他听不清任何声音，也不管前头有没有障碍，越走越快，最后干脆狂奔起来。

咚的一声，他撞到了人。冲击力太大，两人都摔倒在地。他这才稍微清醒了些，四周的景象与声音慢慢正常起来。

"不看路很危险，你力气又这么大。"他对面的人，应该是个年轻的姑娘，不施脂粉，眉眼秀气，却是一头少见的灰发，且梳了个男人的发式，穿了件灰黑的袍子，边拍身上的土边站起来。

他依然坐在地上，有点呆。

此生经风浪无数，能凭一己之力带人避过刀山火海万里追杀的他，却在这一个微不足道的撞击里没了爬起来的力气。

姑娘看着他，微微皱起眉头："不会这样就断了骨头吧？"

他像没听见，却突然抬起头，问她："犯了大错的人，该如何被对待？"

她不假思索道："有错当罚。"

"罪大恶极呢？"他又问。

"杀。"她抬头看向前方，四海教对皇宫的又一轮攻占开始了，尘烟四起，厮杀嚣叫。

他慢慢从地上爬起来，踉跄着步子朝前走去。

姑娘看着他的背影，冷冷地摇摇头。

深夜，已经没有和尚的庙里，他独自坐在落满灰尘的蒲团上，身后的金漆佛像老早没有了光泽，案上的香炉里只有厚厚的香灰，蜡烛被老鼠啃得不像样子。

他握着那把永远也送不出去的梳子，反反复复地看，又反反复复用衣袖去擦。

这么多年，他不曾跟人动过手，更莫说杀人，只用自己的方式帮那些想活下来的人逃避危险。虽然在和尚庙里住过，但他不是和尚，不需守杀戒，面对给他带来危险的敌人，他也不是没有能力用另外一种方式去处理，可他总在潜意识里抵抗，可以跑可以藏，就是不想杀。

一度他也很不明白自己为何会变成这样，直到见到堆叠在帝都内外的尸体，清楚嗅到空气中纠缠发酵的鲜血与腐臭，他才知道，从龙域一战死里逃生那一刻开始，他便从骨子里厌恶死亡的味道。这是他义无反顾逃离龙域的原因，也是他心甘情愿留在人界的和尚庙里的缘故，手不沾血，种瓜种菜，活得像一个人，而不是无名间里一条随时被推出去送死的龙。老和尚说救人的快乐好过杀人的快乐，究竟是不是这样，他还没有对比的机会，但仿佛只要守住这一条"规矩"，他就没有辜负那些年在庙里白吃过的饭菜，也没有辜负跟老和尚下棋聊天的时光，那些平静安好的场景就一直在他的身体里，成为他理直气壮地相信自己可以好好活下去的动力。

杀人便是恶，生了恶，便无退路，更无出路。

手里的梳子已被他擦到光亮如镜，他看着倒映在上头的自己的眼睛，仿佛在看另一个完全陌生的自己。

被自己保护了整整九年的孩子，连一只蚂蚁都不愿意踩死的姑娘，本来应该带着全世界的祝福长大，嫁人，生子，完美地成为他来到人界之后最温暖的成就，可以让他有机会跟别人说，我也不算一个人，我有个女儿，她现在过得特别好。

他起身，把梳子用布包了，慎重地放到了佛像前。

他站在一团阴影里，仰望着黯淡的佛。

若此去是地狱，还要去？

要去。

本就自地狱而来，不过回了原处。

◇ 拾叁 ◇

四海教的大本营里炸了锅，血流成河，鬼哭狼嚎。

银灰的龙，是他们此生见过最可怕的恶魔，血盆大口，爪如利刃，所过之处皆身首异处四分五裂。

他毫无选择地杀戮，只要穿着四海教战衣的人，都要由他亲手撕成碎片。

当年与各种妖兽对战时，都不曾有过这样的凶狠。

他是龙，但不是龙王以及其血脉之流的神龙，他没有呼风唤雨颠倒乾坤的神力，只有强过世上大多数野兽的蛮力，所有出身低微的龙都是如此，在一场又一场保护龙域的战斗中靠力气与运气才能活下来。

杀人原来很累。

他的动作渐渐慢了下来，但不会停，绝对不会停，要杀到最后一个。

突然，有红光自屋檐下射出，在他面前爆裂出一团红色的云雾，浓烈而怪异的气味侵入他的身体，由内而外的灼痛加上体力极度的消耗，终于让他失去了自由飞行的能力，重重跌落在地。

一条手指粗的红绳，上头缀满尖锐的针，蛇一样缠上他的身体，随着力度的收紧疯狂刺入了血肉。

本应该是巨大的疼痛，但他已然感觉不到，每条经脉每寸骨骼都陷入了彻底的麻痹。

耳边各种声音渐渐飘远了去，视线也像起了雾似的白茫茫一片，只隐约见到有人影逼近，矮小的一个，手里似乎还捏着一把寒光闪闪的匕首。

"神师，这非寻常猛兽……你……"有男人的声音远远传来，有点熟悉，像阿喵的父亲。

"不妨事，任它杀人，就是等它力气耗尽这一刻，我的缚妖索方可万无一失。纵是一条龙，如今也只能任我宰割。"小矮子的笑声仿若那绳上的针一样，锐利而阴毒。

很快，连人影都模糊起来，他无法动弹，只觉有人走到他面前，发出一串由衷的惊叹。

"竟是一条龙……真正的龙……剜龙心取龙珠，得之可成仙……哈哈哈，这样的机缘竟被我撞上！真是天不负我，天不负我啊！"

这是又在讲一个笑话吗？他多想笑出来，告诉眼前这个手舞足蹈的傻子，如果他的心能让人成仙这么厉害，他跟无名间里的同伴们就不会一个又一个地在战场上死无全尸了。

不过，心口怎么突然凉了，好像有东西刺进来，并且努力划开一个足够长足够大的伤口。

原来，离开龙域那么远那么久，还是逃不脱既定的结局。

只是死在这样的人手里，还不如当初被蛇妖的毒牙撕个粉碎。

这些疯狂的人啊，比蛇还让他恶心。

也是奇怪，明明清楚地感觉到全身的血都在流失，可意识反而比之前清醒起来，是否这就是人类常说的……回光返照？

那道突然出现的光是什么？银白的一条，像龙也像蛇，在空中挥舞出凌厉的线条，被抽到的人，连尖叫的时间都没有，便化作一团炸裂开的血花，一朵又一朵。

他吃力地转动着眼球，面前何时又多了一个人？灰色的头发灰黑的衣裳，瘦弱的身材却拥有超乎常人的敏捷与力量，那道光是一条鞭子吧，在混沌血腥的世界里取人性命，挥洒自如。

有人想逃，却像被施了定身术，根本挪不动步子。

女子的声音，清清淡淡，无情无欲，仿若严冬之下尚未结冰的溪水——

"何丘木，野心成魔，荼毒生灵，害江山，杀骨肉，处极刑。屠显，沉迷邪术，妖言惑众，视人命如草芥，大恶，处极刑。其余拥趸，有人命者极刑，伤人者断一臂。余受天命，亲施刑罚。"

好像在念经啊，不太听得懂，除了那句"杀骨肉，处极刑"。

"你是什么人？放开我！我乃四海教的大巫师，有仙体护身，你休想伤我！"吓得语无伦次的人声嘶力竭地喊叫。

"天界刑王，寒荒。"

银光闪过，两个人头落下来，在他面前弹开了去。

刑王，寒荒？！

他想再看看这个灰暗成一团雾气的人，可是血流得实在太多，之前感受不到的疼痛也在这时争先恐后地冒出来，这回应该是要死了，真希望自己还有力气跟对方说一声多谢。

世界终于黯淡下来，在彻底黑尽之前，一股不知来历的温暖气息吹进了他的身体，虚弱与疼痛瞬间一扫而空，血腥的气味化在雨后青草般的味道里，整个人变得很轻，轻得可以飞去任何想去的地方⋯⋯

◇ 拾肆 ◇

醒来时，他看到佛像的脸，纵然斑驳残缺，眉眼依然慈悲。

是死了么？不对，老和尚死了才能见到佛祖，他死了什么都不会看见。

所以，自己还活着？

脑袋里嗡嗡的声音好一会儿才平息下去，他试着起身，才发现自己身上已经见不到任何伤口，仿佛刚才的一场恶战只是个远去的梦。

"你现在的身体，比任何时候都好。"旁边传来那没有任何情绪的声音。

她在他之前待过的破庙里，生了一堆火，无所事事地望着跳跃的火苗。

他猛然起身，诧异地打量着毫发无伤的自己。

"我渡了一口气给你。"她直言，"天神的一口气，足以让你这样普通的龙留下性命。"

他愣了好一会儿，才对着她的背影道："我听到你称自己是天界刑王，刑王专司刑罚之事，我杀了那么多人，你不杀我反而救我，算不算渎职？"

她没说话，只反手扔出一截断掉的鞭子。

他狐疑地看着这个正好落在他脚下的东西，白色的鞭子沾满鲜血，残缺不全。

他不明白她的用意。

"它跟了我许多年，还有个名字叫'离乱'，是前任刑王送我的礼物，听说是龙筋所制。谁知还是耐不过岁月，终还是断了。"她不无惋惜道，"若非这次处罚的人太多，兴许还能再用些时日。"

"这跟你救我有关？"他皱眉。

"你身体里有我一口气，从此之后，我在，你在。"火焰在她面前噼噼啪啪地闪动着，"如果你不反对，今后你便做我的离乱吧。想来，一个活的武器，怎么也比死的更好用。

327 第十章

归来

但若你不愿意，我便收回这口气，你仍得你该得的结局。"

他笑出来："这是威胁吧？堂堂天神也看得上这种伎俩？"

"选吧。"她拨弄着篝火，"我等到天亮。"

他走近几步，看了她许久，突然跪下来。

"做什么？"她不为所动。

"既然你的一口气能让将死的我毫发无伤，那么请你让另一个小姑娘也能回来！"他的头重重磕到地上，"如此，我心愿可了，当牛牛世世做你的武器，永不离弃，永不反悔。"

"办不到。"她果断摇头，"我能救你是因为你只是将死，已经死去的人，我无能为力。你且记住，神不是万能的存在。"

他的额头贴在地上，很久都没力气抬起来。

篝火在她的照顾下越烧越旺，她不说话，他也不说话，刻意的寂静在双方的坚持下保持了很久。

"我是从龙域的无名间里来的龙。"他忽然开了口，"在一场恶战之后，捡回性命的我，逃跑了。"

对于这场漫长的，自说自话般的讲述，她的眼中没有任何波澜。

破庙外时不时传来一阵阵嘈杂，皇帝的军队终于反扑了，四海教的余孽在失去了教主跟巫师以及大部分主力之后，立成案上鱼肉。帝都里的局势，一夕反转。

但一切都与破庙里的两个人无关了。

天明之际，她熄灭了篝火。

余烟袅袅中，她终于把视线投向仿佛讲完了一生的故事的他。

"以后你会知道，举手无情的惩罚，或许才是对无辜者最好的保护。"她淡淡道，"只是逃跑与躲藏，不够的。"

他怔住。

"天亮了。"她望向窗外，"我要回天界复命，你可选好了？"

◇ 拾伍 ◇

天界的人并不知道，刑王的鞭子断了，也不知道她又有了一条崭新的"离乱"。

从前的离乱是一条龙筋，如今的离乱，是一条龙，活的。

她与他定好了规矩，不讲话，不出现，他只是刑王的武器。

之后的年月里，离乱变得比从前更可怕，许多人都发现刑王的鞭子似乎充满了从未有过的力量，神的一口气放在龙的身体里，竟赋予了他更加令人胆寒的能力，他留下的伤痕，永不消失，无数个受罚者身上的印记会永远提醒他们曾经是个罪人。

但所有人并不感到意外，刑王的武器就应该是这样，跟她一样无情无爱，被人惧怕。

他也遵守着寒荒定下的规矩，沉默且安分地跟在她身边，除了她召唤，绝不现形。

既同意永远做她的武器，便要接受这样绝对孤独的生活，他很快便习惯了，事实上以前在人界时，他也未必过得很热闹，除了那九年。

然而他很快发现，寒荒也没有朋友。

偌大的天界，刑王殿大约是最冷清的，与月老殿金老殿之流的客似云来万千喜爱相比，它仿佛是天界里被人遗忘的角落。

只有遗忘，才能掩盖大家对刑王殿的惧怕，对她的惧怕。

月老给爱，金老给钱，刑王给的，只有惩罚。谁会对只给惩罚的人有好感。

每次天神例行的会议以及天界大大小小的宴席上，寒荒可以从头到尾不说一句话，因为没有人会主动来与她谈天说地，哪怕是敷衍地聊一下今天的饭菜好不好吃。与她平级的神，各自的应酬已经自顾不暇，低于她的神与仙官只在与她对面相见躲不过去的情况下，才会恭敬地说一声见过刑王，然后迅速走开，躲得老远。

唯一能与她搭上话的，只有战神獠元，这个天帝座下的红人，不论走到哪里都是一片阿谀逢迎，他身边的人总是一边藏着自己的不屑与忌惮，一边又想积极表现出与他关系亲近，每一场宴会上獠元都有喝不完的酒，听不完的赞许。但只要他得了空，总要端着酒杯来与她说说话，有时还会亲手拿个仙果给她，也不管她爱不爱吃，有一回他更是借着酒意，把天后最爱的一株清梦海棠好不容易开出来的唯一一朵花摘了，戴到她头上，笑着说她太素了，这个花衬她，好看。天后碍着天帝的面子没有发作，最后干脆把这盆花赐给了獠元当作他战绩彪炳的奖赏，而獠元转手便把它送给了她。

天界众人，对獠元的排斥只敢藏于暗处，对她是光明正大的避忌。如此一来，同病相怜的他们倒也顺理成章成了他人眼中的朋友。

但他知道，獠元这样的人物，只需要权谋与心机便能很好地活在他的位置上，"朋友"于他而言只是一个点缀无聊时光的名词罢了。

可她却把獠元实实在在地放到了心里。

天界中没有谁比他更清楚这个事实了。在他人眼中活得几乎模糊了性别的寒荒大人，会拙手笨脚地给那盆清梦海棠浇水，从不假手于人。她并不擅长照顾花草，这盆花自从到了刑王殿后就再没有开过花，最后竟慢慢枯死了。她连枯枝都舍不得扔，弄了一个木箱小心翼翼装起来，放到了她的床底下。每次与獠元有碰面的机会时，她出门前都会照一下镜子。

但，没有人知道獠元心里在想什么，他总是离她很近的样子，但也仅仅是做做样子罢了，两人之间的距离老早被獠元划定，远到她没有任何机会靠近。

而她能为这段"友情"做出的最大贡献，便是随他借取休恶山的妖怪。

他曾经提醒过她，总是由得獠元利用这样的关系满足他自己的计划，时日一长，怕会出事。

可她却说，这样她起码觉得自己对他而言还是重要的。

那天，她喝醉了，向来自律的她从不会放任自己有这样的时刻。如果不是醉了，她讲不出这句话。

那晚，他破例化了人形，把她抱回了床上，替她盖好被子，然后第二天当作什么都没听到过。

刑王殿里没有任何娱乐活动，连她手下的仙官仙童都比别处谨慎老沉，做完了该做的工夫，便自去修炼或读书。她平日里若得闲在刑王殿里，除了睡觉打坐读书，便是在刑王殿最西边的围栏前坐着，那围栏外便是万里云层，风疾云动时，能隐隐看见人界的轮廓。

她在这里坐下，便会坐很长时间，默默看着脚下那片可望不可及的景色。

陪她看人界的次数多了，有一回他忍不住问，这里是天界到人界的捷径么？

她说不是，天界到人界的正常通道只在四方天门，其余地方，能看不能过，有结界阻挠。当然，也可以试试犯下大罪，然后直接被打入轮回道，运气好的话也可以到人界。

他又问，既然如此，那你总盯着这里看什么？

她说没什么，就是看看，如果人界不太平，颜色会跟寻常不一样的。

他从她眼里看到了无限的倦意，只在这种时候她从不掩饰。这些年，随她上天入地，东奔西走，由她惩罚过的家伙不可计数。可他始终有疑问，仅仅靠一个刑王，真能罚尽天地罪行？

四下无人，他现了人形，也看着云层下无边无际的世界，忽然道："每一个罪人，你都能知道？"

"能被刑王殿记录在案的罪行，相较于总数，恐怕只得一成。"她坦白道，"天地之大，生灵之多，其中所发生的种种，又岂是都能为天神所知的。何况我们之于人界，多数时候不过是精神上的慰藉。虽说天神高高在上，俯瞰人间，可人界经过千万年的历练，俨然已有自己的生存方式，人类也不再如刚刚诞生时那般脆弱无知，完全依赖神的指引与庇护，人类也在不断地成长，强大。神完全决定人之命运的时代，已慢慢过去了。"

他愣了愣，说："这话怕是不能被天帝以及别的大神听到。"

"这变化，大家都明白，为了神的尊严，我们不说，把越发力不从心的事藏起来，然后用自己尚还拥有的神力去继续影响天地万物，希望活在我们之下的家伙永远保持对我们的敬畏。"她竟然很少见地笑出来，"善有善报，恶有恶报，神最喜欢用这样的话去安慰人类，也希望用这种话让世间少恶多善，如此天界也能少些事端。而恶报这一块，是我永久的职责。可我无法令每一个恶都受到惩罚。刑王只有一个，人类与妖魔却太多。"

他沉默片刻，问："你如此辛劳，是为罚罪这件事本身，还是为彰显天神的威仪，挽留人类的敬仰？"

她想了想，没有回答，只说："恨我的太多，被我惩罚过的人与非人类。但只能由着他们恨下去，只要我还在，惩罚就不会消失。在不少人眼里，我无情冷血，对众生毫无怜悯之心，我出现的地方，只有死与伤，我是顶着天神之名的恶鬼，早晚会有报应。"

他不知要如何回应，她很少跟自己说这么多话。

"在很早很早之前，天界还没有十二大神各司其职时，负责掌司刑罚的，是一位无目神。"她看了他一眼，指了指自己的眼睛，"无目神没有眼睛，听说是他自己剜掉的。为了不因'看见'而徇私，所有人在他心中一视同仁，无亲疏之别，无贵贱之分，只有是非对错，有罪无罪。饶是如此，依然有众多生灵怕他，恨他，最后他为人类所伤，孤独地在天界的角落里寂灭。说来有趣，善有善报恶有恶报这件事，反倒是在天神自己身上不见灵验。"

他想了许久，说："幸好，你没有剜掉自己的眼睛。"

她笑笑，说："回去吧。你今天破坏了我们的规矩。"

他识趣地隐去身形，刚才那段话，再不曾对任何人提起。

有时依然会想起在和尚庙里的日子，想起他曾问过老和尚是不是图个"善有善报"才将他救回来，老和尚说，他捡回性命能跑能跳就是他的"报"了，如此良善之人，最后却落个斩首示众的下场。

善有善报，又从何说起？

这个问题他想了好久，也没个答案，索性不想了。既然是刑王的武器，善报不该他管，他只要尽一件武器的职责，协助寒荒在每个罪人身上留下严厉的惩罚就够了。

但偶尔还是会不安。

素来万无一失的寒荒，如果有一天也有了过失，那一定是因为獠元。

寒荒是刑王，也是女人。

◇ 拾陆 ◇

留在她身边，原来已经这么多年了。

他叹了口气，继续帮她收拾着房间，一地的碎片需要好些时候才能清理干净。

听到这样的动静，刑王殿里更没有谁敢踏进一步。

许久之后，内室的门重新打开，她走出来，看也不看他，径直走出房间。

很快，他听到外头传来她的命令——

"明日正午，焚毁妖尸。"

他暗自松了口气。在与獠元交锋的时刻，他有无数次都想以本来面目跳出来，把獠元狠狠揍一顿，即便知道不是他的对手，也知道就算打死他，寒荒也不会成为他心尖上的人。

既然怎么做都无用，那就烧了吧，起码干干净净，不留念想。

她素来说一不二。

翌日午时，休恶山上的刑台之上，装着"失"的棺木在血红的火焰里化作了灰烬。

她站在离刑台最近的地方，直到眼见着棺木成灰，才转身离去。

然而在走出几步之后，她却突然抽出鞭子，回头狠狠抽打在灰烬之上，直到飞灰四散，无迹可寻，她才深吸了口气，走出休恶山。

心里，还是怨着的吧……

他叹息。

之后数月，一切如常，曾一度低入尘埃的卑微之心仿佛随着那日的灰烬消失无踪，众人眼前的，仍是那铁面无私举手无情的刑王大人。

他发现事情不妥的那天，正好是人界的中秋节。

那晚，她在一座城池的地底，判了一只妖怪的死刑，在遍布无辜者的白骨的地上，将这以人为食的怪物撕成了肉泥。

出了巢穴，抬眼便见到沿着河水而来的花灯，五颜六色，光华流转。

在生活习惯上，她一贯活得不像个女子，不喜欢胭脂水粉，华服美饰，甚至对一切有颜色的东西都不感兴趣。在她身边这么多年，他们不是第一次见识人界的节日，除夕，元宵，中秋，他们无数次在惩罚了罪人之后，带着未散的血腥味从张灯结彩的街道经过，她从来目不斜视，人界的所有美好热闹，欢声笑语，都与她无关。

但今天，她竟然蹲在河水边，饶有兴致地看着每一盏经过的花灯，那种好奇与欣喜的眼神，在世间任何一个寻常姑娘眼中都看得到。

他还听到她偶尔喃喃："真美啊……"

过了许久她都不舍得离开，他不得不现形，提醒她该回去了。

她这才如梦初醒，恢复了平日里的模样，并且不太高兴地反问他怎么现在才提醒她离开。

回到刑王殿，她一连三天不出房间，命令他也不许接近自己，甚至连前来述职的仙官也被她拒绝入内。

第四天，她走出房间，守候已久的仙官捧着簿子，急切地跟她说哪里哪里又出了什么罪大恶极之徒，好几桩还是她之前亲口说过要尽快处理的。

她看着仙官手里的簿子，竟一脸茫然地问："我这么说过么？"

仙官愣了愣，忙用力点头。

"我知道了。"她皱眉将簿子上的内容扫视一遍，出门而去。

这是绝不可能在她身上发生的事，莫说自己的职责，她连前天中午吃过什么东西都记得一清二楚。

他内心的不安，快速地膨胀。然而她身上的异常越发严重。

那天，在去天门下人界的路上，恰逢月老自人界回来，见了她，好脾气的月老总是主动与她打招呼问好，然而她只是看了对方一眼，没有任何回应地走了过去。

直到下了人界，她才奇怪地问："离乱啊，刚刚跟我打招呼的老头子是谁？为何一副与我相熟的模样？"

他这才真正吓到了。

"那是月老啊，你们相识的时间比你认识我还长好多好多年。"

她骤然锁起眉头，不再言语。

这次她处罚的，只是一只魅惑他人的狐妖，以她的功力，本该轻而易举地将其擒获，带回休恶山。可她竟然失手了。

关键时候，她就像忘记了自己的能力，眼睁睁地看着妖怪使出并不高明的遁地术，脱逃而去。

"你……你到底是怎么了？"他急迫地问。

"我……"她下意识地扯着自己左边的衣袖，已经长到遮住她整只左手的衣袖被扯得更长了。

这些时日，她似乎都是这样，用袖子遮住左手。

他再也按捺不住，现身抓住她的左手，一把掀起她的衣袖，然后愣住了——

一只跟她的右手完全不一样的手，白皙细嫩，皮下的血脉隐隐凸起，渗着不正常的暗红色。

"你做了什么？"他抓住她不松手。

她定了定神，甩开他的手，说："那天我将棺木中的断手拿出来。你说的没有错，我一直不甘心，无法坦然接受在他心中我连一只妖怪都不如的事实。我握着那只被他斩断的手，冒出了奇怪的念头……若这只手长在我身上，我是不是可以让所有我憎恨的东西消失得一干二净，包括他在内。"她深吸了口气，"此生我从未遭遇过如此的挫败与羞辱，我的愤怒与绝望无处释放，我下意识紧紧抓住这只妖手，幻想着我变成 肆无忌惮的妖，职责、规矩、惩罚恶人，统统见鬼去吧。我越这样想，便将那妖手抓得越紧，等我意识到情况不对，并不是我在抓牢它，而是它反过来紧紧抓住我的左手时，我再想甩开它，已经来不及了。它突然化成一道血气，渗进了我的手掌，我眼见着自己的左手变了模样。"

他惊呆，不知所措。

她咬咬牙："我当时便下了狠心要断掉左手，可是无论我用什么方法，它都安然无恙。"她顿了顿，"我不能声张，只好先遮住它再说。之后一段时间，我发现自己好像并没有因为这件事而有什么不妥。直到最近……"

"你……你不要怕。"他脱口而出，"一定会有解决的方法！"

她苦笑："恐怕很难。离乱，你要有个准备。"

"什么？"他一愣。

"天神因心生邪念而为妖物所侵，生生将自己变成了另一个怪物，若被天界知晓，自是奇耻大辱，死路一条。"她认真看着他，"我若不能自保，你那口气也无以为继。"

他用力扣住她的肩膀："你不会死，不要讲这样丧气的话。"

"这件事瞒不了太久。"她拉下他的手，"我现在……越来越不妥当。相信用不了多久，我可能连自己是谁都不知道。若当时我没有那些念头，这妖手应该没有机会趁虚而入，刑王犯了错，一样逃不脱惩罚。只是，连累了你，我实在抱歉。"

"不怪你……不怪你……"他突然将她揽入怀里，轻轻拍着她的背脊，像当年安慰被雷声吓到的阿喵一样。

他根本不怕死，他只是不能接受一个用自己的孤独与被憎恨守护着无数跟她根本没有关系的无辜生灵的天神，以如此惨淡的结局收场。

纵然有错，罪不该死。

如果他是刑王，一定会这样对她宣判。

不要怕，真的不要怕，他还在呢，在成为她的离乱之前，他有另一种保护别人的方式，即便这种方式曾被她嗤之以鼻。

天空突然落下暴雨，他一动不动，紧紧抱着怀里的神。

◇ 拾柒 ◇

滴滴，滴滴。

心电监护仪持续发出规律的声音，可我觉得现在应该给我的心脏认真监护一下才对，就算把病床让给我一张也不算过分吧。

敖炽坐在窗台上，一脸吃错了东西的抑郁。

那个我不知是该叫他韩黎，还是叫他离乱的男人，纹丝不动地守在病床前。

"后来我终于明白，属于'失'的这只手如果长到神的身上，它同样保有'消失'的能力。"他看着寒荒毫无血色的脸，"只不过'消失'的方式是相反的。"

"相反？"敖炽从窗台上跳下来，指指寒荒又指指他，"你口口声声让我们帮你把寒荒找回来，难道……"

"不错。"他点点头，"此手在失身上，万物可失。在她身上，只会让寒荒消失。"

我皱眉："她已经完全不知道自己是谁了？"

"刚开始那几年，她只是记性变差了，后来慢慢就不认识身边的人，连自己的好恶都忘记了，从前没有兴趣的东西，她会看得津津有味，曾经字字句句刻在心里的，属于刑王的职责与任务，渐渐变得还不如吃饭睡觉来得重要。"他叹气，"她虽然一直在我面前，却不停地在消失。而我，没有找到任何阻止的方法。我试过斩断妖手，我能找到的所有武器竟没有一件能做到，也曾有那么两件堪称神兵利器的刀剑有些作用，眼见着斩断了，可眨眼间又自断肢上生出来，且这个过程会令她痛苦不堪。我也就不忍再用类似的法子了。这么多年，我上天入地，求访名医异士，各种能用的法子都用过，皆不奏效。"他回头看向我们，"你们是我能找到的，最后的可能了。"

"等等。"我指着病床上的寒荒，"照你所说，她这个样子也不是一天两天了，天界那边没有觉察？身为天神却长出妖怪的手，传扬出去的话，后果恐怕相当严重。"

他笑笑："你忘了我在成为离乱之前，是做什么生意的吗？"

不等我开口，敖炽恍然大悟，诧异道："你不会是做了个寒荒的替身，替她瞒过天界的老家伙们？"

"你可能不知道当年我们的老师有多厉害。"他看了敖炽一眼，"我从他身上学到了太多。我做的替身，不但皮相一模一样，它们还能继承本尊近一年的记忆，连生活习惯说话方式都近乎一致，我的作品，不但有模样，还有'身份'。只做一个躯壳，算不得完美的替身。"

大约是想起了从前逃课偷懒的黑历史，敖炽一脸尴尬，梗着脖子道："说的那么厉害，还不是被我们一眼识穿，而且一掌就打得稀烂。"

"毕竟它们只有一年的记忆。"他淡定道，"且我做替身，用的'底子'是不同的。你家这批，我只用了陶土，陶土替身最大的问题就是胆子小，易碎，一旦被人质疑身份就会慌乱不已，但优势是制作方便，足够应付日常所需。若是照最完美的路数，应该是取他们本人的血肉为底，再以各种术法加持，如此一来，你们一掌下去，恐怕会以为自己真正杀掉了活生生的人呢。"

"那她的替身一定是高级货了？"敖炽瞟了寒荒一眼，"可那是天界，神的地盘，大家都是玩术法神力的，你让她鱼目混珠，怕也不那么容易吧？"

敖炽说的一点没错，你把隔壁街卖菜的做个替身，有可能放一辈子都不被识破，毕竟这里来往的都是不懂法术没有灵力的普通人，但天界不一样，长生不老飞檐走壁都是标配技能，随便抓一个出来都有火眼金睛的本事。就算他们眼瞎没有察觉身边的刑王是赝品，可是刑王这么忙，要处理的公务这么多，难道这也是替身可以完成的？

他似乎看穿了我跟敖炽的疑问，说："平日里她便少与人接触，大家也对她敬而远之，就算诸神聚头开会，她也听的多，说的少，所以在这方面的隐藏没有什么问题。"他顿了顿，"而且这替身的底子里也有我的血肉，必要时，我会以自己的意念支配她的行动。"

"给神用的替身果然很高级，还自带遥控模式。"我揶揄道，"那公务呢？刑王掌司天下刑罚之事，但凡记录在案的，小罪有刑王殿下属仙官执行，但大罪必由她亲自出马。"我不相信他的替身连这些事都能帮寒荒做到。

他沉默片刻，居然有些不太好意思地指了指自己："我。"

我跟敖炽俱是一愣。

"在找出解决之法前，她一直将自己关在刑王殿的密室中。我明白以她的性子，应该是直接去天帝面前领罪受罚，她没有这么做的原因，是因为不想连累我。毕竟她活着，我才能活着。"他缓缓道，"我虽不是刑王，但好歹跟着她那么多年，多少知道如何对付不同类型的罪人，加上起初她还有能力在背后教我如何击败他们，以及如何按规矩量刑惩罚，我跟替身尚能帮她扛起刑王的职责。可到了后来，她的情况越发严重，连天神的身体都弃她而去……"他的目光落在寒荒苍老不堪的脸上，"她开始变老。对于一个还很年轻的天神来说，这是一个摧毁性的标志。那只妖手，连神的资格都要抹掉……她完全不认识自己了，开始在密室里发脾气，像世上任何一个普通女子一样，质问为何要把她关在这里，她要出去玩。我担心她天天这样闹，早晚惹人怀疑，考虑一番后，我决定将她带到人界。我当时只有一个念头，如果我不能在接下来的几十年间把她找回来，她会一年老过一年，最后像最普通的人类那样，死于可能出现的任何一场意外或者疾病。"

窗外的天气不知什么时候变得糟糕起来，突降的雨点烦躁地敲打着玻璃。

我揉了揉脑袋，把从这个男人口里听来的所有在脑子里串了一遍之后，问他："话都说到这个份儿上了，我怎么还是不明白你拜托我们帮你找回寒荒，跟你绑架我的孩子和帮工有一毛钱的关系？"

我实在不想把他跟绑架犯重叠到一起，不光因为他跟敖炽算是同类，并且听他所言，虽然他一出生就意味着要做敖炽这群皇亲国戚的"替身"，替他们跑腿，替他们吃苦，甚至要替他们上战场送死，但从他的所有言辞来看，他似乎并没有对这个注定不公平的事实心怀怨愤，迁怒他人。我看人的眼光不差，看龙应该也还可以……这条从无名间里出来的龙，心思品性应该并不如他的出身那般低微，再说，一个把自己收拾得如此干净端正，眉眼之间甚至暗藏正气的男人，作起恶来也有个限度。

他起身，转向我跟敖炽，慎重道："因为我需要一个永久有效，并且绝对可靠的承诺。"

我跟敖炽面面相觑，对方突如其来的仿佛交待遗言的严肃，把我们本就不安定的心又提到了嗓子眼儿。

"只要你们承诺，找回寒荒，刑王归位，你们便可以得到你们的孩子与朋友的下落。"他一字一句道。

我当即道："这不是一天两天能做到的事。难道我们一天不寻回寒荒，就要一直骨肉分离？！你想过没有，你努力了这么多年都找不到破解之法，如果我们也不可以呢？你用这种法子讨要所谓的承诺，不觉得很强人所难吗？"

"你可能误会了。"他脸上的神情舒缓下来，"我听说树妖老板娘跟东海的孽龙，虽然一个贪财一个霸道，但幸好都是信守承诺的君子。"

前面听了想打人，后面还像句人话，不过突然被人称作君子，我跟敖炽还是相当的不习惯。

"只要你们许下承诺，一定尽力寻回寒荒，我立刻告诉你们，他们的下落。"他波澜不惊地看着我们，脸上的诚恳让我们觉得任何怀疑都是对他的侮辱。

"当真？"但我还是不敢相信事情会如此顺利，任何一个大 boss 都不会这么轻易地放过他的敌人……除非，他从没将我们视为敌人。

"我也是活了这么大把岁数的龙了，更加不会用谎言来招惹你们这样的家伙。"他叹气，回头看了看寒荒，"我已经没有能力再找她了。"

说罢，他忽然开始解衣扣。

"你干啥？"敖炽赶紧一步挡在我面前，"绑了我们的人不够，还想耍流氓？"

他没有停止自己的动作，只笑了笑："你跟我记忆里一模一样，这么多年了，除了身材与模样，你一丁点变化都没有。"

"你……"

话音未落，他的衬衫已经落了地。

我看着他赤裸的上身，着实吃了一惊。

不是因为他身材好，而是遍布于他身体上的，大大小小的伤痕。太多了，新伤旧伤交错叠加，永久地烙在皮肉上，仔细看，有灼伤，有抓痕，还有利齿留下的孔洞。

这得遭受过多少攻击才能留下这么多"纪念"，并且还得多好的运气才没有伤到那张端正的脸啊。

他低头看着自己的身体，有些无奈："始终不能跟神相比啊，这些年代她惩罚那些罪人，也实在是为难我了。"

不是神，却要去担负神的职责，且干的还不是斯文事……我知道许多被神惩罚的家伙，是抱着必死的决心和不世的神对抗到底的，有些本事大的，连寒荒都未必能轻易降伏，所以我完全不敢想象这么多年他是用了怎样的毅力与不要命，才能维持刑王仍在的假象……几乎是个不可能完成的任务。

他的手指从自己的伤痕上划过："我一直在找一个关于'善有善报'的答案。比如老和尚，比如许多跟老和尚一样的普通人，我们一边说善有善报，却一边眼睁睁地看他们不得善终，再看寒荒，刑王掌刑罚，说的高贵又轻巧，仿佛只要像皇帝宣旨那样，有罪的人便会乖乖低下头颅，没有多少人看见，她落下的刑罚经常要以自己的安危为代价，不是所有罪人都认为自己有罪，为了活命为了自由，它们抵死反抗。"

我不说话，把时间都给他，看起来他并没有多少机会跟人讲出这些被隐藏到沾满灰尘的心事。

"就是这样一个姑娘，用自己的方式守护了无数与她无关的人，但她并不为人所喜爱，说起她，大家只有惧怕与疏离。对，我心里一直叫她姑娘，虽然她大多数时候像个男人，虽然我也不知道究竟我的年龄大还是她的年龄大，但她在我眼中跟阿喵一样，始终是个姑娘，是离我最近的人。"他的眼睛微微有些泛红，"我曾用我的方式让许多人保住性命，我不算个坏人吧，也做了善事吧，可我失去了阿喵。寒荒杀的妖魔鬼怪那么多，救下的无辜也那么多，但她仅仅因为一个错误的念头，现在只能如一个垂死老人那般，躺在病床上。"

雨声渐大，像无数愤怒绝望的手掌打在窗户上的声音。

"所以你一直想不到这个问题的答案？"我的视线走过他身上每一道伤痕，"可能好多人都这样觉得，我今天搀扶了一个盲人过马路，那么下午我买彩票起码让我中个尾奖吧，因为我做了好事呢。我明天救了一个落水的倒霉鬼，那么我以后的工作肯定该顺风顺水了吧？不然为什么要让我相信善有善报这种话？"

他抬头，笑望着我，微微歪着脑袋："你也这样想过，对吧。"

"对，以前我也为这个问题伤过脑筋。"我笑笑，"我朋友的朋友，是个卖猪肉的小姑娘，她爹给她的家训是'但行善举，莫问前程'，她说做好事就是做好事，为回报而做好事，那么行善就不是行善，只是做一桩以物易物的生意罢了。我说呀，你若当这事是利益交换的生意，那就得接受有赚有赔的事实。"我顿了顿，看着他的脸，"你跟寒荒，都是生意人？"

他沉默片刻，反问："若你今天拯救了世界，明天便死于非命，你可以接受这样的事实吗？"

"如果我真的不幸成了这样一个例子，你是不是就可以心安理得做一个袖手旁观见死不救的人？因为反正做了好事也就那样。"我再反问他。

他没回答。

"你不会的，寒荒也不会。"我搀住敖炽的胳膊，"我们也不会。"

他咬了咬牙，问："我想知道答案。"

"答案？"敖炽像在看一个糊里糊涂的小孩子，"这要什么答案？你扶盲人过马路，你救起落水者，甚至你救了全世界，但这些跟你以后有怎样的际遇没有一毛钱的关系。你，我，我们所有人，会做这些事的唯一原因，不是为了什么'善报'。"他顿了顿，"仅仅因为我们觉得这样做是对的。"

我悄悄在心里给敖炽点了个赞，好难得他能有这样一本正经并且说的话还深得我心的时候。

他愣了愣，然后笑出来，对我说："我以前认为东海龙王之位若由他继承，定是一场灾难。我现在慎重收回这个想法。"

"你是不是也想躺到床上当个骨折病人？"敖炽愤怒地冲他比划着拳头。

我赶紧拽住敖炽，心想你收不收回来，他都当不成东海龙王了。一想到我们两个陷入的窘境，以及那一堆横在眼前的难题，再加上我们还得好声好气地跟一个绑架犯聊了起码值五百块的天儿，我就什么都不想说了。

他懒得理会胡闹的敖炽，扭头看了看窗外飘泼的大雨，说："那么，就这么说定了？"

啥？这就把一个倒了大霉的天神甩锅给我们了？我们不但要提防想要我们性命的无

藏青霜，还要抽空给獠元找石头，现在还要帮敖炽的老乡去拯救一个弄丢了自己的刑王？我开始怀疑我们在这些人眼里到底是什么了，万能胶？最让我揪心的是，我的孩子跟帮工现在还下落不明。我得多坚强才能不躺到地上撒泼打滚指天骂地啊！！

"行，答应你。"可是，我跟敖炽又那么不争气地异口同声喊出口。

他眼睛一亮。

我重重地叹气，狠狠瞪着他："既然说好了，只要我们活着，自当竭尽所能帮你找回寒荒。"

他吁了口气，千斤重担落了地："这样我就放心了。"

说罢，他掏出一张名片，交到我手上，说："这是我承诺的事，你们的孩子跟朋友的下落。"

我一惊，立刻用能穿透这张名片的目光把上头的每个字都仔仔细细地看了三遍以上。

这恐怕是我见过的内容最少的名片，只有一个手机号，连人名都没有。

但是，当我翻到它的背面时，手一滑，名片差点掉下地。

纯黑色的背景色上，用不起眼的灰色在正中间的位置，印了一个数字，一个字母——"4E"。

真是好久不见的"老朋友"啊。

我跟敖炽对视一眼，可能我们已经足够长的麻烦列表上，又要加一行了。

"不是要告诉我们他们的下落吗？给我这个什么意思？"我举起名片，抓住他的胳膊，"谁给你的？"

"我没有见过这个人。"他如是道，"我来忘川之前，本与寒荒暂居在江南小镇，一日我外出归来，有人往门缝里塞了一个信封，里头装了这张名片，以及只写了一句'欲救刑王，可往忘川不停。'的信纸。我觉得奇怪，而已经活得像个糊涂老太的寒荒连这封信是什么时候塞进来的都不知道。我立刻拨了那个号码，一个男人接的，他说如今只有不停的老板娘跟孽龙或许能帮你找回寒荒，那两个人只要许下承诺，就算豁出性命也不会失信于人。已经走投无路的我，加上对你们过往的事迹也有所耳闻，我决定相信这个陌生人。于是我带着寒荒来到忘川，找了一份陶艺老师的工作为掩护，在确定了没有追兵没有陷阱之后，我才放心去了不停。但我去的时候，不停大门紧闭，无人应门。正当我打算离开时，那个陌生人打来了电话，说大门的钥匙放在门口的地垫下，要我开门进去，还说在客厅的茶几上，有一个给我的纸箱。"

"继续。"我死死瞪着他，这家伙居然隐瞒了这么多前情……

"我进去了，也找到了纸箱。里头放的，是分别属于六个人的头发与指甲，还有两份不属于人类的，一个不知是什么动物眼睛上的睫毛，另一个是一小块纸屑，以及八个U盘。他跟我说，U盘里是头发指甲以及睫毛跟纸屑的主人们平日里的视频，要我好好看清楚他们的样子，然后施展我的本领做出他们的替身。"他仔细回忆着当时的所有情节，"我不懂，说不停里空无一人，谁能帮我，甚至怀疑这是一场不怀好意的戏弄。但对方却说，想要得到老板娘夫妇的承诺，只有一个办法，就是用这些人的下落做交换。我说我不明白这跟我的替身有什么关系。他让我不要管那么多，只要照他说的去做，做好替身放到不停，让这个地方恢复它往日的热闹，也让在外'云游'的老板娘夫妇相信不停里一切平安，然后我只需要等待，只要你们回来，一定会很快发觉替身的秘密，届时我再用这些人的下落为交换条件，相信你们一定不会拒绝，只要你们肯出手，寒荒就有机会回来。"

敖炽一把扣住他的肩膀："人不是你绑的？"

"不是。"他有些抱歉地看着我们，"那个人说，一旦你们承诺帮我，就把这张名片给你们，让你们找他，由他来告诉你们那些人的下落。我跟他说，虽然我想寒荒回来，但我不想牵扯无辜的人，更不想用谎言去欺骗他人的援助。他让我放心，说他的承诺也从不是谎言，说定了用这些人的下落作为交换，他就一定不会食言。"

"你居然会相信一个连面都没见过的人，而且还那么配合他。你就不怕他是什么别有居心的妖魔鬼怪，不过是利用你做坏事？"一种想把他摁到地上狠揍一顿但又对他下不去手的纠结感把我的脑子都撞疼了。

"我没得选择。"他深吸了口气，"你们也确实是我最后的希望。你们大概不知道，我在这些时日的等待中有多害怕，我怕等不到你们回来，寒荒已经失去被寻回的机会。"他转头看向寒荒，"而我的担心成了事实。堂堂的刑王大人，如今却连一场车祸都能肆无忌惮地伤害她。"

我举起名片在他面前晃了晃："如果这个真能告诉我他们的下落，我对你的承诺依然有效。"

"谢谢。"他认真道，"我知道你现在很生气，你愿意的话，可以揍我一顿。"

敖炽指着他："回来再跟你算账！"

"两位……"他叫住正要冲出病房的我们。

我回头恶狠狠地盯住他："干吗？！"

"如果你们得到了想要的消息，希望你们再帮我做一件事。"

敖炽差点就上去揍他了："你还敢让我们帮你？"

"在我把龙珠给她之后，替我处理一下尸体。"他直言，"失去龙珠的龙无法维持人形，如今又是在人界，死了还吓到别人就不太好了，毕竟我的原形还挺占地方的。"

敖炽立刻被自己的口水呛到。

"你有病？"我不客气道。

"那颗龙珠在当年的将军府里就该'死'了。"他笑了笑，"你们也知道，是寒荒的一口气把我从铁定的死亡里拉回来。这么多年，我一直在占用她的生命，只要那口气还在我身上，她就不是一个完整的天神。你们明白我的意思么？"

我皱眉："你以为把龙珠给她，她明天就能又跑又跳了么？"

"至少能延缓她的衰老。龙珠有这个能力。"他淡定道，"我很早前就想这样，可是不能，如果我不在了，她无人可托付。但现在不一样了，我可以放心离开。"

我的头又疼得不行，揉着脑门对他道："真的会死的。龙珠何等重要，当年敖炽的龙珠不过出了小小的意外，便吃尽了苦头。"

"我知道。但……"

"她还没死呢。"敖炽打断他，"等她快死了你再跟我说这事！真烦！"

他愣了愣。

不等他说话，我们一溜烟冲出了病房，临走前我撂下话："想死也可以，跟我们先把时间约好。不然我们不但不给你收尸，还会给你的尸体拍个小视频发微博上去，让全体网民欢送你升天。"

我不知道他听了这话是什么表情，但我觉得他这样的家伙，结局不该如此草率。

龙域的生死之战你死不了，人界的大小追杀你死不了，伤心欲绝的离别与巫师的暗算，你也死不了，连刑王都代替了还死不了，这么难才活下来，你却不想活了，抱歉，我绝不赞成。就算你不是我们家的人，我也不同意。

我不想再看到有人离开，哪怕他跟我只有一杯茶的交情。

◇ 尾 ◇

一出医院，我们便拨通了名片上的电话。

可是对方挂掉了。

再打，又挂掉。

正当我们以为自己确实被耍了的时候，一条短信过来 —— "西门锦绣街梧桐画廊，二楼茶室。不见不散。"

呵呵，绑架犯罢了，还学人附庸风雅。

我跟敖炽用最快速度赶到目的地。下雨，又不是周末，这间古色古香的画廊之中并没有什么客人，只有零星几个散客在一楼的展厅里走走停停。

很快，我们站在了二楼茶室的门口，整条走廊像被按了静音键，除了我们的呼吸声，再无其他动静。

虚掩的房门里，隐隐有铁观音的味道飘出。

故弄玄虚！

我一把推开房门，茶室并不大，只容得下四五人同坐共饮，画了仕女图的屏风老实地立在一侧，茶桌横放于正中，摆在上头的水壶与茶杯正冒着袅袅的热气，几个银青色的蒲团散在地上。

背对我们而坐的人，举起手里的杯子，不慌不忙地饮了一口，说："此茶下品，不及你的浮生有滋味。"

既然已经用如此简单粗暴的方式冲进来，就没有再跟对方客气的道理，这些天我受的所有惊吓与悲伤都化作了一触即发的怒火，何况约我来的，还是我的"老朋友"，当了这么久的缩头乌龟的4E！

本来我想的是一脚踢翻茶桌，但突然觉得有件事不对头，怎么……这个人的声音那么熟？不对，连背影也有点熟……

"你……"

我才说了一个字，他转过身来，面无表情地看着我们。

我跟敖炽石化在原地。

甲乙放下茶杯，说："来都来了，坐下喝杯茶吧。"

我们哪儿来的心情喝茶？！

"愚人节？"我站在原地看着他。

"我从不过那般无聊的节日。"他给自己又倒了一杯，"我应承离乱的事，不能失信。"

"你干的？"敖炽攥紧了拳头，但仍不愿相信说出这句话的人是他。

"要将他们所有人带去西溟幽海，确实要费些时间。"他直言，"此间不想让你们察觉，所以找来离乱做些替身，让你们晚些回来。还好，时间掐算得正合适，他们从西溟幽海给你打来的求救电话也是相当及时。"

窗外的雨一直没停，但我心里不止是下雨，是电闪雷鸣。

"你……绑架了未知浆糊，还有不停里所有人，包括九厥？"我每个字都加重了语气，可听起来就像一个刚刚学会说话的孩子那么笨拙。

"还是用带走吧，绑架这个词太难听了。"他又喝一口茶，"他们在我这边，可能更合适一些。"

敖炽一掌劈在茶桌上，厚实的红木桌子一分为二。

"说吧，条件是什么？"敖炽的语气反倒十分平静。

"没有什么条件。"甲乙放下茶杯，"我只希望你们老老实实地生活，绝不插手 4E 的事，不论你们有多不高兴。"

我觉得呼吸有些困难，强撑着不倒下去，看着那张如假包换的脸："甲乙，你有什么苦衷？"

他亲口说出了 4E，那个差点害死全世界的组织……可他是甲乙啊，他怎么能说出这种话，当初为我保驾护航的人明明是他，在烬弯里拼死救回敖炽他们的人明明是他，跟我吵架斗嘴一边气我一边帮我把所有重物都提回家的人明明是他……不行，心脏好像被撕裂了一样难受。

敖炽见我脸色惨白，赶紧扶住我，咬牙道："老早觉得你有问题。绡狐眼是不是也是你偷的？！"

"从一开始，我就没打算把绡狐眼交出来。"他诚实地回答。

"混账崽子！"敖炽气得涨红了眼睛。

我从没有像此刻这样，觉得有人不断将我往下拽，一定要把我拽到最黑暗最不能翻身的地方。

"今天约你们来，只是为了兑现我对离乱的承诺。"他起身，"他们的下落我告诉你了。西溟幽海，万妖之源。若你还保有一丝智慧，就该听我的话，安分守己做你的老板娘，不要再为任何人同 4E 作对。或许这样还能有机会与他们重逢。"

我忽然笑出来，抬头看他："你凭什么对我说这样的话？你毫无根据的优越感，仅仅来自于为 4E 卖命？"

他没说话，只是从屏风后摆了文房四宝的方桌上取了一张写了字的宣纸过来，轻轻放到我面前——

留步饮君茶，一夕浮生梦。

但去莫复问，白云无尽时。

我觉得那只一直将我往下拽的看不见的手可能成功了，因为我现在的确什么都看不见了。只有那四句话在眼前晃动，一笔一划，跟挂在不停屋檐下的灯笼上的字迹，一模一样。

"你……你是……将军？！"区区四个字，我好像用了一个世纪的时间才把它们说出口。

甲乙吁了口气，说："总之你记住我的话，安分守己。到了合适的时间，我应该会把他们还给你们。"

"安分守己？"敖炽冷笑，"你跟我敖炽说安分守己？"

"你们若不愿意，那我也没有什么更好的建议了。"他永远藏在墨镜背后的眼睛，不给任何人窥视他心意的机会，"如果你们高兴的话，我也不阻止你们去西溟幽海。但我还是要提醒你们，那里跟你们去过的任何地方都不一样。至于能不能一家团聚，就只能看缘分了。"

敖炽怒极，一掌朝他劈去。而他竟连躲闪都不用，身形一晃，消失无踪，房间里只剩他喝了一半的茶水还在冒着最后一点热气。

我终是瘫坐在地上。

敖炽要冲出去追，被我死死拉住。

如果他是将军，那个曾经将这世界搞得天翻地覆的恶魔，此刻的我们，如何追得上他。

敖炽一拳打在地上。

我们一直在茶室呆到天黑，彼此什么话都没有说。这场相见来得太可怕，我们需要比任何时候都多的时间来消化它。

无限的沉默中，我们却一直能听到对方心里有个声音一直在叫喊 ——

西溟幽海。

这个我知道但却从未踏足过的地方，突然有了无限致命的吸引力。

纵是刀山火海，我也得去那里。

所有谜题，也许只有这个地方才能解答。

《浮生物语·伍（上）西溟幽海》全文完

后 记

　　我清楚记得这一本的全稿是 10 月 17 日交的，今天是 11 月 23 日，我一早醒来，突然想起一件巨重要的事，就是……后记还没写！

　　每本浮生都是有后记的，没有后记就像一篇文章少了最后一个句号，不论作为一种规矩还是仪式，这个句号不能少，何况还能顺便聊个天吐个槽。

　　《浮生物语·伍》是整个系列的最后一部了，当初担心自己话痨，怕一不小心要写个上中下册才能走到真正的大结局，但目前来看，作为《浮生物语·伍》上册的"西溟幽海篇"完成之后，我的意愿与第六感都在说，应该是没有上中下了，如果你们看到下一册的名字是"裟椤敖炽篇"，那就是《浮生物语》系列的最后一本，所有的角色，老板娘，敖大爷，九厥，浆糊，未知，人类神仙妖怪，走了整整九年多，终于是要走到说再见的那天了。

　　正传加前传外传，一共会是十本书。

　　我之前一直玩笑般地讲，能花十年以上的时间在写作这件事上，我自己都不相信自己能干出这种事。但是，我的确这么做了。还是有点佩服自己，毕竟我是一个好奇心大于耐心的人，这样的性格并不太容易把所有精力与时间长期放到同一件事上。但唯独写作是坚持下来了。

　　笔下的每个角色，视如子女，看他们在字里行间一点点长大成熟，从青涩胡闹到独当一面，从视万物如草芥的寂寞树妖到觉悟了生命贵重的老板娘，从为洗个澡就祸害无数人的孽龙到爱家爱妻爱孩子面恶心善迷之自信的敖大爷，写了这么多年，成熟的不止他们，也包括我。《浮生物语》里每个故事，也是我的心情与行进的轨迹。

　　时间是个好东西，你永远不知道它会给你带来怎样的惊喜。

347

　　多年前偶然的一个小心情，随手写了一座叫浮珑的山，既然是山，那就该有树，不如就是一只树妖吧，孤立山巅，独看四季，无聊到要以人类的崇拜来填补内心的空虚，对于这样任性的妖怪，自然会有一位出身天界正道的神仙来点化，于是有了子淼，可是，当一切原本简单从容的关系沾染了感情二字之后，事情就会往不可预料的方向发展了，看起来是我要那只胡乱洗澡的东海孽龙出现在神仙与树妖之间，但也许冥冥中是暗藏在文字里的缘分，让角色都有了自己的灵魂，只是借着我的键盘走到了他们注定要相遇的地方。

　　毕竟，我是一个从不写大纲的家伙，在一个故事真正完结前，你问我结局，我自己都很难回答，虽然脑子里会有一个模糊的走向，但它始终无法固定，设想过的反角到最后可能变成有苦衷的好人，出场就各种讨人喜欢的存在，也许随着剧情的发展让你恨得咬牙切齿。所以呀，有时候真的说不清是我在写故事，还是故事本身的力量在牵引我。但我自己还蛮喜欢这种方式，虽然听起来写长篇不列提纲有些冒险，但从另一个角度来看，冒险也意味着各种不可预料的机会与惊喜，如果连我都不知道结局是什么，写起来该多自由多有趣，嘻~

　　总之，那一年，我只是写了一个树妖与水神与孽龙的、并算不得惊天动地的中篇故事，谁会知道数年之后它成就了一个对我而言算是大工程的系列小说。

　　应该还有人不知道以下这个小插曲，早在老板娘跟敖大爷诞生前的很多年，在我还是个梦想当漫画家的中学生的时候，偶然在我们当地的报纸上看到一则关于古时候的酒坊如何酿酒的小专栏，那甚至不是一个故事，只是一则科普性的小文章，却写得古风盎然，雅致趣味，看完之后我想，能不能写一个关于酿酒的故事，故事里应该有大唐盛世，有繁华不尽的长安城，有一位刁蛮的公主，还有一位潇洒不羁的公子爷，以及一只懂得酿酒的妖怪，比如一只酒杯化作的妖怪。

　　之后很多天，都在有意无意地在脑子里构建这个故事，在某个课间时段，我在笔记本上写下了主角们的名字——九厥，苏秋池，李准。

　　那是关于一只妖怪跟一对男女从萍水相逢到生死之交的故事——"千里循香来，笑对酒中影。"作为一个中学生的我，还没有太高深的创作诗词歌赋的能力，为纪念他们之间的相遇，随手写了这两句。我想把这个故事画成漫画，可是多年之后，当这个最终没有在我手里变成漫画的故事以纯文字的模样登场在《浮生物语·壹》的连载中时，主角们的名字我没有改，那句朴实平凡的诗也没有改，以那时的功力，应该可以把它们都变得更华丽一些，但我内心却在说，不改了，毕竟它们已经在流逝的岁月里存在了那么多年，一看到这些名字就会想到那个在笔记本上写写画画的自己，连那天落在课桌上的阳光都还想得起来，嗯，还是带着粉笔味儿的。

因此，也不难理解我为什么对九厥这个角色是有偏爱的，虽然出场不算太多，虽然总是单身狗一只，虽然好不容易有了女朋友但女朋友又不肯嫁给他还总是躲着不出现……但，老板娘在看着两个孩子时对敖大爷说过的一句话，证明了我对这家伙的重视——"若你我有个三长两短，唯九厥可以托付。"

我并不太擅长用各种华丽繁复的词句去描述彼此之间的情谊，连当初在鱼门国同老板娘久别重逢的敖炽，也只是说了一句："抱歉，我来晚了。"

到今天，我也是这样，无法用特别多的语言来表达自己对《浮生物语》的感情，也只有一句——多谢相遇，彼此成全。

我是个比较随缘的人，写故事如此，交朋友如此，与世界相处也是如此，没有早没有晚，遇到了就是遇到了。

所以，每篇后记的末尾都要感谢所有遇到了《浮生物语》的你们，这些年，你们站在故事的另一头，陪我走过千山万水，如果我有法术，一定复制一个老板娘或者敖大爷当赠品送给你们……如果你们不怕自己的家被敖大爷淹了的话，哈哈~

明年再见吧，我先去休个长假，么么哒~

裟椤双树

2017 年 11 月·成都

附：裟椤双树出版作品表

浮生物语单行本系列——
《浮生物语·壹》
《浮生物语·贰》
《浮生物语·叁（上册）》
《浮生物语·叁（下册）》
《浮生物语·肆 鱼门国主》
《浮生物语·肆（下）天衣侯人》
《浮生物语·伍（上）西溟幽海》
前传：《浮生物语·浮珑》
番外集：《浮生物语·七夜》

浮生物语衍生作品——
浮生物语大画集
浮生物语系列绘本
浮生物语漫画

钟家系列——
《降灵家族》
《雌雄怪盗》
《与魅共舞》
《三界宅急送》

百妖谱系列——
《百妖谱·壹》
《百妖谱·贰》

其他中短篇集——
《陌上桑》
《山·十二记》

除以上作品之外，任何冠名"裟椤双树"为作者或以"浮生物语"等为标题之图书，皆与本人无关，并对任何盗版行为保留诉诸法律的权利。请读者认清正版，谨慎购买。

The story of fleeting life

浮生物语·伍（上）西溟幽海

作者
裟椤双树

选题策划
知音动漫图书·新阅坊

封面＆插图
鹿菏

封面设计
陈启

内文版式
方茜

图片总监
杨小娟

特约编辑
万旭进

执行编辑
付阳

责任发行
周冬梅

出版社
长江文艺出版社

总出品
湖北知音动漫有限公司

制作出品
知音动漫图书·新阅坊

平台支持
知音漫客　知音小说绘

图书在版编目（ＣＩＰ）数据

　　浮生物语．伍．上，西溟幽海 / 裟椤双树著．-- 武
汉 ：长江文艺出版社， 2017.12
　　ISBN 978-7-5702-0031-3

　　Ⅰ．①浮… Ⅱ．①裟… Ⅲ．①长篇小说－中国－当代
Ⅳ．① I247.5

　　中国版本图书馆 CIP 数据核字（2017）第 294685 号

责任编辑：曹　程　　孙晓雪
特约编辑：万旭进　　付　阳　　　　　责任校对：陈　琪
装帧设计：陈　启　　方　茜　　　　　责任印制：邱　莉　　胡丽平

出版：长江出版传媒　　长江文艺出版社
地址：武汉市雄楚大街 268 号　　　　邮编：430070
发行：长江文艺出版社
电话：027—87679360
http://www.cjlap.com
印刷：浙江新华数码印务有限公司

开本：710 毫米 ×1000 毫米　　　　1/16　印张：22　插页：5 页
版次：2017 年 12 月第 1 版　　　　2017 年 12 月第 1 次印刷
字数：364 千字

定价：39.80 元